光文社古典新訳文庫

戦争と平和 3

トルストイ

望月哲男訳

kobunsha classics

光文社

Title : ВОЙНА И МИР
1865-1869
Author : Л.Н.Толстой

目次

戦争と平和3

第2部（つづき）

第３編

1章

一八〇八年、皇帝アレクサンドルは再度皇帝ナポレオンと会見するためにエアフルト[1]に向かった。ペテルブルグの上流社会では、この厳粛なる会見の盛大さがあれこれと取りざたされたものだった。

一八〇九年には世界の二大権力者と並び称されたナポレオンとアレクサンドルの親密ぶりがさらに度を加えて、この年ナポレオンがオーストリアに宣戦布告すると、ロシア軍が国境線を越えて以前の敵ボナパルトを掩護《えんご》し、以前の同盟者であるオーストリア皇帝に対抗するという事態にまで至り、果てはアレクサンドルの妹の一人とナポレオンとの結婚が上流社会で噂されるほどになった。しかも、こうした外交上の諸問題以外にも、この時期とりわけロシア国民の耳目を集めていた出来事があった――当時国政のあらゆる部門で進められていた内政改革である。

とはいえ生活は――健康、病気、仕事、休暇といった重大な関心事や、思想、学問、詩、音楽、愛、友情、憎しみ、欲望などにまつわる興味に彩られた、人々の実際の生活は――いつもどおり、ナポレオン・ボナパルトとの政治的な接近や離反とはかかわりなく、その外側で、またありとあらゆる政治改革とも無縁に、営まれていたのである。

アンドレイ公爵は村にこもったまま二年を過ごしていた。あのピエールが自分の領地で試みたものの、あれこれと目先が変わるばかりで何の成果にも結びつかなかったあらゆる企画を、アンドレイ公爵は特段誰にも広言せず、目立つほどの手間も掛けぬまま、すんなりと実現してしまった。

1　ドイツ中部テューリンゲン州の州都。会見は同年九月から十月にかけて行われ、アレクサンドルの他ライン同盟諸侯、プロイセン、オーストリアの代表が出席した。ナポレオンはここで当時ロシアが占領していたモルダヴィア、ワラキアおよびフィンランドの領有を認め、ポーランドとドイツからのフランス軍の撤兵などを約束、代償としてオーストリアがフランスを攻撃した場合にはロシアがオーストリアに宣戦することの保証をとりつけた。この会議の際ナポレオンはドイツ文化人層の支持を得るためゲーテらと会談した。

ピエールに欠けている実務上の粘り腰が公爵には十分に備わっていたので、あえて奮闘努力をしなくとも、無理なく事が進んでいったのである。農奴三百名からなる領地の一つがそっくり自由耕作制[2]へと移行し（これはロシアでもっとも早い例の一つだった）、他のいくつかの領地では賦役制が貢租制に替えられた。ボグチャロヴォ村では、出産の際には領主の出費で知識のある助産婦が招かれ、司祭が給料をもらって農民と屋敷付きの使用人たちの子弟に読み書きを教えるようになった。

生活時間の半分をアンドレイ公爵は禿山《ルイスィエ・ゴールィ》で、父親とまだ乳母に養われている息子とともに過ごし、残りの半分を「ボグチャロヴォ僧院」と父親が呼ぶ自分の村で過ごしていた。ピエールに対して外の世界の出来事には一切関心がないと宣言した彼であったが、実際には熱心にいろいろな出来事を追いかけ、たくさんの書物を取り寄せていた。そして自分でも驚くことに、自宅や父親の家にペテルブルグからの、すなわち現実生活の震源地からの客を迎えてみると、国際政治にせよ国内政治にせよ、そうした首都の客たちの知識が、田舎に引きこもっている自分の知識にはるかに及ばないことに気付くのだった。

領地の経営と広範な読書一般に加えて、アンドレイ公爵はこの頃、近年のロシアの二つの不幸なる戦役を批判的に検討し、ロシア軍の操典及び軍令の改革案を練る仕事に没頭していた。

一八〇九年の春、アンドレイ公爵は自分が後見人となっている息子の、リャザンの領地へと出かけた。

馬車の上で春の日差しに温められながら、彼は芽を出したばかりの草や白樺《しらかば》の若芽や、真っ青な明るい空に点々と浮かぶ、ふわふわした春の白雲を眺めていた。何ひとつ思うことなく、朗らかなのんびりとした気持ちで、ただあたりを見渡していたのである。

一年前にピエールと語り合ったあの渡し場を馬車は通り過ぎた。泥だらけの村を、打穀場を、芽を吹いた冬小麦の畑を通り過ぎ、橋のたもとに雪が残る下り坂と、雪解け水に洗われた粘土の上り坂を過ぎ、刈り株の列が残る畑とそこここに緑の葉を出した灌木《かんぼく》の茂みを過ぎて、道の両手に広がる白樺林に入った。林の中は暑いくらいで、そよとの風もなかった。粘っこい緑の若葉にすっかり覆われた白樺は微動だにせず、

2　農奴に土地を譲渡して、身分上の拘束と領主のために働く賦役義務を解除し、貢租義務だけを残す制度。一八〇三年に導入されたが、実行する地主貴族は少なかった。

去年の落ち葉を下から突き上げるようにして、薄緑の若草や薄紫の花が顔を出していた。白樺林のあちこちに点在する小さな樅《もみ》の木が、武骨な常緑の枝ぶりで不快にも冬を思い出させる。馬たちは林に入るとすぐに鼻息を鳴らし、目に見えて汗をかきだした。

従僕のピョートルが御者に何か話しかけると、御者はうんと頷いた。だがピョートルはどうやら御者の返事だけでは物足らないらしく、御者台から主人の方に振り向いた。

「旦那さま、気がほぐれますねえ！」恭しい笑顔でピョートルは言う。

「何だって？」

「気がほぐれると申し上げたんですよ、旦那さま」

『何を言いたいんだ、こいつは？』アンドレイ公爵は一瞬考えた。『ああ、きっと春になったと言いたいんだな』そう思い当たって、彼は左右を見渡した。『まったくだ、もうすっかり緑が芽吹いている……早いものだ！　白樺も実桜《みざくら》も、榛《はん》の木だってもう芽吹き始めている……。しかし楢《なら》が目につかないな。あ、あそこだ、楢だぞ』

道の片端に一本の楢の木が立っていた。たぶん林をなす白樺よりも十倍は年老いた樹木で、どの白樺と比べても十倍は太く、背も二倍は高かった。二抱えはある巨大な楢で、枝先はどれも折れて久しいらしく、樹皮は剝がれ落ちてあちこちに古いかさぶた状のものができている。ごつごつした巨大な腕と指をぎこちなく不揃いに広げた格好で、楢は年老いたかんしゃく持ちの高慢な偏屈者のように、微笑む白樺たちの真っただ中に立ち尽くしていた。彼一人だけが春の魅力に屈しようとせず、春にも太陽にも顔を背けているのだった。

『春だの恋だの幸せだの！』と楢の木はあたかも言っているようだった。『そんなかわりばえのしない愚かで無意味なまやかしに、お前たちはよくもうんざりしないな！　いつもおんなじことばかり、まやかしばかりじゃないか！　春も太陽も幸せも、何ひとつありはしない。ほら見てみろ、押しつぶされて死んだ樅の木たちが、いつも同じ格好でうずくまっているし、かく言う俺だって、このとおり折れてボロボロになった指を、背中だろうがわき腹だろうが、ところかまわず生えるがままに突き出している。ただ生えたまんまで立っているだけで、お前たちの言う希望もまやかしも信じちゃいないのさ』

林を進みながらアンドレイ公爵は何度もこの楢の木を振り返った。まるでこの木に何かを期待しているかのようだった。その木の根元にも花や草が生えていたが、しかし木はじっと変わることなく、仏頂面で身じろぎもせず、醜くも頑なな姿で、それらのただ中にたたずんでいた。

『そうだ、あいつの言うとおりさ。あの楢こそ千倍も正しいんだ』アンドレイ公爵は思った。『他の、若い連中は、勝手に何度も同じまやかしに引っかかるがいい。だが俺たちは人生を知っている。俺たちの人生はもう終わったんだ！』楢の木との連想で希望のない、しかし快い憂愁を掻き立てる新たなる思いが、次々とアンドレイ公爵の脳裏に浮かんできた。この旅の間に、彼はあたかもこれまでの生涯をもう一度じっくりと検討し、結局は以前と同じ心安らぐ、希望のない結論に達したかのようであった――自分は何も新たに始める必要はない、このまま悪いことをせず、心安らかに、何も望まずに生涯を全《まっと》うすればいいのだと。

2章

リャザンの領地の後見に関する件で、アンドレイ公爵には当地の郡貴族会長と面談する必要が生じた。その貴族会長がイリヤ・ロストフ伯爵だったため、アンドレイ公爵は五月の半ばに伯爵のもとへと出かけて行った。

すでに春もたけなわの暑い陽気だった。木立はすっかり葉をまとい、埃が舞って気温も高く、水辺を通るとひと浴びしたい気分だった。

浮かぬ顔つきで、この件とこの件を貴族会長に聞きただしておかねばといった考えに気をとられながら、アンドレイ公爵はオトラードノエ[3]のロストフの屋敷に続く庭園の並木道を馬車で進んでいた。すると右手の木立の奥から陽気な女の叫び声が聞こえてきて、馬車のゆく手を横切るように娘たちの集団が駆けだしてくるのが見えた。先頭を切って馬車の間近まで駆け寄ってきたのは黒い髪の、ほっそりとした、おかしいくらいに痩せっぽちの、黒い目をした娘で、黄色い更紗のドレスを着て白いハンカチを頭巾にし、その下からなでつけた髪の房がはみ出ている。娘は何か叫んでいたが、他所《よそ》の者がいるのに気づくと、こちらを見もせずに笑いながらもと来た方へ駆け戻っていった。

アンドレイ公爵は急に何かの痛みを覚えた。こんなにも良いお天気で、日差しも明るく、どこもかしこもうららかな日和《ひより》――ところがあの痩せっぽちでかわいらしい娘はこの俺の存在も知らず、また知ろうともせず、何やら自分だけの、きっと他愛もな

3　オトラードノエの名には「愉悦郷」といったユートピア的含意がある。

い、しかし楽しく幸せな生活に満足し、幸福でいるのだ。『何をあの子はあんなにうれしがっているんだろう？　何を考えているんだろう？　軍の操典のことでもなければ、リャザンの年貢農民の処遇のことでもない。あの子は何を考えているんだ？　そして何で幸せなんだ？』何とはなしに興味を覚えて、アンドレイ公爵はそんな風に自問したのだった。

イリヤ・ロストフ伯爵は一八〇九年にはオトラードノエに身を置いて、以前とまったく同じ生活をしていた。すなわちほとんど全県の人士を客に招いては、やれ狩りだ、演劇だ、ディナーだ、楽隊だという暮らしをしていたのである。新顔の客にいつもそうするように、彼はアンドレイ公爵を歓待し、ほとんど無理強いして一晩泊まらせてしまった。

この日一日、アンドレイ公爵は年配の主人夫妻や、聖名日の祝いが近い関係でいっぱい詰めかけている貴賓たちのもてなしを受けて退屈な時を過ごしたが、その間彼は別の若者たちの集団に混じって何やら笑って楽しんでいるナターシャの方に何度か目をやり、そのたびに自問していた――『あの子は何を考えているんだろう？　何をあんなにうれしがっているんだろう？』と。

夜が来てなじみのない場所に一人きりになると、今度は長いこと寝つけなかった。

本を読み、ろうそくを消し、それからまた点《つ》けた。内側から鎧戸《よろいど》を閉めた部屋の中は暑苦しかった。必要な書類は町にあってまだ届いていないなどと言いくるめて自分を引き留めたあの愚かな老人（彼はロストフ伯爵をそう呼んでいた）に腹が立ち、またおめおめと残った自分にも腹が立った。

アンドレイ公爵は窓を開けようと窓辺に寄った。そして鎧戸を開けた途端、月光が、まるでずっと前から窓外で待ち伏せしていたかのように、ほとばしる勢いで部屋の中に流れ込んできた。彼は窓も開けた。すがすがしい、動く影ひとつない明るい月夜だった。窓のすぐ前に刈りこまれた樹木が列をなしていて、片側は黒く、片側は銀色の光を浴びている。木々の根元には何か露を含んだように濡れた植物が茂っていて、そこここに銀色の葉や茎が顔を出している。黒い木々の先には、何かの建物の屋根が露に光っており、右手には大きく茂った一本の木がくっきりと白い幹や枝を見せている。そしてその木の上方に、ほとんど真ん丸な月が、ほとんど星のない春の空に浮かんでいた。窓辺に肘をつくと、アンドレイ公爵の目はその空に釘付けになった。

アンドレイ公爵のいる部屋は上下の階に挟まれた位置にあり、上の階の部屋にも人がいて、その人たちもまだ寝ていなかった。彼は上の階で女が話す声を聞きつけた。

「あと一度だけだから」上で女の声がそう言った時、彼はすぐにその声の主を悟った。

「だって、あなた、いったいいつになったら寝るの?」別の声が答えた。

「寝ないわ、眠れないんだから、仕方ないでしょう! ねえ、これが最後だから……」

二人の女の声が何かの曲の最後にあたるフレーズを歌い始めた。

「ああ、なんて素敵なんでしょう! さあ、あとは寝るだけ、もうおしまいよ」

「あなたは寝なさい、私、眠れないから」最初の声が窓辺に寄ってきて答えた。衣擦れの音や息遣いまで聞こえるところをみると、声の主はどうやらすっかり窓から身を乗り出しているようだ。すべてが静まり返り、石と化した。ちょうど月とその光と影のように。アンドレイ公爵もまた、図らずもこんな場所に居合わせたことを悟られまいと、身じろぎするのさえためらっていた。

「ソーニャ! ソーニャ!」また最初の声が聞こえた。「ほんとに、どうして眠ったりできるのよ! ねえ見てごらんなさい、なんて素敵なんでしょう! ああ、たまらないわ! ほら、起きなさいったら、ソーニャ」声の主はほとんど涙声になっていた。

「だってこんな素敵な夜なんて、一度も、一度もなかったじゃない」

ソーニャはしぶしぶ何か答えた。

「いいからごらんなさい、すごいお月さん!……ああ、なんて素敵なの! こちらへいらっしゃい。ねえ、お願いだからこっちに来て。ほらね、見えるでしょ？　じゃあこうして、しゃがむのよ、ほらこうやって、自分の膝の下を抱えるの――もっと強く、目いっぱい強く、ぎゅっと抱えて――そうしてパッと飛ぶのよ。ほらこうして！」

「よして、落っこちるわよ」

揉み合う音がしてソーニャの不満そうな声が聞こえた。

「だってもう一時過ぎよ」

「ああ、あなたったら、しらけるようなことばっかり言って。いいわ、行きなさい、行きなさい」

再びすべてが静まり返ったが、アンドレイ公爵には彼女がまだ同じ場所に座っているのが分かった。時々かすかな身じろぎの音が、時にはため息が聞こえてきたからである。

「あらあら、どうしましょう！　本当に、何ていうことかしら！」不意に彼女は声を上げた。「しかたがない、さっさと寝ましょう！」そう言ってバンと窓を閉めた。

『結局、俺がいようといまいと関係ないんだ！』そんな風に思ったアンドレイ公爵だったが、彼女の言葉に耳を澄ましているときには、なぜか彼女が自分について何か言いはしないかと、期待と恐れの入り混じった気持ちでいたのだった。『それにしても、またあの娘か！　まるで仕組んだようじゃないか！』公爵は思った。胸のうちには図らずも、これまでの生き方とはおよそ矛盾した、青年のような思いや希望がもつれたままに湧き起こってきたので、そんな自分の心理を解明する自信のない彼は、さっさと眠りに就いたのだった。

3章

翌日アンドレイ公爵は、伯爵にだけ挨拶すると、女性陣が出てくるのを待たずに帰途に就いた。

アンドレイ公爵が自分の領地へ戻ろうとして、再び例の白樺林に馬車を乗り入れたのは、もう六月に入ったころだった。かつてあの古い、節くれだらけの楢に不思議な忘れがたい驚きを覚えたあの林である。木立に響く馬車の小鈴が、一月《ひとつき》前よりも一層くぐもった音を立てる。どの木も豊かに茂り、影の濃いうっそうとした林になっていた。そこここに点在する樅の若木も全体の美を損なうことなく、周囲のトーンに合わせて、和毛《にこげ》の生えた若芽をまとった優しい緑の姿になっていた。

終日暑さが続き、どこかで雷雨の気配がしたが、結局は小さな黒雲が土埃の道とみずみずしい木々の葉に小雨をぱらつかせただけで終わった。林の左側は暗く陰《かげ》っており、右側は濡れて艶々した木々の葉が陽光に輝き、かすかに風にそよいでいる。何もかもが真っ盛りで、小夜啼鳥《さよなきどり》もすぐそばで、また遠くで、短く地鳴きをしたり、長くさえずったりしていた。

『そうだ、この林にあの楢が、俺と気の合うあの楢の木があったんだっけ』アンドレイ公爵はふと思った。『でもあいつ、どこにいるんだろう？』そんな問いを胸に道の左手をうかがうアンドレイ公爵は、はからずもそれと気づかぬままに、まさに探している当の楢の木に見惚れていたのだった。年老いた楢の木はすっかり様変わりして、みずみずしい暗緑色の葉をひさしのように広げた姿で、夕日を浴びた身を軽く揺らしながら、うっとりとたたずんでいた。例の節くれだった指もかさぶたも、老齢の悲しみも疑いも——何ひとつ目には見えない。百年を数える硬い樹皮を突き破って、枝もなしでいきなりみずみずしい若葉が顔を出している。この老木がそんな芸当をしているとはとても信じられないほどだった。『いや、これは確かにあの楢だ』そう思うとアンドレイ公爵は、不意にわけもなく春らしい歓喜と生まれ変わりの感覚に襲われた。生涯の最良の瞬間の数々が、突如として一気に記憶によみがえってきた。アウステルリッツのあの高い空も、妻の責めるような死に顔も、渡し船の上のピエールも、夜の美しさに興奮していたあの娘も、そしてあの夜と月も――すべてが一挙に思い起こされたのだった。

『いや、人生は三十一歳で終わったわけではない』突如アンドレイ公爵は、きっぱりと最後の決断を下した。『自分の中にあるものを俺がすべて知っているというだけではだめで、すべての人にそれを知ってもらわなければならない――ピエールにも、空を飛びたがっていたあの娘にも。みんなが俺を知り、俺の人生が俺一人だけのものではなくなり、人々が、あの娘のように俺の人生とはかかわりなく生きるんじゃなくて、俺の人生がみんなに反映し、みんなが俺と共に生きるようになるべきなんだ！』

この旅行から戻ると、アンドレイ公爵は秋にはペテルブルグへ行こうと決め、それからその決定の様々な理由を考え出した。なぜ自分がペテルブルグに行き、国家勤務までしなければならないかという合理的かつ論理的な根拠が次から次へと並べられ、いつでも役に立つように準備された。ほんの一月前には、自分が村から出て行こうという気になるなど思いもよらなかったが、今ではそれどころか、かつての自分がどうして人生に積極的に取り組む必要を疑うことができたのか、理解に苦しむほどであった。もしも、これまでの経験を実践に生かしてもう一度人生に積極的に取り組むのでなければ、自分の経験はすべて無駄で無意味なものとなるしかない——そのことが彼にははっきりと感じられた。人生からあれだけ苦い教訓を得たくせに、いまさらまた世のためになる可能性だとか幸せや愛の実現性だとかを信じたりするのは、卑屈なまねに他ならない——かつてそう思っていた彼だったが、今では、どうしてあんなにも貧弱な理詰めの論拠でそんなことを自明と思えたのか、納得がいかなかった。いまや理性は全く別のことをささやいていた。例の旅以来、アンドレイ公爵は村にいても退屈で、以前の仕事には興味を覚えず、書斎に一人でいる時も、よくふっと席を立っては鏡に近寄り、長いこと自分の顔を見つめていた。それからくるりと振り向くと、亡きリーザの肖像に目をやった。リーザはギリシャ風に巻き髪をうねらせた姿で、金の枠の中から優しく楽しげに彼を見つめていた。彼女はもはや以前のような恐ろしい言葉を夫に投げかけはせず、ただ楽しそうに、興味深そうに彼を見ているのだった。それからアンドレイ公爵は後ろ手を組んで長いこと部屋を歩き回り、眉根を寄せたり笑顔になったりしながら、あれこれと不合理で言葉になりがたい、内密の犯罪めいた考え、自分の人生を一変させた考えを頭の中で巡らせていた。それはピエールに関することだったり、名誉に関することだったり、窓辺の娘に関することだったり、楢の木に関することだったり、女性の美や愛に関することだったりした。ちょうどそんなときに誰かが部屋に入ってきたりすると、彼は飛び切り素っ気なく、厳しく、取りつく島のない、そして何より嫌味なほどに理屈っぽい態度で迎えるのだった。

「お兄さま」例えばそんな時、妹のマリヤが入ってきて声をかける。「ニコールシカ[4]は今日はお散歩は無理だわ。とても寒いから」

「もし暖かい日だったら」こんな場合アンドレイ公爵は飛び切り素っ気なく妹に応じるのだった。「シャツ一枚で散歩に出すところだが、寒いから暖かい格好をさせなくてはならない。そのために暖かい服が考案されているのだから。寒いという前提から帰結されるのはそういう答えであって、家にこもっているということではない。子供は新鮮な空気を必要としているのだから」ことさら論理性を強調して語る彼は、まるで頭の中で生じている秘密の不合理な作業の疚《やま》しさを、他人におっかぶせているかのようだった。こんな時、マリヤの方は、知的な労働がいかに男性をうるおいのない存在にしてしまうものかと、つくづく思うのであった。

4章

アンドレイ公爵は一八〇九年八月にペテルブルグにやって来た。それは若きスペランスキー[5]の名声と、彼が遂行中の大改革のエネルギーが頂点に達した時期だった。まさにこの八月に皇帝が、乗っていた馬車から転落して足を痛め、三週間ペテルゴフ宮殿にこもって、その間毎日スペランスキーとしか会わなかったのだった。この時期に宮廷官位の廃止と八等官及び五等官への登用試験の導入という、世間を騒がせたかの有名な勅令のみならず、国家評議会から末端の郷役場に至るまで、現行の司法、行政、財政の統治体制を一変させるべき、一大国家憲法さえもが、準備されていたのである。アレクサンドル皇帝が即位した際に抱いていた漠然とした自由主義的夢想、彼が冗談に公安委員会[6]と名付けたチャルトリシスキー、ノヴォシリツェフ、コチュベイ[7]、ストロガノフという補佐たちの手を借りてかなえようともくろんでいたあの夢想が、今や

4　アンドレイの息子ニコライの愛称。

5　ミハイル・スペランスキー（一七七二～一八三九）。地方司祭の息子で、ペテルブルグの中央神学校教授職を経て官界に入り、アレクサンドル一世に抜擢されて国政のトップに立った。一八一〇年に国家評議会を創設、内閣制度と官僚制を整備して政治改革を進めたが、作中でも話題となる勤務貴族に対する昇進試験制度の導入や、貴族子弟に名目的な地位を与える制度の廃止などが反感を買い、一八一二年の祖国戦争の直前に追放された。

6　仏革命後の一七九三年に設立されてダントン、ロベスピエールのもとで事実上革命政府として機能し、恐怖政治をリードした公安委員会（comité de salut public）を指す。

実際に実を結ぼうとしていたのだ。

今では、これらの人物とそっくり入れ替わる形で、スペランスキーが内政部門を、アラクチェーエフ[8]が軍事部門を仕切っていた。アンドレイ公爵はペテルブルグに到着するとすぐに、侍従[9]として宮廷に参内し、謁見式に加わった。しかし皇帝は二度彼とまみえながら、一言も声をかけてはくれなかった。すでに以前からずっとアンドレイ公爵は、自分が皇帝に嫌われており、自分の顔も存在自体も皇帝には不快なのだという印象を持っていたのだが、このたび皇帝が自分を見た時の素っ気ない、疎《うと》んじるような目つきから、前にもまして自分の想像が正しかったと納得させられたのだった。宮廷の者たちがアンドレイ公爵に説明したところによれば、皇帝が彼に対して冷淡なのは、一八〇五年以降国家勤務に就いていないことにご不満だからだとのことだった。

『人の好き嫌いは本人でもいかんともしがたいということは、俺自身よく分かっている』アンドレイ公爵は考えた。『だからこの場合、俺の作った軍事法典に関する覚書を陛下に直接奏呈するわけにいかないが、しかし中身がよければ、おのずと認めてもらえるだろう』彼は人を通じて自分の覚書のことを、父親の親友のある老元帥に相談した。元帥は面会時間を指定してきて、愛想よく彼を迎えると、皇帝にお届けすると約束してくれた。何日かすると、陸軍大臣アラクチェーエフ伯爵のもとに出頭せよとの指令が届いた。

指定の日の朝九時、アンドレイ公爵はアラクチェーエフ伯爵の屋敷の応接室に出頭した。

アンドレイ公爵はアラクチェーエフと個人的面識はなく、一度として見かけたこともなかったが、彼の知る限りでは、伯爵はあまり尊敬したくなるような人物ではなかった。

『相手が陸軍大臣であり、皇帝陛下の信任を受けている以上、その人物の個人的な性格など誰にもかかわりのないことだ。俺の覚書の検討がこの人物に委ねられている

7　ヴィクトル・コチュベイ伯爵（一七六八～一八三四）。アレクサンドル一世の治世の初期に改革のための秘密委員会（公安委員会）のメンバーとなり、外相や内相を務めた。祖国戦争後にも国家評議会議長、宰相など要職に就いている。

8　アレクセイ・アンドレーヴィッチ・アラクチェーエフ伯爵（一七六九～一八三四）。軍人・政治家。一八〇八年陸相、一〇年国家評議会軍事部議長、祖国戦争後は、反動化するアレクサンドル一世のもと、狂信的な君主制擁護者として「アラクチェーエフ体制」を築いた。

9　宮廷官位で実際には職務のない名ばかりの肩書だった。

ということは、あれを世に出すことができるのは彼しかいないということだ』アラクチェーエフ伯爵の応接室でたくさんの重要人物や重要でない人物に混じって自分の番を待ちながら、アンドレイ公爵はそんなことを考えていた。

アンドレイ公爵は軍務期間の大半を副官として過ごしたが、その間に重要人物の屋敷の応接室をたくさん見てきたせいで、そうした応接室の個性の違いがはっきりと見分けられた。アラクチェーエフ伯爵の応接室の雰囲気は全く特殊だった。この応接室で会見の順番を待つ非重要人物の場合、その顔には恥じ入ったような恭順の感情が刻まれていた。より位の高い人物の場合には、皆一様にばつの悪い気持ちが顔に現れていて、それを隠そうとしてうわべだけくつろいだ様子をしてみせたり、自分と自分の状況を、さらには待たせている相手を嘲《あざけ》ってみせたりといったポーズを作っているのだった。考え込んだように行きつ戻りつしている者もあれば、ひそひそ話をして笑っている者もいた。ふとアンドレイ公爵の耳に「剛腕アンドレイチ」[10]というあだ名や「あのおっさんにどやされるぞ」といったセリフが飛び込んできたが、これはアラクチェーエフ伯爵のことを言っているのだった。一人の将軍（重要人物）は延々と待たされていることにいかにも屈辱を覚えている様子で、座ったまま足を組み替えては、一人小馬鹿にしたような苦笑いを浮かべていた。

だがドアが開くたびに即座に皆の顔に浮かぶのはただ一つ、恐怖の表情だった。アンドレイ公爵は改めて当直の者に自分を取り次いでくれと頼んだが、馬鹿にしたような眼で見返され、そのうちに順番がきますと言われたのみであった。何人かが副官によって大臣の執務室に案内され、また送り出されてきた後で、一人の将校が恐怖のドアの中へと呼び入れられたが、その人物の卑屈な怯えきった顔は、アンドレイ公爵に衝撃を与えた。将校の会見は長く続いた。そして突如ドアの奥からおぞましい怒鳴り声が聞こえたかと思うと、真っ青な顔をした将校が唇を震わせながら出てきて、さっと頭を抱えたまま応接室を通り抜けていったのだった。

続いてアンドレイ公爵がドアに導かれ、当直から小声で「右手の窓の方へ」と告げられた。

地味でこざっぱりとした執務室に入って行くと、四十がらみの人物がデスクに向かっていた。胴長で短く刈り込んだ頭も長く、額には太い皺が走り、茶色がかった緑のぼんやりとした目の上の眉をぎゅっと顰《ひそ》めて、鼻は赤く垂れている。アラクチェーエフは客の方に首を向けたが、顔を見ようとはしなかった。

10　アンドレイチはアラクチェーエフの父称アンドレーヴィッチの略称。

「何の請願ですか?」アラクチェーエフは訊ねた。

「閣下、請願は何も……ございません」アンドレイ公爵は小声で答えた。アラクチェーエフの目が彼に向けられた。

「お掛けなさい」アラクチェーエフは言った。「ボルコンスキー公爵ですね」

「請願は何もございませんが、皇帝陛下が小生の上奏した覚書を閣下にお回しくださったものですから」

「よろしいですか、あなたの覚書は読ませていただきました」アラクチェーエフが公爵の言葉を遮った。はじめだけは愛想のよい口調だったが、またもや彼の顔から目を背《そむ》けて、先へ行くほど文句たらたらの馬鹿にしたような口調になっていく。「新しい軍の法規を提案しようというのですね? 法律はたくさんあって、古い法律さえ誰も守り切れないほどなのですがね。今どきは誰もが法律を作る方に回りたがります。なにせ、作る方が実行するより楽ですからね」

「私は皇帝陛下の御意により、提出させていただいた覚書を閣下がどのようにお取り扱い下さるか、伺いにまいりました」アンドレイ公爵は恭しい口調で言った。

「あなたの覚書に私の裁定を添付して委員会に回しておきました。私は不賛成です」アラクチェーエフは立ち上がると、デスクの上の書類を手に取って言った。「はい」彼は書類をアンドレイ公爵に渡した。

書類には鉛筆の斜め書きで、大文字も正書法も句読点も省いてこう書かれていた。

「フランス軍の操典の模倣であって軍人服務規程を無用に逸脱しているゆえ不適切なる起案と見なす」

「覚書はどの委員会に回されたのでしょうか?」アンドレイ公爵は訊ねた。

「軍操典委員会です。貴下を委員に加えることも私から提案しておきました。ただし無給ですが」

アンドレイ公爵はにっこりと微笑んだ。

「給与は私も望みません」

「では、無給の委員ということで」アラクチェーエフは念を押した。「よろしく。おい、次を呼べ! 次は誰だ?」アンドレイ公爵に一礼しながら彼は叫んだ。

5章

軍操典委員会配属の辞令を待つ間、アンドレイ公爵はかつての知人たち、とりわけ影響力のある、自分の役に立ちそうな人物たちとの旧交を温めた。今彼がペテルブルグで味わっている気持ちは、かつて戦闘前夜に味わった気持ちと同じで、不安な好奇心に胸がうずき、何百万の人々の運命を左右する未来が作られようとしている最上層の者たちの世界に、しきりと心が惹かれるのであった。老人たちが激昂し、事情を知らぬ者たちが好奇心をあらわにし、事情を知る者たちが慎重に口をつぐみ、誰もかれもが焦燥と不安の虜《とりこ》となり、毎日毎日新しい委員会やら検討会やらが無数に生まれている状況から、彼は一八〇九年の現在、ここペテルブルグにおいて、一種の巨大な国内戦が準備されていることを感じ取っていた。そしてその総司令官が、まだ知らぬ、謎の、天才と思われる人物、すなわちスペランスキーなのだった。自分にもぼんやりとしか分からぬ改革の事業にも、その主導者であるスペランスキーにも、強い関心を掻き立てられるあまり、軍の操典の件は彼の意識の中で急速に副次的な位置に追いやられていった。

当時のペテルブルグの上流社会にはきわめて多様な、それぞれ最高級のグループがいくつもあったが、アンドレイ公爵はそのいずれにも好意をもって受け入れられやすい、極めて有利な状況にあった。改革派は彼を喜んで受け入れ、自分たちの仲間に引き入れようとしたが、それは第一に彼が頭脳明晰で博識だという評判をとっていたからであり、第二に、農奴を自由身分にしたことで、彼がリベラルな人間だという定評を得ていたからであった。現状に不満を持つ老人たちのグループは、あのボルコンスキーの息子だということで、改革批判への賛同を期待して彼に近寄ってきた。女性が仕切るいわゆる社交界も彼を喜んで迎えたが、それは彼が金持ちで身分も高い独身者であり、ペテルブルグではほぼ新顔同然で、しかも彼自身の戦死の誤報や妻の悲劇的な死というロマンチックな過去を、光背のように背負っていたからである。おまけに昔の彼を知る者たちは皆、口をそろえて、この五年間で彼が良い方に変化し、物腰も穏やかで大人になり、以前のようなわざとらしい、傲慢な、人を小ばかにしたような態度が消えて、年相応の落ち着きが出てきたとほめそやしていた。彼は世の噂になり、人々の関心を呼び、皆が彼に会いたがった。

アラクチェーエフ伯爵の家を訪れた翌日の晩、アンドレイ公爵はコチュベイ伯爵邸に招かれていた。彼は伯爵に、「剛腕アンドレイチ」との会見の模様を話して聞かせた（コチュベイもアラクチェーエフをこのあだ名で呼んだが、その際アンドレイ公爵がかの陸軍大臣の応接室で目にしたのと同じ、意味不明な嘲笑を浮かべていたのだった）。

「よろしいですか」コチュベイは言った。「あなたのその件でさえ、スペランスキー氏を避けて通るわけにはいきませんよ。彼はオールマイティーですからね。私が口を利いてあげましょう。晩に来るという約束ですから……」

「いったいスペランスキーが軍の操典にどんな関係があるのですか?」アンドレイ公爵は訊ねた。

コチュベイはにやりと笑うと、アンドレイ公爵の世間知らずぶりに呆れたように首を振った。

「つい最近、彼とあなたの噂をしたところですよ」コチュベイは話を続けた。「あなたの自由耕作農民の件でね……」

「ああ、あれはあなたでしたか、公爵、農民を解放したのは?」エカテリーナ女帝世代の老人が、蔑《さげす》むような眼でアンドレイ公爵を振り向いて言った。

「小さな領地で何の収益も生まなかったものですから」いたずらに老人を刺激したくなかったので、自分のしたことがなるべく穏やかに伝わるようにと、彼はそんな答えをした。

「時流に乗り遅れるのが怖《こわ》いということですな」老人はコチュベイを見ながら言った。

「どうも納得がいかないのですが」老人は続けた。「農民を自由にしたら、誰が土地を耕すのでしょうか? 法律を作文するのは簡単ですが、運用するのは難しいですよ。

今の状況も同じことで、一つ伯爵に伺いますが、誰も彼もが試験を受けなくちゃならないとしたら、いったい誰が役所の長官になるのですか？」

「試験にパスした者がなるのだと思いますよ」足を組んであたりを見回しながらコチュベイは答える。

「例えばうちの役所にプリャニチニコフという男が勤めていて、素晴らしい、立派な人物なんですが、年はもう六十なんですよ。果たしてこんな人物まで試験を受けなくてはならないのでしょうか？」

「まあ、それは難しそうですね。なにせ教育がほとんど行き渡っていませんからな。しかし……」コチュベイは話の半ばでさっと立ち上がると、アンドレイ公爵の手を引いて、ちょうど部屋に入って来た人物の方に連れて行った。相手は長身で禿頭、四十格好の金髪の男性で、むき出しの秀でた額をした面長の顔は、並外れて、奇妙なまでに色白だった。青い燕尾服を着て首には十字勲章を掛け、左胸に星形勲章を付けている。スペランスキーだ。アンドレイ公爵はすぐに相手が分かったが、そのとたん、人生の大事な瞬間によく起こるように、胸の中で何かがピクリと震えた。それが敬意なのか羨望なのか期待なのか、自分でも分からなかった。スペランスキーの姿かたちのすべてが、一目で彼と分かる特殊なたたずまいをなしていた。アンドレイ公爵の属する社会には、このように不器用で鈍い動きをしながら、ここまで平然と自信に満ちた態度がとれる者は誰一人いなかったし、半ば閉じた、うるんだような眼がこれほどに強く、しかも柔らかな視線を発する者も皆無だった。何気ない笑みがこれほどゆるぎない力を持っているのも、人の声がこれほど細く滑らかで静かなのも、そして何より、顔と、特に手が、これほどまでに優しい白みを帯びているのも、すべて初めて目にすることだった。その手は幾分幅広ながら並外れてふっくらとした、柔らかな、真っ白な手だった。アンドレイ公爵が見たうちでこんなにも白くて穏やかな顔をしていたのは、長期入院している傷病兵くらいしかいない。これがスペランスキー——国家評議会官房長官で皇帝の政治顧問、皇帝のエアフルト行きに随行し、かの地で何度もナポレオンと面談した人物であった。

大勢のいる場に入ってくると、人は思わずいろんな人の顔をきょろきょろと見まわしがちであるが、スペランスキーはそんなそぶりも見せず、慌てて喋り出すこともなかった。自分が喋れば人は聞くものだという自信に満ちた態度で彼は小声で話し、しかも話し相手の顔しか見ようとしなかった。

アンドレイ公爵は、目を見張り耳をそばだててスペランスキーの一言一言を、一挙手一投足を追っていた。誰でもそうだが、とりわけ身近な人への評価が厳しい人にありがちなように、アンドレイ公爵は新しい人物、それも評判を聞いて知っているスペランスキーのような人物に出会うと、常に相手が人間としての長所を完璧に備えているものと期待してかかる傾向があった。

　スペランスキーはコチュベイに、宮廷で引き留められたおかげで来るのが遅れたと詫びていた。その際あえて皇帝に引き留められたとは言わなかった。それが謙虚さをてらうものだということに、アンドレイ公爵は気づいた。コチュベイがアンドレイ公爵を紹介すると、スペランスキーは同じ笑みを浮かべたまま彼に視線を移し、黙ったままじっと見つめた。

「お近づきになれて光栄です。皆と同様、お噂は耳にしていますよ」彼は言った。アラクチェーエフがアンドレイ公爵と面談した際の模様を、コチュベイが手短《てみじか》に伝えると、スペランスキーはさらに笑みを大きくした。

「軍操典委員会の長は私の親友のマグニツキー氏ですから」音節も単語もそれぞれはっきり発音しながら彼は言った。「よろしければご紹介しますよ（彼は文末で少し間を置くのだった）。おそらくあなたは彼が、あらゆる合理的なことに共感し、支援する意欲を持つ人物だと気づかれることでしょう」

スペランスキーの周囲には瞬く間に人垣ができていて、先ほどプリャニチニコフとかいう部下の役人の話をした例の老人も、スペランスキーに質問を投げかけた。

アンドレイ公爵は会話には加わらず、スペランスキーの動きをじっと観察していた。つい最近まで一介の神学生だったこの人物が、今やその手に、白くふっくらとしたその手に、ロシアの運命を握っているのだ——そう彼は考えていた。老人に答えるスペランスキーの並外れた、侮《あなど》り切ったような落ち着きぶりが、アンドレイ公爵を驚かせた。それはあたかも、はるかな高みから相手に向けて、寛大なるお言葉を賜っているといった態度だった。老人があまりに声を荒らげ始めると、スペランスキーは一笑して、陛下のなさりたいことが有益か無益かという判断は、私には致しかねますと答えたものだった。

一同を相手にしばらく話をした後、スペランスキーは立ち上がってアンドレイ公爵に歩み寄り、部屋の別の片隅へと連れて行った。どうやら彼をきちんと処遇する必要があると思ったようだった。

「あの尊敬すべきご老人の熱烈な議論に巻き込まれてしまったおかげで、あなたとお話しする暇がありませんでしたが」控えめな侮蔑を含んだ笑みを浮かべて、彼は言った。その笑みはあたかも、つい今しがた自分が話していた連中のくだらなさは、あなた同様私も理解していますよと告げているかのようだった。そんな態度がアンドレイ公爵の自尊心をくすぐった。「あなたのことは以前から存じ上げています。第一にはあなたがなさった農民解放の措置のゆえです。あれはわが国で最初のケースで、後に続く者がもっとどんどん出てくれるとよろしいのですが。それから第二には、宮中の官位に関する新しい勅令があれこれ取りざたされている中で、あなたは侍従の身でありながら新しい勅令に憤慨していない方の一人だったからです」

「そうですね」アンドレイ公爵は答えた。「父親は、私が安直に高い官等を得る権利を行使するのを望みませんでした。それで私は、一番低い位から始めたわけです」

「お父上は旧時代の方ですから、自然な公正さを回復しただけの今回の措置に目くじらを立てている現代の者たちよりも、明らかに高いところにいらっしゃいますよ」

「ただし思うのですが、そうした批判にもそれなりの根拠があるのではないでしょうか」スペランスキーの影響力を身に感じはじめながら、それに抗《あらが》おうとしてアンドレイ公爵は言った。相手に全面的に賛成するのは嫌で、逆らってみたかったのである。ただいつもは弁舌さわやかなアンドレイ公爵が、今こうしてスペランスキーを相手に話そうとすると、言葉に詰まるのを覚えた。この高名な相手の人物観察に気を取られ過ぎていたのだ。

「個人的な名誉心のための根拠ならありうるでしょう」スペランスキーは静かに自

分の意見を述べた。

「ある意味では国家のための根拠もです」アンドレイ公爵は言った。

「それはどういう意味でしょうか？」スペランスキーは静かに目を伏せて言った。

「私はモンテスキューの信奉者ですが」アンドレイ公爵は言った。「君主政体の基盤を名誉心に見る彼の思想は、疑いもなく正しいと思います。貴族階級のある種の権利及び特権は、その名誉心を支える手段になるかと思うのですが」後半はフランス語になっていた。

スペランスキーの顔から笑みが消え、そのせいで顔つきがぐっと引き締まった。おそらくアンドレイ公爵の思想に興味を覚えたのだ。

「もしも問題をその観点から見るならば」スペランスキーもフランス語になった。話すのは苦手らしく、ロシア語の場合よりもさらにゆっくりになったが、しかし一向に気にする様子はなかった。彼の言うのは、名誉（*l'honneur*）というものは、職務の進行に有害なる特権によって支えられるべきものではないこと、および名誉とは、戒《いまし》められている行為を行わないという消極的な概念であるか、あるいは称賛と称賛の表象である褒賞を得るための競争の、一種の源泉であるかの、いずれかだということであった。

彼の論拠は簡潔、単純かつ明快なものだった。

「そうした名誉を支え、競争の源泉となる制度は、例えば偉大なる皇帝ナポレオンのレジオン・ドヌール勲章のように、勤務の成功の妨げになるどころかそれを促すものであって、階級的もしくは宮廷内の特権とは違います」

「反論は致しませんが、宮廷内の特権もまた同じ効果を上げたことは否定できません」アンドレイ公爵は言った。「宮廷に仕える者は皆、その地位にふさわしい振る舞いをするのを義務と心得ておりますから」

「しかし公爵、あなたはその特権を利用するのを望まなかった」相手にとって気まずい議論をお世辞で切り上げてやりたいという気持ちを笑顔に表しながら、スペランスキーは言った。「もしも拙宅に水曜日にお越し願えるなら」と彼は付け加えた。「マグニツキーと相談のうえ、ご興味のありそうな情報をお伝えしますよ。それから、もう少し踏み込んだお話もしたいですし」目を閉じて一礼すると、スペランスキーはフランス流に暇乞《いとまご》いもせぬまま、目立たぬようにこっそりと広間から出て行った。

6章

ペテルブルグ暮らしを始めた当座、アンドレイ公爵は、これまで田舎の一人暮らしの中ではぐくんできた自分流のものの見方、考え方が、この都会でどっと押し寄せてきた無数の些細《ささい》な気がかりのかげに隠れて、すっかり光を失ってしまったように感じたものだ。

毎日帰宅すると、早速晩のうちに、彼はメモ帳に時間の決まった訪問やら面談やらを四件も五件も書き込んだものだ。生活を機械的に割り振り、いろんなところに決まった時間に行けるよう日程を組むことが、生活の活力そのものの大半を奪っていた。何一つせず、何一つ考えず、また考える時間さえないままに、彼はただひたすら喋っていた。それもまだ田舎にいるうちに考えておいたことを喋って、好評を得ていた。

時々自分が、同じ日に全く同じことを場所だけ変えて繰り返していることに気付いて、いやな気がすることもあった。しかし毎日があまりにも忙しく、自分が何も考えていないということすらも、考える余裕がなかった。

スペランスキーは、コチュベイの家で初めて会った時も、また後の水曜日に自宅を訪問し、直々《じきじき》にもてなされて長時間打ち解けた会話を交わしたときも、アンドレイ公爵に強い印象を与えた。

アンドレイ公爵は、世の中があまりに軽蔑すべきくだらない人間だらけに思え、何とかして自分の理想とするような完璧さを体現した人物を見出《みいだ》したいと願っていたので、スペランスキーこそがまさにその十全なる理性と徳を備えた人間の理想像であると、すんなり信じ込んでしまった。仮にスペランスキーがアンドレイ公爵と同じ階級の出で、教育も気風も同じだったとしたら、公爵はじきに相手の英雄的でない、弱い人間的な側面を見つけていただろうが、この場合、相手の奇妙に論理的な思考構造が理解しきれないだけに、なおさら相手に敬意を抱いてしまったのだ。おまけにスペランスキーの側も、アンドレイ公爵の能力を評価しているためか、それとも彼を手中に取り込む必要があると思うためか、持ち前の公平で平静な頭脳にものを言わせて、彼をしきりに持ちあげるのだった。それはいわば自信に裏付けされた微妙なお世辞で、その要諦は、話し相手が唯一自分と同じく、他のすべての人間の愚かしさをすっかり理解し、お互いの考えの合理性と深みを理解できるのだと、暗黙のうちに認めることにあった。

水曜日の晩、差し向かいで長く話し合った際に、スペランスキーは何度も「私たち、が注目しているのはすべて古臭い慣習の域を脱したものごとですから……」とか「だが私たちが望むのは、狼も満腹、羊も無事という状態なので……」とか「彼らにはこれは理解できませんが……」といった発言をしたが、そう言うときは「彼らとは何者で私たちとはだれなのか、私たちは、つまり君と私は分かっているよね」と言わんばかりの表情だった。

　このスペランスキーとの初めての長い会話は、最初に出会った時にアンドレイ公爵が覚えた感情をただ強めるばかりだった。彼はこの相手が、合理的で厳密な考え方をする巨大な頭脳の持ち主で、力と粘りで権力を獲得し、その権力をひたすらロシアの福祉のためだけに行使している人物と思えたのである。アンドレイ公爵の目に映るスペランスキーは、世の中のあらゆる出来事を合理的に説明し、合理的なものだけを現実的なものと認め、あらゆるものを理性の物差しで測ることができる、まさに彼自身がそうありたいと願っているとおりの人物だった。どんなことでもスペランスキーに説明させると、ごく簡単な分かりやすいことに思えて、アンドレイ公爵は知らないうちに何でも納得させられていた。あえて異議を唱えるとすれば、それは単に、自分だってスペランスキーの意見に唯々諾々と従うばかりでなく、一人前の人間であることを見せてやりたいと思うからに過ぎなかった。すべて結構で良いことずくめだったが、ただ一つアンドレイ公爵を戸惑わせるものがあった。それはスペランスキーの冷たい、鏡のような、胸の内をのぞかせない目と、その白い柔らかな手だった。ふつう人が権力者の手に目をやってしまうように、アンドレイ公爵もついついその手を見てしまうのだった。鏡のような目とその柔らかな手の組み合わせが、なぜかアンドレイ公爵を苛立たせた。さらにアンドレイ公爵に不快な衝撃を与えたのは、スペランスキーに見られる、あまりにも過剰な人間蔑視と、彼が自分の意見の正しさを証明する際の、その手法の多様性だった。スペランスキーは比喩を除くありとあらゆる思考の手段を駆使し、しかもアンドレイ公爵には大胆すぎると思えるほど、一つの手段から別の手段へと飛び移ってみせた。実践的活動家の立場に立って夢想家を批判したかと思えば、風刺家の立場から皮肉な笑いで敵を煙に巻き、厳密な論理を展開したかと思えば、唐突に形而上学の高みに駆け上がる、というふうなのだ(この形而上学的な証明手段は、彼がとりわけ頻用するものだった)。問題を形而上学の高みに持ち上げたかと思うと、空間、時間、思想の定義に移り、そこから反証を導いて、再び論争の地平に戻ってくるのである。

総じてアンドレイ公爵を驚かせたスペランスキーの知性の主な特徴は、知性の力と正しさに対する、確固としたゆるぎなき信念であった。しょせん自分の考えたことをすべて表現することはできないという、アンドレイ公爵にとっては当たり前の考えが、スペランスキーの頭に浮かぶことは決してあり得ない様子だったし、自分が考えていることも信じていることも、もしかしたら全部つまらないことではないかといった疑いも、生じたためしはないようだった。そしてまさにそうしたスペランスキーの頭脳構造が、何よりもアンドレイ公爵を惹きつけたのである。

スペランスキーと知り合った当初、アンドレイ公爵はいつかボナパルトに対して抱いたのと似た、熱烈な賛嘆の念を覚えていた。スペランスキーが貴族の出でなく司祭の息子であるという事情は、愚かな者たちから、やれ生臭坊主だ小坊主だと、下卑《げび》た侮り方をされるタネになりかねなかったし、実際多くの者がそんな口を利いていたが、まさにそのせいでアンドレイ公爵は、スペランスキーに対する自分の気持ちを特別大事に扱うようになり、おかげで無意識に彼の内でその気持ちが強まったのだった。

アンドレイ公爵がスペランスキーの屋敷で過ごした最初の晩、法律制定委員会についてひとしきり話し合った後で、スペランスキーは公爵に向かって皮肉交じりに、法律制定委員会がすでに百五十年間も存在していて、経費ばかり何百万も遣いながら何の成果もあげておらず、ローゼンカンプ[11]が比較立法学の全条項に付箋を貼っただけであると告げた。

「つまりただそれだけのことに国家は何百万もの金を支払ったのです！」彼は言った。「私たちは元老院に新たな司法権を付与したいと思っていますが、わが国にはそのための法がないのです。そんなわけだからこそ、公爵、あなたのような方がいま勤務しておられないのは罪ですよ」

アンドレイ公爵は、それには法学の素養が必要だが、自分にはそれがないと答えた。

「いや、そんなもの誰も持ってはいませんよ。ではどうしろとおっしゃるんですか？　こんな堂々巡りは力ずくでも打破しなければなりません」

一週間後、アンドレイ公爵は軍操典委員会の委員となり、さらにまったく思いがけないことに、法律制定委員会の一部門の長となった。スペランスキーの依頼で彼は当時編纂中の民法の第一編を引き受け、ナポレオン法典とユスティニアヌス法典を参照しながら、個人の権利の項の作成に取り組んだのだった。

11　グスタフ・ローゼンカンプ男爵（一七六四～一八三二）。法学者で一八〇三～二二年の間、法律制定委員を務めた。

7章

二年ばかり前の一八〇八年、領地巡察の旅からペテルブルグに戻って来たピエールは、図らずもペテルブルグ・フリーメイソンのリーダー格となった。彼は支部《ロッジ》の会食や葬儀を主宰し、新規会員の募集を行い、様々な支部の統合や諸規約原本の収集に尽力した。施設の建設にも私費を投じ、寄付金を募る場合も、大半の会員が出し惜しみしたり怠けたりするところを、できるだけ自腹を切って埋め合わせようとした。ペテルブルグに結社が設けた貧民院も、ほぼ彼一人が私費で支えていたのである。

一方で彼は相変わらず、昔のままの享楽的で放埒な生活を続けていた。美食と飲酒を好み、不道徳で恥ずべきことと知りながら、独身者仲間との遊びを慎むこともできないでいた。

仕事と遊びに忙殺されて一年もたつうちに、ピエールは自分が立っているフリーメイソンという地盤が、強く踏ん張ろうとすればするほどずぶずぶと沈下していくような気がし始めた。同時に彼は、地盤が沈下するにつれてますます、否応なしにその地盤に搦《から》めとられていくのも感じていた。フリーメイソンに入会したての時には、彼はちょうど真っ平らな沼の上に安心して片足を載せた人間のような気分だった。片足を載せた途端、彼はずぶりと沈んだ。立っている地盤の強度をちゃんと確かめようとしてもう片方の足を載せると、体はなおさら沈み、ずっぽりとはまり込んだまま抜き差しならなくなって、今ではやむを得ず膝まで沼に浸かって歩きまわっているのだった。

バズデーエフはペテルブルグにはいなかった(最近この人物はペテルブルグ支部の仕事から遠ざかって、モスクワにこもりっぱなしだった)。兄弟つまり支部の会員たちは、実生活でもピエールの知り合いだったので、そうした者たちをもっぱらフリーメイソン会員としてだけ相手にして、実生活でおおむね弱虫でちっぽけな人間として知っているB公爵とかイワン・ワシーリエヴィチ・D氏としての側面に目をつぶることは、彼には難しかった。フリーメイソンのエプロンや徽章《きしょう》の裏に、彼らが実生活でやっとの思いで手に入れてきた制服や勲章が見えてしまうからだ。しばしば寄付金集めの際に、半数は自分と同じような金持ちである十名の会員が入金帳に、しかも大半が後払いの形で書き込んだ金額が、総計で高々二十か三十ルーブリにしかならないことがあった。そんな時ピエールはついつい、兄弟は全財産を隣人のために擲《なげう》つという フリーメイソンの誓いを思い起こして疑念にかられては、そんな思いを頭から振り払おうと努力するのだった。

彼は自分の知っている全会員を四つの部類に分けて考えていた。第一の部類に属すのは、支部活動にも社会活動にも積極的に参加せず、ひたすら結社の神秘な学問にのみ携わって、神の三様の名前とか、物質の三元質（硫黄、水銀、塩）とか、正方形をはじめソロモンの神殿のあらゆる形の意味といった問題に没頭している者たちであった。この部類に属するのは主として高齢の会員で、ピエールの考えではバズデーエフも同じ仲間だった。彼はこの人たちを尊敬していたが、彼らの関心を共有してはいなかった。フリーメイソンの神秘的な側面は、彼にはピンとこなかったからである。

第二の部類にピエールは、自分と自分の同類の会員たちを含めていたが、それはフリーメイソンに何かしらまっすぐな、分かりやすい生き方を求め、いまだ見出せずに迷いつつも、いつかは見出せるだろうと期待している者たちであった。

三番目の部類に属するのは（これが一番数が多かったが）、フリーメイソンを単に外面的な形式や儀礼としてしか見ず、中身や意味にはお構いなく、ただその外面的な形式を厳格に守ることにのみ重きを置いている者たちであった。ヴィラールスキーや中央支部の頭領《グランド・マスター》までもがこの仲間だった。

最後の四番目の部類も同じく大きなグループで、とりわけ最近入会した者に多かった。ピエールの見るところ、この者たちは信じるものも望むものも何ひとつ持たず、フリーメイソンに入るのも、単に若くて金持ちで強いコネや家柄を持った者たちと近づきになりたいためだった。こうした者は支部には極めて多かったのだ。

ピエールは自分の活動に不満を覚え始めた。フリーメイソンが、少なくとも彼がこの地で知ったフリーメイソンが、彼には時折単に形だけのものに見えた。フリーメイソンそのものを疑う気はなかったが、ロシア・フリーメイソンが本流を外れて誤った道に入り込んでいるのではないかという疑いを覚えるのだった。それでこの年の末にピエールは、結社の最高の奥義を窮めるため、外国に出かけた。

一八〇九年の夏にはもうピエールはペテルブルグに帰ってきた。以前からロシアと国外のフリーメイソン同士の文通によって、ピエールが彼《か》の地で数々の高位の人物の信用を得て、多くの秘儀に精通し、最高の位に昇進しており、ロシア・フリーメイソンの事業一般に有益なものをたくさん持ち帰るであろうことが知られていた。ペテルブルグの会員たちはそろって彼のもとを訪れ、おべっかを使ったが、皆彼が何かをひた隠しにしながら準備しているように感じたものだった。

第二級支部の大会の日取りが決まり、ピエールはそこで結社の最高指導部から預かって来たペテルブルグの会員へのメッセージを伝達すると約束した。大会は満員の盛況だった。通例の儀式が済むと、ピエールが立ち上がり、演説を始めた。「親愛なる兄弟諸君」顔を赤らめながら、つっかえつっかえ彼は語り出した。手には演説の原稿を持っている。「静かな支部の壁の中でわれわれの秘儀を守っているだけでは足りません。行動する必要があります……行動する必要が。われわれは眠りをむさぼっていますが、行動する必要があるのです」ピエールはノートを開いて読み始めた。「混じりけのない真実を広め、善の勝利を達成するためには」と彼は読んだ。「われわれは世人の誤った先入観を排し、時代精神に見合った規律を広め、青年の教育をわが身に引き受け、揺るがぬ絆《きずな》で最高の賢人たちと結束し、大胆かつ賢明な態度で迷信、不信、愚昧を克服し、われわれに信頼を寄せる人々を、一つの目的で結ばれ、権威と力とを備えた人々へと、育て上げる必要があります。

この目的を達成するためには、悪に対する善の優位を確立すべきであり、正直な人間がいまだこの世にあるうちに自らの善行を末永く報われるよう、努めねばなりません。しかるにわれわれがこの大いなる意図を実現するに際して、現今の政治制度は大きな障害となります。この状況をいかに打開すべきでしょうか？　革命に与《くみ》してすべてを転覆し、力をもって力を排する？……いいえ、それはわれわれの道とはかけ離れています。暴力による改革は、すべて糾弾に値します。なぜならば人々が今のままでいる限り、暴力による改革はいささかも悪を正しはしないし、また賢智は暴力を必要としないからです。

結社の計画はすべて、不屈で高潔な、しかも一つの信念で結ばれた人々の育成を基本とすべきです。その信念とは、全力を尽くしていたるところから悪徳と愚昧を駆逐し、能力のある者、徳の高い者を保護し、そして塵泥《ちりひじ》の中から立派な人材を育て上げて、われわれの結社に迎え入れようとする信念であります。そのときはじめてわれわれの結社は権力を獲得し、無秩序を擁護する者たちの手足を気づかれぬうちに縛りあげて、それと悟られぬままに彼らを操縦することができるでしょう。ひとことで言えば、普遍的な権威を備えた統治形態を構築し、それを市民的な絆を壊さぬまま、全世界に広げていくことです。その際、他の統治主体は、通常の秩序を維持したままで、あらゆる活動を行うことができるでしょう。ただ一つ、われわれの結社の目的とする、悪に対する善の優位を確立する事業の障害となることを除いては。この目的はキリスト教自体が提起したものです。キリスト教は人々に賢く善良であれと教え、自分自身の利益のために、最も優れた、最も知恵のある人たちの例と教えに従えと説いたのです。

すべてが闇に包まれている間は、ただ教えを説くだけで十分でした。真理の新しさが、それに特別な力を付与してくれたからです。しかし今日のわれわれには、はるかに強力な手段が必要です。今や人間は己の感情に支配されているため、善のうちにも感覚に訴える魅力を見出すことを必要としています。情熱を根絶することができない以上、情熱を高尚な目的に導くべく努めるに限ります。それゆえ、各人が善の内側で己の情熱を満足させうることが必要とされ、われわれの結社がその方法を提供する必要があるのです。

各国に一定数の立派な人間が生まれ、その一人一人がさらに二名ずつの立派な人間を育て上げて、その者たちがすべて固く結束すれば、結社にはあらゆることが可能となるでしょう。結社はすでにひそかに、人類の幸福のために多くのことを成し遂げてきたのですから」

この演説は支部のうちに強い印象を与えたばかりでなく、また動揺も巻き起こした。大半の会員が、この演説に啓明結社《イルミナティ》[12]の危険思想を読み取って、ピエールが愕然とするほど冷たい反応を示したのである。頭領がピエールに反論し、ピエールはどんどん熱くなって自論を展開した。これほどに荒れた大会は久しくなかった。いくつかの派閥ができて、ある者たちはピエールの啓明結社思想を咎めて彼を批判し、別の者たちは彼を支持した。ピエールはこの集会で初めて、いかなる真実も二人の人物に同様に解釈されることはないという、人間の知性の無限の多様性に驚嘆したのであった。自分を支持するように見える会員たちでさえ、彼の言うことを自己流に、勝手な制限や変更を加えて理解しているのだが、彼はそれを認めるわけにはいかなかった。彼の必要とするのは、自分の考えを自分の理解する通り、正確に他者に伝えることだけだったからだ。

会議の後で頭領は、ピエールに向かって不満げな皮肉な口調で、彼が熱くなり過ぎていたこと、さらに議論の際に彼が単なる善への愛だけでなく、闘争心にも支配されていたことを注意した。ピエールはそれに答えず、自分の提案は採択されるだろうかと端的に訊ねた。不採択という答えが返って来たので、ピエールは恒例の儀式を待たずに、支部を後にして帰宅した。

12 一七七六年バイエルン選帝侯領に形成された秘密結社。啓蒙主義・原始共産主義・神秘主義などを兼ね合わせ、フリーメイソンにも人的かかわりが深かった。

8章

またもやピエールは、あれほど恐れていた鬱《うつ》状態に陥ってしまった。支部で演説してから三日間というもの、彼は家のソファーに寝たままで、一人の客も受け付けなければ、どこへも出かけはしなかった。

そんなとき彼は妻から手紙を受け取ったが、妻は会ってほしいと懇願し、あなたがいなくて寂しいだの、あなたに生涯をささげたいだのと書き連ねていた。

手紙の最後では、自分は間もなく外国からペテルブルグに戻ると告げていた。

この手紙を追いかけるようにして、フリーメイソンの会員の中で彼が最も軽視している者の一人が、引きこもっているピエールを強引に訪ねてきた。そして彼の夫婦関係に話を向けたかと思うと、いかにも同志の忠告といった口調で、妻に対するピエールの厳しさは公平を欠いており、悔いる相手を許さないでいるのはフリーメイソンの基本原則にも外れるという意見を述べたのだった。

時を同じくして姑《しゅうとめ》にあたるワシーリー公爵の奥方が遣いをよこして、ある極めて重要な問題について話し合いたいので、ほんの数分間でもご来訪いただきたいと伝えてきた。ピエールは、人々が自分と妻を復縁させようと陰謀を巡らしているのを見て取ったが、今の彼の心境では、それが不快とすら感じられなかった。どうでもよかったのだ。今の彼には世の中に何ひとつ重大事はなく、すっかり憂鬱に身を任せたまま、自分の自由も、妻を懲らしめてやろうという意地も、もはや大事にする気は失せていた。

『誰も正しくはないし、誰も悪くはない。したがって妻も悪くはないのだ』と彼は思った。ただ、すぐに復縁を認める意思表明をしなかったのは、鬱状態にある彼には、何にせよことを始める気力がなかったからである。もしも妻が自分のもとに戻って来たとしても、今の彼なら追い払いはしないだろう。今の自分の悩みに比べれば、妻と暮らそうが暮らすまいが、どうでもいいことではないか？

妻にも姑にも何の返事もせぬまま、ピエールはある日の晩遅くに旅支度をしてモスクワへと向かった。バズデーエフに会いたかったのだ。その後のピエールの日記には次のように綴《つづ》られている。

『モスクワ、十一月十七日

たったいま恩人のもとから帰宅したところで、取り急ぎ今日の訪問の印象を一通り書いておく。バズデーエフ氏は貧しい暮らしで、すでに足掛け三年、ひどい胆囊病《たんのう》に苦しんでいる。だが誰ひとり一度として、彼のうめき声も愚痴も聞いたことがないとのこと。早朝から深夜まで、ごく質素な食事をとる時間を除いて、氏はひたすら学問に打ち込んでいる。氏はやさしく私を迎え、寝ているベッドの脇に座らせた。私が東方とエルサレムの騎士の合図をすると、氏も同じ合図で応じ、にっこりと穏やかに微笑んで、私がプロイセンとスコットランドの支部《ロッジ》で得てきた見聞や収穫について訊ねた。私はできる限りもらさず話して聞かせたうえで、自分がペテルブルグの支部で提案した基本方針を紹介し、さらに聴衆の反応が悪く、他の会員たちとの間に溝ができてしまった事情についても伝えた。バズデーエフ氏はひとしきり沈思黙考したあげく、すべてに対する自身の見解を述べてくれたが、それを聞くと、これまで自分が歩んできた道程と、先に控える未来の道程が、一挙にあまねく照らし出されたような気がした。氏はまず、結社の三つの目的とは何だったか覚えているかと問い、私をはっとさせた。氏は以下のように述べた——結社の目的は、㈠神秘を保持し認識すること、㈡その神秘を受容すべく自らを浄化し矯正すること、および㈢その浄化への努力を通じて人類を矯正することである。ではこの三つのうちどれが最も重要な第一目的なのか？ それは無論、自らを矯正し、浄化することだ。この目的を目指せばこそ、われわれわれはあらゆる状況を顧みず邁進することができるのだ。しかるにまた、この目的こそがわれわれに最大の苦労を要求するものなのだ。だからこそ、慢心が高じて道に迷ったとき、われわれはこの目的をすっ飛ばして、自らの穢《けが》れゆえに享受する資格を持たない神秘に手を出そうとしたり、醜悪と堕落の権化に他ならぬ身でありながら、人類の矯正に取り組もうとしたりするのである。啓明結社の思想が純粋な教義ではないのは、社会活動におぼれ、思い上がりに満ちているからだ――以上のような根拠から、バズデーエフ氏は私の演説および全活動を糾弾したのだった。私は心底氏に同感した。私の家庭問題に話が及ぶと、氏は言った。「すでに言ったとおり、真のフリーメイソンの最大の務めは自己を完成させることにあります。ただし、われわれはともすると、人生のあらゆる難事を自分から遠ざければ、より速やかにこの目的が達成できると考えがちですが、実はね、君、それどころか」と氏は言った。「俗世の荒波の真っただ中に身をおいてこそ、はじめてわれわれは三つの主要な目的を達成することができるのです。すなわち、第一は自己認識で、人間は他者との比較によってのみ自己を知ることができるからです。第二は自己完成で、これは闘争を通じてのみ得られますし、そして第三として、最も重要な徳である死への愛を達成できるのです。人生の有為転変を味わうことによってのみ、われわれは生の虚しさを知り、自分に生来備わっている死への愛、言い換えれば新たなる生にむけての復活への愛を喚起されるのですから」こうした言葉がしみじみと胸を打ったのは、まさにバズデーエフ氏自身が、激しい身体の苦痛を味わいながらも決して生を重荷と感じず、また死を愛し、しかもあれだけ浄化された気高い内的な自己を持ちながらも、自分はいまだ十分に死の準備ができていないと感じているからであった。それからわが恩人は、宇宙の偉大なる正方形の意義を私に余すところなく説明し、さらに三と七の数が万有の基礎であることを示してくれた。氏は私に、ペテルブルグの会員たちとの交流を避けず、支部ではもっぱら補佐的なポジションにとどまって、会員たちを思い上がりの誘惑から遠ざけ、彼らを自己認識と自己完成の真実の道へと導く努力をするように忠告してくれた。さらに自分のための心得として、まずは己自身から目を離すべからずと忠告し、そしてその目的のために一冊のノートをプレゼントしてくれた。今書いているのがそのノートで、今後私はこれに自分の行動のすべてを書き綴るつもりである』

『ペテルブルグ、十一月二十三日

再び妻と同居している。まずは姑が泣く泣く訪れてきて、エレーヌがすでに当地に戻っており、私に話を聞いてもらいたがっている、彼女は罪を犯しておらず、私に捨てられたことを悲しんでいる、等々と述べ立てたのだった。もしも妻と会うことを承知してしまえば、再度相手の願いを断るだけの気力は自分にはないだろうということは分かっていた。疑心暗鬼のまま、いったい誰に助力を、助言を求めるべきか判断もつかなかった。もしもかの恩人がここにいてくれたら、指示を与えてくれただろうに。自室にこもってバズデーエフ氏の手紙を読み返し、氏との会話を思い起こしてみると、最終的に得られた結論は――自分は助けを求める者を突き放すべきではない、誰にでも援助の手を差し伸べるべきであり、ましてや相手がこれほど自分と縁のある者ならなおさらである、そうして自分の十字架を背負っていくべきだ、というものであった。ただし妻を許すのが徳行のためであったからには、妻との同居の目的も、ただ精神的なものに限るべきだ。私はそう決断し、バズデーエフ氏にもその通り書き送った。私は妻に、過去のことはすべて忘れて、もしも自分に非があったなら許してくれと頼み、自分が彼女を許すべきことは何もないと告げた。妻にそう告げることが、私にはうれしかった。再び彼女とまみえることがどれほど私に苦痛だったか、妻は知らなくてもいい。こうして大きな屋敷の二階の部屋に一人でおさまり、私は新生の喜びを味わっている』

9章

例によってこの当時の上流社会人たちも、宮廷や大きな舞踏会では一堂に会しながら、実際にはそれぞれの色合いを持ついくつかのグループに分かれていた。中でも一番大規模なのがフランス派、すなわち親ナポレオン派のルミャンツェフ伯爵[13]とコランクール[14]の周辺グループであった。このグループで最も輝かしい地位を占めていた者の一人が、夫とペテルブルグに居を構えたばかりのエレーヌだった。彼女のもとへはフランス大使館の職員や、同じフランス派の中の、頭の良さと愛想の良さで知られた者たちが多数出入りしていた。

エレーヌは有名な両皇帝の会見の時にエアフルトに滞在しており、かの地からヨーロッパの名だたる親ナポレオン派諸氏との太い人脈を持ち帰って来たのである。エアフルトで彼女は華々しい成功を収めた。ナポレオン自身、彼女を劇場で見かけて、あれは誰かと問い、実に美しいと称賛したものだ。エレーヌが美しくて洗練された女性としてもてはやされることは、ピエールには別に意外ではなかった。事実彼女は年ごとに、ますます美しくなってきたからである。だが彼に意外だったのは、自分の妻がこの二年の間にまんまと「美貌に劣らぬ知性を備えた女性」という世評を勝ち得たことであった。有名なリーニュ公[15]は彼女に八ページに及ぶ手紙を書いた。外交官のビリービンは、自分の考えた警句を大事に取っておき、このベズーホフ伯爵夫人エレーヌの前で最初に披露することにしていた。ベズーホフ伯爵夫人のサロンに受け入れられることが知性の証明と見なされていた。若者たちは彼女のサロンで話す話題を仕入れるために、にわか勉強で本を読み、大使館の書記官ばかりか大使や公使たちまでもが彼女に外交上の秘密を漏らすので、エレーヌはある種の権威と化していた。妻がすこぶるつきの愚か者であることを知っているピエールは、時に妻の夜会だの晩餐会だのに立ち会って、そこで政治や詩や哲学についての談話が交わされているのを聞くと、何か納得がいかず、空恐ろしいような、奇妙な気持ちになった。そうした夜会での彼

13　ニコライ・ルミャンツェフ伯爵（一七五四～一八二六）。当時の外務大臣。

14　アルマン・ド・コランクール（一七七三～一八二七）。ナポレオンの腹心の軍人・政治家で、当時在露フランス大使だった。

15　シャルル・ジョセフ・ド・リーニュ（一七三五～一八一四）。ベルギー出身の軍人・政治家・作家で、フランス、オーストリアで勤務、オーストリア皇帝と親しかった。後にウィーン会議を評して「会議は踊る、されど進まず」と言った人物。

は、ちょうど手品を演ずるたびに、今度こそ自分のトリックがばれてしまうのではないかと怯えている手品師と同じ気持ちを味わっていたのである。だが、まさに愚かしさこそがこの種のサロンを運営するための必須要件だからなのか、あるいは騙されている者たち自身が騙されていることに満足しているからなのか、この欺瞞《ぎまん》はばれることがなく、ベズーホフ夫人が「才色兼備の女性」であるという評判は不動のものとして定着してしまったので、もはやエレーヌがどんなに月並みな愚かしいことを喋っても、皆がその一言隻句に讃嘆し、言った本人が思いもよらなかったような深い意味を、そこに見つけ出そうとするのであった。

ピエールはかくも輝かしい社交界女性の夫として、まさにうってつけの存在だった。ぼんやりした変人で、浮世離れしたお殿様のようなこの夫は、誰の邪魔にもならず、客間にみなぎる高級な雰囲気を壊さぬばかりか、優雅さと節度を兼ね備えた妻とは正反対のタイプであるゆえに、まさに彼女の引き立て役を果たしていたのである。ピエールはこの二年間絶えず精神的な問題に専心没頭して、他のすべてを心底軽蔑して過ごしてきたので、自分に興味のない妻の社交の場に混じっているときには、誰に対しても無関心で無頓着でしかも愛想のよい態度を貫いていたが、そうした態度は人為的には身につかぬものであるが故に、おのずと敬意を呼び起こすものだった。まるで劇場に入るように妻の客間に入って行く彼は、全員と顔見知りで、誰にも同じようににこやかに挨拶をしながら、誰にも同じように無関心だった。時に興味を覚えた会話に加わることもあって、そんな時にはそこに大使館の客たちが居合わせようが居合わせまいが頓着なく、たどたどしい口調で自説を披瀝《ひれき》するのだったが、その意見が全く場違いなものであることもあった。しかしこのペテルブルグでもえり抜きの女性の変わった夫に対する世評はすっかり定着していたので、誰も彼の振る舞いに目くじらを立てようとはしなかったのである。

エレーヌのもとに毎日出入りしているたくさんの若者の中に、すでに軍でかなり出世したボリス・ドルベツコイも混じっていて、エレーヌがエアフルトから戻ってからは、ベズーホフ家で一番懇意な人物となっていた。エレーヌは彼を「私の《モン・》お小姓《パージュ》さん」と呼び、子供相手のような態度を見せていた。彼女が彼に見せる笑顔は皆に見せるのと同じだったが、ピエールは時折その笑顔を見るといやな気持ちになった。ボリスはピエールに対して一種特別な、堂々と構えつつ心晴れぬような、慇懃《いんぎん》な態度を示した。その慇懃な調子もまた、ピエールの胸を騒がせた。ピエールは三年前、妻のせいで受けた屈辱に手ひどく傷ついたので、今では同じ屈辱から身を護ろうと対策を講じていた——一つはこの妻の夫であることを否定することであり、また一つは疑惑を感じることを自分に許さないことであった。『いやいや、妻も青鞜派《ブルー・ストッキング》16の仲間入りをしたからには、以前のような色恋沙汰とはすっぱり縁を切っただろう』彼は自分に言い聞かせるのだった。『青鞜派が色恋にふけるなんていうためしはなかったからな』どこから引っ張って来たか分からないが固く信じているそんな原則を、彼は繰り返し自分に言い聞かせるのだった。だが奇妙なことに、妻の客間にボリスがいるという事実が(彼はほとんど常に入り浸っていたのだが)、ピエールに生理的に作用して、彼の手足をがんじがらめにして、無意識で自由な動きをできなくさせてしまうのだった。

『全く不思議な嫌悪感だ』ピエールは思った。『以前はむしろ大好きな相手だったのに』

世間の目から見ればピエールは大地主貴族で、有名な妻のちょっと目端の利かない滑稽な夫であり、いわゆる賢い変人で、何もしないが誰の害にもならない、立派で善良な青年だった。一方ピエールの胸のうちではこの間に、複雑で困難な内面的な成長の営みが進行していて、それが彼に多くのことを開示し、数々の心の迷いや歓びを味わわせてくれたのであった。

10章

ピエールは日記を書き続けていた。以下はこの間に書かれたものである。

『十一月二十四日

八時に起床。聖書を読み、出勤し（ピエールは例の恩人の忠告にしたがい、ある委員会に勤めていた）、午餐前に帰宅して、戻り一人で食事――妻のところには私の好みでない客が大勢いたのだ。適度に飲食し、食後は兄弟たちのために文章の抜き書きをした。晩に妻のところへ行き、Bについての滑稽なエピソードを披露したが、皆がどっと笑ったときようやく、こういう振る舞いはすべきではなかったと気がついた。

幸せな落ち着いた気持ちで就寝。偉大なる主よ、あなたの御跡をたどれるよう、どうか御力を貸したまえ――㈠怒りの情は平静と熟慮によって避け、㈡色情は節制と嫌

16　十八世紀のイギリスで女性の地位向上や参政権運動の母体となった知的志向の高い上流婦人のグループを指すが、ここでは「進歩的な女性」といった意味。

悪感によって克服し、㈢虚しき業から身を遠ざけ、ただしa国家への勤務、b家庭への配慮、c友との交わり、d経済上の仕事は、これを放棄しないように』

『十一月二十七日

遅く起床。目が覚めた後も長く横になったまま、けだるい気分に身をゆだねていた。神よ、どうかあなたの道がたどれるよう、私を助け、鍛えたまえ。聖書を読んでも気持ちがこもらなかった。兄弟ウルーソフが来訪し、世間話をする。皇帝陛下の新計画の話を聞かされた。これを批判しかけたところで、自分の作ったきまりと恩人の言葉を思い出した。真のフリーメイソンは、己の関与が必要とされる場合には、勤勉なる活動家として国家に仕え、自分にかかわりのない事柄については、冷静なる観察者であるべきなのだ。まことに口は禍《わざわい》の元である。兄弟G、V、Oが来訪し、新人の入会式に関する打ち合わせをした。彼らの提案で私が導師役《リートル》を務めることになった。私にはまだその力も資格もないと感じるのだが。その後、神殿の七つの柱と七つの階段の解釈の話になり、七つの学問、七つの徳、七つの悪徳、精霊の七つの恵みが論じられた。Oは実に雄弁だった。晩に入会式が執り行われた。改修された会場は実に壮麗で見栄えが良い。新入会員はボリス・ドルベツコイだ。私が推薦人であり、かつ導師でもあった。暗い神殿に二人でいる間ずっと、不思議な感情に心が騒いでいた。胸のうちにこの相手に対する憎しみの念を見出し、それを克服しようと虚しい努力をした。まさにそれゆえに、私は本当に彼を悪から救い、真実の道へと導きたかったのだが、彼についての悪しき想念が一向に胸から消えなかった。彼の入会の目的は、単に人々と近づきになって、われわれの支部の会員たちの愛顧を得たいということでしかないのではないかと思えてきた。彼は何度も、われわれの支部にNとSがいないかという質問をしたし（この質問には答えるわけにはいかなかったが）、おまけに、私の見るところ彼はわれわれの聖なる結社に敬意を覚えることができず、あまりにも自分の外面にとらわれ、それに満足しきっていて、精神面の改善を願う気持ちが欠けているようだった。ただそれだけで、それ以上私には彼を疑う根拠はないのだが、どうも私には彼が本気ではないように思えたのだ。暗い神殿の中で二人きりで対面している間ずっと、彼がこちらの言葉をバカにして笑っているような気がして、つい私は相手の胸に突き付けている剣で、本当にそのはだけた胸を突き刺してやりたいと思ったほどだった。私は弁が立たないので、自分の疑いを兄弟たちにも頭領にもありのままに伝えることはできなかった。偉大なる造物主よ、どうか私に御力を貸して、この虚偽の迷路から脱出する真実の道を見出させたまえ』

この後、日記には三枚の空白があって、その後に以下の記述がある。

『兄弟Ｖと長時間二人きりで有益な話をした。Ｖは兄弟Ａに従うよう助言してくれた。まだ私には知る資格がないことまで、たくさん教えられた。アドナイ[17]は世界を創った者の名であり、エロヒーム[18]は万有を統《す》べる者の名である。第三の名は口にしてはならぬ名で、すべてのものという意味を持つ。兄弟Ｖとの会話は、私を力づけ、気分を一新させて、しっかりと徳行の道に立たせてくれる。彼といると疑いの生じる余地はない。社会科学の貧弱な教えと、すべてを包括するわれわれの神聖なる教えの違いが、私にははっきりと分かる。人の世の学問は、理解しようとしてすべてを細分し、観察しようとしてすべてを殺してしまう。わが結社の神聖なる学問においては、すべては一つであり、ひとまとまりの、生きたままの姿で認識されるのだ。三元質、すなわち事物の三つの根源は、硫黄、水銀、塩である。硫黄は油と火の性質を持つ。これが塩と一緒になると、その火の本性によって塩の中に渇望を呼び覚まし、その力で水銀を招き寄せ、捉え、引き留めて、その結果、個々の物体を生み出す。水銀は液体であると同時に飛翔する霊的本質である。すなわちキリストであり、精霊であり、神である』

『十二月三日

遅く目覚めて聖書を読んだが、何も感じなかった。その後、部屋を出て広間を歩いた。思索にふけるつもりだったが、意に反して四年前のある出来事が脳裏に浮かんできた。あのドーロホフ氏が、決闘の後モスクワで再会した時、私に向かって、さぞかし今こそは完全なる心の平穏を味わっていることだろうな、たとえ奥方はご不在でも、と言った場面だ。あの時は何一つ言い返しはしなかった。それが今になってあの出会いの一部始終を思い起こしては、胸のうちで相手をくそみそに罵り、肺腑をえぐるような返答をしてみせているのだ。かんかんに腹を立てている自分に気付いた時、ようやくわれに返って、こんな考えを振り捨てた。だが、この件ではまだ反省が足りているとは言えない。その後ボリス・ドルベツコイが来訪して、いろんな出来事を語り始めた。私の方は最初から彼の訪問が気に食わなかったので、一言二言相手の気に障《さわ》ることを言ってやった。相手がこれに反論したので、私はムカッとして彼に向かってさ

17　ヘブライ語で「主」を意味する語で、ヤハウェの別称。
18　創世記に出てくる無限の力を持つ神の名。

んざん嫌味をぶつけ、ついには乱暴な口まできいた。彼は黙り込んでしまい、はっとわれに返った時はもはや手遅れだった。ああ、この相手との付き合い方が全く分からない！　原因は私の自尊心だ。私は自分がこの相手より上だと意識しているので、そのせいで相手よりはるかに劣った振る舞いをしてしまう。こちらが無礼な言動をしても相手は寛大に聞き流しているのに、こちらは逆にますます相手を見下すという始末だ。ああ神よ、あの男の前でもっと自分の醜さを自覚して、相手のためになるような行動がとれるよう、どうか御力を貸したまえ。昼食後に午睡をしたが、眠りにつく瞬間、はっきりとした声が左の耳元で「汝《なんじ》の日だ」と告げるのを聞いた。

夢を見た。暗がりを歩いていると、突然犬たちに囲まれたが、恐れもせずに歩き続けた。突然一匹の小ぶりな犬が私の左の太腿《ふともも》に食いつき、そのまま放そうとしない。私は両手で犬の首を絞めつけた。やっとのことでもぎ放すと、途端に別のもっと大きな犬が胸に食いついてきた。そいつももぎ放したが、しかし別の、さらに大きな犬が噛みついてきた。そいつを抱え上げようとしたが、抱え上げれば上げるほど、犬はどんどん大きく、重くなっていく。すると急に兄弟Aがやってきて、私の手を取って導き、ある建物へと連れて行った。建物に入るには狭い板の上を渡っていかねばならない。板に足をかけると、板がたわんで落ちてしまったので、私は高い塀によじ登ろうと必死で両手をのばした。散々苦労してどうにか体を持ち上げると、塀の外側が足、内側が胴体という格好になった。振り返ると、兄弟Aが塀の上に立って大きな並木道と庭園を私に指し示している。庭園の中には大きくて立派な建物があった。そこで目が覚めた。主よ、偉大なる造物主よ、わが身から犬たちを、わが煩悩を、とりわけ以前のすべての煩悩の力を併せ持つ最後の煩悩をもぎ放すのに、どうか御力を貸したまえ。そして夢の中でその相貌を目にすることのできた徳行の殿堂へと入るのに、どうか御力を貸したまえ！』

『十二月七日

こんな夢を見た。バズデーエフ氏がわが家に座っており、私は大喜びで彼をもてなそうと思っている。でもどうやら私は別の者たちとぺちゃくちゃお喋りばかりしていたようで、ふと彼にはそれが不快に違いないと気づき、彼のそばに行って抱擁しようとした。だが近寄った途端、みるみる彼の顔が変わって若返り、小さな、とても小さな声で何やら結社の教えの一節を語り掛けるのだったが、あまりにも声が小さくて私には聞き取れない。それからどうやら私たちはそろって部屋を出たようで、そこで何か不思議なことが起こった。私たちは床《ゆか》に座っていた、あるいは寝ていたかもしれない。彼は私に何かを語り掛けている。ところが私は彼に自分の繊細さを見せつけたくなったらしく、相手の話に耳を貸さず、勝手に自分の内なる人間の状態や私に下された神の恵みを思い浮かべ始めた。すると目に涙が浮かんできたが、うれしいことに彼もそれに気づいてくれた。ところが彼は怒った顔で私を見ると、話を中断して起き上がってしまった。私はおろおろしながら、今のお話は私のことではないですかと訊ねた。だが彼は何も答えず、優しい顔をしてみせる。その後ふと気づくと、私たちはダブルベッドが置いてある私の寝室にいるのだった。彼がそのベッドの端に身を横たえると、私も彼に甘えたがっているように隣に添い寝した。すると彼はこんな質問をした――「正直に言ってください、あなたが一番好きなことは何ですか？　あなたはそれに気づいていますか？　きっとすでに気づいているでしょうね」私はこの質問にまごついて、自分は怠けることが大好きだと答えた。彼は信じられないといった風に首を振る。ますますまごついた私は、自分はあなたの御忠告に従って妻と暮らしているが、夫婦の関係はないと答えた。これに対して彼は、妻はかわいがってやらなくてはいけないと言い返し、それが私の義務であると言い聞かせた。なおも私が、そんなことをするのは恥ずかしいと答えると、そこで突然すべてが掻き消えてしまった。目を覚ますと頭の中に聖書の一節が浮かんできた――「この生命は人の光なりき。光は暗黒に照る、而して暗黒はこれを悟らざりき」[19]バズデーエフ氏の顔は若々しく輝いていた。まさにこの日、この恩人から夫婦生活の義務についての手紙が届いたのだった』

『十二月九日

夢を見て、目覚めた時には胸がドキドキしていた。モスクワの自宅の、大きな休憩室にいると、客間からバズデーエフ氏が出てきたという夢だった。私はすぐに、彼の生まれ変わりが完了したのに気づき、駆け寄った。挨拶のキスをして手にも口づけすると、氏は「気がつきましたか、もう私が別の顔になっているのを?」と訊ねる。相手を腕に抱いたまま改めて見ると、顔は若々しいが頭には毛がなく、目鼻立ちはすっかり様変わりしている。「偶然お見かけしても、あなただと分かりますよ」と答えたが、同時に「私は本当のことを言っただろうか?」と自問した。ふと見ると、氏は死体のように横たわっている。それから次第に意識をとりもどして、私と一緒に大きな書斎に入った。手には画用紙を綴った大判の書物を持っている。私は「それは私が書

19　ヨハネ福音書第一章四〜五(日本聖書協会文語訳)。

いたものです」と言うと、氏は頷いて応えた。書物を開いてみると、どのページにも素晴らしい絵が描かれていた。私は、その絵が魂とその愛する相手との愛の遍歴物語だと知っていた。何枚ものページに、透き通った服をまとった透き通った体の乙女が雲を目指して舞い上がっていく美しい絵が描かれているのを私は見た。その乙女が旧約聖書の雅歌を描いたものに他ならないのも分かっていた。そうした絵を見ているのが疚しいことのような気がしたが、目が離せなかった。主よ、私を助けたまえ！　もしも私を見捨てるのがあなたのご意志だとしたら、致し方ありませんが、もしも私自身が原因だとしたら、何をすればいいのか、どうか教えてください。あなたにすっかり見捨てられたら、私は自分の淫蕩のために身を滅ぼしてしまうでしょう』

11章

ロストフ家の財政事情は、一家が田舎に暮らしていた二年の間も好転しなかった。ニコライは自分で決めた通り、ずっと僻地の連隊に勤務して生活費も比較的節約していたのだが、本家のオトラードノエ村の暮らしぶりは相変わらずであり、おまけに執事のミーチェンカの切り盛りが下手だったので、毎年毎年借金がとめどもなく嵩《かさ》んでいたのである。老伯爵の考え得る唯一の救いといえば、これはもう明らかに国家勤務で俸給を得ることしかなく、そんなわけで伯爵は職探しにペテルブルグへ出てきたのだった。職探しと、ついでに、本人の言うところによれば、最後に一度娘たちを楽しませてやるために。

ロストフ家がペテルブルグにやってきてからほどなくして、例のベルグが長女のヴェーラにプロポーズして、受け入れられた。

モスクワでのロストフ一家は、自分たちがどんな社会階層に属するのかなどということに自覚もなく、また考えたこともないままに、自然と最上流社会の仲間入りをしていたものだが、ペテルブルグでの付き合い相手は、いろんな階層の混じったあいまいな集団だった。ペテルブルグでは彼らは田舎者と見なされたので、モスクワにいたころは彼らの方が階層など気にせずに食事をふるまってやっていたような者たちまでもが、彼らのレベルまで身を落とすのをためらうという風だった。

ロストフ家の側では、モスクワにいる時と同じくペテルブルグでも客あしらいのよい暮らしをしていたので、夜食の席にはきわめて多様な人士が集まってきた。オトラードノエ村の近くに領地をもつ老齢の貧乏地主とその娘たち、宮廷女官ペロンスカヤ、ピエール・ベズーホフ、ペテルブルグで勤務中の郡郵便局長の息子といった面々である。男性の中で早速ペテルブルグのロストフ家の常連客となったのは、かのボリスとピエール（これは老伯爵が通りで見かけて、引きずるようにして連れてきたのだ）、そしてベルグだった。ベルグは連日ロストフ家に入り浸って、まさに求婚しようとしている若者にしかできないような目で、長女のヴェーラを見つめていた。
ベルグはアウステルリッツの会戦で負傷した右手を誰彼となく見せびらかし、左手にはまったく無用な剣を携《たずさ》えていたが、それも無駄には終わらなかった。彼は自分の体験を誰にでも根気よく、勿体《もったい》をつけて物語ったので、誰もが彼のとった行動こそ目的にかなった立派な行為だと信じ込んだ。こうしてベルグは、アウステルリッツでの勲功に対して二つも褒賞を得ることができたのであった。

フィンランド戦争[20]でもベルグは手柄を立てることができた。総司令官の脇にいた副官が榴弾《りゅうだん》で戦死した時、ベルグはその榴弾の破片を拾い上げ、上官に提出したのだ。アウステルリッツ戦の後の時と同様、彼は皆にこの出来事を長々と根気よく語り聞かせたので、またもやみんながこれはそうする必要があったのだと思い込み、それでフィンランド戦争の勲功でもベルグは二つの褒賞を得たのだった。一八〇九年には、彼は勲章をいくつも持った近衛大尉として、ペテルブルグで何やら特別に割のいいポストについていた。

反体制的な傾向の者の中には、目の前でベルグの手柄話が出ると鼻で笑う者もいたが、しかしベルグが謹厳で勇敢な将校として上官の覚えもめでたい、前途洋々たる身で、すでに社会で確固たる地位を占める堅実で志操堅固な青年であることは、認めざるを得なかった。

四年前モスクワの劇場の平土間で、あるドイツ人の同輩と出会った際に、ベルグはヴェーラを示してドイツ語で「あれが僕の妻になる女性だよ」と告げたものだったが、その時以来、彼は彼女を妻として思い定めていた。そしてこのたび、ペテルブルグでロストフ一家の状況と自分の状況を勘案したうえで、いよいよ時は満ちたと判断し、プロポーズをした次第であった。

ベルグの求婚ははじめ、彼からすれば不本意な当惑をもって受け止められた。はじめは、素姓もあいまいなリーフラント[21]の士族の息子がロストフ伯爵令嬢に求婚するの

20 ナポレオンの大陸封鎖令に対する立場の違いから、一八〇八年ロシアとスウェーデンの間に起こった戦争。この結果ロシアは一八〇九年にフィンランドを獲得した。

21 ラトヴィア東北部からエストニア南部にかけてのリヴォニアと呼ばれる地域のドイツ語名。ドイツ騎士団の入植地で、いわゆるバルト・ドイツ人が多かった。十八世紀初頭の大北方戦争以来ロシア帝国領。

はいかがなものかと思われたわけだ。しかしベルグの個性の一番の特徴が、まさにこのような無邪気で悪意のない自己中心性にある以上、ロストフ家の者たちも自然と、ベルグ自身がこれでいい、これが一番だと確信しているのなら、きっといいことに違いないと思うようになったのだった。おまけにロストフ家の経済事情は極めて悪く、この求婚者がそれを知らぬはずはなかったし、何といってもヴェーラはすでに二十四歳になっていて、あちこちの社交界に出入りしており、間違いなく美人で分別もあったにもかかわらず、これまで誰からも一度としてプロポーズを受けたことがなかった。そんなわけで、ベルグの求婚は受け入れられたのである。

「ほうらね」とベルグは自分の同僚に言った。この相手を彼は親友と呼んでいたが、それは誰にでも親友というものがあるのだと心得ていたからに過ぎない。「分かっただろう、すべて僕の計算通りだ。だって何から何まで考え合わせて、どこから見ても不都合はないと確かめたうえでなけりゃ、僕は結婚なんかしやしないよ。現状は不都合どころか、両親の生活も、僕が手を回してバルト海地方の土地が借りられたおかげで保障されたし、僕の方は、自分の給料に妻の資産を合わせて持ち前の几帳面さを発揮すれば、夫婦でペテルブルグで暮らしていけるからね。いや立派に暮らしていけるさ。僕は何も金のために結婚するんじゃないし、そんなのは下品だと思っている。ただ妻も夫もそれぞれの分を持ち寄るべきだと思うのさ。僕には勤務があり、妻には縁故とささやかながら資産がある——これは今どきでは、結構恵まれたことだよ、そうじゃないか？　まあ何より大事なのは、彼女がとてもきれいな、しっかりした娘さんで、おまけに僕を好いてくれているということだが……」

ベルグは頬を染めてにっこりと笑った。

「それに僕も彼女が好きだよ。分別があって性格もいいしね。そこへ行くと妹の方は全く違う。同じ家族なのに全然タイプが違って、いやな性格をしているんだ。おまけに頭も悪くて、とにかくほら……感じが悪いんだよ……そこへ行くと嫁さんの方はね……まあそのうち、君にも家へ来てもらおうじゃないか……」ベルグはその先を「飯でも食いに」と続けようとして思いとどまり、「茶でも飲みに」と言い換えると、その言葉を素早く舌で突き刺すようにして、たばこの煙の小さな輪をフッと吐き出した。それは彼の幸福の夢をそっくり体現したような輪っかだった。

ベルグの求婚が両親の間に生んだ最初の当惑が消えてしまうと、家庭にはこういう場合に通例の、晴れ晴れとした華やいだ雰囲気が生まれたが、ただしそれは心底喜んでいるというよりはむしろ表面的なものだった。この結婚についての家族の感情には、動揺や恥の要素がちらついていた。これまであまりかわいがってこなかったヴェーラを、今回こうして喜んで厄介払いしようとしている自分たちが、なんだか気恥ずかしくなったような様子だった。誰よりも当惑していたのが父親の伯爵だった。おそらく本人は、自分の当惑の原因を名指そうとしてもできなかっただろうが、その原因は自身の財政事情にあった。自分にどれだけの資産があり、負債がどれだけあって、ヴェーラの持参金にどれだけのものを与えることができるのか、当人も皆目見当がつかなかったのである。娘たちが生まれたころには、それぞれに農奴三百人の付いた村を嫁資《かし》として与えることが決められた。しかしその村の一つはすでに売り払われており、別の一つは抵当に入っていて、しかもとっくに返済期限が過ぎている関係で、早晩売り払われるはずだった。つまり領地を持参金代わりに与えるのは不可能であり、かといって現金もまたなかったのである。

ベルグが求婚してからすでに一月以上が過ぎて、結婚式まで一週間を余すのみとなったが、伯爵はいまだ持参金の問題を決断しかねており、また自分から妻に相談を持ち掛けることもしていなかった。ヴェーラにリャザンの土地を与えようか、森を売って金を作ろうか、はたまた手形で金を借りようかと、あれこれ思い悩んでいたのである。結婚式の数日前、早朝にベルグが伯爵の書斎を訪れ、さわやかな笑みを浮かべながら恭しい口調で、ヴェーラさんの持参金としていかほどのものがいただけるかお教えいただきたいと、未来の舅《しゅうと》にお伺いを立てた。前々から覚悟していた問いを突き付けられてすっかりまごついてしまった伯爵は、よく考えもせずに、ただ頭に浮かんだことをそのまま答えた。

「いい心がけだ、そういうことに気を配るとはな、気に入ったぞ、きっと満足してもらえるだろう……」

そう言ってベルグの肩をポンとたたくと、立ち上がって会話を打ち切ろうとした。しかしベルグはさわやかな笑みを絶やさぬまま、もしもヴェーラさんの持参金の内容を確実に伺えず、またその一部なりと前金としていただけないようであれば、自分としてはこのお話はなかったことにせざるを得ないと説いたのだった。

「だって考えてもみてください、伯爵、自分の妻を養っていくための、そこそこの資産も持たないくせに、もしもこのまま結婚したりしたら、僕は愚行を犯すことになるでしょう……」

結局伯爵は、気前のいいところを見せたいのと、二度と催促されたくないことから、八万ルーブリの手形を進呈することで決着を付けようとした。ベルグは内気そうに微笑むと、伯爵の肩に口づけして、ご厚意には深く感謝するが、これから新生活を始めるに際して、どうしても現金で三万ルーブリをいただかなければやっていけないと告げた。

「せめて二万なりとお願いします、伯爵」と彼は言い添えた。「その場合、手形は六万だけで結構ですので」

「そうか、分かった、いいだろう」伯爵は早口で答えた。「ただ申し訳ないがね、君、現金は二万だけにさせてくれ。その代わり手形は、それとは別に八万分進呈しよう。そういうことで、私にキスしてくれたまえ」

12章

ナターシャは十六歳、四年前ボリスとキスをした後で一緒に指折り数えた、あの一八〇九年を迎えていた。あの時以来ナターシャは、一度もボリスに会っていない。ソーニャや母親と一緒にいて、たまたまボリスの話題が出た時など、ナターシャはまるでもう済んでしまったことのようにさばさばとした口調で、あのころのことは全部子供の遊びだから、話題にする値打ちもないし、とっくに忘れてしまった、などと言ってみせる。しかし胸の奥底では、ボリスに立てた誓いは果たしてたわむれだったのか、それとも大事な、果たさねばならぬ約束だったのかという問いが、彼女を苦しめていたのだった。

　ボリスは一八〇五年にモスクワを発って入隊した時以来、ロストフ家の人々と会っていなかった。モスクワへは何度か来ていたし、移動でロストフ家のオトラードノエ村の近くを通ったこともあったのだが、ロストフ家には一度も立ち寄らなかったのだ。時折ナターシャはふと、ボリスが自分と会うのを避けているような気がしたが、そんな彼女の推測を裏付けるように、年長の者たちも彼の話をすると暗い口調になるのだった。

「今どきの人は、昔なじみのことなんて覚えてはいないからね」母親の伯爵夫人はボリスの話が出た後でそんな風に言ったものだ。

　母親のドルベツコイ公爵夫人も最近ではロストフ家から少し足が遠のいて、なんだか妙にお高くとまったような態度を見せるようになっており、顔を出せば、いかにもうれしそうなありがたそうな口調で息子の数々の美点を数えあげ、彼が素晴らしい出世を遂げたことを語るのだった。ロストフ一家がペテルブルグに移ってくると、そのボリスが訪ねてきた。

　ロストフ家へと向かうボリスは、ある種のときめきを覚えずにはいられなかった。ナターシャの思い出は、ボリスにとって一番詩的な思い出だったからだ。だが同時に彼には固く胸に期することがあった——子供時代に自分とナターシャの間にあった関係は彼女をも自分をもなんら拘束するものではないということを、本人にも彼女の両親にもはっきりと感じ取らせなくてはと思っていたのだ。ベズーホフ伯爵夫人との親密な関係のおかげで、彼は社交界でめざましい地位を占めるようになっていたし、彼に全幅の信頼を寄せてくれる大物上司の庇護のおかげで、勤務上も同じくめざましいポストを得ており、おまけに目下、ペテルブルグで一番豊かな令嬢たちの一人と結婚しようという計画が頭をもたげていて、しかもそれが容易に実現できそうな感じなのであった。ボリスがロストフ家の客間に入って行ったとき、ナターシャは自室にいた。彼の来訪を知ると真っ赤に頬を染め、単なる愛想笑いではない笑みに顔を輝かせて、ほとんど駆け足で客間に飛び込んで行った。

ボリスの記憶にあるナターシャは、短いドレスを着て巻き毛の奥の黒い目をキラキラさせながら子供らしくけたたましい笑い声を立てる、四年前に見知っていたままの姿だったので、全く別人と化したナターシャが入って来たのにうろたえてしまい、喜ばしい驚きの表情を顔に浮かべた。ナターシャにはその表情がうれしかった。

「いかが、幼なじみのお転婆娘の顔が見分けられて？」伯爵夫人が言った。ボリスはナターシャの手に口づけして、すっかり変わられたのに驚いたと言った。

「なんときれいになられたことでしょう！」

『そうでしょう！』とナターシャのキラキラした目が答えていた。

「父は老けたでしょう？」そう彼女は訊ねた。ナターシャは腰を下ろすと、ボリスと母親の会話には加わろうとせず、黙ったまま幼いころの「フィアンセ」の姿をつぶさに観察した。相手もそのじっと注がれる優しいまなざしの重みを感じて、時折目を上げて彼女を見た。

軍服も拍車もネクタイも髪型も、ボリスはどこをとっても最新流行のスタイルで、一分の隙もない。ナターシャはすぐにそれを見て取った。伯爵夫人の脇の安楽椅子に少し横向きの格好で座ったボリスは、左手をぴっちりと包む純白の手袋を右手で整えながら、ちょっと特別な、気取った形に唇をきゅっと結んでは、ペテルブルグの最上流社会の娯楽を語り、控えめな嘲笑を浮かべては、かつてのモスクワ時代とモスクワの友人たちの思い出話をするのだった。最上流の貴族の名をあげながら自分が参加した公使の舞踏会のことに触れたり、NやSといった貴族たちに招かれた話をしたりしたが、ナターシャの感じでは、そんな話題の選択も決して無意識にしていることではなかった。

ナターシャはずっと黙ったまま上目遣いにボリスを見つめていた。その視線がますますボリスを動揺させ、混乱させた。ナターシャに目をやる回数が増え、話はしばしば途切れた。腰を落ち着けてから十分もしないうちに、彼は暇乞《いとまご》いをして立ち上がった。そんな彼をあいかわらず興味深そうな、挑むような、幾分あざ笑うかのような目が、じっと見つめていた。この最初の訪問の後で、ボリスは自分に言い聞かせた――確かにナターシャは、かつてと同様今でも自分にとって魅力的だが、自分はそんな気持ちに負けてはいけない。なぜなら、彼女のようなほとんど資産ゼロの娘と結婚するとすれば、自分の出世はそこで終わってしまうし、かといって結婚のめどもなく昔の付き合いを復活させるのは、卑劣な振る舞いになってしまうからだ。ボリスは胸のうちでナターシャとの出会いを避けようと決心したが、そんな決意にもかかわらず数日後にはまた訪問し、その後はもうしょっちゅうやって来て、来る日も来る日もロストフ家に入り浸るようになった。ボリスの考えでは、自分はナターシャと腹を割って話し、相手に告げる必要があった――昔のことは全部忘れるべきだし、たとえ何があったにせよ……あなたは自分の妻にはなれない。自分は財産のない身だし、けっしてあなたの結婚相手にはなれないのだと。だが、ついぞそうした機会はなく、またそんな打ち明け話を切り出すのはきまりが悪かった。日を追うごとにますます迷いは深まるばかりだった。母親やソーニャが見るところでは、ナターシャはどうやら昔と同じようにボリスに恋をしていた。彼の好きな歌を歌って聞かせ、自分の訪問者用アルバム[22]を見せて、彼にもそこに書かせ、彼が昔のことを話題にしようとするのを許さず、新しい出来事がどんなに素晴らしいかを悟らせようとする。そんなわけでボリスは毎日、言うつもりだったことも口にできず、自分が何をしていたのか、何のために来たのか、結局どうなるのかも分からぬまま、狐につままれたような顔で帰っていくのだった。エレーヌのもとからは足が遠のいて、毎日先方から無沙汰を咎める手紙をもらっていたが、それでも連日ロストフ家に入り浸っていたのである。

13章

ある日の晩、老伯爵夫人がナイトキャップに寝間着姿で、ヘアピースも外したままキャラコのナイトキャップの下からひと房の乏しい髪をはみ出させた格好で、ため息をついたりうめき声をあげたりしながら、敷物に頭をこすりつけるようにして夜のお祈りをささげていると、ドアがギーと開き、裸足に部屋履きで同じく寝間着姿のナ

22　友人や訪問者がメッセージを書き記すノートで、若い令嬢の必携品だった。

ターシャが、髪にカールペーパーを巻いた格好で駆けこんできた。伯爵夫人は振り返って顔を顰《しか》めた。ちょうど「この寝床《ねどこ》がわが棺《ひつぎ》となるのでしょうか？」[23]という祈りの最後の一節を唱え終えようとしていたところだったのだ。祈りの気分は台無しになってしまった。頬を上気させ、元気いっぱいで駆けこんできたナターシャは、母親がお祈りをしているのを見るとぴたりと足を停めてその場にしゃがみこみ、思わず自分を脅しつけるようにペロッと舌を出した。だが母親がさらにお祈りを続けているのに気づくと、忍び足でベッドに歩み寄って、小さな足をこすり合わせて部屋履きを脱ぎ、まさに母親が自分の棺となりはしないかと恐れていたその寝床に飛び乗ったのだった。その寝床は背が高く羽毛の布団が敷かれていて、上には大きいのから小さいのまで五つのクッションが置かれていた。跳び上がって羽根布団に沈み込んだナターシャは、そのまま壁の方にごろりと転がると、毛布の下に入って、おさまりのいい場所を探してもぞもぞし始めた。膝が顎に付くほど身を丸めてみたり、足をバタバタさせてやっと聞き取れるほどの笑い声を立てたり、頭まですっぽり毛布をかぶったかと思うと、そっと母親を覗き見たりしている。伯爵夫人は祈りを終えると厳しい顔でベッドに歩み寄ったが、ナターシャが頭まで毛布をかぶっているのを見ると、持ち前の人のよさそうな、力弱い笑みを浮かべた。

「さあ、さあ、さあ」と母親は言った。

「お母さま、ちょっとお話ししてもいいでしょう、ね？」ナターシャは言った。「さあ、喉のくぼみに一度キスさせて。もう一度、これでいいわ」そんなふうに言いながら彼女は母親の首を捕まえて顎の下にキスをした。母親に対するナターシャの態度は、一見乱暴そうに見えるのだが、実際にはとても神経が行き届いて手ぎわがよく、どんなに相手を抱きしめても、痛みも不快も気まずさも感じさせないようにしてあげることができたのである。

「さあ、今日は何のお話なの？」母親はクッションの上に身を落ちつけると、ナターシャがひとしきり足をばたつかせ、左右にも二度ほどごろごろと転がってから自分の隣に同じ毛布を掛けて横たわり、両手を毛布から出してまじめな表情になるのを待ったうえで、そう訊ねた。

父親の伯爵がクラブから帰ってくるまでに行われるこのナターシャの夜の訪問は、母と娘の大好きな楽しみごとの一つだった。

23　ダマスコのイオアンの祈りの一節、「あるいは再び明るい陽光で哀れなわが胸を照らしていただけるのでしょうか？」と続く。

「今日は何のお話？　私からもお前に言っておくことがありますからね……」

ナターシャは片手で母の口をふさいだ。

「ボリスのことでしょう……分かっているわ」彼女はまじめな口調で言った。「私もそのことで来たの。言わないでね、私、分かっているから。いいえ、言って！」彼女は手をどけた。「言ってちょうだい、お母さま。あの人すてきでしょう？」

「ナターシャ、お前はもう十六よ。お前の年には、私はもう結婚していたわ。おまえはボリスがすてきだって言ったわね。確かにとてもすてきだし、私だって息子のように愛しているわ。でも一体どうしたいというの？……何を考えているの？　お前はすっかりあの人をのぼせ上がらせてしまったじゃない。私には分かっていますからね……」

そう言いながら伯爵夫人は娘を横目で見た。ナターシャは寝たまままっすぐ前方に目を据えて、ベッドの両隅のマホガニーの支柱に彫り込まれたスフィンクス像の一つをじっと見つめているので、夫人には娘の横顔しか見えなかった。その顔の飛び切り真剣な、思い詰めたような表情が夫人を驚かせた。

ナターシャは母親の言葉を聞いて、考えていたのだった。

「でも、それがどうしたっていうの？」彼女は答えた。

「お前はあの人をすっかりのぼせ上がらせてしまったけど、それはなぜ？　あの人に何を期待しているの？　分かっているでしょ、お前はあの人とは結婚できないのよ」

「どうして？」身じろぎもせずにナターシャは言った。

「どうしてって、あの人がまだ若いからよ。貧乏だからよ。親戚だからよ……それにお前自身、あの人を愛していないからよ」

「どうしてお母さまに分かるの？」

「分かるのよ。いけないことよ、おまえ」

「もしも私が望んだら……」ナターシャは言った。

「バカなことを言うのはおやめなさい」伯爵夫人は言った。

「もしも私が望んだら……」

「ナターシャ、私はまじめに……」

ナターシャは母親に最後まで言わせず、相手の大きな片手を手繰《たぐ》り寄せると、手の甲にキスをし、それから手のひらにキスをして、またもう一度ひっくり返すと、上になった指の関節の骨にキスをして、次は関節の間、それからまた次の関節といったふうにキスをしていきながら、「一月、二月、三月、四月、五月」とささやくのだった。[24]

「話して、お母さま、どうして黙っているの？　ねえ、話して」そう言って母親に目をやると、母親はやさしい目でじっと娘を見つめている。そうして見つめているうちに、どうやら言おうとしていたことをすっかり忘れてしまったようだった。

「してはいけないことなのよ。お前たちの子供のころの仲を皆が察してくれるわけじゃないんだから、あの人がお前とあんなに親しくしているのを見たら、家にいらっしゃる若い人たちが、お前を変に思うかもしれないし、何よりあの人を無駄に苦しめることになるわ。あの人だってもう自分のお相手を、お金持ちのお相手を見つけているかもしれないでしょう。ただ今はちょっとおかしくなっているだけで」

「おかしくなっている？」ナターシャが繰り返す。

「私のことを話しましょう。私にはある従兄がいてね……」

「知っているわ。キリル・マトヴェーイチさんね。でもあの方、お年寄りじゃない？」

「昔から年寄りだったわけじゃないわ。じゃあいいこと、ナターシャ、私がボリスと話します。こんなに通い詰めてはいけないって……」

「なぜいけないの、本人がそうしたいのに？」

「なぜなら、私には分かっているからよ、こんなことを続けてもどうにもならないって」

「どうしてお母さまに分かるの？ いやよお母さま、あの人に言わないで。そんなことを言うなんて、とんでもないわ。まるでむちゃくちゃじゃない！」ナターシャはまるで自分の財産を取り上げられようとしている人のような口調で言った。「ねえ、結婚なんてしないから、ただ来てもらえばいいでしょう。あの人も楽しいし、私も楽しいんだから」ナターシャはにっこり笑って母を見た。

「結婚するんじゃなくて、ただなんとなく」彼女は繰り返した。

「というと、どういうことなの？」

「だから、なんとなくよ。ねえ、結婚なんてしないから……ただなんとなくこうしていたいの」

「なんとなく、なんとなくねえ」夫人はそう繰り返すと、全身を震わせて、人のよさそうな、思いのほか年寄りくさい声で笑い出した。

「いやだわ、笑うなんて、よしてよ」ナターシャが叫んだ。「ベッド全体が揺れてる

24 大の月と小の月を、握った拳の指のつけ根の関節（親指以外）とその間のくぼみでたどるという記憶法。仮に左手の小指を一月として始めると、右手の薬指の関節が十二月となる。ただし96ページの「小指が六月」はどういう形でも成立しない。

じゃない。お母さまったら、まったく私そっくりなのね、笑い上戸で……。待って……」彼女は母親の両手をつかむと、片方の手の小指――つまり六月にキスをして、それから別の手に移って七月、八月とキスしていった。「お母さま、あの人そんなに恋に夢中なの？　お母さまから見てどう？　お母さまにもあんなふうに恋をしてくれる人がいた？　でもあの人とてもすてきでしょう、とても、とってもすてき！　ただ、私の好みとはちょっと違う――だって体が薄くて、まるで食堂の時計みたいなんだもの……。お母さまには分からない？……薄くて、そうして、灰色で、明るいの……」

「何を出まかせ言っているの！」夫人が言った。

ナターシャは続ける。

「分からないの？　ニコライ兄さんなら分かってくれるのに……ベズーホフさんは青、赤みがかった暗い青、あの方の場合は四角なの」

「お前、ベズーホフさんにも気を引くようなまねをしているでしょ」笑いながら伯爵夫人は言った。

「だって、あの方はフリーメイソンよ。私、見破ったわ。とてもいい方よ、赤みがかった暗い青で、ああお母さまにどう説明すればいいかしら……」

「なあ、お前」ドアの向こうから父親の声が聞こえた。「まだ眠っていないのかい？」ナターシャは裸足のまま飛び起きると、部屋履きをつかんで自室へ逃げ帰った。

彼女は長いこと寝つけなかった。この私に分かっていること、私の中にあることを全部理解することは、誰にも、どうしてもできないのだ――そんなことをひたすら考えていたのである。

『ソーニャは？』体を丸めて眠っている大きなおさげ髪の「子猫」の姿を見つめながら彼女は考えた。『いいえ、とっても無理だわ！　貞淑だもの。ニコライ兄さんに恋をしたら、もう他は見向きもしないんだから。お母さまにだって理解できないわ。でも不思議ね、なんて私は賢いんでしょう、そしてなんて……この娘《こ》はかわいいんだろう』途中から自分を三人称で呼びながら彼女は続けた。誰かとても賢い、最高に賢くて最高に魅力的な男性に褒められているつもりになっていた……。『何もかも、すべてがこの娘には備わっているな』想像上の男性は先を続けた。『すこぶる頭がよくて、愛嬌があって、おまけに美しくて、すこぶる美しくて、しかも器用だ――泳ぎも乗馬も上手にこなすし、また声といったら！　まったく驚嘆すべき声だよ！』大好きなケルビーニ[25]のオペラの一節を口ずさむと、彼女はベッドに身を投げ、これで眠れるというれしい思いに頬を緩めながら、小間使いのドゥニャーシャに声をかけて消灯を命じた。そして用を済ませたドゥニャーシャがまだ部屋から出ないうちに、もう別の、もっと幸せな夢の世界に移っていたのだった。そこは何もかもが軽やかでかつ素晴らしいという点では現実世界と同じだったが、ただ、現実とは趣が違うからこそ一層楽しい世界だった。

翌日、伯爵夫人がボリスを呼びつけて話し合いをすると、その日からボリスがロストフ家を訪れることはなくなった。

14章

十二月三十一日、すなわち一八一〇年に向けての大晦日の年越し祭り《ル・レヴェイヨン》には、エカテリーナ女帝時代の高官の屋敷で舞踏会が行われた。この舞踏会には外交団と皇帝も出席することになっていた。

イギリス河岸通りにあるその高官の有名な屋敷は、無数の灯火で輝いていた。赤い羅紗《らしゃ》が敷かれた明るい車寄せの周りには警察が警備を固め、しかも憲兵ばかりでなく、警察署長と何十人もの警部クラスが玄関口に立ち並んでいる。馬車が去ったかと思うとまたすぐ次が来るという調子で、どの馬車にも赤い仕着せを着たり帽子に羽根飾りを付けたりした従僕たちが付き従っていた。馬車から出てくるのは礼服に勲章や綬《じゅ》を付けた男性たちや繻子《しゅす》のドレスに貂《てん》の外套をまとった女性たちで、女性たちは音を立てて馬車の脇に置かれる踏み台に足をかけて慎重に降り立つと、車寄せに敷かれた羅紗の上を急ぎ足で音もなく歩いていくのだった。

新しい馬車が着くと、ほとんどそのたびに群衆の間をささやき声が駆け抜け、帽子がとられた。

「陛下かい？……いや、大臣さ……大公だ……公使だよ……あの羽根飾りが見えないかい？……」といった会話が人群れの中で交わされる。中の一人で他の者よりもいい格好をした人物が、どうやら生き字引的存在らしく、当世第一級の高官たちの名前をすらすらと挙げていた。

すでに舞踏会の客の三分の一が会場に着いていたが、同じく参加することになっていたロストフ一家は、まだ自宅であわただしい着付けの最中だった。

ロストフ家ではこの舞踏会に関して様々に話し合い、準備を重ねてきたが、やれ招

25　ルイージ・ケルビーニ（一七六〇～一八四二）。パリで活躍したイタリア出身の作曲家。オペラ『メデア』（一七九七）で有名。

待状が回ってこないのではないかとか、衣装の仕上がりが間に合わないのではないかとか、必要な準備が整わないのではないかとか、心配の種は尽きなかった。ロストフ家の者たちに同行して、伯爵夫人の仲の良い親戚のマリヤ・イグナーチエヴナ・ペロンスカヤも舞踏会に参加することになっていた。これは皇太后の宮廷で女官を務める痩せて黄ばんだ顔をした女性で、ペテルブルグの上流社会では田舎者のロストフ一家の指南役を引き受けていたのだった。

十時にはロストフ一家がこの女官を迎えにタヴリーダ庭園近辺の住まいに立ち寄る手はずになっていたのだが、すでに十時五分前になっているにもかかわらず、令嬢たちはまだ着付けも終わっていなかった。

ナターシャにとっては今回が生まれて初めて参加する大きな舞踏会だった。この日彼女は朝の八時に起きて、一日中あたふたと目まぐるしく動きまわっていた。朝一番から彼女は自分たちが、つまり自分と母親とソーニャが、そろってベストのいでたちをすることに全力を注いでいた。ソーニャも伯爵夫人も、このことではすっかり彼女に任せきりだった。伯爵夫人は暗紫色のビロードのドレス、二人の娘はピンクのシルクのインナー・ドレスの上に純白の薄絹のドレスを着て、コサージュに薔薇《ばら》の花をあしらうことになっていた。髪型はギリシャ風に決まっていた。

肝心な準備はすべて、すでに完了していた。脚も手も首も耳も舞踏会用に格別念を入れて磨き上げ、香水を振り白粉《おしろい》をはたいてあった。すでに透かし網のシルクのストッキングをまとい、リボンのついた白い繻子のシューズを履いていたし、髪もほとんど結い終えていた。ソーニャは着付けまで完了し、伯爵夫人も同様だった。しかしナターシャは、皆の世話をしていた分、遅れをとっていた。まだほっそりした肩に化粧ケープを羽織った格好でドレッサーの前に座っている状態なのだった。すでに着付けを終えていたソーニャは、部屋の真ん中に立ったまま最後に残ったリボンを留めようとして、小さな指が痛くなるほどの力でピンを食い込ませ、リボンをキシキシいわせているところだった。

「だめよ、だめ、ソーニャ！」そう言うとナターシャは、結ってもらっている最中の頭をくるりと後ろに向けたので、係の小間使いもつかんだ髪から手を放す暇がなく、ナターシャは引っ張られる髪を両手で押さえる格好になった。「リボンの留め方はそうじゃないわ。こっちに来て」ソーニャがそばに座ると、ナターシャは別のやり方でリボンをピン留めしてやった。

「ちょっと、お嬢さま、困りますわ」ナターシャの髪をつかんだままの小間使いが言った。

「もう、うるさいわね、ちょっと待ってよ！　ほら、これでいいわ、ソーニャ」

「そろそろいいかしら、あなたたち？」伯爵夫人の声がした。「もう十時になるわよ」

「今すぐ、すぐよ。お母さまは準備できたの？」

「帽子《トック》を髪に留めるだけ」

「私抜きでやっちゃだめよ」ナターシャが甲高《かんだか》い声で言った。「お母さまにはできないんだから！」

「でも、もう十時よ」

舞踏会には十時半までに着いている予定だったのに、まだナターシャの着付けも残っていれば、タヴリーダ庭園にも寄る必要があったのである。

髪を結い終えるとナターシャは、短いスカートの下から舞踏会のシューズをのぞかせ、上には母親のブラウスを羽織った格好で、ソーニャのもとに駆け寄ってその姿を点検し、それから母親のところに駆けつけた。母親の頭を横に向かせて帽子をピンで留めると、白髪の頭にキスをするのもそこそこに、また駆け足で、自分のスカートの裾上げをしてくれている小間使いたちのところへ戻ってきた。

問題となっていたのはナターシャのスカートの裾が長すぎることで、二人の小間使いがせわし気に糸を歯で嚙み切りながらまつり縫いにかかっていた。三番目の娘は唇と歯に留めピンを咥《くわ》えて、伯爵夫人のところからソーニャのもとへ駆けつけるところで、四人目は高く上げた片手に薄絹のドレスを掲げ持っている。

「マヴルーシャ、早くして、お願いよ！」

「そこの指ぬきをおとりくださいませ、お嬢さま」

「もうそろそろいいんじゃないか？」伯爵がドアのかげから姿を見せて言った。「ほら、香水を持ってきたよ。ペロンスカヤさんが待ちくたびれているぞ」

「できました、お嬢さま」小間使いが裾上げした薄絹のドレスを二本指でつまみあげると、フッと息を吐きかけて何かを払うようなまねをして言った。そんな仕草で、自分の持っているものが空気のように軽くてきれいだという意識を表しているのだった。

ナターシャはドレスを着始めた。

「すぐよ、すぐ済むから、入ってこないで、お父さま！」着替え中にドアを開けた父親に向かって、まだ顔をすっぽりと包んでいる薄絹のドレスのかげから彼女は叫んだ。ソーニャがぴしゃりとドアを閉める。一分後に伯爵が入室を許された。青い燕尾服を着て長靴下に短靴といういでたちで、香水を振りかけポマードを塗っている。

「お父さま、すてきだわ、とってもお似合いよ！」部屋の真ん中に立っていたナターシャがドレスの襞《ひだ》を直しながら言った。

「ちょっと失礼します、お嬢さま、すみませんが」膝立ちになってドレスの形を整えている小間使いが、口の片側から別の側へと舌で留めピンを動かしながら言った。

「あらどうしましょう」ナターシャのドレスをぐるりと見まわしたソーニャが、いかにも参ったといった声で言った。「困ったわね、まだ長いじゃない！」

ナターシャは後ろへ下がって、姿見で確かめてみた。ドレスは確かに長かった。

「いいえお嬢さま、全然長くなんてありませんわ」令嬢の後について床を這っていたマヴルーシャが言った。

「なに、長いのでしたらざっと縫い詰めてしまいましょう、すぐにできますから」思い切りのいいドゥニャーシャがそう言うと、胸のハンカチから針を抜き取り、またもや床に座って仕事にとりかかった。

このときさっきの帽子にビロードのドレス姿の伯爵夫人が、照れたような、静かな足取りで部屋に入って来た。

「おお！　別嬪さんだ！」伯爵が叫んだ。「うちで一番の美人だな！……」そう言って妻を抱こうとしたが、夫人は顔を赤らめながら、服が皺になるのを恐れて身を避けた。

「お母さま、帽子の位置はもっと脇よ」ナターシャが言った。「私が直してあげる」

そう言ってパッと飛び出したので、裾の縫い詰めをしていた小間使いたちはその動きに追いつけず、薄絹地の一部を破りとってしまった。

「あらあら！　なんてことかしら！　でも私のせいじゃありませんからね！……」

「大丈夫、縫い込んでしまえば見えませんから」ドゥニャーシャが言った。

「きれいだわ、美人さんね！」ドアのかげから現れたばあやが言った。「ソーニャさんも、いや美人さんぞろいですね！……」

十時十五分にようやく一同は馬車に分乗して出かけた。だがまだタヴリーダ庭園に寄らなければならなかった。

ペロンスカヤはもう支度ができていた。高齢で不美人とはいえ、この女性のところでもロストフ家とまったく同じことが行われていた。すなわち、あれほどの慌てぶりではないにせよ（彼女にとってはこういうことは日常茶飯事なので）、彼女の老いた、醜い体も香水を振りかけられ、磨き上げられ、白粉を塗られ、耳の後ろまで丁寧に清められていたのだった。そうして彼女が黄色のドレスに女官徽章《きしょう》を付けた姿で客間に出て行ったときには、ロストフ家であったシーンとまったく同じように、老いた小間使いがさもうれしそうに女主人の盛装姿に見惚れていたのだった。ペロンスカヤはロストフ一家の装いを誉めた。ロストフ家の者たちもペロンスカヤのセンスと装いを誉めると、互いに髪や服に気を遣いながら十一時には馬車に分乗して出発したのである。

15章

ナターシャはこの日、朝から一分たりとも暇な時間がなかったので、何が自分を待ち受けているかなどと考える余裕は一度もなかった。揺れる馬車の窮屈な薄暗がりの中で湿った冷たい空気に包まれているこのとき、彼女は初めてこれから行く舞踏会の煌々《こうこう》と照らされた広間で自分を待ち受けているものを――楽隊を、花々を、ダンスを、皇帝を、ペテルブルグの輝かしい青年たちの群れを――ありありと思い浮かべた。とはいえ自分を待ち受けているものがあまりにも素晴らしくて、そんなことが現実にあろうとは信じることすらできない。寒くて狭くて暗い馬車の中の雰囲気とは、あまりにもかけ離れていたからである。彼女がようやく自分を待ち受けているものの全貌をつかむことができたのは、車寄せの赤い絨毯の上を歩いて玄関部屋に入り、毛皮コートを脱いで、煌々と照らされた階段の両側に並んだ花束の間を、ソーニャと並んで母親の前に立って歩き始めた時だった。このときようやく彼女は舞踏会での振る舞いの作法があったのを思い出し、舞踏会に出た若い娘に不可欠だと思っていた、堂々とした態度を取ろうと努めた。しかし、本人にとってかえって幸いなことに、見慣れぬ光景に目移りするばかりで、何ひとつはっきりとは見分けられず、脈拍は一分間に百を超え、心臓がむやみにドキドキしてきた。だから、もしそうしていたらきっと滑稽に見えたであろう堂々たる態度など取りようもなく、興奮に息が詰まりそうになるのを必死に押し隠しながら歩を進めるしかなかった。そしてまさにそんな態度こそが、彼女に一番似合っていたのである。彼女たちの前も後ろも、同じように小声で話しながら、同じように舞踏会服をまとった客たちが歩いている。階段沿いに並んだ鏡は、白や水色やピンクのドレスを着て、むき出しの腕や首にダイヤモンドや真珠を付けた貴婦人たちの姿を映していた。

ナターシャは鏡を覗いたが、映っている像のどれが自分でどれが他人なのか、見分けがつかなかった。全部が混ざり合って一つのまばゆい行列をなしていたのである。最初の広間に入ると、話し声や足音や挨拶がひとつに溶けあったうなりのようなものがナターシャの耳を聾《ろう》し、光と輝きがそれ以上に彼女の目をくらました。主人夫妻はすでに半時間も入り口のドアの脇に立って、入って来る客たちを判で押したように「ようこそいらっしゃいませ」というあいさつで迎えていたが、ロストフ一家とペロンスカヤも同じように迎えられたのだった。

そろって純白のドレスを着て黒髪に同じような薔薇《ばら》の花を挿した二人の娘が、同じように膝を屈めて挨拶をしたのに、女主人の視線は無意識に、痩せたナターシャの方に長くとどまった。そうしてしばし見つめてから、夫人は彼女にだけ、女主人役としての愛想笑いとは別の、特別な笑顔を見せた。もしかしたらナターシャを見て、自らの幸福な、二度と帰らぬ少女時代を、そして初めての舞踏会を思い出したのかもしれない。主人の方も同じくナターシャを目で追いながら、伯爵に、どちらがお嬢さまですか、と訊ねた。

「素晴らしい娘さんだ！」彼は自分の指の先にキスをして言った。

広間では客たちが立ったまま、入り口のドアのあたりにひしめいて、皇帝の到着を待っていた。伯爵夫人はその人群れの前の方の列に陣取った。ナターシャは何人かの声が自分のことを訊ねるのを耳にし、こちらを見ているのを感じ取った。自分に注意を向ける人たちは自分を気に入ってくれたのだということが分かり、そんな観察がいくらか心を落ち着かせてくれた。

『私たちと同じくらいの人たちもいれば、私たち以下の人たちだっている』彼女はそんな感想を覚えた。

ペロンスカヤは、舞踏会の客のうちで一番主だった者たちの名を伯爵夫人に教えていた。

「ほらあれがオランダ公使よ、ごらんなさい、あの白髪の方」ペロンスカヤは、女性たちに取り巻かれて何かで笑わせている、銀色の豊かな巻き毛の小柄な老人を指して言った。

「そしてあちらがペテルブルグの女王さま、ベズーホフ伯爵夫人よ」部屋に入って来たエレーヌを指して彼女は言った。

「きれいな方でしょ！　あのマリヤ・アントーノヴナ[26]にも引けを取らないわ。ほら見て、お年寄りから若い方まで、みんなあの方の後をつけまわしているじゃない。お美しくて、頭もいいのよ。噂では、あの×××大公があの方に首ったけだとか。それからあちらのお二人は、美人ではいらっしゃらないけれど、もっとたくさんの方に取

26　マリヤ・アントーノヴナ・ナルィシキナ（一七七九～一八五四）。アレクサンドル一世の愛人として有名な美女。

り巻かれているでしょう」

ペロンスカヤが言うのは、広間を横切ってやって来た、貴夫人とひどく器量の悪いその娘の二人組だった。

「あれが百万長者の花嫁よ」彼女は言った。「そしてほら、花婿候補の皆さんもやって来たわよ」

「今のがあのベズーホフ夫人のお兄さまで、アナトール・クラーギンさん」すぐ脇を通り過ぎた美男の近衛重騎兵を指して、ペロンスカヤは続けた。アナトールは頭を高く掲げて女性たちの頭越しにどこかを見やっているところだった。「美男だわ！　そうでしょう？　噂では、あの大富豪のご令嬢と結婚させようという話があるとか。でもお宅の従弟のドルベツコイさんも、熱心にあのご令嬢を追いかけている口よ。ともかく、資産何百万というお話ですからね。え、あれはあなた、例のフランス大使ですわよ」これは伯爵夫人がコランクールを指してあれは誰と訊いたことへの答えだった。「ごらんなさい、どこかの皇帝さまみたいでしょう。でもやっぱり愛嬌がありますわ、フランスの方は愛嬌満点ですからね。社交界でのお相手ならやっぱりフランス人が一番ですわ。あら、噂をすればお見えになったわ！　やっぱり誰よりもお美しいのねえ、あのマリヤ・アントーノヴナは！　それにあのお召し物のシンプルなこと。

粋ですわね！」

「それからあの、太って眼鏡をかけた方が世界的なフリーメイソン」ペロンスカヤがピエール・ベズーホフを指して言った。「あの美しい奥さまと並ばせてごらんなさい、まるで道化よ！」

ピエールは太った体を揺らし、人ごみを押し分けて、まるで市場の雑踏の中を歩いているかのようにのんきな人のよさそうな表情で、右に左に挨拶しながら歩いてくる。明らかに人ごみの中に誰かを捜し歩いているのだ。

ペロンスカヤが道化呼ばわりしたピエールのなじみ深い顔をうれしい気持ちで見つめているうちに、ナターシャはピエールが人ごみの中で探しているのが自分たち、とくに自分であると思い当たった。ピエールは彼女に、自分もこの舞踏会に出るから、お相手役の男性陣を紹介してやろうと約束していたのだった。

だがまだ彼女たちのいるところまで来ないうちに、ピエールは一人の小柄な、とても美男の、白い軍服を着た黒っぽい髪の男性のそばで足を停めた。男性は窓辺に立って、勲章や綬を着けたどこかの背の高い男性と話しているところだった。ナターシャはその白い軍服の小柄な若い男性が誰なのか、すぐに分かった。それはアンドレイ・ボルコンスキーだった。彼女にはボルコンスキーがすっかり若返り、快活になって、いっそう男前になったように感じられた。

「また一人知り合いの方がいたわ、ボルコンスキーさん、見えるでしょう、お母さま?」ナターシャはアンドレイ公爵を指して言った。「覚えているでしょう、オトラードノエの家に泊まってくださったのよ」

「あら、あの方をご存じなの?」ペロンスカヤが言った。「私、あの方には虫唾《むしず》が走るわ。今や飛ぶ鳥を落とす勢いでね、傲慢ぶりといったら、それはもう果てしがないくらい! お父さまそっくりになってきたわ。そうしてあのスペランスキーとくっついて、何かの法案を起草しているんですよ。ごらんなさい、あの女性への態度! 女の方が話しかけているのに、そっぽを向いてしまうなんて」彼女はアンドレイ公爵を指して言った。「もしもあの方があんな態度をこの私に見せたら、それこそとっちめてやりますわ」

16章

突然全体に動きが生じて、人群れがガヤガヤ言いながら進み出したかと思うと、今度はさっと左右に分かれ、二列になったその間を、始まった楽隊の演奏にのって皇帝が入場して来た。後ろから主人夫妻も入ってくる。皇帝は右に左に会釈をしながら足早に歩いていたが、その様子は、このお目見えの瞬間を一刻も早くやり過ごそうとしているかのようだった。楽師たちが演奏しているのは皇帝にささげた歌詞で当時評判だったポロネーズで、その歌詞の冒頭は「アレクサンドル、エリザヴェータ[27]、われらを魅了する……」となっていた。皇帝が広間を抜けて客間に入って行くと、人群れもその戸口に殺到する。何人かが表情を変えて、いそいで中に入ったかと思うと、また戻ってきた。いったん詰め寄せた人群れがさっと引き下がると、その向こうに皇帝が女主人と話しながら戸口に向かって来るのが見えた。誰か若い男が途方に暮れたような顔で女性たちを相手に、脇にどいてくれと頼み込んでいる。女性たちの中には上流社会のたしなみをすっかり忘れはてたといった形相で、せっかくのおめかしが台無しになるのもかまわず、とにかく前へ出ようとしている者もいた。男性たちが女性たちに歩み寄り、ポロネーズのペアを組み始めた。

一同がさっと道を空けたところに女主人の手を取った笑顔の皇帝が、音楽の拍子を

27　エリザヴェータ・アレクセーエヴナ（一七七九～一八二六）。アレクサンドル一世の妻、もとバーデンの大公女。

無視した足取りで客間から出てきた。二人の後には主人と例のマリヤ・アントーノヴナのペアが続き、さらにその後に公使や大臣やいろんな将軍たちが連なっていたが、ペロンスカヤは立て続けに全員の名を言ってみせた。女性陣の半数以上はパートナーが決まっており、ポロネーズに向かうか、その支度をしているところだった。ナターシャは、自分が母親やソーニャとともに壁際《かべぎわ》に追いやられて、ポロネーズの仲間に加われない女性陣の少数派として取り残されてしまったのを感じた。彼女は細い両腕をだらりと垂らし、かろうじて形の分かる胸をかすかに上下させながら、息を殺し、びっくりしたようなキラキラした目を前方に据えて立ち尽くしていた。すぐにでも歓喜の絶頂に駆けのぼるかもしれないし悲嘆のどん底に沈むかもしれない、といった表情である。彼女は皇帝にも興味がなければ、ペロンスカヤが教えてくれる重要人物たちにも興味がなかった。胸中にはただ一つの思いしかなかった。『このまま誰も私を誘いに来ないのかしら、私は最初の組で踊れないのかしら、男の人たちは揃いも揃って私に気づかないのかしら、男の人たちは今、どうやら私に見向きもしないで、仮に目に触れたとしても、「ああ、あれはお目当てとは違う、パスだパス！」といった表情をしているけれど。いいえ、そんなはずはないわ！』そんなふうに彼女は考えていた。『あの人たちに教えてあげなくちゃ——私がどんなに踊りたがっているか、どんなに上手に踊れるか、そして私と踊ればどんなに楽しいかって』

かなり前から続いているポロネーズの響きが、ナターシャの耳にはもはやわびしい、追憶の調べのように聞こえ始めた。彼女は泣きたくなった。ペロンスカヤは彼女たちのもとを離れ、父親は広間の反対の端に移っていて、母親とソーニャと彼女だけが、この見知らぬ人の群れの中で、誰の興味も引かず誰にも必要のない者として、まるで森の中にいるようにたたずんでいるのだった。アンドレイ公爵がどこかの女性と連れ立って傍らを通り過ぎたが、明らかに彼女たちには気づいていなかった。美男のアナトールがにっこり笑って連れの女性に話しかけながらナターシャの顔をちらりと見たが、その目つきは壁を見るのと同じ目つきだった。ボリスは二度近くを通りかかったが、二度ともそっぽを向いた。ダンスをしないベルグと妻のヴェーラがそばにやって来た。

わざわざこんな舞踏会の場でこんなふうに家族がひと塊になっているのが、ナターシャには屈辱のように思えた。まるで舞踏会ぐらいしか身内の話をする場所がないと言っているようなものではないか。ヴェーラは何か自分の緑のドレスのことを喋っていたが、ナターシャは耳も貸さず、相手の顔を見ようともしなかった。

ついに皇帝が最後のパートナーの女性の脇で足を停め（皇帝は三人のパートナーと

踊ったのだった)、楽隊が沈黙した。気づかわしげな顔をした副官がロストフ一家に駆け寄ってきて、ただでさえ壁際に押しやられている彼女たちに、さらにどこかにどいてくれないかと頼んだ。その時楽隊席から、鮮明で細やかで、心躍るほどリズミカルなワルツの調べが響いてきた。皇帝は笑顔で広間を一瞥《いちべつ》した。一分がたったが、まだ誰も踊り始めようとしない。進行係の副官がベズーホフ伯爵夫人に歩み寄ってダンスに誘った。彼女は微笑んで片手を上げると、副官の方を見もせずに、相手の肩にその手を載せた。進行係の副官はその道の名手だったので、しっかりとパートナーの体を抱きながら、自信たっぷりの様子でゆったりと規則正しく歩を進め、はじめは滑歩《グリッサード》で輪の外周を回ると、広間の端に来たところでパートナーの左手をとり、その体をくるりと回転させた。その後はどんどん速度を増す楽曲の調べの背後から、素早く巧みに足をさばく副官の拍車のリズミカルな軋み音が聞こえるばかりとなり、そして三拍子に一度のターンの度に、パートナーのビロードのドレスが、まるで燃え立つようにひるがえるのだった。じっと彼らを見つめていたナターシャは、このワルツの最初の一周《トゥール》を踊っているのが自分でないことが悲しくて泣きそうになっていた。

アンドレイ公爵は大佐の白い軍服(騎兵隊の制服)に長靴下と短靴といういでたちで、元気な明るい顔をして、ロストフ家の者たちからほど近いところにいる集団の前列に立っていた。フィルホフ男爵が彼を相手に、明日に予定された第一回国家評議会の話をしていた。アンドレイ公爵はスペランスキーに近く、立法委員会にも参加していたので、様々な憶測が飛び交っている明日の国家評議会についても、確かな情報を提供することができたのである。しかし彼はフィルホフの言葉を聞こうともせず、皇帝の姿を眺めたり、ダンスをしようとしながら輪に加わるのをためらう男性たちを眺めたりしていた。

　皇帝の面前で臆している男性陣や、ダンスに誘われますようにと必死に祈っている女性陣を、アンドレイ公爵はじっと観察していた。

　ピエールが近寄ってきて公爵の腕をつかんだ。

「あなたはいつも踊りますよね。あそこに僕のお気に入りのお嬢さん《プロテジェ》が、ロストフ家の下の娘さんがいるのですけれど、どうか誘ってやってくださいよ」彼は言った。

「どこに?」アンドレイ公爵は訊ねた。「失礼」と彼は隣の男爵に言った。「その話は場所を変えてとことんやりましょう。舞踏会では踊らなくてはね」彼はその場を離れると、先に立ってピエールの示した方向に歩き出した。すっかり気落ちして表情を失ったナターシャの顔が、アンドレイ公爵の目に飛び込んできた。彼はその顔を思い出し、その心境を察し、彼女が初心者であることを悟り、かつてのあの窓辺での会話を思い起こして、朗らかな表情を浮かべてロストフ伯爵夫人のもとに歩み寄った。

「これはうちの娘でございます、どうかお見知りおきください」伯爵夫人が顔を赤らめて言った。

「幸い、すでに一度お目にかかっております、お嬢さまが覚えていらしてくだされば」そう答えるとアンドレイ公爵は、先ほどペロンスカヤが下した粗暴だという評言とは全く裏腹な、丁寧なお辞儀をしてナターシャに歩み寄り、ダンスへの申し込みをまだしまいまで言い終わらぬうちに、もう片手を差し伸べて相手の腰を抱いた。彼は彼女にワルツを一曲と申し込んだ。絶望と歓喜の縁に立って色を失っていたナターシャの顔が、たちまち喜びと感謝のこもった、子供らしい笑みに輝いた。

『ずっとあなたを待っていたのよ』びっくりして喜んでいるこの少女は、アンドレイ公爵の肩に片手をかけながら、いまにもあふれそうな涙の奥に笑みを輝かせながら、そんなふうに語り掛けているかのようだった。彼らは二番目に輪に入ったペアだった。アンドレイ公爵はかつて最高の踊り手の一人だった。ナターシャのダンスもなかなかのものだった。繻子のバレエシューズを履いた小さな足は、意識せずともひとりでに素早く軽やかに動き、その顔は幸せの喜びに輝いていた。あらわな首や腕は、エレーヌの肩に比べれば痩せていて美しさで見劣りした。肩は貧弱だし、胸もまだ盛り上がっておらず、腕は細かった。しかしエレーヌの場合はすでに、その体の上を滑っていった何千人もの視線が残したニスのような作り物の艶をまとっているかに見えたのに対し、ナターシャは初めて人前で肌をさらした少女のようで、そうしなければいけないのだと言い聞かされでもしなければ、きっと恥ずかしくてたまらなかっただろうと感じさせるのだった。

もともとダンス好きなアンドレイ公爵は、いつも付きまとわれる政治談議や賢《さか》しらな会話から一刻も早く逃れたい気持ちと、皇帝がいるおかげでこの場に立ち込めている遠慮合戦のような気に食わない雰囲気をさっさと打破してやろうという気持ちから、ダンスに踏み切ったのだった。ナターシャを相手に選んだのは、ピエールに勧められたからであり、また彼女が彼の目に留まった最初の美しい女性だったからである。しかしそのほっそりとした、敏捷な、震えおののく体を抱き、相手が間近なところで動き出し、微笑むと、彼女の魅力が美酒のように彼の頭をくらっとさせた。ひと踊りしてほっと息をつき、彼女を置いて一人たたずみ、踊っている者たちを眺めはじめた時、彼は自分がよみがえり、若返ったような気がしたのだった。

17章

アンドレイ公爵の後では、ボリスがナターシャのもとにやって来てダンスを申し込み、舞踏会のトップを切って踊った例の名ダンサーの副官も来れば、さらに何名か若者たちもやって来るといった具合だったので、ナターシャは余った男性たちをソーニャに回して、幸せのあまり頰を真っ赤に染めながら、一晩中休みなく踊り続けた。広間の人々全員の興味のまととなっている事柄に、彼女は何一つ気づきもしなければ目もくれなかった。皇帝がフランス大使相手に長々と話し込んでいただとか、同じく皇帝がこれこれの貴婦人と格別親密そうに話をしていただとか、何とか大公がこんなことをして、何とか大公がこんな事を言っただとか、エレーヌがモテモテで、これこれの人物が格別の関心を示していただとかいうことには気づきもしなかったし、そればかりか皇帝の姿さえ目に入っておらず、皇帝が会場を去ったということも、その後で舞踏会が一段とにぎやかになったので初めて気づいたくらいだった。夜食の前の楽しいコティヨン[28]の一つを、アンドレイ公爵はまたナターシャと踊った。彼はナターシャにオトラードノエ村の並木道で二人が初めて出会った時のことを思い起こさせ、彼女があの月夜の晩に寝つけなくなった時のやり取りをたまたま立ち聞きしたことを打ち明けた。この昔話にナターシャは顔を赤らめ、まるでアンドレイ公爵に偶然聞かれてしまった自分の感情吐露に何か恥ずかしいものが含まれてでもいたかのように、懸命に言い訳したのだった。

社交界で育った人間はみなそうだが、アンドレイ公爵も社交の場で、社交界人に共通の刻印を帯びていないものと出会うことを喜びとしていた。まさにナターシャはそんな存在で、彼女の驚き方も喜び方も、おずおずとした様子も、フランス語の間違え方さえもが、彼には魅力的だった。彼は飛び切り優しく丁寧に彼女を扱い、語り掛けた。彼女のすぐ脇に座ってごく単純な、何気ない会話を交わしながら、アンドレイ公爵は彼女のうれしそうな目の輝きと笑みに見とれていた。それは話の中身に関係した笑みではなく、彼女の幸せな気持ちから出てくる笑みだった。ナターシャが他のパートナーに選ばれてにっこり笑って立ち上がり、広間じゅうを踊り回っている間、アンドレイ公爵はとりわけ彼女のはにかみを含んだ優美さに見とれていた。コティヨンの

28　一組のリーダーがステップやフィギュア（動作の形）を選び、他の組がそれをまねて踊るダンスで、十九世紀フランスで流行した。

最中、一つのフィギュアが終わったところで、ナターシャがまだ息を切らしたまま自分の場所に戻ってきた。だが新たな男性がまたもや彼女を誘った。疲れて息を切らしている彼女は、どうやら断るつもりのようだったが、しかしすぐにまた愉快そうに片手をあげて相手の肩に置くと、アンドレイ公爵ににっこりと微笑んだ。

『一休みしてあなたとお話しできたらいいのに。だって疲れましたから。でもごらんのとおり私を選んでくださる方がいらっしゃるし、私もそれがうれしくて、幸せなの。私、みんなのことが好きだから。でも、私たちお互いに、そんなこと何もかも分かっていますわね』――これよりももっともっとたくさんのことをその笑みは語っていた。パートナーが去ると、彼女はフィギュアのための女性を二人揃えようと、広間を横切って駆け戻ってきた。

『もしも彼女がまず自分の従姉のところへ行って、次に別の女性のところへ行くようなら、彼女は僕の妻になるだろう』――ナターシャを見ながらアンドレイ公爵は、まったく思いがけずそんなことを自分に言い聞かせていた。彼女はまず従姉のところへ行った。

『いやはや、時としてなんとばかげたことが頭に浮かぶことだろう！』アンドレイ公爵は思った。『だが、一つだけ間違いないのは、これほどかわいらしい、これほど個性的なお嬢さんだから、こういう場でひと月も踊らないうちにお嫁に行ってしまうだろうってことだ……。こんなお嬢さんはこのへんにはめったにいないからな』ナターシャがコサージュの歪んだ薔薇を直しながら傍らに座ろうとしているときに、彼はそんなことを思っていた。

コティヨンの最後のころ、青い燕尾服のロストフ伯爵が、踊っている二人のそばにやって来た。伯爵はアンドレイ公爵を家に招待し、娘には楽しんでいるかと訊ねた。ナターシャはすぐには答えず、ただ一種独特な笑みを浮かべただけだったが、その笑みは『どうしてそんな無粋なことが訊けるの？』と父親を咎めていた。

「今まで生きてきたなかで一番楽しいわ！」とナターシャは答え、アンドレイ公爵は、彼女の細い両腕が父親を抱きしめようとしてさっと上がりかけて、すぐさまさっと下ろされたのを目撃した。ナターシャはおよそこれまでの人生で経験したことがないくらい幸せだった。幸せのあまり人間が善良さの塊となって、世の中に悪や不幸や悲哀があることが信じられなくなってしまうような、そんな幸福の絶頂にいたのである。

ピエールはこの舞踏会で初めて、妻が上流社会でちやほやされていることに屈辱を覚えた。彼は不機嫌で心ここにあらずの状態だった。額に深い横皺を浮かべ、窓辺に立って眼鏡越しに眺めていたが、誰一人目に入っていない。夜食の席に向かう途中で彼の脇を通りかかったナターシャは、暗く寂しげなピエールの顔にはっと驚いた。彼女は彼の正面で足を止めた。この人の力になって、あり余る自分の幸福を分けてあげたいと思ったのだ。

「楽しいですわね、伯爵」彼女は話しかけた。「そうじゃありません？」

ピエールは明らかに何を言われたかも分かっておらず、ただうわの空で微笑んで見せた。

「ええ、とてもうれしいです」と彼は答えた。

『何だかご不満そうな様子なのは、なぜかしら』ナターシャは思った。『しかも、このベズーホフさんみたいな良い方が？』ナターシャの目には、この舞踏会にいる人たちがみんな一様に優しく、感じの良い、素晴らしい人たちで、互いに愛し合い、決して傷つけ合ったりしないように見えた。だからみんなが幸せなはずだと思ったのだ。

18章

翌日、アンドレイ公爵は昨晩の舞踏会を思い出したが、そのことを考えていたのは長い時間ではなかった。『いや、実に素晴らしい舞踏会だった。おまけに……そう、ロストフ家の令嬢は実にかわいらしかった。あの娘には何かしら新鮮な、特別な、ペテルブルグ風でない、皆とは違うものがある』以上が昨晩の舞踏会について彼が思ったことのすべてであり、ゆっくりと茶を飲んでから、彼は仕事をしようとデスクに向かった。だが、疲れのせいか寝不足のせいか、この日は仕事に興が乗らず、よくあるように何も手につかぬまま、ひたすら自分の仕事のあら捜しをしていた。だから誰か客の気配がした時は、ほっとしたものだった。

客はビツキーといって、いろんな委員会で仕事をしてペテルブルグのあらゆる社交界に出入りしている人物で、様々な新思想とスペランスキーの信奉者であり、口さがないペテルブルグのゴシップ屋でもあった。ちょうど服を選ぶように思想傾向も流行に従って選び、そのためにかえって流行思想の熱烈な提唱者と見なされている人間がいるが、ビツキーもその一人だった。いかにも気がかりな話題をかかえた様子で、帽子を脱ぐのもそこそこにアンドレイ公爵の部屋に駆け込んでくると、客はすぐに話に入った。この日の朝皇帝が招集した国家評議会の詳報をつい今しがた仕入れたばかりで、喜々としてそれを披露したのである。皇帝の演説からして、普段と違っていたという。立憲君主国の元首にしかできないような演説の一つだったのだ。「皇帝ははっきりと言明されたのだ——国家評議会と元老院は国政の主体組織であると。またこうも言われたそうだ——統治は恣意に基づくのではなく、確固たる原理を基盤とするべきであると。また財政は改革され、収支は公開されるべきであるとも」キーワードを強調し、大きく目をむきながらビツキーは語るのだった。

「いや、今日の出来事は画期的だ。わが国の歴史上最大の画期的事件だよ」彼はそう締めくくった。

自分があれほどまでに重要視し、心待ちにしていた国家評議会が開催された話を聞きながら、アンドレイ公爵は、その出来事がいざこうして実現してみると、もはや何の感動も覚えないばかりか、ごくつまらぬこととしか思えないことに驚いていた。ビツキーの話を聞く彼の顔に軽い嘲笑が漂い、その脳裏には、あるごく単純な考えが浮かんできた——『評議会で陛下がどんな発言をされようと、それが俺やビツキーにとってどうしたというのだ、いったい何の関係があるのだ？　果たしてこうしたすべてのことが、この俺をもっと幸せな、良い人間にしてくれるのだろうか？』

そんな単純な思いが、成就されようとしている改革に対するアンドレイ公爵の従来の関心を、あっけなく打ち砕いてしまった。折しもこの日、アンドレイ公爵はスペランスキーの自宅での「内輪の会《アン・プチ・コミテ》」（これはスペランスキーが招待する際に用いた表現である）で食事をすることになっていた。敬愛してやまない人物の家族や親友が集まる会食は、以前ならアンドレイ公爵が大いに興味を覚えたところだった。これまでスペランスキーの家庭生活を見たことがなかったからなおさらである。しかしこの日の彼は、出かけていくのが億劫《おっくう》だった。

とはいえ会食に指定された時間には、アンドレイ公爵はタヴリーダ庭園の近くにあるスペランスキーの小ぶりな私邸に入ろうとしていた。並外れて清潔な（まるで掃除の行き届いた修道院のような）小ぶりな家の、寄木づくりの食堂にちょっと遅れ気味に入って行くと、まだ五時だというのに、すでにそこにはスペランスキーの親しい知人からなる「内輪の会」のメンバーが全員顔をそろえていた。女性は、スペランスキーの幼い娘（父親に似て面長だった）とその家庭教師を除いて一人もいなかった。客はジェルヴェとマグニツキーとストルィピン[29]だった。まだ玄関部屋にいる時からアンドレイ公爵には、大きな声とよく響く、はっきりとした笑い声が聞こえた。それは舞台で俳優がしてみせるような哄笑だった。誰かがスペランスキーに似た声で、きちんと刻むように「はっはっはっ」と笑っている。アンドレイ公爵はスペランスキーの笑い声を一度も聞いたことがなかったので、この国家的人物のよく通る甲高い笑い声に、異様な衝撃を覚えた。

アンドレイ公爵は食堂に入って行った。全員が二つの窓の中間の、前菜が置かれた小さなテーブルの周りに立っていた。スペランスキーは勲章の付いたグレイの燕尾服姿で、明らかに評判の国家評議会の議場にいたときのままの、純白のベストと高く結んだ純白のネクタイを着けた姿で、陽気な顔でテーブルのそばに立っていた。客たちが彼を取り巻いている。マグニツキーがスペランスキーに向かって小話《アネクドート》を披露しているところだったが、聞いているスペランスキーは、マグニツキーの話の先取りをして笑ってしまうのだった。ちょうどアンドレイ公爵が入室した瞬間にも、マグニツキーの言葉がまたもや笑い声にかき消された。ストルィピンはチーズをのせたパンをもぐもぐやりながら太いバスで笑い、ジェルヴェはひひひと忍び笑いをし、スペランスキーは甲高く歯切れのよい笑い声をあげている。

スペランスキーが笑いながら、アンドレイ公爵に白い柔らかな手を差し伸べた。

「ようこそ、公爵」彼は言い、マグニツキーに「ちょっと待ってくれたまえ……」

と言って小話を中断させた。「今日は一つ申し合わせがあって、せっかくの楽しみのための会食だから、仕事の話は一切しないということになっているんだ」そう断ると、スペランスキーはまた話し手の方に向き直り、再び笑い出した。

アンドレイ公爵は驚きと幻滅の悲哀を味わいながら、スペランスキーの笑い声を聞き、笑っているその姿を見つめていた。それはスペランスキーではなく誰か別人のようにアンドレイ公爵には思われた。かつての自分がスペランスキーに感じていた謎めいた魅力的なものがすべて、いっぺんに分かり切った、つまらないものと化してしまったのである。

食卓に着いても会話は一瞬も途切れることなく、あたかも滑稽小話集の抜粋のような観を呈してきた。まだマグニツキーが話し終えないうちに、自分にはもっと面白い話をする用意があると言い出す者が現れた。そうした小話の大半は、官界そのものかもしくは官界に働く人物を扱ったものだった。どうやらこの仲間内では、官界の連中の下らなさはすでに既定の了解事項で、連中にはせいぜい悪意のないユーモアをもっ

29　アンドレイ・ジェルヴェ（一七七三〜一八三二）。スペランスキーの親戚で外務・財政省勤務。ミハイル・マグニツキー（一七七八〜一八四四）。外務省勤務、後の反動政治家。アルカージー・ストルィピン（一七七八〜一八二五）。元老院議員、作家。

て接するほかはないとされているようだった。スペランスキーはこの日の朝の国家評議会の場で、耳の遠い高官が意見を述べるようにと求められて、自分もそれと同意見だと答えたという話をした。ジェルヴェはある査察事件の顚末を物語ったが、話の売りは、登場する人物が揃いも揃って頓珍漢《とんちんかん》ばかりという点だった。ストルィピンがつっかえながらこの話に割って入ると、旧来の秩序の悪用について熱烈に語り出したので、話は危うく深刻な性格を帯びそうになった。マグニツキーがすかさずストルィピンの剣幕をからかい、ジェルヴェがジョークを一つ放ったので、会話はまた以前の愉快な路線に戻った。

スペランスキーは仕事の後、気のおけない仲間内で一息ついて楽しむのを好み、客たちもみなその意を察して彼を楽しませ、自分たちも楽しもうと努めている——それは明らかだった。しかしそのお楽しみなるものは、アンドレイ公爵には重苦しくて楽しみがたいものに思えた。スペランスキーの甲高い声は彼の不快感をかきたて、絶えざる笑いの調子外れの響きは、なぜか気持ちを逆《さか》なでするのだった。アンドレイ公爵は笑っていなかったので、自分が一同に鬱陶《うっとう》しい感じを与えないかと心配になった。しかし誰一人、彼が周囲の波長と合っていないことに気づきはしなかった。どうやら誰もが、大いに楽しんでいる様子だった。

何度か会話に交じろうともしてみたが、そのたびに彼の言葉は、水中のコルクのようにはじき出されてしまう。彼は皆の冗談の輪に加わることもできなかった。

彼らが喋っている内容には何らまずいことも場にそぐわないこともなく、何もかも機知に富んでいたから、本来なら面白くてもよさそうなものだった。だがそこには何かしら、人を愉快にさせるツボのようなものが欠けていたばかりか、皆そんなものがあることさえ知らなかったのである。

食事が終わってスペランスキーの娘と家庭教師が立ち上がると、スペランスキーは白い手で娘を愛撫し、キスをした。そのしぐささえもがアンドレイ公爵には不自然なものに見えた。

男性たちはイギリス式にテーブルに残ってポートワインを飲んだ。ナポレオンのスペイン戦争[30]をめぐる会話が始まり、その途中で、戦争支持で皆の意見が一致した時、アンドレイ公爵はそれに反対し始めた。スペランスキーは笑顔を見せると、明らかに話題の方向を変えようとして、今の話に関係のない小話を語った。一同はしばし黙り

30 一八〇八～一四年、イベリア半島で大陸封鎖を狙うナポレオンのフランス軍とスペイン、ポルトガル、イギリス軍との間で戦われた戦争。半島戦争とも呼ばれる。

込んだ。

しばらくテーブルに向かって過ごした後で、スペランスキーはワインの瓶に栓をすると「最近いいワインは貴重品でね」と言って召使に渡し、立ち上がった。皆も席を立ち、相変わらずガヤガヤと話をしながら客間に移った。スペランスキーは急使が届けてきた封書を二通受け取り、それを持って書斎に引っ込んだ。彼が出て行くとすぐに、皆の浮かれた気分はさっと消えて、客たちは真顔でひそひそと話を交わし始めた。

「では次は朗読の時間です！」書斎から出てきたスペランスキーが告げた。「この方の才能には驚きますよ！」彼はアンドレイ公爵に向かって解説した。マグニツキーが即座に立ち上がってポーズをとると、ペテルブルグの何人かの有名人にあてて書いた自作のフランス語の戯《ざ》れ歌を読み始めた。朗読は何度か拍手で中断された。詩の朗読が終わるとアンドレイ公爵はスペランスキーに歩み寄って暇乞《いとまご》いをした。

「こんなに早くどちらへ？」スペランスキーが訊いた。

「夜会の約束があるものですから……」

二人はしばし黙り込んだ。鏡のように人を撥ねつけるスペランスキーの目を間近から見ているうちに、アンドレイ公爵は、自分はどうしてこの人物に、そしてこの人物と結びついた自分のいろんな活動に、何かを期待することができたのだろうか、どうしてこんな人物の行っていることに重要性を見出すことができたのだろうかと考え、ばかばかしくなってきた。例のきちょうめんな、不愉快な笑い声は、スペランスキーの家を辞した後も長いこと、アンドレイ公爵の耳の中で響き続けていた。

帰宅したアンドレイ公爵は、自分のこの四か月間のペテルブルグ生活を、何かなじみのない出来事であるかのように思い起こしはじめた。自分の奔走ぶりを、ご機嫌取りをしたことを、あの軍操典の草案のことを彼は思い出した。あの草案は参考資料として取り上げられはしたが、すでに別の、ひどくお粗末な草案が用意されていて、皇帝に上申されていたからという理由で、黙殺されたのであった。彼はまたあのベルグが参加していた委員会の一連の会議の模様を思い出した。そうした会議では、まさに委員会の会議の形式や段取りに関する諸々のことが熱心に延々と審議され、問題の本質にかかわることは極力簡単に扱われるのだった。彼はまた自分の立法関連の仕事のことも思い起こし、自分がどんなに夢中になってローマ法典やフランス法典の条文をロシア語に訳したかを思い出して、恥ずかしくなった。そのあと彼はボグチャロヴォの村を、村での仕事を、リャザンへの旅行を思い起こし、百姓たちや村長のドローンを思い浮かべて、その者たちに、自分がいくつかの条項に分けて規定した個人の権利を当てはめてみた時、いったいどうして自分はあんな役にも立たない仕事にこれほど長く携わることができたのかという驚きに打たれたのであった。

19章

翌日アンドレイ公爵は、まだ訪問していなかったいくつかの家にあいさつ回りをしたが、その中には先日の舞踏会で旧交を温めたロストフ家も含まれていた。社交の作法上もロストフ家は訪問すべきところだったが、それを別にしてもアンドレイ公爵は、自分によい思い出を残してくれたあの独特な、生気あふれる令嬢が、自宅にいるところを見たかったのである。

ナターシャは最初に彼を出迎えてくれた人々に混じっていた。普段着の青いドレスを着ていたが、アンドレイ公爵には、こんな姿の方が舞踏会衣装を着た時よりももっときれいだと感じられた。彼女もロストフ家の他の者たちもみな、アンドレイ公爵を旧友として、気取らずうれしそうに歓迎してくれた。かつてアンドレイ公爵はこの一家を厳しく批判していたものだが、それが今では全員が素晴らしい、気取りのない、良い人ぞろいに思えるのだった。主人の老伯爵の客あしらいの良さと人の良さは、ペテルブルグではとりわけうれしい驚きを呼び起こすものだったが、それが存分に発揮された結果、アンドレイ公爵は晩餐への誘いを断り切れなくなってしまった。『そうだ、この人たちは善良な、素晴らしい人たちだ』アンドレイ公爵は考えた。『もちろんこの人たちは、娘のナターシャがどんなに貴重な宝物なのか、毛筋ほどもわきまえていない。だがこの善良な人たちこそが、この飛び切り詩的な、生気に満ち満ちた、魅力満点のお嬢さんがその姿を際立たせるための、何よりの背景となっているのだ!』

アンドレイ公爵はナターシャの内に、自分とは全く無縁な特別な世界、何か自分の知らぬ諸々の喜びに満ち満ちた世界が存在するのを感じ取っていた。その異質な世界が、かつてのあのオトラードノエ村の並木道や月夜の晩の窓辺では、彼の心をあんなにもざわめかせたのだった。ところが今はその世界はもはや彼の心をざわめかすこともなく、異質でもなくなっていた。それどころか彼自身がそこに入り込み、そこに新たな自分の喜びを見出しつつあったのである。

晩餐の後ナターシャはアンドレイ公爵に請われて、クラヴィコードのところへ行って歌い始めた。アンドレイ公爵は窓辺に立って、ご婦人方と話をしながら彼女の歌を聞いていた。あるフレーズの途中でアンドレイ公爵はふと言葉を詰まらせ、思いがけず涙が喉元にこみあげてくるのを覚えた。自分の身にそんなことが起きようとは、思いもよらなかった。歌うナターシャを見つめる彼の胸の内で、何か新しい、喜ばしい出来事が生じた。彼は幸せであり、同時に悲しかった。涙を流す理由は何一つないのに、今にも泣きそうな気持ちだった。何を思って泣くというのだ？　昔の恋のことか？　亡き妻のことか？　数々の幻滅のことか？……あるいは将来にかけていた希望のことか？　そうでもあり、またそうでもなかった。彼が泣きたくなった一番の理由は、二つのものの恐るべき対立が不意に、ありありと意識されたことだった。それは自分の内にある何かしら果てしなく大きな、理解を超えた存在と、自分自身も、あの彼女さえもがまぬかれることのできない、窮屈な、肉体としての存在との間の対立であった。彼女が歌っている間、その対立が彼を苦しめ、また喜ばせていたのである。

　歌い終わるや否やナターシャは彼のところにやって来て、自分の声は気に入っていただけたかと訊ねた。そう訊ねた彼女は、口にしてしまった後でそんなことを聞くべきではなかったと気づき、うろたえている。彼は彼女を見ながらにっこりと笑い、あなたのすることとすべてと同じく、あなたの歌も僕は気に入りましたと答えた。

　夜も更けてからアンドレイ公爵はロストフ家を辞した。普段の習慣に従ってベッドに入ったが、じきに眠れないのが分かった。燭台を点《とも》してベッドで上体を起こしたり、すっかり起き上がったり、また寝てみたりといろいろしたが、寝付けないのは全く苦にならなかった。胸の内が喜ばしく新鮮で、ちょうど息詰まる部屋から自由な外の世界に出たような気分だったのだ。自分がロストフ家の令嬢に恋をしているという考えは頭に浮かばなかった。彼女のことを頭で考えているわけでもなかった。ただ彼女の姿を胸の内に思い浮かべただけである。するとその結果、自分の全人生が新しい光を浴びて見えてきたのだ。『なんで俺はこんなに狭い、閉ざされた枠の中でもがき、あくせくしているのだろう、様々な喜びを備えた大きな人生が目の前に開けているというのに？』彼は自分に問いかけた。それから彼は本当に久しぶりに、未来に向けた幸せなプランを練り始めた。決定はおのずと以下のようになった——息子の養育に取り組み、教師を見つけて息子をゆだねること。それから職を辞して外国へ行き、イギリスを、スイスを、イタリアを見ること。『俺は自分の自由を謳歌すべきだ、たっぷりとした力と若さを身中に感じるうちに』彼は自分に言い聞かせた。『ピエールは、幸せになるためには幸せの可能性を信じなくてはいけないと言っていたが、あれは正しい。俺は今こそピエールを信じる。死者を葬るのは死者に任せ、命ある間は生きて幸せになることだ』——そう彼は考えた。

20章

　ある朝、アドルフ・ベルグ大佐[31]がまっさらなおろしたての軍服を着て、アレクサンドル帝がしているようにもみあげの毛をポマードで前になびかせた髪型で、ピエールを訪問した。ピエールはモスクワとペテルブルグではあらゆる人物と面識があったので、ベルグのことも知っていた。

「実は今、奥さまをお訪ねしてきたところなのですが、大変残念なことに、あるお願いの儀をお引き受けいただけませんでした。伯爵、あなたさまにはぜひお引き受けいただければと願っております」彼は笑顔でそう言った。

「どういったご用でしょうか、大佐？　伺いましょう」

「伯爵、私はこのたび、いよいよ新しい住居への入居を完了したところでして」この知らせを聞いて喜ばない者がいるはずがないという意識もあらわに、ベルグは告げた。「それでひとつ、自分と家内が存じ上げている皆さまをお招きして、ささやかな夜会を催したいと思っております（彼は一段と心地よさそうにほほえんでみせた）。そこで奥さまとあなたさまにもぜひお越しいただければと思いまして、わが家のお茶とそれから……夜食の会に」

こんな招待を受けながら、ベルグごときの付き合い仲間に混じるのは沽券《こけん》にかかわると思って無慈悲に断ることができるのは、伯爵夫人エレーヌくらいのものだろう。どうして自分が少人数の良い客だけを招きたいのか、どうして自分にはそれがうれしいのか、カードやそのほかの良からぬことには金を惜しむ自分が、良き集まりのためには喜んで経費を投ずるのはなぜなのかを、ベルグは実に明晰に説明してみせたので、ピエールは断ることができず、行くと約束してしまった。

「ただ伯爵、失礼ながら、ぜひお遅れになりませんよう。八時十分前ということで、一つよろしくお願い申し上げます。カードのメンバーも揃えます。われわれのところの将軍もいらっしゃいますから。将軍は大変私に目をかけてくださいまして。一緒に夜食をお楽しみください、伯爵。ではお待ちしております」

いつも時間に遅れるピエールが、この日は八時十分前どころか、八時十五分前にはベルグの家に着いていた。

31　ヴェーラの結婚相手ベルグは、作中アリフォンスとアドルフという二通りの名で呼ばれる。昇進が早いのも特徴で、最初に登場した一八〇五年には近衛将校で中尉（第1巻153ページ）、一八〇九年には同大尉（本巻78ページ）だが、ここでは大佐とよばれている。

ベルグ夫妻は夜会に必要なものをすっかり準備し終えて、すでに客を迎える用意ができていた。

胸像や絵や新しい家具で飾られた真新しい、清潔な、明るい書斎に、ベルグと妻は座っていた。ベルグは新品の軍服の前ボタンをはめた姿で妻の傍らに座って、人間は自分より上の人間とのみ付き合っていいし、付き合うべきである、なぜならそのときはじめて交際の快楽が得られるからだ、と説いて聞かせていた。

「何かしらまねることができるし、何かしら頼むこともできるからだ。だって考えてもごらん、一番低い位のころ僕がどんな暮らしをしていたか(ベルグは自分の人生を年で数えるのではなく、皇帝からもらった勲章の数で数えていた)。あの頃の同僚は今でもまだペーペーだが、僕は次に空席があれば連隊長で、君の夫となる光栄にも浴したんだからね(彼は立ち上がってヴェーラの手にキスしたが、彼女のそばに寄る前に、めくれ上がった絨毯の角を直した)。僕が何によってこのすべてを得たと思う? 何よりも付き合う相手を選ぶ能力によってだよ。もちろん本人が人徳のある几帳面な人間でなくちゃはじまらないけれどね……」

ベルグはか弱き女性に対する自らの優越を意識して笑みを浮かべ、そして口を閉じた。何といってもこのかわいい妻もか弱き女性であって、男性の長所をなしているすべてのものを、男の男たるゆえんを理解することはできないのだと、ふと思ったのだった。同じ時にヴェーラの方も、夫に対する自分の優越を意識して、同じように笑みを浮かべた。品行方正な良い夫ではあるが、ヴェーラに言わせれば、やはりすべての男性同様、人生を誤って理解していた。ベルグの方は自分の妻から類推して、すべての女はか弱くまた愚かなものと考えていた。ヴェーラは自分の夫を見て気づいたことをすべての人間に当てはめて、男はみんな自分だけが理性を持っているとうぬぼれながら、実際には何一つ分かっていない、傲慢なエゴイストだと思っていたのである。

ベルグは立ち上がると、大枚をはたいて買ったレースのケープが皺にならぬよう慎重に妻を抱き、唇の真ん中にキスをした。

「ただ一つ、うちはあまり早く子供を作らないようにしようね」無意識の連想の促すままに彼は言った。

「賛成よ」ヴェーラは答えた。「私、子供なんて少しも欲しくないわ。社会のために生きなくちゃ」

「ちょうどそんなのを、ユスーポフ公爵夫人もしていたよ」ベルグはケープを指さしながら幸せそうな優しい笑みを浮かべた。

この時ベズーホフ伯爵の来訪が告げられた。夫妻はそろって得意そうな笑みを浮かべて顔を見合わせた。どちらもこの訪問の栄に浴したのは自分の手柄だと思っていたのだ。

『これこそまさに、交際術の賜物《たまもの》さ』ベルグは思った。『処世の腕がこんなところに出るんだ！』

「ただしお願いよ、私がお客さまのお相手をしているときは」とヴェーラは言った。「話の腰を折らないでね。それぞれの方をどうおもてなしすべきか、どんな集まりでどういう話をしなくちゃならないか、私がわきまえていますから」

ベルグの方も笑みを浮かべた。

「それはだめさ。時には男同士で男の話をするのも必要だからね」彼は言った。

ピエールは真新しい客間に迎え入れられたが、そこは、どこに腰を下ろしても均整と清潔さと秩序を破らずにはいられないような状態だった。だからベルグがこの大事な客のために、安楽椅子なりソファーなり自由に列を崩してお座りくださいと寛大に勧めたのは、十分納得のいく当然のことだった。明らかに本人はこのことでは病的な優柔不断に陥って決められず、この問題の解決を客の選択に委ねたのである。ピエールが均整を破って、勝手に椅子をずらして座ると、すぐにベルグとヴェーラは夜会を開始し、互いに話の腰を折り合いながら客の相手をした。

ヴェーラは頭の中で、ピエール相手にはフランス大使館の話をするに限ると独り決めして、すぐにその話を始めた。ベルグは男同士の会話が必要だと判断して妻の言葉を遮り、オーストリアとの戦争の問題を語り始めたが、知らぬ間に話が一般論から個人的な問題に飛んでしまい、自分がオーストリア遠征への参加要請を受けた顚末とそれを断った理由を話していた。その話は極めて要領を得ず、またヴェーラは男性の介入に腹を立てていたが、夫妻はともに、まだ客が一人だとはいえ夜会がごく順調にスタートしたこと、さらにこの夜会が他のあらゆる夜会とそっくりで、会話もお茶もキャンドルの光もある立派な夜会になったことを感じて、満足を味わっていたのである。

やがてベルグの旧友のボリスが到着した。ベルグとヴェーラにたいするボリスの態度には、なにか一段上の保護者気取りのようなものがみえた。ボリスに続いて大佐に同伴された貴婦人が到着し、それから肝心の将軍が、さらにロストフ一家が現れて、いよいよ夜会は完全に、疑う余地なく、どこの夜会ともそっくりなものとなってきた。ベルグとヴェーラは客間に広がった人の動きや、とりとめのない会話の響きや、ドレスの衣擦れの音や交わされる会釈を前にして、喜びの笑みを隠すことができなかった。すべて、皆がする夜会と同じだったが、とりわけそれらしいのは将軍であり、新居をほめてベルグの肩をポンポンとはたき、父親のようなイニシアティヴを発揮してボストン用のゲームテーブルの設置を指図したりしていた。将軍はロストフ伯爵を自分に次いで重要な来賓と見て、その近くに座を占めた。こうして、年寄りは年寄り同士、若者は若者同士、主婦は茶のテーブルという陣容となり、そのテーブルの上にはパニン家の夜会に出たのとまったく同じクッキーが銀の籠に入って置かれていた。何もかもが完全に他の家とそっくりだったのである。

21章

ピエールは貴賓の一人として、ロストフ伯爵と将軍および大佐と一緒にボストンのテーブルに着かなければならなかった。ピエールが座った席は、ちょうどナターシャを正面から見る位置になったが、あの舞踏会の日以来初めて見るナターシャの不思議な変貌ぶりが、彼を驚かせた。ナターシャは寡黙で、舞踏会の時のように美しくなかったばかりか、もしもここまでおとなしく、すべてに無関心な様子でなかったとしたら、醜く見えるくらいだったのだ。

『どうしたんだろう?』ちらりとナターシャに目をやってピエールは思った。彼女は茶のテーブルの姉の脇に席を占め、近くに座ったボリスに、いかにも気の乗らない様子で何か答えていたが、相手の顔を見ようともしなかった。一ゲームで五トリックも取ってパートナーを喜ばせたピエールは、勝ち札を集めているところで、ようこそという歓迎の声と部屋に入ってくる誰かの足音を聞きつけて、もう一度彼女の方に目をやった。

『ナターシャさん、どうしたんだろう？』さっきよりももっと驚いて彼は自問した。

アンドレイ公爵がいたわるような優しい表情でナターシャの前に立ち、何か話しかけていた。彼女の方は頰を真っ赤に染め、見るからに弾む息を抑えようと努めながら、頭をもたげて彼を見つめている。さっきまでは消えていた内面の火のようなものが、彼女のうちで赤々と燃えていた。彼女はすっかり様変わりしていた。醜く見えた姿が、あの舞踏会の時のままの姿に変わっていたのだ。

アンドレイ公爵がこちらに近寄ってくると、ピエールはこの友の顔に新しい、若々しい表情を見出した。

ゲームの間ピエールは何度か席を替えて、ナターシャに背を向けたり、また正面になったりしたが、そんなふうにして三回戦勝負を六番やる間ずっと、ナターシャと自分の親友とを観察し続けていた。

『何かとても重大なことが、二人の間に起こっている』そう思うと喜ばしくもまた悲しい気持ちが込み上げてきて、ついつい動揺し、ゲームどころではなくなってしまうのだった。

三回戦を六番やったところで、将軍がこれではとてもやっていられないと言って席を立ったので、ピエールはお役御免となった。ナターシャは片隅でソーニャとボリスを相手に話していた。ヴェーラはかすかな笑みを浮かべて、アンドレイ公爵を相手に何か話していた。ピエールは親友のそばまで行って、内緒の話ではないかと確かめてから、二人のそばに腰を下ろした。ヴェーラはアンドレイ公爵がナターシャに関心を示しているのに気づくと、確かに夜会、それも本物の夜会には、ぜひとも恋の気配が微妙に漂うような場面もあるべきだと納得し、アンドレイ公爵が一人になった時を見計らって、彼を相手に恋愛一般について、および自分の妹について、話に及んだのだった。こうした聡明な（というのが彼女の公爵への評価だった）客を相手に、ぜひとも自分の外交術を実践してみたかったのである。

二人に近寄ったピエールが気づいたところでは、ヴェーラが得々として話に熱中しているのに対して、アンドレイ公爵の方は（この人物としては珍しいことに）どうやら当惑気味のようだった。

「いかがでしょうか？」微妙な笑みを浮かべたヴェーラが問い掛けていた。「公爵、あなたは大変に慧眼でいらして、人の性格もひと目で見抜いてしまわれますわね。ではナターシャはどんな性格だとお考えですか？　彼女は自分の愛情を貫くことができる性格でしょうか？　他の女性たちのように（ヴェーラは自分のことをほのめかした）、一度誰かを愛したら、生涯その人に操《みさお》を立てることができるでしょうか？　それこそが本当の愛だと私は思うのですが。どうお考えですか、公爵？」

「妹さんのことはほとんど存じ上げませんから」うろたえる気持ちを嘲るような笑みで隠そうと努めながら、アンドレイ公爵は答えた。「そのような微妙なご質問にはとても答えられませんね。それに僕の見るところでは、どうももてない女性ほど操が固いようですよ」そう付け加えて彼は、ちょうど近寄ってきたピエールに目を向けたのだった。

「ええ、その通りですわね、公爵。なにしろ現代では」とヴェーラは続けた（彼女が言う「現代」とは、概して自分たちこそが現代の特徴を見抜き評価できるのだと自負し、また人間の本性は時代とともに変わるのだと思い込んでいる浅薄な人々が言う「現代」と変わらなかった）、「現代では、若い女性があまりにも自由に恵まれていますから、人にちやほやされる喜びに本当の感情を見失ってしまうケースも多いんですのよ。ナターシャの場合も、正直な話、そういうことにとても影響されやすいほうでして」また話がナターシャに戻ったので、アンドレイ公爵は不愉快そうに顔を顰めた。彼は立ち上がろうとしたが、ヴェーラはさらに微妙な笑みを浮かべて話し続けた。

「私、あの子ほどちやほやされた娘はいないと思いますけれど」とヴェーラは言った。「でもごく最近まで一度も、あの子は誰一人本気で愛したことはなかったんですよ。あなたはご存知ですわね、伯爵」彼女はピエールに話しかけた。「あのうちの従兄のボリスのことだってそうでしたわ。ボリスのほうは、ここだけの話ですが、かなり深く恋愛の国にのめり込んでいたんですけれど……」彼女はこの当時流行の「恋愛地図[32]」をほのめかして言った。

アンドレイ公爵は渋い顔のまま黙っていた。

「ボリスとは親しくしていらっしゃいますわよね？」ヴェーラが問いかける。

「ええ、知り合いですが……」

「きっとボリスはあなたに、子供時代のナターシャへの恋の話をしたんじゃありませんか？」

「子供時代の恋があったんですか？」不意に思いがけず顔を赤らめてアンドレイ公爵が問い返した。

「ええ、ご承知の通り、従兄妹同士は仲良しが高じて恋愛関係に発展しやすいですからね。従兄妹同士は、危険な関係ですわ。そうじゃありません？」

「ああ、それは間違いありませんね」そう言うとアンドレイ公爵は、急に不自然なほどはしゃぎだして、ピエール相手に、自分もモスクワにいる五十年配の従姉たちとの交際には気を付けなくてはいけないという冗談口をたたき始めたが、冗談話の途中でふと立ち上がると、ピエールの手を取って脇に連れて行った。

「どうしたんです？」親友の妙なはしゃぎぶりを見せられ、今また彼が席を立ちながらナターシャに視線を向けたのに気づいたピエールは、驚いた声で訊ねた。

「僕は、僕は君にちょっと話があるんだ」アンドレイ公爵は言った。「君は例の、女性の手袋を知っているね（彼が言っているのはフリーメイソン結社で新入会員が愛する女性に与えるべく手渡される手袋のことだった）。僕は……。いやよそう、後で話すよ……」

そう言うとアンドレイ公爵は、妙に目を輝かせ、そわそわとした様子でナターシャ

32　フランスの作家スキュデリー（一六〇七〜一七〇一）が作品『クレリー』に挿入し、後にサロンのゲームとなった愛の国の地図のこと。

の方に向かい、彼女のそばに腰を下ろした。ピエールが見ていると、アンドレイ公爵は何かを彼女に問い、彼女は真っ赤になって彼に答えていた。

だがこのときベルグがピエールに近寄って、将軍と大佐の間で始まったスペイン戦争に関する論争に加わるようしつこく誘った。

ベルグは満足で幸せだった。その顔からは歓びの笑みが去らなかった。夜会は上首尾で、彼が見てきた他の夜会とまったくそっくりだった。何もかもがそれらしくできていた。女性たちの繊細な会話も、カードも、カードの後で将軍が声を荒らげたのも、サモワールもクッキーも。ただしただ一つ、彼がいろんな夜会で目撃して、まねたいと思ったものが欠けていた。すなわち男性間の大声での会話や、何か重要な、知的な問題をめぐる議論が欠けていたのだ。ところが将軍がそうした会話を始めてくれたので、ベルグは彼のところへピエールを誘ったわけである。

22章

その翌日、アンドレイ公爵はロストフ伯爵の招待を受けて同家の午餐に赴き、そこで一日を過ごした。

家じゅうの者が、アンドレイ公爵のお目当ての相手を察知しており、公爵もあえてそれを隠さず、一日中できる限りナターシャのそばにくっついていた。ナターシャは動顚《どうてん》しながらも、喜びのあまり有頂天になっていたが、彼女の胸のうちだけでなく家じゅうに、これから起ころうとしている何か重大な出来事に対する恐れが感じられた。アンドレイ公爵がナターシャと話している間、伯爵夫人は悲しみをたたえた真剣な厳しいまなざしでその姿を見つめ、相手が自分の方に振り向くや否や、おずおずとわざとらしい口調で何やらつまらない話を始めるのだった。ソーニャはナターシャを置いてよそに行くのも心配だったが、せっかく水入らずの二人を邪魔するのも恐れていた。一瞬公爵と二人きりで差し向かいになった時には、ナターシャはこれから起こることへの恐れで青ざめた。だが彼女が驚いたことに、アンドレイ公爵も臆していた。何か自分に言わなくてはならないことがありながら、この人は思い切って言い出すことができないでいるのだ——そう彼女は感じ取った。

晩にアンドレイ公爵が帰って行くと、母親がナターシャのそばに来て小声で訊いた。

「どうだったの？」

「お母さま、お願いだからいま私に何も聞かないで！　そんなこと、口では言えないわ」ナターシャは言った。

だがそう言っておきながら、この晩ナターシャは、興奮しきったような、怯えたような、目の据わった状態で、長いこと母親のベッドに横たわっていた。そうして母親に向かって、自分が公爵に褒められたこととか、公爵が外国行きの予定だと言っていたこととか、この夏皆さんはどこでお過ごしになる予定かと訊かれたこととか、ボリスについて訊ねられたこととかを話して聞かせるのだった。

「でもこんなことは、こんなことは……生まれてはじめてよ！」彼女は言った。「ただ私、怖いの、あの方といると。いつも怖いのよ、あの方といると。どういうことかしら？　つまり、これは本物だっていうことじゃない、ねえ？　お母さま、眠ってしまったの？」

「いいえ、ただね、私自身も怖いのよ」母親は答えた。「もうお行きなさい」

「だって、どうせ眠れないわ。眠るなんて馬鹿げてるわ！　ねえねえお母さま、こんなこと生まれて初めてなのよ！」自分の内に意識した感情に驚きうろたえながら彼女は言った。「まったくこんなこと、お互い思いもよらなかったじゃない！……」

オトラードノエで初めて公爵に出会った時、すでに自分はあの方に恋をしていたんだ――ナターシャにはそんな気がするのだった。あの時すでに自分が選んでいた（これは彼女の確信と化していた）その人物が、今度また自分と巡り合い、そしてどうやら自分を好きになってくれた——この不思議な、思いがけない幸せが、彼女を驚愕させたようである。『そして私たちがペテルブルグにいる時に、ちょうどあの方がペテルブルグにやって来たのも、偶然じゃないわ。そしてあの舞踏会で私たちが出会ったのも、なるべくしてそうなったのよ。これはみんな運命だわ。間違いなく何もかも運命で、そうなるようにできていたのよ。だってもうあの時、あの方に会ったとたん、私、なにか特別な感じがしたんだから』

「あの方は他にお前に何を言ったの？　あれはどういう詩？　読んでごらん……」もの思わしげな調子で母親はアンドレイ公爵がナターシャのアルバムに書いた詩のことを訊ねた。

「お母さま、あの方が奥さまを亡くされた方だってこと、別に恥ずかしいことじゃないでしょう？」

「いい加減になさい、ナターシャ。神さまに祈るのですよ。夫婦の縁は神さまのお計らいで決まるのですからね」

「ああ、お母さま、私、お母さまが大好き、とっても幸せ！」幸福と興奮の涙を流しながら母親に抱き着いて、ナターシャは叫んだ。

ちょうどこのとき、アンドレイ公爵はピエールの屋敷にいて、彼を相手に自分のナターシャへの愛を打ち明け、彼女と結婚しようという固い決意を語っていたのだった。

この日ピエールの妻エレーヌのところで大きな夜会が催され、フランス大使や、このところエレーヌのもとを頻繁に訪れるようになった例の大公をはじめ、たくさんの錚々《そうそう》たる男女の賓客がこれに参加していた。ピエールも階下の会場に降りていくつかの部屋をめぐったが、思い詰めて心ここにあらずといった彼の様子と暗い表情に、客たちは皆驚いていた。

あの舞踏会以来ピエールは心気症《ヒポコンデリー》の発作が近づいている気配を身中に感じ、必死にそれに対抗しようとしていた。大公が妻と親しくなってから、ピエールは思いがけず侍従に任命されたが、その時以来、上流の社交の場に出ると居心地の悪い、恥ずかしい思いを覚え、人間の営みはすべて空しいとする以前のような陰気な考えが、前よりも頻繁に浮かんでくるようになっていた。ちょうどそんな折に、自分が面倒を見てやっていたナターシャとアンドレイ公爵との間の恋愛に気付いたものだから、自分と親友との間の状況の落差に、ますます気分が落ち込んでしまったのだった。彼は妻のこともナターシャのこともアンドレイ公爵のこともみな同様に、つとめて考えまいとした。またもや、永遠の前ではすべてがちっぽけなものだと思え、またもや「何のために？」といった類いの問いが浮かんできた。そんなわけで彼は、邪念を追い払いたくて、日夜自分を駆り立てるようにしてフリーメイソンの仕事に励んでいたのである。この夜十一時過ぎに妻の客間を後にした彼が、自分が暮らす上階の、たばこの煙の立ち込めた天井の低い部屋で、着古した部屋着姿で机に向かい、スコットランド・フリーメイソンの規約の原本を書き写していると、誰かが部屋に入って来た。それはアンドレイ公爵だった。

「あなたでしたか」ピエールはぼんやりした顔に不満そうな表情を浮かべて言った。「僕はちょっと仕事をしていたところで」ノートを指さす彼の様子は、人生の苦境からの脱出路を仕事に求める不幸な人間そのものだった。

アンドレイ公爵は、歓びに輝く、生き返ったような顔でピエールの前に立つと、相手の悲しげな表情には気付きさえせず、幸福な者のエゴイズムをむき出しにして、にっこりと微笑んだ。

「ねえ君」彼は言った。「ゆうべ君に言おうとしたことだけど、今日はそのことを言いに来たんだ。こんなことは一度も経験したことがない。僕は恋をしているんだよ、君」

ピエールは重いため息をつくと、アンドレイ公爵の脇のソファーに重い体をどさりと沈めた。

「相手はロストフ家のナターシャ、そうでしょう？」彼は言った。

「そう、そうだよ、他に誰がいる？　およそ信じがたいことだが、気持ちの方が自分より強いんだ。昨日僕は苦しみ、辛い思いをした。だがその苦しみさえ、この世の何ものとも取り換えたくはない。これまでの僕は生きていなかった。今ようやく生きていると実感するが、でも彼女なしでは生きていけないんだ。しかしはたして彼女は僕を愛してくれるだろうか？……僕は彼女には年をとりすぎているから。どうして君は何も言ってくれないんだ？……」

「僕が？　僕がですか？　僕はもう言ったでしょう」急にそう言うと、ピエールは立ち上がって部屋をうろつき始めた。「僕はずっとそのことを考えていましたよ……。あの娘さんは大事な宝物です、とても大事な……。めったにいない娘さんです……。ですから、ひとつあなたにお願いします――どうか理屈をこねず、迷いも捨てて、結婚してください、結婚です、結婚するんです……。きっとあなたは誰よりも幸せになるでしょう」

「でも彼女は？」

「彼女はあなたを愛しています」

「いい加減なことを言って……」アンドレイ公爵は、にやっと笑ってピエールの目を見た。

「愛しています、分かるんです」怒った声でピエールは叫んだ。

「いや、ちょっと聞いてくれ」アンドレイ公爵はピエールの腕をつかんでなだめた。「分かるかい、僕がどんな心境か？ 僕は誰かに洗いざらい話さずにはいられないんだ」

「ほう、でしたら話してください、喜んで聞きましょう」そう言うと本当にピエールの顔つきが一変し、皺も消えて、そのまま楽しそうにアンドレイ公爵の話に聞き入ったのだった。アンドレイ公爵は全く別の、新しい人間になったように見えたし、実際そのとおりだった。いつもの憂鬱は、人生を見下した態度は、幻滅ぶりは、果してどこに消えたのか？ 彼が打ち明けようと決めた相手はピエールしかいなかった。それだけにピエールには胸の内にあるものをそれこそ洗いざらい打ち明けた。自分がはるか先のことまで軽々と大胆に計画を立てたこと、せっかくの幸福を父親の気まぐれで台無しにしたくないから、何とか父親にこの結婚を認めさせ、彼女を好きにさせるか、そうでなければ父親の承諾などなしで済ませようと思っていること、今自分を支配している感情が、何か不思議な、見知らぬ、自分の意志を超えたものと思えて、驚いていること――そんなことを彼は打ち明けたのであった。

「もしも誰かに、お前もいつかこんなふうに人を好きになるだろうなんて言われたとしても、僕はそいつを信じなかっただろう」アンドレイ公爵は語り続けた。「これは以前の僕が持っていたような感情とは全く違うから。僕にとっては全世界が真っ二つに分かれてしまった。一つは彼女で、そこには幸福と希望と光が満ちている。あとの半分が、彼女を抜きにした残りのすべてで、そこには憂愁と闇しかない……」

「闇と暗黒ですね」ピエールは言った。「ええ、ええ、分かりますよ」

「僕は光を愛さずにはいられないし、それは僕の罪ではない。僕はとても幸せだ。この気持ちが分かるかい？　君は僕のことを喜んでくれているんだね」

「ええ、ええ」感動と愁いの相半ばする眼で親友の顔を見ながら、ピエールは頷いた。アンドレイ公爵の運命が明るく思えれば思えるほど、自分の運命がなおさら暗く思えるのだった。

23章

結婚には父親の承諾が必要だった。そのためアンドレイ公爵は、翌日父親のもとへと旅立った。

息子の報告を父親は表向き平静に受け止めたが、内心はご立腹だった。自分の人生はもう終わっているというのに、いまさらそれを変えて、そこに何か新しいものを持ち込もうとする人間の気が知れなかったのだ。『せめて俺のやりたいように人生を全《まっと》うさせてくれ、その後で何なりと好きなようにすればいいだろう』と老父は内心で思ったものだ。ただし息子に対しては、彼はこれまで大事な場面で愛用してきた外交戦術を使った。彼は落ち着いた口調で以下のように問題を整理してみせた。

第一に、この結婚は親族、資産、家の格の面から見て良縁とは言えない。第二に、アンドレイ公爵はもはや青春期とは言えないし、健康も害しているが（老人は特にこの点を強調した）、それに対して相手は非常に若い。第三に、アンドレイ公爵には一人息子がいて、これを小娘の手に委ねるのは不憫《ふびん》である。第四に、と最後に父親はあざ笑うような眼で息子を見ながら言った――「悪いことは言わんから、この話を一年延ばして、外国へ行って来い。治療をして、ついでにお前が望むように、孫のニコライのためのドイツ人家庭教師を見つけてくるんだ。その後で、もしもまだその恋愛なり情熱なり意地なり、何でも構わんが、それがまだしっかり残っているようなら、結婚するがいい。これが私の最後の結論だ。いいか、最後だぞ……」何があってもこの判断は覆らないと宣告する口調で、老公爵は締めくくった。

一年の猶予を作れば、息子もしくはその花嫁候補の愛情がその時間の試練に耐えきれないか、あるいは老齢の自分の方がその間に死ぬだろう――それが父親の狙いだとはっきり悟ったアンドレイ公爵は、父親の意志に従い、プロポーズをしたうえで結婚は一年先に延ばそうと決めた。

最後にロストフ家で一晩を過ごして以来三週間ぶりで、アンドレイ公爵はペテルブルグに戻った。

母親に気持ちを打ち明けた日の翌日、ナターシャは一日中アンドレイ公爵を待っていたが、相手は現れなかった。次の日も、また次の日も同じで、ピエールもまた訪ねてこなかったせいで、アンドレイ公爵が父親のもとへ出かけたことを知らないナターシャには、彼が姿を見せない理由が分からないままだった。

そのまま三週間が過ぎた。ナターシャはどこへも出かけようとせず、何も手に着かぬまま、しょんぼりと魂の抜けたような姿であちこちの部屋をそぞろ歩き、晩には皆に隠れてそっと泣き暮らすばかりで、例の夜の母親訪問もしなくなっていた。彼女はしょっちゅう顔を真っ赤にして苛立ちを見せた。皆が自分の幻滅を知っていて、笑ったり憐《あわ》れんだりしているように思えたのだ。胸の悲しみに加えて、このような虚栄心の苦しみが、彼女の不幸を募らせていた。

ある時彼女は母親のもとへ来て、何か言いかけたまま急に泣き出してしまった。それはまるで、叱られた理由が分からずに傷ついて泣いている子供のような泣きぶりだった。母親はナターシャをなだめにかかった。ナターシャははじめのうち母の言葉に耳を傾けていたが、急に相手を遮った。

「やめて、お母さま、私もう思ってもないし、思いたくもない！　ただいらしていた方がいらっしゃらなくなった、ただそれだけ……」

声が震え、いまにも泣きだしそうになったが、ぐっとこらえると、彼女は落ち着いた調子で続けた。

「それに私、全然お嫁になんか行きたくない。それにあの方が怖いの。だからこうなってすっかり、すっかり安心したわ……」

この会話の翌日、ナターシャは以前に着ていたドレスを着た。それさえ着れば毎朝楽しい気分になれたという、格別なつかしいドレスだった。そんな服を着て彼女は朝から、あの舞踏会以来遠ざかっていたかつての生活を再開したのだった。お茶をたっぷりと飲むと、音響がいいのでとりわけ気に入っている広間に行って、声楽練習曲集《ソルフェージュ》を歌い出した。第一課を歌い終わると、広間の中央に立って、特別に気に入った一節を繰り返した。自分の声がどんどん湧き出て広間の空間を満たし、またゆっくりと消えていく（自分でも思いがけなかったほどの）美しさにうっとりしながら耳を澄ましていると、急に楽しい気持ちになってきた。『どうしてあんなこと、くよくよ考えなくちゃいけないの、このままで楽しいのに』そんな独りごとを言うと、彼女は広間を行ったり来たりし始めた。それも普通の歩き方ではなく、よく響く寄木の床を一歩一歩かかとから爪先へと（彼女は新しい、お気に入りの短靴を履いていた）踏みしめるように歩きながら、ちょうどさっき自分の声に聞き入っていたのと同じように、かかとが立てる規則正しい踏み音と、爪先の軋みに、うっとりと耳を澄ましていた。鏡の前を通りかかると、彼女は鏡を覗き込んだ。『ほらあれが私よ！』と鏡の中の顔が自分の姿を見て言っているようだった。『なかなかすてきじゃない。だから私、誰も要らないわ』

従僕が何かを片付けに広間に入って来ようとしたが、彼女は入室を許さず、追い払った後でまたドアを閉めて、再び歩き続けた。この朝の彼女は再び、自分を愛し自分に見惚れるという、お気に入りの精神状態に戻っていた。『ああ、このナターシャという娘はなんて魅力的なんだろう！』彼女はまたもや誰か第三者の、集合的な男性の言葉を模して自分をほめた。『きれいで、声もよくて、若い。この娘は誰の邪魔もしないから、ぜひそっとしておいてやれ』しかしいくらそっとしておいてもらっても、もはや彼女は安らかな気持ちではいられなかったし、自分でもすぐにそれを感じ取ったのである。

玄関先で車寄せに通じるドアが開き、「御在宅か?」と訊ねる声がして、誰かの足音が聞こえてきた。ナターシャは鏡を見ていたが、もはや自分の姿は目に入っていない。じっと玄関部屋の物音に耳を澄ましていた。自分の姿が目に映った時には、その顔は蒼白だった。客はあの人だった。閉じたドア越しにかすかに声が聞こえただけだったが、間違いなかった。

真っ青な、怯えきったような顔でナターシャは客間に駆け込んだ。

「お母さま、ボルコンスキーさんが来たわ!」彼女は言った。「お母さま、私いやよ、耐えられない! いやなの……苦しむのは! どうしたらいいの?……」

母親がまだ答えぬうちに、アンドレイ公爵が不安そうな真剣な表情で客間に入って来た。ナターシャに気付いた途端、その顔がパッと輝いた。彼は伯爵夫人とナターシャの手にキスをすると、ソファーのそばに腰を下ろした……。

「ずいぶんお久しぶりの……」伯爵夫人がそう言いかけるところを、アンドレイ公爵は遮った。相手の質問に答えるとともに、言うべきことを言ってしまおうと急《せ》いているのが明らかだった。

「この間《かん》お宅にお邪魔しなかったのは、父のところへ行っていたからです。極めて重要な件で相談する必要があったものですから。昨夜戻ったところです」ナターシャをちらりと見て彼は言った。「奥さま、折り入ってご相談があるのですが」しばしの沈黙の後、彼は言い添えた。

伯爵夫人は深いため息をつき、目を伏せた。

「伺いましょう」彼女は答えた。

ナターシャは席を外さねばならないと分かっていたが、それができなかった。喉元が絞め付けられるような気がして、無作法にも、まっすぐに目を見開いてアンドレイ公爵を見つめていた。

『え、今？ すぐになの！……いいえ、そんなのありえない！』彼女は思った。

彼はもう一度彼女をちらりと見た。そしてそのまなざしが彼女に、間違いではないことを悟らせた。そう、まさにこの瞬間、彼女の運命が決せられようとしていたのだ。

「向こうへ行っていなさい、ナターシャ、後で呼びますから」伯爵夫人は小声で言った。

ナターシャは怯えたような、懇願するようなまなざしでアンドレイ公爵を、そして母親を一瞥し、そして出て行った。

「奥さま、私はお嬢さまに結婚を申し込むために参りました」アンドレイ公爵は言った。

伯爵夫人は顔をさっと紅潮させたが、すぐには何も言わなかった。

「お申し込みは……」伯爵夫人はまじめな口調で答え始めた。彼は黙って彼女の目を見つめていた。「お申し込みは……（夫人はまごついていた）私どもにはうれしいことでございます、そして……お申し込みはお受けいたします、喜んで。主人もまた……きっと……ですがあの子の気持ち次第ですので……」

「奥さまのお許しがいただけましたら、私からお嬢さまに申し上げますが……お許しいただけますか？」アンドレイ公爵は言った。

「はい」そう答えると伯爵夫人は相手に手を差し伸べ、公爵がその手にキスしようとかがみ込むと、違和感と親しみの入り混じった混乱した気持ちのまま、その額に唇を寄せた。相手を息子になる者として愛したいと思いつつ、自分にはなじみのない、恐ろしい人物だと感じてしまうのだった。

「夫もきっと同意してくれると思います」伯爵夫人は言った。「しかしあなたさまのお父さまは……」

「父に心づもりを伝えましたところ、認める代わりに絶対条件として、結婚を早くても一年後にするよう申し渡されました。そのことも重ねて奥さまに申し上げておきたいと存じます」アンドレイ公爵は答えた。

「確かに、ナターシャはまだ若いですが、でも……そんなに長く！」

「この点はどうしようもなかったのです」アンドレイ公爵はため息をついて言った。

「あの子をあなたのところへよこしますから」そう言うと伯爵夫人は部屋を出て行った。

「神さま、どうかお慈悲を」娘を探しながら夫人はそう唱えていた。ソーニャに訊ねるとナターシャは寝室にいるという。ナターシャは自分のベッドに座り込んでいた。青白い顔に潤いのない目をして、じっと聖像を見つめながら素早く十字を切っては何かつぶやいている。母親を見るとさっととび起きて、駆け寄ってきた。

「どうだった？　お母さま？……どうだったの？」

「行きなさい、あの方のところへ行くのよ。あの方があなたに結婚を申し込んでいるの」母親の口調はナターシャには冷たく聞こえた……。「行きなさい……さあ」駆けて行く娘の後から悲しむような責めるような口調で言うと、母親は深くため息をついた。

どんなふうに客間に入って行ったか、ナターシャには覚えがなかった。一歩踏み込んで彼の姿を目にした途端、彼女は足を止めた。『本当に、他人だったこの人が、いま私のすべてになったのかしら？』彼女は自問し、即答した。『そう、すべてだわ。いまはこの人一人が私にとってこの世のすべてよりも大事なんだ』アンドレイ公爵が目を伏せたまま近づいてきた。

「僕はあなたを見た瞬間からあなたが好きになりました。僕は希望を持つことができるでしょうか」

彼女の顔を覗き込んだ彼は、真剣な情熱をたたえたその表情にはっとした。その顔はこう告げていた。『どうして訊くのですか？ ご存じのはずのことを、なぜ疑うのですか？ 気持ちが言葉で言えない時に、なぜ話さなくてはならないのですか？』

彼女は彼の近くまで来て立ち止まった。彼は彼女の手を取って口づけした。

「あなたは僕を愛してくれますか？」

「ええ、ええ」まるで腹を立てているかのようにそう答えると、ナターシャは大きな音を立てて一度、また一度と息を吐き、だんだん呼吸を荒らげて、そのまま泣き出してしまった。

「なぜ？ どうしたんですか？」

「ああ、私とても幸せ」そう答えると彼女は泣きながらにっこりと笑い、相手にさらに上体を寄せると、こんなことをしていいのかしらと自問する様子を見せてから、彼に口づけした。

アンドレイ公爵は彼女の片手を取ったまま、その目を見つめたが、胸のうちには以前のような彼女への愛は見いだせなかった。彼の胸のうちで何かががらりと反転して、前のような詩的で神秘的な願望の魅力が消えうせ、それに代わって、彼女の女性としての、子供としてのか弱さへの憐れみが、自分に身をささげ信じ切った相手を前にした恐れが、自分を彼女と永遠に結び合わせる義務の、重くまた喜ばしい意識が、生まれていたのだった。現在の感情は、以前の感情ほど明るく詩的なものでこそなかったが、より真剣で強い感情だった。

「お母さまから聞いていますか、一年後より早くは一緒になれないってことを?」彼女の目を見つめ続けながらアンドレイ公爵は言った。

『いったいこの私が、あの年端も行かない女の子が(だってみんな私のことをそう言うから)』とナターシャは考えた。『いったいこの私が、今この瞬間から妻となって、他所《よそ》から来たこの優しい、賢い、お父さまさえ尊敬している方と対等になるのかしら? いったいこれは本当のことかしら? 本当かしら、これからはもうふざけて生きていてはいけなくて、もう大人なんだから、することにも言うことにも責任を持たなくちゃいけないなんて？　あら、この人、私に何を訊ねたの？』

「いいえ」と彼女は答えたが、彼の質問の内容は分かっていなかった。

「失礼ながら」とアンドレイ公爵は言った。「あなたはそんなにお若いけれど、僕はもうかなり人生経験を積んでいます。だからあなたのことが心配なのです。まだご自分のことが分かっていらっしゃらないから」

ナターシャは相手の言葉の意味を理解しようと注意を集中して聞いていたが、理解はできなかった。

「自分の幸せを一年先延ばしにするのは僕には大変つらいのですが」とアンドレイ公爵は続けた。「その間にあなたはご自分を確かめることができます。僕はあなたに、一年後に僕の幸せを実現してくださるようお願いします。ただし、あなたは自由です。僕たちの婚約は秘密にしておきますから、もしもご自分が僕を愛していないと分かったら、あるいはもしもほかに愛する人ができたら……」アンドレイ公爵は不自然な笑みを浮かべて言った。

「どうしてそんなことをおっしゃるの？」ナターシャは相手を遮った。「ご存知でしょう、あなたが初めてオトラードノエにいらしたその日から、私はあなたが好きになったのです」自分が真実を語っていると固く信じて彼女は言った。

「一年であなたはご自分を知ることでしょう……」

「丸々一年も！」急にナターシャが言った。今ようやく結婚が一年延期されることを理解したのだった。「でも、いったいどうして一年ですの？　いったいなぜ一年も？……」アンドレイ公爵は延期の理由を彼女に説明し始めたが、ナターシャは聞いていなかった。

「変えられませんの？」彼女は訊いた。アンドレイ公爵は何も答えず、ただ表情でこの決定を覆すのが不可能なことを表現した。

「それはひどいわ！　いやだ、ひどいわ、ひどいことだわ！」ナターシャは突然そう言いだして、またもや泣き崩れてしまった。「一年も待つうちに、私、死んでしまうわ。とてもできない、ひどいことだわ」ふと求婚者の顔を見上げると、そこには同情と戸惑いの表情が浮かんでいた。

「いいえ、いいえ、私、頑張って何でもします」急に涙を抑えて彼女は言った。「私はとても幸せよ！」

父母が部屋に入ってきて、花婿と花嫁を祝福した。

この日から、アンドレイ公爵は婚約者としてロストフ家に出入りするようになった。

24章

婚約式はなかったし、アンドレイ公爵とナターシャの婚約は誰にも通知されなかった。アンドレイ公爵が自分の方針を押し通したのである。彼は言うのだった——結婚を延期したのは自分のせいだから、重荷もすべて自分一人が負うべきだ。自分は生涯自分の約束に縛られるが、ナターシャを拘束することは望まないので、彼女には完全な自由を与える。もしも半年後に彼女が僕のことを愛していないと感じたら、彼女は約束を破棄する完全な権利を持つ、と。当然親たちもナターシャもこんな言葉には耳を貸そうともしなかったが、アンドレイ公爵は自説にこだわっていたのである。彼は毎日ロストフ家を訪ねたが、ナターシャへの態度は婚約者らしくなかった。話しかける時も丁寧に「あなた」と呼び、口づけをするのも手だけだった。あのプロポーズの日以来、アンドレイ公爵とナターシャの間には以前とは全く違う、親しくて飾り気のない関係が出来上がっていた。二人ともまるでいままでお互いを知らなかったかのようだった。まだ何でもなかった頃、自分たちがどんなふうに互いを見つめ合ったかを、二人とも好んで回想したが、今や二人とも自分がまったく別の存在になったのを感じていた。以前は取り繕《つくろ》っていたが、今では飾らず誠実だった。はじめのうち一家には、アンドレイ公爵との付き合いに戸惑い気味のところも見られた。相手が他所《よそ》の世界の人のように感じられたからだが、ナターシャは時間をかけて家族の者たちを公爵に慣れさせ、彼はただ特別な人間に見えるだけで実際は皆と同じであり、自分は彼を恐れていないし、誰もあの人を怖《こわ》がってはいけないと、得意そうに言い聞かせたものである。何日かたつと家族もすっかり彼に慣れ、彼がいるところでも遠慮せず昔のように暮らして、彼もそれに加わるようになった。彼は伯爵とは経済の話を、夫人やナターシャとは服装の話を、ソーニャとはアルバムや刺繍の話をすることができた。時折ロストフ家の人々は、内輪でもアンドレイ公爵のいるところでも、こういうことになった経緯を思い起こしては驚き、しかもそれがはっきりとした前兆を伴っていたことに驚くのだった。すなわち、アンドレイ公爵のオトラードノエ訪問、家族のペテルブルグへの上京、最初に公爵が来たときばあやが気付いたナターシャとアンドレイ公爵の類似、一八〇五年にあったアンドレイ公爵とニコライとの間の衝突、さらにほかの諸々が、この出来事の前兆だったことに、家族は思い到ったものである。

家の中には、婚約した男女がいる場所につきものの、詩的な物憂さと沈黙が支配していた。皆でただ黙って座り込んでいることがしばしばあった。時には人々が立ち上がって姿を消し、若い二人が取り残されても、同じように黙っているのだった。二人はめったに将来の生活の話をしなかった。アンドレイ公爵には、その話をすることが恐ろしく、また恥ずかしく感じられた。ナターシャは公爵のいろんな感情と同様、その感情も共有していた。彼女は公爵のどんな気持ちも常に見抜いてしまうのだった。ある時ナターシャは彼の子供のことを訊ねだした。公爵は顔を赤くしたが、これはこの頃よくあったことで、ナターシャはそれがとりわけ気に入っていた。公爵は、息子は自分たちといっしょには暮らさないと答えた。

「なぜですの？」驚いてナターシャは言った。

「息子をうちの父の手から奪うわけにはいかないし、それに……」

「息子さんがいたら私、うんとかわいがることでしょうけれど!」そう言いながらナターシャはすぐに相手の考えを察知していた。「でも分かりますわ、私たちを責める口実を与えたくないのですね」

ロストフ伯爵は時折アンドレイ公爵に近寄ってきて挨拶のキスをし、末っ子のペーチャの教育や長男のニコライの勤務のことで相談を持ち掛けた。伯爵夫人は若い二人を見てため息をついていた。ソーニャは絶えず邪魔者になることを恐れて、二人が望んでもいないのに、自分が席を外して二人きりにする口実を探していた。アンドレイ公爵が何か話すと（彼は大変話し上手だった）、ナターシャは誇らしげに耳を傾けていた。自分が話すときにはナターシャは、アンドレイ公爵が注意深く試すような眼でじっとこちらを見ているのに気づいて、恐れと喜びの入り混じった気持ちを覚えるのだった。彼女は戸惑いながら自問したものだった。『この人は私の中に何を探しているのだろう？ あの目で何を探り出そうとしているのだろう？ もしもあの目で探しているものが、私の中になかったらどうしよう？』時には彼女が持ち前の、底抜けに陽気な気分になることがあったが、そんなとき彼女はアンドレイ公爵が笑うのを聞いたり見たりするのがとりわけ楽しかった。彼はめったに笑わなかったが、いざ笑うとなるともう身も心も笑いに浸るほうで、そんな大笑いの後ナターシャは、自分が彼に一層近くなった感じがするのであった。ナターシャは完全に幸せだった――もしも別れねばならぬ時が徐々に迫りつつあるという思いが、彼女を脅かさなかったならば。

いよいよペテルブルグを発つ前の日、アンドレイ公爵は、あの舞踏会以来ロストフ家に姿を見せなかったピエールを連れて現れた。ピエールは途方に暮れてまごついているように見えた。彼は伯爵夫人と語らっていた。ナターシャは何気なくアンドレイ公爵を誘う風情で、ソーニャとチェステーブルの脇に腰を下ろした。公爵が二人のところに近寄ってきた。

「ベズーホフはだいぶ前からの知り合いですね？」彼は訊いた。「彼が好きですか？」

「ええ、立派な方ですわ、ただとてもおかしな方ですけど」

ピエールの話をするといつもそうなるように、彼女は彼のうっかり癖にまつわるいろんなエピソードを披露し始めた。中には誰かが作った話まで含まれていた。

「いいですか、彼には私たちの秘密を打ち明けてあります」アンドレイ公爵は言った。「僕は子供のころから彼を知っています。あれは黄金の心の持ち主です。そこでお願いがあります、ナターシャさん」彼は急に真剣な口調になって言った。「僕は旅立ちます。この先何があるか分かりません。あなたの愛が冷めて……いやまあ、そんな話はやめておきましょう。とにかくです、僕がいない間にあなたの身に何が起ころうとも……」

「いったい何が起こるというのですか？……」

「どんな哀しいことが起こったとしても」アンドレイ公爵は先を続けた。「あなたにもお願いしておきますよ、ソーニャさん、何が起こっても、あの男一人に相談し、助けてもらってください。あれは飛び切りうっかりものの、おかしな男ですが、またとない黄金の心の持ち主ですから」

婚約者との別れは、両親もソーニャもアンドレイ公爵自身も予測できなかったほど大きな痛手をナターシャに与えた。その日彼女は顔が真っ赤になるほど動揺し、涙も枯れたような眼をして家の中を歩き回り、まるでこれから起ころうとしていることが理解できていないかのように、ごくつまらないことばかりにかかずらっていた。彼が別れの言葉を述べて最後に手にキスをした時も、彼女は泣かなかった。

「行かないでください！」ただ一言彼女はもらしたが、その声は、彼に思わず本当に残るべきではないかと考え込ませるような響きで、この後も長いあいだ彼の記憶に残ったのだった。彼が去ってしまった後でも、彼女は泣きはしなかった。ただ何日かは泣きもせずひたすら自室に座り込んで、何にも興味を示さず、時折「ああ、どうしてあの人は行ってしまったんだろう！」と口にするばかりだった。

しかし彼の出立から二週間もすると、彼女は、これもまた周囲にとってまったく思いがけなかったことに、心の病いからすっかり回復し、以前のような状態に戻った。ただし長く患った子供が病床から起き上がるときにはすっかり顔が変わっているように、彼女の精神の風貌も様変わりしていたのである。

25章

ニコライ・ボルコンスキー老公爵の健康と気力は、息子が去ってからのこの一年でひどく衰えていた。昔に輪をかけて苛立ちやすくなり、訳もない怒りが爆発すると、その矛先《ほこさき》はたいてい娘のマリヤに向けられるのだった。それもまるで相手の気持ちをとことん苛《さいな》んでやろうとして、マリヤの一番傷つきやすい場所を虎視眈々《こしたんたん》と狙っているかのような様子だった。マリヤの愛着の対象は二つあり、その二つこそが彼女の喜びの源泉でもあった。すなわち甥のニコールシカと宗教である。そしてまさにこの両者を、父親は好んで攻撃とからかいの種にしていたのである。何の話をしていても、この父親は話題を勝手に捻じ曲げて、老嬢《オールドミス》の迷信だとか、子供を甘やかしてだめにするとかいった話にもっていってしまうのだった。「お前はあの子（ニコールシカ）を、自分と同じ老嬢《オールドミス》にしてしまうつもりだろうが、やめておけ。アンドレイに必要なのは息子であって娘っ子ではないからな」――そんなふうに彼は言うのだった。そうかと思うとわざとマリヤのいるところでマドモワゼル・ブリエンヌに向かって、ロシアの坊主やイコンは好きかと訊ね、冗談を言ったりした……。

老公爵は絶えずマリヤを手ひどく侮辱していたのだが、娘の方は別に無理をするでもなく、父親を許していた。父親が自分に対して悪いことをするはずがあるだろうか？ 自分を愛してくれている父親が（何といっても彼女にはそれが分かっていたのだ）、自分に正しくない態度をとることがあるだろうか？ それに正しさとは一体何だろうか？ マリヤは「正しさ」というような思いあがった言葉について考えたことは一度もなかった。彼女にとっては人類の複雑な法則はすべて、ただ一つの単純で明快な法則に集約されるのだった。それは、神の身でありながら人類のために愛をもって受難されたあの方がわれわれに教えてくださった、愛と献身の法則である。他人が正しいか正しくないかなど、彼女にとって何の意味があろうか？ 彼女に必要なのは自分が苦しみかつ愛することであり、それを彼女は実践していたのである。

冬には兄のアンドレイが禿山《ルイスィエ・ゴールィ》に戻ってきたが、マリヤが久しく見たことがないほど明朗でおだやかで優しかった。彼女は兄に何かあったことを察したが、兄は自分の恋愛について妹には一言も語らなかった。立ち去る直前に、兄は何かで長時間父と話し込んでいたが、マリヤの観察では、出立前の二人は、互いに相手に不満を持っているようだった。

アンドレイ公爵が去って間もなく、マリヤはペテルブルグの親友ジュリーに宛てて手紙を書いた。夢見る娘たちの例にもれず、マリヤも親友のジュリーが兄と結婚することを夢見ていたのだったが、そのジュリーはこの時、トルコで戦死した自分の兄のために喪に服しているところだった。

『懐かしい、優しい親友のジュリーさま、どうやら悲哀は私たちに共通の定めのようですね。

あなたがお兄さまを亡くされたのはあまりにお気の毒で、私にはこれが、神さまの特別なご慈悲なのだとしか説明できません。神さまはあなたとあなたの素晴らしいお母さまを、愛しつつも試みようとされているのです。ああ、友よ、宗教が、そして宗教だけが私たちを、癒すとは言わないまでも、絶望の淵から救うことができるのです。善良な、高邁な者たち、生に喜びを見出し、誰にも害を与えないどころか、他の人々の幸福にとって不可欠な者たちが神に召され、悪しき者、無用な者、有害な者、あるいは自分にも他人にも重荷となっている者が生き残っているのはなぜなのか――それを説明してくれるのは宗教だけで、宗教の助けがなければ人はそれを理解できません。私が初めて見て、決して忘れることのない死――愛する兄嫁の死は、私にとても強い印象を与えました。ちょうど今あなたが、ご自分の素晴らしいお兄さまがどうして死ななければならなかったのかと運命に問いかけていらっしゃるのと同じように、私もまたあの天使のようなリーザさんがなぜ死ななければならなかったのかと、問いかけたものでした。なにしろあの方は、一度だって誰かに悪いことをしたことがないどころか、胸のうちに良き思い以外のものを育んだためしがないのですから。それがどうでしょう、わが友よ、こうして五年がたってみると、こんなに頭の弱い私にもはっきりと分かり始めてきたのです——なぜあの方が死ななくてはならなかったのか、どうしてあの方の死がまさしく創造主の限りない慈悲の表れなのかということが。創造主のあらゆる営みは、たとえその大半が私たちの理解を超えるものだとはいえ、ご自身の手で創られたものに対する限りない愛の表れに他ならないのですから。もしかしたら、よく思うのですが、あの方はあまりに天使のような無垢な方だったので、母親としての務めのすべてを背負っていく力がなかったのかもしれません。若き妻としては完璧だったあの方も、もしかしたら同じく完璧な母となることはできなかったのかもしれません。いまやあの方は私たちにとって、とりわけ兄アンドレイにとって、心からの哀悼と追憶の対象となっているばかりか、おそらくはあの世でも、私などには望むべくもない場所を与えられていることでしょう。しかし、あの方ご自身のことは別にしても、あの早すぎた恐るべき死は、深い悲しみをもたらしたにもかかわらず、私にも兄にも極めて良い影響を与えてくれたのです。かつて、あの方を失くした当座は、このような考えは浮かぶべくもありませんでしたし、あの時の私ならば恐ろしくて撥《は》ね退《の》けたところでしょうが、今ではこれが明らかな、間違いのないことと思えるのです。あなたにこんなことを書き送るのは、わが友よ、ひとえに私が座右《ざゆう》の銘《めい》としている次のような福音書の真理をあなたにも信じていただきたいからです。神のご意思がなければ一筋の髪も私たちの頭から落ちることはありません。[33]そして神のご意思はただひたすら、私たちへの果てしない愛に導かれているのであり、したがって私たちの身に起こることはすべて、私たちにとっての恵みなのです。あなたは私たちが次の冬をモスクワで過ごす予定かと、お訊ねでしたね。お目にかかりたいのは山々なのですが、モスクワで過ごすことは考えていませんし、望んでもおりません。あなたはさぞかし驚かれることでしょうが、原因はあのブオナパルテなのです。つまりこういうことです——父は目に見えて体が弱ってきたのですが、理屈の通らないことがあると我慢できず、イライラしてしまいます。そのイライラは、ご承知のように、主に政治的な問題に向けられます。あのブオナパルテがヨーロッパ各国の君主たちと、とりわけわがロシアの、あのエカテリーナ女帝の孫君[34]と対等に渡り合っていると思うと、父は

33　ルカによる福音書第二十一章を踏まえていると思われる。

どうしても我慢がならないのです。ご承知のように私は政治には全く無関心ですが、父の言葉や、父と建築技師のミハイル・イワーノヴィチとの会話から、世界で起きていることは何でも知っていますし、とりわけあのブオナパルテにあらゆる賛辞が捧げられていることも承知しています。どうやらブオナパルテを偉人と認めず、ましてやフランス皇帝と認めないでいるのは、全地球上でただこの禿山《ルイスィエ・ゴールィ》だけでしょうかられ。そしてそれが父には我慢できないのです。思うに父は、主として政治問題に関する自らの見解のせいで、しかも誰にでもはばからずに自説を述べる持ち前の流儀から、必ずや衝突が起こると予見して、モスクワ行きの話に気乗りがしないのです。モスクワで治療を受けて良くなったところで、ブオナパルテをめぐる論争が避けられない限り、同じ分だけ悪くなるわけですから。いずれにせよ、この件はごく近く決定されます。わが家の家庭生活は以前通りで、変化といえば兄のアンドレイが帰省したことくらいです。前にも書きましたが、兄は最近とても変わりました。あの哀しい出来事を経験した兄は、今ようやく、今年になって、すっかり精神的に立ち直ったのです。兄は私が知っている小さい頃の兄に戻りました。思いやりがあって優しくて、比類ない黄金の心を持った兄に。どうやら兄は、自分の人生はまだ終わっていないと気づいたようです。でも、精神状態が好転した代わりに、体はとても弱っています。前よりも痩せて、神経質になりました。心配ですが、幸いかなり前から医者に勧められていた外国行きを決心してくれたので、一安心です。これで兄が回復してくれるといいのですが。あなたのお手紙によると、ペテルブルグでは兄が最も活動的で、教養があって、知的な青年の一人だと取りざたされているそうですね。身内自慢ですみませんが、私はずっとそう信じていて、一度だって疑ったことはありません。当地でも兄は、領地の農民から貴族に至るまで、あらゆる人々に数えきれないくらい善行を施してきました。ペテルブルグに出て、当然のものを勝ち得ただけです。それにしても、いったいどんな風にペテルブルグの噂がモスクワまで伝わるのか、驚くばかりですね。それもとりわけお手紙に書いてくださったような、兄がロストフ家の次女と結婚するなどという、根も葉もない噂が。誰が相手であれ、兄がいつか結婚することがあるとは思えませんし、特にあのような方と結婚するとは思えません。理由はこうです――第一に、兄は亡妻の話をめったにしませんが、彼女を亡くした悲しみは兄の心に深く根を張っているので、そんな兄がいつか亡き妻の後添えをもらい、あの幼い天使に継母を作るなどという挙に出ることはありえないと、私は知っているからです。第二に、私

34　アレクサンドル一世のこと。

が知る限り、噂されている娘さんは、兄アンドレイ公爵が好きになるようなタイプの女性とはかけ離れているからです。アンドレイ公爵ともあろうものがあのような方を妻に選ぶとは思えませんし、正直に言って、私はそれを望みません。でもお喋りが過ぎて二枚目の便箋も終わりになってしまいました。ここでお暇《いとま》します、私の愛する友よ。どうか神さまがその聖なる強き庇護のもとにあなたの身をお守りくださりますよう。愛する友のマドモワゼル・ブリエンヌもどうぞよろしくとのことです。

マリヤ』

26章

夏の盛りにマリヤはスイスにいるアンドレイ公爵から予期せぬ手紙を受け取ったが、そこには奇妙な、思いも寄らなかった知らせが書かれていた。兄はそこでロストフ家の令嬢と婚約したことを告げていたのだ。文面全体に婚約者への愛情あふれる賛美と、妹に対する優しい情愛や信頼の気持ちがあふれていた。今のように人を愛したことはこれまで一度もない、今ようやく、生きるとはどういうことかを心底理解した——そう兄は書いていた。兄はまた、前回禿山《ルイスィエ・ゴールィ》に戻った際に、この件で父親とは話しながら、妹には自分の決意を打ち明けなかったことを詫びていた。彼が妹に隠していたのは、話せば妹からも父親に結婚の許可を与えるよう懇願することが予想されるが、それが不首尾に終わった場合、いたずらに父を怒らせて、しかもその不興の矛先が妹自身に向かってしまうことが懸念されたからである。もっとも――と彼は書いていた。――当時はまだこのことが今ほどはっきり決まっていたわけではなかったのだが、と。

『あの時、父上は僕に一年の延期を命じたのだが、こうしてすでに六か月が、つまり指定期間の半分が過ぎても、僕の決心はこれまでにもまして固い。もしもこの温泉地に残るようにという医者たちの指示がなかったら、さっさとロシアに帰りたいところだが、現状では帰国はもう三か月先送りにしなければならないだろう。お前は僕のことが分かっているし、僕と父上の関係も分かっているね。僕は父上に何も求めないし、これまでもこれからもいつも独立独歩のつもりだが、とはいえ、父上がこの先僕たちとともにいてくれるのもおそらくそう長いことではないというのに、わざわざ父上の意に逆らって怒りを買うとすれば、それだけで僕の幸福は半分台無しになってしまうだろう。僕は今この件で父上に手紙を書くから、どうかいい時を見計らって、同封する僕の手紙を父上に渡してくれないか。そうして知らせてほしいのだ、父上がこの件についてどう思っているか、そして期限を三か月短縮することに同意してくれるかどうかを』

かなりの迷いと疑心暗鬼と祈りの末に、マリヤは兄の手紙を父親に取り次いだ。翌日、老公爵は平然と告げた。

「あいつに書いてやれ、俺が死ぬまで待てと……長いことではない――じきにけりをつけてやる……」

マリヤは何か言い返そうとしたが父は許さず、次第に声を荒らげて言うのだった。

「なに、どんどん結婚すればいいんだ、結婚すれば……相手の家柄もいいしな！……おまけに賢い一家じゃないか、ええ？　裕福な一家じゃないか、ええ？　そうとも。きっとニコールシカにもいい継母ができるぞ。あいつに書いてやれ、明日にでも勝手に結婚しろとな。あの娘がニコールシカの継母になるというなら、俺はあのブリエンヌと結婚してやる！……ハッハッハッ、あいつにもちゃんと継母ができるようにな！ただし一つ言っておくが、わが家にはこれ以上女はいらん。結婚したら自分たちだけで勝手に暮らせ。ひょっとして、お前もあいつのところへ移るか？」公爵はマリヤに訊いた。「好きにしろ、さっさと行けばいいんだ、さっさとな……せいせいするわ！……」

この爆発の後、老公爵は二度とこの件を口にしなくなった。しかし息子の腑甲斐《ふがい》なさに対する秘められた怒りは、娘への態度となって表れた。これまでからかいの種にしてきたことがらに、さらに新たなテーマが加わった――継母の話題がそれであり、またマドモワゼル・ブリエンヌをちやほやしてみせるのも同列だった。

「俺があの女と結婚して何が悪い？」父親は娘に言うのだった。「さぞかし立派な公爵夫人が出来上がることだろうよ！」そして最近では、マリヤが怪しみかつ驚いたことに、父親は本当にこのフランス女性をますますそばに近づけるようになってきたのである。マリヤは手紙に対する父親の反応を兄に書き知らせたが、兄への慰めとして、父親が兄の提案に折れる可能性はあると書き添えた。

甥のニコールシカとその世話、兄アンドレイ、および宗教がマリヤの慰めであり喜びであったが、どんな人間にも自分一個人の希望がなくては済まないわけで、マリヤにもこの他に心の奥底に秘めた夢と希望があり、それが生きていくうえでの一番の慰めとなっていた。そうした心慰む夢や希望を与えてくれるのは、神の遣いたち、すなわち父公爵の目を忍んで彼女に会いに来る瘋癲行者《ユロージヴィ》や巡礼たちであった。年とともに人生経験を積み、また人生観察を重ねるにつれて、マリヤはこの世に、この地上に安らぎと幸福を求めようとする者たちの近視眼に、ますます大きな驚きを覚えるようになってきた。そうした者たちは、ありもしない、空っぽな、悪しき幸せを得ようとして、あくせく働き、苦しみ、戦い、互いに害を及ぼしあっているのだ。『アンドレイ兄さんは妻を愛していたが、妻が死ぬと、物足りなくなって、自分の幸せを別の女性と結びつけようとしている。お父さまはこれに反対しているが、それは兄さんにはもっと身分の高い、お金持ちの結婚相手を望んでいるからだ。こんなふうに誰もが幸せを得るために戦い、苦しみ、人を傷つけ、自分の魂を、永遠の魂を損なっているが、その幸せはほんの束《つか》の間のものでしかないのだ。私たち自身がそのことを知っているだけではなく、キリストが、神の子が地上に降りてきて、この世の生は束の間の生である、試練であると告げられたのだ。なのに私たちはこの生に執着して、この生のうちに幸せを見出そうとしている。どうして誰もそれを悟らずにいるのだろう？』マリヤは考えた。『それが分かっているのはただ、頭陀袋《ずだぶくろ》一つを肩にかけて私を訪ねてくる、世に蔑《さげす》まれたあの神の遣いたちばかりだ。あの人たちは、お父さまに見つからないようにこっそり裏口から入ってくるが、それも自分たちがひどい目に遭わされたくないからではなく、お父さまに罪なことをさせないためなのだ。家族も捨て故郷も捨て、この世の幸を願う煩悩もすべて捨て、ただひたすら何事にも執着せず、麻のぼろ着をまとい仮の名をかたって、一つの場所から別の場所へとさすらい歩き、人に害を与えず人のために祈り、追い払おうとする者のためにも世話してくれる者のためにも等しく祈る――この真理、この生き方にまさる真理も生き方もありはしないのだ！』

一人の女巡礼がいた。名をフェドーシユシカという、五十歳ばかりの小柄なおとなしいあばた顔の女で、もう三十年以上裸足で苦行者の鎖の枷《かせ》を身にまとって歩いている。マリヤはとりわけこの女巡礼が気に入っていた。ある時、ランプ一つが点る暗い部屋で、このフェドーシユシカが身の上話をしていた時、ふとマリヤの脳裏に、このフェドーシユシカだけが確かな生き方を見出したのだという思いが猛烈な勢いで湧き上がって来たので、マリヤはその勢いのままに、自ら巡礼に出ようと決めたのであった。フェドーシユシカが寝に行った後もマリヤはそのことを考え続けたあげく、ついにはっきりと見極めをつけた――それがいかに突飛な振る舞いであろうと、自分は巡礼の旅に出なくてはならないのだと。彼女がこの意図を打ち明けた相手は、懺悔聴《ざんげちょう》聞《もん》修道司祭のアキンフィー神父だけだったが、相手はこれを支持してくれた。巡礼たちへの施し物という口実で、マリヤはルバシカ、草鞋《わらじ》、長上衣《カフタン》、黒い肩かけという巡礼衣装一式を、手元にため込んだ。彼女はしばしば秘密の衣装をしまったタンスに歩み寄り、たたずんだまま、そろそろ自分の意図を実行に移す時が来たのではないかと思い迷うのだった。

よく巡礼たちの話に耳を傾けながら、話している本人にとっては無意識なものにすぎないが彼女にとっては深い意味に満ちた、素朴な言葉に感激して、何度か彼女はすべてを捨てて家を出ようという気になったものだった。想像の世界では、彼女はすでにフェドーシユシカと一緒にぼろ着姿で杖を突き、頭陀袋を背負って埃っぽい道を歩んでいるところだった。そうして羨望も捨て人間的な愛も捨てたまま、ひたすら聖人たちの間を旅してまわり、そして最後に悲しみも嘆きも知らない、永遠の喜びと幸せの世界へと至るのであった。

『一つの場所に着いてお祈りをしたら、慣れる間も愛着がわく間もないうちに、また次の場所へと向かう。そうしてもはや足が萎え、どこかに横たわって死んでいくまで歩き続ける。そしてついには、悲しみも嘆きもない、永遠の静かな入り江に到着するのだ』マリヤは考えるのだった。

しかしその後で父親の姿を見たり、とりわけ小さなニコールシカの姿を見たりすると、つい気持ちが萎えてしまい、そっと涙を流して、神よりも父や甥を愛している自分を罪人《つみびと》と自覚するのだった。

第4編

1章

聖書の伝説によれば、堕罪以前の原初の人間にとっては、労働の不在すなわち無為こそが、幸福の前提条件だった。無為を好む気持ちは、堕罪の後にもそのまま残ったが、人間は重い呪いを背負ったために、単に額に汗して生きる糧《かて》を得る必要からばかりでなく、その精神の本性からしても、何もせずに心安らかでいることができなくなってしまった。無為でいるのは罪なことに違いないと、陰《かげ》の声が語り掛けるからだ。仮に誰か、何もせずにいながら自分が有益であり、義務を果たしていると感じる状態を見出すことができる人間がいたならば、その人間は原初の幸福の一端に触れることだろう。まさにそのような、義務として課された疚《やま》しさのない無為を、ある階級の全員が享受している。それが軍人階級である。その義務としての、疚しさのない無為にこそ、過去にも未来にも、軍隊勤務の最大の魅力があるのだ。

一八〇七年以降も引き続きパヴログラード連隊で勤務し、そこですでにデニーソフから引き継いだ騎兵中隊を指揮していたニコライ・ロストフは、この無為の至福を存分に味わっていた。

ニコライはすっかりバンカラ風の気風《きっぷ》のいい男になっていて、モスクワの知人たちにはちょっと下品になったと思われるかもしれないが、同僚からも部下からも上官からも慕われ、重んじられており、本人も自分の生活に満足していた。そんな彼がこのところ、つまり一八〇九年になって以来、家からの手紙に母親の愚痴を読み取ることがますます多くなってきた。家計の破綻がどんどん深刻化してきたから、そろそろおまえも家に戻って、老いた父母を喜ばせ、安心させてほしいというのである。

そうした手紙を読むとニコライは、せっかく人生の厄介な雑事から隔絶されて、静かで平穏な生活を享受しているこの環境から、自分が引きずり出されようとしているような恐怖を覚えた。遅かれ早かれまたあの実生活の渦に巻き込まれ、家計の破綻とその立て直し、管理人たちの帳簿、言い争い、企み、コネ、社交界、ソーニャの愛と彼女にした約束、といったものに直面しなければならないのを感じたのだ。どれもこれも恐ろしく難しい、面倒な事柄なので、彼は母親の手紙には冷たい紋切り型の返事しか書かなかった。『親愛なる母上さま』で始まり『あなたの忠実なる息子より』で終わる手紙で、いつ帰るつもりかについては一言も書かなかった。翌一八一〇年に届いた何通かの家族からの手紙では、ナターシャとボルコンスキーが婚約したこと、および老公爵の反対のせいで結婚が一年後になることが告げられていた。手紙を読んだニコライは、嘆き、憤慨した。第一に、家族の中で一番好きなナターシャが、家からいなくなるのが惜しかった。第二に、いかにも軽騎兵らしい発想から、自分がその場に居合わせなかったことが悔しかった。というのも、もし自分がいれば、あのボルコンスキーに向かって、お前なんかと縁を結ぶのは全然大した名誉ではないし、そもそもナターシャを愛しているなら、あの頭のおかしい親父の許可なんかなくても結婚できるはずだろうと言ってやりたかったからだ。一瞬彼は、休暇願を出して結婚する前のナターシャに会いに行こうと思ったが、折悪しく演習が迫っており、またソーニャのことやらごたごたした厄介ごとやらが頭に浮かんできたので、ニコライはまたもや帰郷を延期してしまった。しかしこの年の春になって、母親が父親に内緒で書いた手紙が届くに至って、彼はいよいよ帰らざるを得ないと観念した。母の手紙には、もしも彼が戻ってこの事態に取り組まなければ、領地は全部競売にかかって、一家が路頭に迷うことになる、と書かれていた。父親の伯爵はすっかり気力も衰えて、ミーチェンカという例の執事に任せっきりで、人が好いために皆に騙されており、事態はどんどん悪くなるばかりだという。『お願いだから、すぐに帰っておくれ、もしもお前が、私と家族全員を不幸な目に遭わせたくないのなら』と母は書いていた。

この手紙にはニコライもついに動かされた。彼にはいわゆる普通人の良識が備わっており、それが彼になすべきことを教えてくれたのである。

こうなれば、もはや退役しないまでも、せめて休暇を取って帰らなくてはならなかった。なぜ帰らねばならないか、よく分かっているわけではなかったが、彼は昼食の後たっぷり昼寝をして起き上がると、マルスという、長く乗り回していない、ひどく癇《かん》の強い葦毛の牡馬に鞍《くら》を付けさせて出かけた。そして馬を汗だくにして戻ってくると、従卒のラヴルーシカ（デニーソフの従卒がそのままニコライのもとに残ったのだ）と晩にやってきた同僚たちに向かって、休暇をもらって帰郷することにしたと宣言したのだった。これは彼自身にとっても信じがたい、不思議な気のする決定だった。なにしろ帰郷してしまえば、先の演習の恩賞としていよいよ大尉に昇進できるか、あるいはアンナ勲章がもらえるかという、今の彼が一番関心を持っている事柄を司令部から聞くこともできないし、ポーランド人のゴルホフスキ伯爵が彼から買い取ろうとして、彼が二千ルーブリで売ってみせるという賭けまでしてみせた鹿毛の三頭揃いも、売れぬままになってしまうのだ。ポーランド人のボルジョゾフスカ嬢のために舞踏会を開いた槍騎兵たちの向こうを張って、騎兵たちがプシャズデツカ嬢のために開くことになっている舞踏会が、自分なしで行われるというのも、納得のいかない話だった。しかしいかに信じがたかろうが納得がいかなかろうが、彼には分かっていた――自分はこの分かりやすい好ましい世界から、何もかもがバカげているうえにこんがらがっているどこかの世界へと、出て行かねばならないのだ。一週間後に休暇の許可が下りた。連隊ばかりでなく旅団の同僚も含めた騎兵仲間が会費一人頭《あたま》十五ルーブリ、楽隊が二つに合唱団が二つという豪勢なパーティーを開いてくれた。ニコライはバーソフ少佐とトレパーク[1]を踊り、酔っぱらった将校たちがニコライを胴上げして、抱きとめたり、床に落としたりした。第三騎兵中隊の兵士たちも重ねて彼を胴上げし、「ウラァー!」と歓呼の声をあげた。それからニコライは橇《そり》に乗せられ、最初の馬車駅まで見送られた。

いつものことだが、旅程の半分まで、すなわちクレメンチューク[2]からキエフまでは、

1　ハイテンポのロシア民族舞曲。
2　ウクライナ中央部のドニエプル河畔の町。

ニコライの頭の中はまだ完全に、後に残して来た中隊のことでいっぱいだった。しかし半分を過ぎると、もはや鹿毛の三頭の馬のことも、部下の騎兵曹長のことも、ボルジョゾフスカ嬢のことも頭から去り、代わりにオトラードノエ村はいったいどうなっているだろうかと不安な気持ちで自問するようになった。故郷が近づけば近づくほどに、ますます強く、ものすごい勢いでわが家についての思いが募って来る（あたかも人間の内的感情の強さも、引力の法則と同じく、距離の二乗に反比例するかのようである）。オトラードノエの一つ手前の馬車駅では、彼は御者に酒手を三ルーブリはずんだ。そして到着すると、まるで子供のように息を切らしてわが家の表階段を駆け上がった。

再会の喜びと、何か不思議な期待外れの感覚（何もかも元通りじゃないか、なんで俺はあんなに慌てて飛んで来たんだ！）を味わった後、ニコライは徐々に生家の古い世界に馴染んでいった。父と母は、若干老けただけで元の通りだった。変わっているところと言えば、何かしら落ち着かず、時々以前にはなかったようなぎくしゃくしたところが見受けられたが、これはニコライにもやがて分かった通り、財政状態の悪化からきているのだった。ソーニャはもう数えで二十歳になっていた。きれいになる時期はもう過ぎていて、すでにある以上のものを期待する余地はなかったが、しかしそれでも十分だった。ニコライの帰郷以来、彼女は全身喜びと愛情に息づいていて、この乙女の誠実で揺るがぬ愛情が、ニコライにも喜びを与えてくれるのだった。誰よりも弟のペーチャとナターシャが一番ニコライを驚かせた。ペーチャはすっかり大きくなって、もはや十三歳の美男で快活な、賢いやんちゃ坊主に変身し、声変わりまでしているのだった。ナターシャには、ニコライは長いこと驚きの目を見張り、笑いながら眺めていた。

「すっかり変わったな」彼は言った。

「どう、器量が落ちた？」

「反対さ、でもなんだか貫禄がついたね。公爵夫人になるんだって？」彼は小声でそう訊いた。

「そう、そう、そうなの」ナターシャがうれしそうに言った。

ナターシャは兄にアンドレイ公爵との恋愛話を語り、彼がオトラードノエ村に来たことを語り、そして最近の手紙を見せた。

「どう、兄さんは喜んでくれる？」ナターシャは訊いた。「私は今こうして落ち着いた、幸せな気分でいるけれど」

「それはうれしいよ」ニコライは答えた。「相手は立派な人物だし。どうだい、お前も大好きなんだろう？」

「兄さんにどう言ったらいいか分からないけれど」ナターシャは答えた。「私はボリスも好きになったし、先生も、デニーソフさんも好きになったけれど、でも今度は全然違うの。気持ちが落ち着いていて、迷いがないのね。めったにいないほど優れた人だって分かっているから、私も今こうして落ち着いた、いい気持ちでいられるのよ。前とは全く違うわ……」

ニコライは、結婚が一年も延期されたことに対する不満をナターシャに漏らした。しかしナターシャはすごい剣幕で兄に食って掛かり、これはこうするしかなかったのだ、父親の許しを得ずによその家に入って行くことはできないし、そんなことは自分だっていやだったと釈明するのだった。

「兄さんは全然、何も分かっていないのよ」彼女は言った。ニコライは口をつぐんで同意した。

妹を見ながら、兄は何度も驚かされた。どう見ても妹は、婚約者と離れ離れになっている恋愛中の娘には見えなかったからだ。以前とまったく同じように、平然と落ち着いていて朗らかだったのである。ニコライはそれに驚かずにはいられず、そのせいでボルコンスキーの求婚が本当にあったのか、疑いたくなるほどだった。妹の運命が決まったとはなかなか信じられなかった。アンドレイ公爵が彼女といっしょにいるところを見ていないので、なおさらだった。どうもこの結婚話には何かおかしな点があると、彼にはしきりに思えるのだった。

『なぜ延期するのか？　なぜ婚約式をしなかったのか？』彼は考えた。一度母親と妹のことで話をしたが、ふと気づくと、彼が驚きかつ幾分喜んだことに、母親もまたまったく同様に、胸の奥では時にこの結婚を疑いのまなざしで見ていたのだった。

「ほらこんなふうに書いてきたのよ」世の母親が娘の将来の幸せな結婚というものに向けるひそかな反感のこもった口調で、母は息子にアンドレイ公爵の手紙を見せた。「十二月より前には帰れないと書いてよこしたの。なんでこんなに時間がかかっているのかしら？　それはもちろん、ご病気でしょうけどね！　とっても体の弱い方だから。ナターシャには言わないのよ。あの子があんなにはしゃいでいるからって、気にするんじゃないわよ。あれは娘時代の最後の時を過ごしているんだからね。私は知っているから、手紙が来るたびにあの子がどうなるかを。でもきっと大丈夫、神様のお慈悲ですべてうまくいくわよ」彼女はいつもそう締めくくるのだった。「あの方はご立派な方だから」

2章

帰郷した当座のニコライは、真面目くさってつき合いにくい感じさえした。母親が自分を呼び戻す理由となった、一家の財政再建というバカバカしい課題にいよいよ取り組まねばならないという意識が、彼を苦しめていたのである。そんな肩の荷を少しでも早く下ろそうと、着いて三日目に彼はぷりぷりした様子で、どこへ行くのというナターシャの問いに答えもせず、眉根を寄せながらミーチェンカのいる翼屋《よくおく》に入って行くと、総勘定書きを出せと要求した。ただし総勘定書きなるものが何を意味するのかは、恐れうろたえるミーチェンカも知らなかったし、要求したニコライも相手以上に知らなかったのである。話し合いとミーチェンカによる収支報告は長くは続かなかった。翼屋の玄関部屋で待機していた村長と総代と村の書記が耳を澄ましていると、初めに若旦那の声が地鳴りのような、何かが裂けるような調子で響きだし、その声がどんどんどんどん高くなっていって、ついにはひどい罵り言葉や脅し文句が雨あられのように浴びせられるのが聞こえ、恐ろしさと小気味よさの入り混じった気持ちになった。

「この盗人《ぬすっと》め！　恩知らずめ！……ちくしょう、真っ二つにしてやる……俺は親父とは違うぞ……散々ちょろまかしやがって……ろくでなしめが」

これに続いて、怒りで真っ赤に顔を染め、目を血走らせた若旦那が、ミーチェンカの襟首《えりくび》をつかんで引きずり出すと、罵りながら絶妙な手際とタイミングでつま先と膝を使って相手の尻を蹴り飛ばし、「出ていけ！　この下種《げす》野郎め、臭《にお》い一つ残すな！」と叫んだが、村長たちはこれもそれまでと劣らず、小気味よさと恐ろしさの相半ばする気持ちで見守っていたものだった。

六段の表階段からぶっ飛んだミーチェンカは、そのまままっしぐらに花壇に駆け込んだ（この花壇はオトラードノエ村で悪事を働いた人間には有名な避難所で、ミーチェンカ自身も町から酔っぱらって戻ると、この花壇に身を隠したものだし、逆にミーチェンカから身を隠そうとする者たちも、この花壇の救済力をわきまえているのだった）。

ミーチェンカの妻とその姉妹はびっくりした顔で部屋のドアから身を乗り出していたが、その部屋の中ではきれいに磨き上げられたサモワールがぐつぐつとたぎり、端切れを縫い合わせたキルティングの上掛けをかぶった、高々とした執事のベッドが鎮座しているのだった。

若い伯爵は息を弾ませながら、女たちには目もくれず、決然たる足取りでその脇を通り過ぎ、母屋に入って行った。

翼屋での出来事を女中たちからいち早く聞きつけた伯爵夫人は、これでわが家の経済状態が持ち直すに違いないと思ってほっとした半面、息子がこんなことにうんざりしはしないかと心配した。それで何度も足音を忍ばせて息子の部屋のドアに近寄っては、立て続けにパイプをふかす息子の気配に聞き耳を立てていたのである。

翌日、老伯爵が息子を脇に呼んで、おずおずとした笑みを浮かべて言った。

「なあお前、あんなに怒り狂う必要はなかったんだぞ！　ミーチェンカがすっかり説明してくれたよ」

『前から分かっていたんだ』とニコライは思った。『このばかげた世界で起こっていることは、俺には決して、何ひとつ理解はできないって』

「お前はあの七百ルーブリが記入されていないと言って怒ったんだな。だがな、帳簿にはあの金は繰り越しで次のページに記入されていたんだ。ただお前が次のページを見なかっただけで」

「父さん、あいつはろくでなしの盗人です、僕には分かりますよ。それに、してしまったことはもう取り返しがつきません。でも、もし父さんがお望みでないなら、僕はもうあいつにはひとことも言いませんから」

「そうじゃないよ、お前（父親もまたうろたえていた。自分が妻の所有地をちゃんと管理してこなかったせいで子供たちにも迷惑をかけているのは自覚していたのだが、どう処理すればいいのか分からなかったのだ）。ぜひお前に一肌脱いでもらいたいのさ、私はもう年寄りで、それに……」

「いや、父さん、僕こそ、何かご不快なことをしたなら許してください。僕には父さんほどの力はありませんから」

『くそくらえだ、あの百姓どもも、金も、次ページ繰り越しとやらも』と彼は思った。『コーナーから手玉を打って賭金六倍なんて話なら昔は頭に入っていたけれど、「次ページへ繰り越し」なんて、まるっきりちんぷんかんぷんだ』そんな感慨を抱いた彼は、もはやその先、経済問題にタッチしようとしなかった。ただ一度だけ、母親が息子を呼んで、手元にあのドルベツコイ公爵夫人の二千ルーブリの手形があることを告げ、どう扱ったらいいと思うかと訊ねたことがあった。

3 賭けビリヤードの一ルールと見られる。Edgar Lehrman, *A Guide to the Russian Texts of Tolstoi's*《*War and Peace*》, Ann Arbor: Ardis, 1980による。

「だったらこうしましょう」とニコライは答えた。「母さんは僕の好きにしていいというんですね。僕はあのドルベッコイ公爵夫人が好きじゃないし、ボリスのことも好きじゃないけれど、親しくしてきた相手だし、貧乏です。だからほら、こうするんです！」そう言って彼は手形を引き裂き、その振る舞いを見ていた老いた母親を感涙にむせばせたのである。この後このロストフ家の若旦那はもはやどんな経営問題にもタッチせず、それまで馴染みのなかった犬追い猟にのめり込むようになった。老伯爵の領地では、この猟が大々的に行われていたのである。

3章

すでに早霜《はやじも》が降りて、朝冷えで秋雨に濡れた地面が凍り、もう芽を出した小麦畑が鮮やかな緑の縞となって、家畜に踏み荒らされた、赤茶けた去年の冬小麦用の畑や、今年の春小麦を刈った後の薄黄色の畑や、赤い縞になった蕎麦の畑の中に、くっきりと浮き出ている。八月の末にはまだ黒々とした冬小麦の畑や刈り入れ後の畑の中に緑の島々のように点在していた丘や森が、いまは鮮やかな緑の冬小麦のただ中で黄金色や鮮烈な赤の島々と化していた。野兎はもう半分がた夏毛を落とし（毛が生え変わり）、子狐たちは方々に散り始め、若い狼たちも犬より大きくなっていた。猟には絶好のシーズンである。熱烈な狩猟マニアと化した若きニコライの飼い犬たちも、すでに狩猟向きの体つきになっていたが、みな走り過ぎで足裏を痛めていたため、合同の狩猟者会議で、犬たちに三日間の休養を与えたうえで九月十六日に皆で繰り出そうということになった。最初の猟場は、まだ手付かずの狼の子供たちがいる楢の森《ドゥブラーヴァ》と決まった。

以上が九月十四日現在の状況だった。

この日は一日中、猟師たちは家にいた。外はたいそう冷え込んで身を切るような寒さだったが、晩からは雲が出て、暖かくなってきた。九月十五日、明け方にニコライが部屋着姿で窓から覗くと、まさにまたとないほど狩り日和《びより》の朝で、まるで空が溶けて風もないままにすっと地上に降りてきたかのようだった。空中で動くものといえばただ一つ、上空から静かに降りて来る、靄《もや》か霧の微小な粒のみ。裸になった庭木の枝には透き通ったしずくが宿り、散ったばかりの落ち葉の上に滴《したた》っていた。菜園の土もまるで芥子《けし》の実のような艶々と潤いのある黒色をしていて、それが少し先のところでぼんやりとうるんだ霧の帳《とばり》と溶け合っている。ニコライが泥でよごれた表階段に出てみると、しおれた落ち葉と犬たちの臭いがした。黒ぶちで尻の大きな、どんぐり眼《まなこ》をした雌犬のミルカが、主人を見つけて立ち上がり、後ろにそっくり返るように伸びをしてから野兎のようにうずくまったかと思うと、不意にパッと駆け寄ってきて、主人の鼻と口髭をぺろりとなめた。もう一頭のボルゾイ犬も花壇の小道からご主人を見つけると、背筋をしならせてまっしぐらに表階段に駆け寄ってきて、梶棒のような尾を立ててニコライの足に体を擦りつけた。

「オッホーイ！」この時、一番低いバスと一番高いテノールを一つにしたような、例の真似しようのない猟師独特の掛け声が響いて、靄のかげから犬追い師で狩猟頭のダニーロが姿を現した。ウクライナ風のおかっぱ頭をした、白髪まじりの皺だらけの猟師で、片手にたわめた革鞭を持ち、独立独歩で世のすべてを蔑《さげす》んだような、猟師にしかない表情をしている。主人の前でチェルケス帽をとると、蔑んだような眼でじっと見つめた。この蔑んだような眼差しも、主人には別に侮辱とは映らなかった。すべてを蔑む唯我独尊のこのダニーロといえども、やはり自分の配下のお抱え猟師であることが、ニコライには分かっていたからだ。

「ダニーロ！」そう呼びかけるニコライは、恐る恐る自覚していた——この狩り日和のお天気と犬たちと猟師の姿を目にしただけで、もはや自分が、例の居ても立ってもいられないような狩猟熱にとりつかれてしまったことを。いったんこの熱病にかかった者は、まるで恋をした男が恋人を前にした時のように、それまでの心づもりなど全部忘れ去ってしまうのだ。

「ご用ですか、ご主人さま？」猟の掛け声のためにかすれた、長輔祭《ちょうほさい》4を思わせるバスで相手は訊ねた。光る二つの黒い目が黙り込んだ主人を上目遣いに見つめている。『どうした、我慢できなくなったのかい？』とその目は問いかけているようだった。

「いい日和だな、おい？　こいつらに追わせるにも、馬を走らせるにも、なあ？」

ミルカの耳の後ろを撫でながらニコライは言った。

ダニーロは答えずに目をぱちくりしてみせた。

「明け方にウヴァールカのやつを偵察に行かせました」ちょっとの間黙り込んだ後でダニーロのバスが響いた。「あいつが言うには、オトラードノエの禁猟林に連れて行って、あそこで吼《ほ》えていたそうです」（連れて行ったというのは、お互いが知っている牝狼が、子狼たちを連れてオトラードノエの森に移動したということである。それは屋敷から二キロほどの距離にある、野原の中の小さな森であった）

「じゃあ繰り出さなくちゃならんな？」ニコライは言った。「ウヴァールカを連れて

4　正教会の聖職。奉神礼の際、誦経や祈願の朗誦を行う。

俺のところへ来てくれ」

「承知しました！」

「じゃあ、餌をやるのもちょっと待ってくれ」

「分かりました」

五分後にはもうダニーロとウヴァールカがニコライの大きな書斎に立っていた。ダニーロは背の高い男ではなかったが、部屋の中で見ると、家具だの何だの人間生活の環境に馬か熊を連れ込んだような違和感があった。ダニーロ本人もそれを感じていて、いつもそうするように、ドアのすぐそばに立ってできるだけ小声で喋り、主人の部屋をみだりに乱さぬよう身動きもしないように努め、さっさと言うことを言ってしまって、屋根の下から広いのびのびした空の下へ出て行こうとしていた。

あれこれ質問を終え、犬たちも大丈夫だというダニーロの言質を取ると（ダニーロ自身が出掛けたくてたまらなかったのだが）、ニコライは馬に鞍を付けるよう命じた。だがダニーロが出て行こうとしたその時、ナターシャが足早に部屋に飛び込んできた。まだ髪も梳《と》かしてなければ着替えてもおらず、ばあやの大きなプラトークをまとっている。ペーチャも一緒に駆け込んできた。

「兄さん、出かけるんでしょう？」ナターシャは言った。「私、そんなことだと思っていたわ！　ソーニャは、出かけないって言っていたけれど。でもこんないい日なんだから、出かけないわけにはいかないわよね」

「行くよ」ニコライはしぶしぶ答えた。今日は狼狩りという本格的な猟をする予定だったので、妹や弟を連れて行きたくなかったのだ。「行くけれど、狼狩りだけだ。お前にはきっと面白くないよ」

「兄さん、知っているじゃない、私そういうのが一番好きなのよ」ナターシャは言った。「ずるいわよ、一人で行くと決めて、馬の支度までさせて、私たちに黙っているなんて」

「『ロシアの男《おのこ》に障害はなし』だ、行こう！」ペーチャが言い放った。

「でもお前はだめだよ、母さんも言っていたじゃないか、お前は行っちゃいけないって」ナターシャに向かってニコライは言った。

「いいえ、行くわ、どうしても行くの」ナターシャがきっぱりと言った。「ダニーロ、私たちの馬も用意するように言ってね。それからミハイラには、私の猟犬たちも連れて行くようにって」彼女は狩猟頭に向かって言った。

ただでさえ部屋の中にいてきまりの悪い、窮屈な思いをしていたダニーロにとって、お嬢さまと直《じか》にやり取りするなどということは、もはやあってはならないことと思われた。彼は目を伏せると、まるで自分にはかかわりのないことを言われたかのような様子で、間違ってもお嬢さまの体にぶつかってけがをさせたりしないように気を付けながら、そそくさと出て行った。

4章

老伯爵はずっと、狩人も猟犬も含めた大きな狩猟隊を維持してきたが、今ではそれをすべて息子の手に委ねていた。だが九月十五日のこの日には、その老伯爵も浮かれた気分になり、自分も出陣する気になったのだった。

一時間もすると狩猟隊が表階段のところに勢ぞろいしていた。ニコライは厳しく真剣な顔つきで、下らぬことにかまけている暇はないといった気配を漂わせながら、何か語り掛けてくるナターシャとペーチャの脇を素通りした。狩猟隊の全部門をしっかり点検し、待ち伏せ役の犬と猟師たちを先に送り出すと、彼はドン産の栗毛馬にまたがって自分の犬たちを口笛で呼び寄せ、そのまま打穀場を抜けてオトラードノエの禁猟林へと続く原っぱに歩を進めた。老伯爵の馬はヴィフリャンカという名の、白いてがみと尾をした赤毛の去勢馬だったが、これは伯爵の馬丁が引いて行ったので、伯爵は自分のために残された待ち伏せ用の獣道へと、馬車で向かうことになった。

追い犬は全部で五十四頭編成となり、それを指揮する騎馬の犬追い師と猟犬番が計六名出動した。ボルゾイ犬を扱う者は主人たちを除いて八名で、これが四十頭以上のボルゾイ犬を従えていたので、主人たちとその犬を加えると、総計百三十頭ばかりの犬と二十名ばかりの騎馬の猟師が野に出たことになる。

犬はみな自分の主人と自分の名前を心得ていたし、猟師たちはみな自分の役割、持ち場、使命を心得ていた。菜園の外に出た途端、全員物音も立てず言葉も交わさぬまま、等間隔にしずしずと道路と野原に展開し、オトラードノエの森をめざして進み始めた。

草原を行く馬たちの足取りはまるでふかふかの絨毯の上を歩くようで、時折道を横切るときだけ、水たまりがぴちゃぴちゃと音を立てた。霧のかかった空は相変わらずそっと同じ調子で地面に向けて下降しつづけている。大気はじっと動かず、温かで、無音だった。ただ時折、犬を呼ぶ猟師の口笛や、馬の鼻息や、道を外れた犬を打つ鞭音が、あるいは打たれた犬の悲鳴が聞こえた。

一キロばかり行ったところで、行く手の霧の奥から新手の五人の騎手が犬を連れて現れた。先頭に立っているのは大きな灰色の口髭を生やした、矍鑠《かくしゃく》とした美男の老人である。

「やあ、おじさん、おはようございます！」老人が近くまで来るとニコライはあいさつした。

「いや、お出ましだね、早い話が！……案の定だ」老人は言った（これはロストフ家の遠い親戚で、あまり裕福でない隣村の人物であった）。「案の定、我慢ができなくなったんだろう。いやあ、猟に出てきたのは正解だよ。早い話がな！（これはこのおじの口癖だった）いますぐあの禁猟林をおさえるんだ。さもないと、うちのギルチクの話じゃ、あのイラーギン家の連中が狩猟隊を率いてコルニキに陣取っているようだからな。あいつらは（早い話が！）お前さんの鼻先で狼の子を横取りするつもりだぞ」

「まさにそこへ向かうところですよ。じゃあ、犬を一緒にしましょうか？」ニコライは訊ねた。「犬をまとめろ……」

お互いの追い犬が一つの群れにまとめられ、おじとニコライは並んで馬を進めた。ナターシャが、プラトークを何枚もかぶった下からキラキラ輝く目をした元気いっぱいの顔をのぞかせて、二人に馬を寄せてきた。姉に付いて離れないペーチャと、ばあやがつけてよこした猟師で調馬師のミハイラを従えている。ペーチャは何やら笑いながら、自分の乗った馬に鞭をくれたり手綱を引いたりしていた。ナターシャの方は自分のアラブ種の黒毛馬に軽々と自信たっぷりの様子でまたがり、迷いのない手つきで苦もなく馬を止めてみせた。

おじは苦い顔でペーチャとナターシャを見た。狩猟というまじめな仕事におふざけを持ち込むのは好まなかったのだ。

「おじさん、おはよう、僕たちも行くんだ」ペーチャが挨拶した。

「おはようは結構だがな、犬を踏みつぶすんじゃないぞ」おじは厳しい声で警告した。

「兄さん、とっても素晴らしい犬ね、トゥルニーラって！　ちゃんと私のことが分かったのよ」お気に入りの追い犬の名をあげてナターシャは言った。

『おいおい、トゥルニーラはただの犬じゃない、れっきとした猟犬だぞ』そんな思いを胸に、ニコライは厳しい目で妹をにらみつけた。今は二人の間に距離を置かねばならないということを思い知らせようとしたのだ。ナターシャはそれを悟った。

「おじさま、私たちが誰かの邪魔になるなんて思わないでね」ナターシャは言った。「ちゃんと決まった場所にいて、じっとしているから」

「それはお利口だね、伯爵家のお嬢ちゃん」おじは言った。「ただ、落馬だけはしなさんなよ」彼は付け加える。「うっかりすると――それこそ早い話が！――尻を置く場所もないってことになるからな」

オトラードノエの禁猟林が、二百メートルばかり先に島のように見えてきて、犬追い師たちもそこを目指して進んでいた。追い犬を放つ場所をおじとの相談で最終的に決定したニコライは、ナターシャに向かって絶対に何も走って来る気遣いのない場所を指し示し、あそこに立っていろと言いつけておいて、自分は谷の上の待ち伏せ場所を目指した。

「なあ、甥っ子や、相手が古強者《ふるつわもの》だってことを忘れるなよ」おじが言った。「いいか、お遊びじゃ済まんぞ」

「出たとこ勝負で行きますよ」ニコライは応じた。「カライ、来い！」犬を呼びつける号令がおじへの答えの代わりだった。カライは年寄りの醜い、顔の毛がもじゃもじゃと伸びた牡犬だったが、独力で老狼を捕ったというので有名だった。全員が持ち場に着いた。

イリヤ老伯爵は猟となるとムキになる息子の性格を知っていたので、後れを取るまいと先を急いだ。おかげで、犬追い師の集団がまだ目的の場所に着かないうちに、陽気な赤ら顔で、頬をタプタプと揺らしながら、黒馬に引かせた馬車で緑の草原を突っ切り、自分のために残された待ち伏せ場所に着くと、毛皮コートの皺を伸ばして猟の道具を装着し、自分と同じように白髪まじりの、艶々と肥え太ったおとなしくて気性の良い馬のヴィフリャンカにまたがった。馬車と馬はそのまま送り返された。イリヤ老伯爵は猟師気質というわけではなかったが、猟師の守るべき決まりはよくわきまえていたので、自分の守備範囲である灌木の茂みの縁に馬で踏み込むと、そこで手綱をさばき、鞍上で姿勢を正して準備万端整ったことを確認し、笑顔で辺りを見回したのだった。

伯爵のそばには侍僕のセミョーン・チェクマーリが控えていた。昔から乗馬には慣れているが、もはや年で動きが鈍くなっている。チェクマーリは三頭の威勢のいい、ただし主人やその馬と同じく脂肪がたっぷりついた狼狩猟犬を革ひもにつないで抑えていた。他に二頭、賢そうな老犬が、革ひもを着けずに伏せている。百歩ばかり離れた茂みの中にはもう一人伯爵の馬丁が番をしていた。ミーチカという向こう見ずな馬乗りで、狩猟に目がない男である。伯爵は昔からの習慣で、猟に出る前に銀の杯で猟師仕立ての香料入り果実酒を一杯ひっかけ、つまみを食べ、好みのボルドー酒を半瓶ほど空けてきていた。

ワインのせいと馬車に揺られたのとで、伯爵は幾分赤い顔をしていた。潤《うる》みを帯びたその日は普段にましてキラキラ輝き、毛皮外套にくるまって鞍上に収まった姿は、なんだか散歩に連れ出された子供のように見えた。

痩せて頬のこけたチェクマーリは、自分の準備を済ませてしまうと、主人の方をちらりと見た。三十年もこの相手にぴったりと仕えてきた彼は、ご主人の機嫌がいいのを察して、何か面白い話でも始まらないかと期待していたのだ。するとまた馬に乗った一人の人物が林の中からそっと近づいてきて（どうやら静かにしろと言い聞かされているようだった）、伯爵の背後で馬を止めた。顔は白髭の爺さんだが、女物の外套を着こみ、高い三角帽をかぶっている。ナスターシヤ・イワーノヴナという女名前の道化だった。

「いいか、ナスターシヤ・イワーノヴナ」伯爵は相手に目配せすると声を潜めて言った。「もしも獲物を驚かせて逃がしでもしたら、ダニーロにひどい目に遭うぞ」

「め、めっそうも、せっそうも……」ナスターシヤ・イワーノヴナが応じる。

「しっ、しー！」伯爵は相手を黙らせると、今度はチェクマーリに話しかけた。「うちのナターシャを見たか？」彼はチェクマーリに訊いた。「あの子はどこにいる？」

「お嬢さまはピョートル（ペーチャ）さまとジャーロヴォの茂みを見張っておいで

です」チェクマーリはにっこり笑って答えた。「ご婦人ながら、たいそう狩りがお好きですね」

「驚いただろう、セミョーン、あの馬の乗りっぷりはどうだ……ええ？」伯爵は言った。「男にしたいくらいじゃないか！」

「いやはや、驚かずにいられましょうか？　度胸があって、腕も確かで！」

「で、ニコライはどこに？　リャードフの丘の上か？」相変わらず声を潜めて伯爵は訊ねた。

「さようでございます。もうどこで張ったらいいか、心得ていらっしゃいますからな。乗馬にもまったくお詳しくて、私もダニーロも、しょっちゅうびっくりしております」旦那の機嫌を取るコツをわきまえているチェクマーリは答えた。

「乗馬もうまいもんだろう、なあ？　馬に乗った格好はどうだ、ええ？」

「絵にかきたいくらいですよ！　この間もあのザヴァルジンの茂みから狐を追い出したんですがね、若旦那が森の中から駆けだしてきた時の様子ときたら、まあ颯爽として、馬は千両だが、騎手はもう金では買えぬってやつですよ！　いや、あれほどの若い衆は今どきなかなか見つからんですな！」

「見つからんか……」伯爵は繰り返した。どうやらチェクマーリの話があっけなく終わってしまったのが物足りないようだ。「見つからんね」毛皮外套の裾をまくって煙草入れを取り出しながら彼は言った。

「この間はまた、教会の礼拝式から勲章をいっぱいつけて出てくるところをお見かけしましたが、あのミハイル・シードルィチが……」チェクマーリは途中で黙り込んだ。しんとした大気の中に、ほんの二、三頭の追い犬がうなり声をあげながら何かを追跡している気配をはっきりと聞きつけたのだ。耳を傾けてじっと聞き入った彼は、黙ったまま、主人に気を付けてくださいというしぐさをした。「狼の巣を襲ったようです……」彼は声を潜めて言った。「まっすぐリャードフの丘の方に追い立てています」

伯爵は顔に浮かべた笑みを消すのも忘れたまま、遠く前方に続く森の間の疎林《そりん》を見渡した。手にはまだ嗅がないままの煙草入れを持っている。犬たちの咆哮の後から狼の追跡を命ずるダニーロの低音の狩り笛の音が聞こえた。犬の群れが最初の三頭に合流し、全力で吠え立てる追い犬たちの咆哮が、まぎれもない狼猟であることを示す独特なうなり声を交じえて聞こえてきた。犬追い師たちはもはや「追え」というより「かかれ《ウリュリュー》」と命じていた。そしてすべての声の中でもとりわけダニーロの、低音かと思えば突き刺すような高音に転ずる掛け声が際立っていた。あたかもそのダニーロの声が森全体に満ちて、ついには森からあふれ出し、遠くの野にまで響き渡るかのようであった。

何秒間か黙って耳を澄ましていた伯爵と侍僕は、追い犬が二つの群れに分かれたのを察知した。一方の大きな群れは、とりわけ激しく吠えたてながら遠ざかっていき、もう一つの群れが、森に沿って伯爵の脇を通り過ぎていこうとしている。そしてこちらの方の群れに「かかれ《ウリュリュー》」というダニーロの声が混じっていた。二つの追跡隊は混じり合ったり離れたりしながら、やがてともに遠ざかって行った。チェクマーリはほっとため息をつくと身をかがめて若い牡犬をつないだ革ひもが絡んでいるのを直した。伯爵も同じくため息をついたが、手に煙草入れを握っていたのに気がつくと、開いてひとつまみ取り出した。

「戻れ！」チェクマーリが茂みの縁《へり》から出てしまった牡犬に命令した。伯爵はぎくりとして煙草入れを落としてしまった。道化のナスターシヤ・イワーノヴナが馬を下りて拾おうとした。

伯爵とチェクマーリはそれを見ていた。すると突然、よくあることだが、追手たちの物音が瞬時に近づいてきて、まるで吼える犬たちの口が、ダニーロの「かかれ《ウリュリュー》」という号令が、すぐ目の前に迫っているような気配になった。

伯爵が振り返ると、右手に馬丁のミーチカが見えた。両の目をむき出すようにしてこちらを見つめ、帽子を掲げて反対方向の前方を示している。

「警戒！」もうさっきから飛び出したくて喉の奥でうずいていたような叫び声だった。それからミーチカは犬たちを放して伯爵の方へ馬を飛ばしてきた。

伯爵とチェクマーリが茂みの縁《へり》から飛び出すと、ちょうど左手の方に狼の姿が見えた。狼はしなやかに体の向きを変え、静かな足取りで彼らから左手の、ちょうどさっきまで彼らがいた茂みに駆け込もうとした。いきり立った犬たちが金切り声で吠えたて、革ひもを離れて飛び出すと、馬の足元を抜けて狼に向けて襲い掛かって行く。

狼はふと足を止め、まるで心臓病みのようなぎこちないそぶりで額の大きな頭を犬たちに向けると、またもやしなやかにひょいと体の向きを変え、ピョンピョンと二度跳ねたかと思うと、尻尾をくるりと振って茂みに身を隠した。この瞬間、反対側の茂みの中からまるで泣き声のようなうなり声を上げながら、標的を見失った追い犬たちが一頭二頭三頭と飛び出してくると、たちまち群れ全体が草原を、今狼が走り抜けたコース通りに突進していった。追い犬たちの後からまた榛《はしばみ》の茂みがぽっかり開いて、ダニーロの栗毛の馬が汗に濡れて黒っぽくなった姿を現した。その長い背には体を丸めて前かがみになった姿のダニーロがまたがっていた。帽子もかぶらず、ざんばらになった灰色の髪が、真っ赤になった汗まみれの顔にかかっている。

「かかれえ、かかれ《ウリュリュリュー》！……」彼は叫んでいた。伯爵を見ると、その日にピッと稲妻のようなものが走った。

「ちぇっ……！」振り上げた革鞭で伯爵を脅しつけながら彼は叫んだ。「逃が……しやがって、狼をよ！……大した猟師様だ！」すっかり動顚して怯えている伯爵に、もはや何を言っても無駄だと見切りをつけたように、伯爵に向けた憤りを丸ごと鞭に込めて、栗毛の去勢馬の落ちくぼんだ汗まみれのわき腹をぴしりと打つと、ダニーロは追い犬たちの後を追った。叱られた格好の伯爵は立ち尽くしたまま周囲を見回して、照れ笑いしながらチェクマーリの同情を引こうとした。しかしチェクマーリはもはやそこにいなかった。先回りして狼を禁伐林に入り込ませまいと、灌木の茂みを迂回して馬で駆け去っていったのだった。ボルゾイ犬の係の者たちもまた、二方向から獣の先回りをしようとしていた。しかし狼は灌木伝いに逃げおおせて、猟師は誰一人捕まえることができなかったのである。

5章

この間ニコライは自分の持ち場に詰めたまま、じっと獣を待っていた。近づいては遠ざかる追手集団の気配や、なじみの犬たちの声や、近づいては遠ざかりまた高まる犬追い師たちの声から、彼は禁猟林の中の状況を感じ取っていた。禁猟林に当歳の（子供の）狼と大物の（親の）狼がいるのを彼は察知していた。追い犬が二手に分かれ、どこかで獲物にアタックしながら、何かまずいことが起こったのも察知していた。そうして自分の方に獣が来るのを、今か今かと待っていた。どの方角からどんなふうに獣が駆けてくるか、そしてそいつをどんなふうに狩るかと、無数のシナリオを頭に描いていた。期待はともすると絶望に変わった。何度か彼は狼が自分の方に出てくるよう、神に祈りを捧げた。小さなことでひどくむきになった人間が祈るときそうなるように、彼の祈りには情熱と羞恥の感情が混じっていた。『ねえ神さま、あなたには何でもないことじゃないですか』と彼は神に話しかけるのだった。『俺の願いをかなえてくださいよ！　分かっています、偉大なる神さまを相手にこんなお願いをするのは罪深いことです。でもお願いだから、どうかかなえてください。あの大物狼が俺の方に出てきて、そしてカライのやつが、ほらあの、あそこで張っているおじさんの目の前で、そいつの喉笛に食らいついて絶命させるように』この半時間の間にニコライは、緊張と不安の混じった食い入るような視線を何度も何度も振り向けて、山鳴《やまな》らしの下生えに囲まれて二本のみすぼらしい楢《なら》の木が立っている森のはずれや、縁《へり》が雨に削られた谷や、右手の茂みの中にかろうじて見分けられるおじの帽子を見つめてきたのだった。

『いや、そんな幸運は巡ってこないか』ニコライは考えた。『大したことじゃないんだがな！　いや、きっとだめだろう！　カードでも戦争でも、何をやっても俺はいつもツキがないから』アウステルリッツの戦場とドーロホフの姿がまざまざと浮かび、くるくると入れ替わりながら彼の脳裏を駆け巡った。『せめて生涯に一度だけでも大物狼を仕留めてみたいものだ、それ以上贅沢は言わないから！』そんな思いを胸に、彼は耳を澄まし目を凝らして左また右と首をめぐらし、追手たちの立てる音の微妙な変化を聞き取ろうとしていた。何度目かに右手に目をやった時、何もない草原をこちらに向かって駆けてくる何ものかの姿が目に留まった。『いや、まさか！』ニコライは深いため息をついた。それはずっと期待してきたことが実現した人間のつくため息だった。とてつもない幸運が廻って来たのだ——しかもこんなにもあっけなく、何の騒ぎも華々しさも前触れもなしに。ニコライはわが目が信じられず、疑念はまるまる一秒以上も消えなかった。狼は走って来ると、行く手の窪みをのっそりと跳び越えた。年のいった獣で、背中は灰色、食い太った腹は赤っぽい色をしている。どうやら誰にも見られていないと思い込んでいるようで、急ぐでもなく悠々と走っている。ニコライは息を止めたまま、犬たちを振り向いた。犬たちは狼に気付いておらず、何も分からぬまま寝そべったり立ったりしている。老犬のカライは首を思い切り後ろに曲げて黄色い歯をむき出し、蚤《のみ》を捕まえようとムキになって後ろ足の腿のあたりを噛んでいた。

「かかるんだ《ウリュリュリュー》」ニコライは唇を丸めて小声で命じた。犬たちは鉄襟《てつえり》[5]をガチャリと鳴らして起き上がると、耳をそばだてた。カライもかゆい腿を噛み終えて立ち上がると、耳をそばだて、もつれた毛玉がぶら下がっている尻尾を軽く一振りした。

『放すか？　まだか？』ニコライが迷っている間に狼は森を離れてどんどんこちらに向かってくる。突然、狼の形相が一変した。たぶんまだ一度も見たことのない人間の目がじっと自分を見つめているのに気づいてびくりと身を震わせると、その猟師の方にちょっと首を向け、戻るべきか進むべきか考える風情で立ち止まった。『ええい！　かまいはしない、前進だ！』明らかに自分にそんな号令をかけたかのような様子でまた前進を開始する。もはや振り返ることもなく、しなやかな、大股の、のびのびとした、しかも決然とした走りぶりである。

「かかれ！《ウリュリュー》」自分の声とは思えぬ大音声がニコライの喉からほとばしった。すると彼の賢い馬も狼の行く手を遮ろうと、自分からまっしぐらに丘を駆け下り、水がえぐった窪みをひょいひょいと跳び越えて突き進んだ。犬たちもこれを上回るスピードで、馬を追い越して殺到する。ニコライは自分の雄叫びも聞こえず、疾走する馬の鞍《あん》上《じょう》にいる感覚もなければ、犬の姿も、自分が駆けている場所も目に入っていなかった。見ているのはただ、スピードを上げながら低地をひたすら同じ方角に走っていく狼の姿だけだった。最初に狼の近くに姿を現したのは黒ぶちの尻の大きな猟犬ミルカで、どんどん相手に迫っていく。みるみる間合いが詰まり、今にも追いつきそうになった。しかし狼がちらりと振り向くと、ミルカはいつものように速度を増して飛び掛かる代わりに、急に尻尾を立て、前足を突っ張った格好になってしまった。

「かかれえー！《ウリュリュリュリュー》」ニコライは絶叫した。

赤犬のリュビームがミルカの後ろから飛び出してまっしぐらに狼に飛び掛かり、後

5　獲物の牙から猟犬の首を守るために着ける金属製の襟帯。

ろ足の太腿に噛みついたが、途端に怯えたようになって反対側へ飛び越してしまった。狼はちょっと腰を落としてガキッと歯がみをしたが、また立ち上がって前進を開始する。犬たちはそろって七十センチほどの距離で狼を追いながら、それ以上近寄ろうとはしなかった。

『逃げてしまう！　いや、逃がしてたまるか』そんな思いでなおもニコライはかすれた声で犬をけしかけ続けた。

「カライ！　かかれ《ウリュリュー》！」唯一の頼みの綱の老いた牡犬を目で探しながら、彼は叫んだ。カライは老いた身の力を振り絞るようにして、目いっぱい体を伸ばし、狼を横目で見ながら重い足取りで脇に逸れ、回り込んで行く手を遮ろうとした。しかし狼の足取りの速さと犬の足取りの遅さから、カライの目算の誤りは明らかだった。すでに前方の遠からぬところに森が見えており、そこまで駆けつければ狼が逃げおおせることは確実だった。すると前方に犬の群れと猟師が姿を現し、ほとんど真正面から駆け寄ってきた。まだ希望は潰《つい》えていなかった。ニコライの見覚えのない他所《よそ》の猟犬隊の、赤茶に黒い筋の入った若い長身の牡犬が、真正面から狼に体当たりを食らわして、ほとんどひっくり返した。狼はびっくりするほどの勢いで起き上がると、牡犬に飛び掛かり、鋭い歯音を立てた。するとわき腹を裂かれた血まみれの牡犬が、甲高い悲鳴を上げて頭から大地に突っ伏したのだった。

「カライ！　頼んだぞ！……」ニコライは涙を流していた……。

この対決の合間にうまく狼の行く手に回り込んだカライは、もじゃもじゃした腿の毛の房を揺らしながら、すでに敵から五歩の位置に迫っていた。狼は危険を察知したかのようにカライを横目で見ると、尻尾をいっそう後肢のあいだに巻き込むようにして、さらに加速した。しかしそのとき——ニコライにはカライに何かが起こったことぐらいしか見分けがつかなかったが——カライは瞬時に狼の体に乗りかかり、二頭いっしょにもんどりうって、前にあった窪みに転がり込んだのだった。

ニコライが窪みを覗くと、狼ともみ合っている犬たちの姿が見えて、その下に狼の灰色の毛と、ピンと伸びた一本の後ろ足、さらに耳をべたりと伏せて怯えきった、息も絶え絶えの頭部（カライがその喉元に食らいついておさえているのだった）が見えたが、これを見た瞬間がニコライの生涯で一番幸せな一瞬だった。彼はすでに狼のとどめを刺そうと鞍橋《くらぼね》に手をかけて馬から下りようとしていたが、その途端、折り重なった犬たちの体の下から狼の頭がひょいと飛び出したかと思うと、二本の前足が窪みの端にかかった。狼は歯をガキガキと鳴らすと（カライはもはやその喉に食いついてはいなかった）後足を蹴って窪みから跳びだし、尻尾を巻いて再び犬たちをかわし、先へと逃げて行った。カライはおそらく打ち身か傷を負ったのだろう、ぼさぼさに毛を逆立てながらやっとのことで窪みから出てきた。

「ちくしょう！　どうしてだ？……」ニコライは絶望の叫びをあげた。

おじのところの猟師たちが反対側から駆けつけて狼のゆく手を遮り、彼らの犬たちが再び獣にストップをかけた。またもや狼は取り囲まれた。

ニコライと彼の馬丁、おじとその猟師が、狼を見下ろす位置で犬たちをけしかけ、喚きながらぐるぐると旋回し、狼が尻を着いてへたり込んだらいつでも馬から下りて飛び掛かろうとし、狼が元気づいて確実な逃げ場である禁伐林へ向かおうとすれば、いつでも後を追おうと身構えていた。

まだこの駆り出しが始まったばかりのころ、ダニーロは「かかれ《ウリユリユー》」という号令を聞いて森のはずれに出てきた。だがそこでカライが狼に食らいついたのを見ると、事は終わったと判断して、いったん馬を止めたのだった。だが猟師たちが一向に馬から下りず、狼が身を振りほどいてまた逃げだすのを見ると、ダニーロは自分の栗毛馬を走らせた。ただし狼自体を追うのではなく、まっすぐに禁伐林を目指した。カライがやったように獣の先回りをしようとしたのだ。このコース選択が幸いして、おじの犬たちが狼を二度目に止めたところへ駆けつけることができたのだった。

ダニーロは左手に抜身の短剣を持ち、革鞭を麦打ちのカラ竿のように振るって栗毛馬の引き締まったわき腹をはたきながら、黙って駆けつけてきた。

ダニーロの栗毛馬が息を荒らげ、あえぎながら脇を通り過ぎるまで、ニコライはダニーロの姿にも気配にも気づかなかった。そして同じく彼の耳にも目にもとまらぬうちに、ダニーロはもう馬から飛び下り、犬たちの真ん中で狼の背中に腹ばいにのしかかって、相手の耳をつかもうとしていた。猟師たちにも犬にも狼にも、もはや一巻の終わりだということは明らかだった。獣は怯えきって耳を伏せ、懸命に身を起こそうとするが、犬たちがぴったりと張り付いて動けない。ダニーロは身を起こすと、一歩踏み出して勢いをつけ、まるで横になって一休みしようかというような風に全体重をかけて狼の上に倒れ込むと、その耳を捕まえた。ニコライがとどめを刺そうとすると、ダニーロは小声で「いや、縛り上げちまいましょう」と言って、体の位置を変え、今度は狼の首を踏みつけた。狼の口に棒が嚙ませられ、銜《はみ》を嚙ませるような感じで括《くく》り上げられ、足も結わえられた。それからダニーロは狼の体をごろりごろりと左右に転がしてみせた。

皆うれしそうな、疲れ果てたような顔をしながら、生け捕りにした大物狼を、しり込みして鼻息を荒らげる馬の背に担ぎ上げ、狼に吠え掛かる犬たちを従えて、集合場所へと運んで行った。追い犬たちが二匹、ボルゾイ犬たちが三匹、子狼を捕まえていた。猟師たちがそれぞれの獲物と手柄話を持って集まり、皆が大物狼を見ようと寄ってきた。狼は棒切れを噛まされた額の大きな頭をだらりと垂らし、大きなガラスのような目で自分を取り囲む犬や人たちを見つめていた。体を触られると縛られた足をびくびくさせて、獰猛《どうもう》な、しかし同時に素朴な目でみんなを見るのだった。

ロストフ伯爵もまた馬で近寄ってきて狼に触ってみた。

「いやはや、なんとでかいやつだ」彼は言った。「大物だな、どうだ?」すぐそばに立っていたダニーロに訊ねる。

「大物です、旦那さま」ダニーロは急いで帽子を脱いで答えた。

伯爵は自分のへまで狼を取り逃がしたことと、このダニーロとひともめしたことを思い出した。

「しかしなあ、おい、お前も怒りっぽいなあ」伯爵が言うと、ダニーロは何も答えず、ただ子供のように従順な、気持ちのいい顔ではにかんだような笑みを浮かべただけだった。

6章

老伯爵は家に帰って行った。ナターシャとペーチャは、じきに帰ると約束して狩猟隊とともに残った。狩猟隊は先へと進んだ。まだ時間も早かったからだ。ちょうど昼ころ、追い犬たちが若木の茂る谷間に放たれた。ニコライは刈り入れ後の畑に立って、自分のところの猟師たち全員を眺めていた。

ニコライの正面に芽を出した冬小麦の畑が広がり、そこにも彼の猟師が一人、突き出た榛《はしばみ》の茂みのかげの窪みに立っている。ちょうど追い犬が放たれたばかりで、ニコライはよく知っているヴォルトルン[6]という犬の間遠な追い吠えを聞き取ることができた。他の犬たちもヴォルトルンに合わせて、黙り込んだかと思うとまた追い吠えを始めるという具合だった。一分もすると禁伐林の中から狐を追う声が聞こえ、群れ全体が一つになって窪地沿いに小麦畑の方に追い立て始めた。ニコライのいるところから離れていった。

6　ヴォルトルン（ヴァルトルン）は狩りの角笛（ホルン）のこと。

赤い帽子をかぶった猟犬番たちが草木の茂った窪地の縁を駆けていく様子や、犬たちの姿まで目にしながら、彼は向こう側の緑の小麦畑に狐の姿が現れるのを、今か今かと待ち望んでいた。

窪みに立っていたさっきの猟師が動きを見せ、犬たちを放った。すると赤い、背の低い、奇妙な狐が尾を大きくふくらませて、小麦畑を慌てて走っていく姿がニコライの目に飛び込んできた。犬たちが狐を追い始める。みるみる距離が狭《せば》まると、狐は犬たちの間をくるくると輪を描くように回り出し、その動きがどんどん目まぐるしくなっていったかと思うと、さいごにふさふさした尻尾で身を包んだ。そこへ誰かの白犬がさっと飛び掛かると、続いて黒犬が、そして全部の犬がごちゃ混ぜになって殺到し、皆で星の形を作って尻を別々の方向に向け、かすかに身を震わせるだけで動かなくなった。犬たちのところに二人の猟師が駆けつけた。一人は赤い帽子をかぶっていたが、もう一人は見慣れぬ男で、緑の長上着《カフタン》を着ている。

『どうなっているんだ？』ニコライは思った。『あんな猟師、どこから現れたんだ？　おじさんのところじゃないぞ』

猟師たちは狐を取り上げたが、そのまま長いこと、獲物を鞍に付けもせず、馬にも乗らずに立っていた。そばには高い鞍を付けた馬たちが、引き綱につながれたまま立ち尽くし、犬たちが寝そべっている。猟師たちは腕を振り回し、狐をめぐって何かしている様子だ。するとまさにその場所から角笛《つのぶえ》の音が響いた。喧嘩発生の知らせである。

「あれは、イラーギンのところの猟師が、何かでうちのイワンともめているんですよ」ニコライの馬丁が言った。

ニコライは馬丁を遣いに出して妹とペーチャを呼び寄せると、自分は犬追い師たちが追い犬を集めている場所へと並足で馬を進めた。何人かの猟師が喧嘩の現場に馬で駆け寄って行った。

ニコライは馬から下りると、ちょうど駆けつけてきたナターシャやペーチャとともに追い犬たちのそばに立って、事態の行方についての知らせを待った。すると森の外れから喧嘩をした猟師が鞍帯に狐を付けた馬に乗って姿を現し、若主人のもとを目指して駆け寄ってきた。まだ遠くから帽子をとり、丁寧な口調で喋ろうとするが、しかし顔は青ざめ、息は荒く、憤懣《ふんまん》やるかたないといった表情である。片目に殴られた跡があったが、本人はどうやら気づいてもいないようだった。

「あそこで何があったんだ?」ニコライは訊ねた。

「知れたこと、うちの追い犬の鼻先から獲物をかすめ取ろうとしやがるんですよ!

それも俺の灰色の牝犬が捕まえたやつをね。おい待て、訴えて出てやるぞ！　ひとの狐に手を出しやがって！　と言って、狐みてえに突っ転がしてやったんでさあ。返しゃあがれとふんだくって、この鞍帯に付けてきました。それとも、こいつでも食らいてえってか？」猟師は短剣を示して言った。たぶんまだ敵と口を利《き》いている気でいるのだろう。

猟師との話を打ち切ると、ニコライは妹とペーチャに待っていてくれと言いおいて、喧嘩相手のイラーギンの狩猟隊がいる場所へ馬を向けた。

喧嘩に勝った猟師は、仲間の猟師たちの集団に馬を乗り入れ、彼に肩入れしてあれこれ訊ねる者たち相手に武勇伝を披露していた。

そもそもことの原因は、ロストフ家との間にもめごとがあって係争中の立場であるイラーギンが、慣習上ロストフ家のものとされてきたいくつかの場所で猟を行っており、このたびはまたわざとのように、ロストフ一家が猟を行っている最中の禁伐林に猟師をやって、他人の追い犬の鼻先にある獲物を横取りさせたことにあった。

ニコライは一度もイラーギンに会ったことはなかったが、いつもながら善悪の判断にせよ好悪にせよ、ほどほどということを知らない性格なので、当の地主が乱暴なわがまま者だという噂を耳にしただけで、相手を心から憎み、不倶戴天《ふぐたいてん》の敵とみなしていた。今相手のもとへ向かう彼は憎しみにカリカリした状態で、片手に革鞭をぎゅっと握りしめ、いざとなれば敵に対してどんなに思い切った、危険な行動をとることも辞さない覚悟をしていた。

森の突き出た一角を回り込んだ途端、海狸革《ビーバー》の耳当て付き帽子をかぶった太った地主が、見事な黒馬に乗って、二人の馬丁を従えてこちらにやってくるのが見えた。

いざ会ってみると、イラーギンは敵どころか堂々たる押し出しの礼儀正しい貴族であり、とりわけ隣家の若い伯爵との親交を求めていた。近くまで来るとイラーギンは海狸革《ビーバー》の帽子をとって、このたびのことは大いに申し訳なく思っており、他所《よそ》さまの犬の獲物を横取りした猟師を処罰するように命じたと告げ、伯爵とお近づきになりたいと述べたうえで、自分の狩場で猟をしませんかと申し出たのだった。

兄が何かとんでもない振る舞いに及びはしないかと心配になったナターシャは、ドキドキしながら兄の後を少しだけ離れて馬で追ってきた。そして敵同士だと思っていた者たちが愛想よく礼を交わしあうのを見ると、二人のもとへと駆けよってきた。ナターシャを見るとイラーギンは海狸革《ビーバー》の帽子をさっきよりも高く上げ、うれしそうににっこりと笑うと、お嬢さまは狩りがお好きな点でもお美しい点でも女神ディアーナ[7]にそっくりだと言い、特にお美しいという噂は何度も聞いていると言い添えた。

自分の猟師の不始末を償おうとして、イラーギンはぜひ自分のところの小山のふもとまで来てくれと、しつこくニコライを誘った。それは今の場所から一キロばかりのところにある、イラーギンのとっておきの場所で、彼の言葉では、それこそ兎だらけだという。ニコライは招待を受け、狩猟隊はさらに二倍に膨れ上がった形で、先へと進んで行った。

イラーギンの言う小山のふもとまでは、いくつもの野や畑を通って行かねばならなかった。猟師たちは横に広がり、主人たちはひとかたまりになって馬を進めた。おじ、ニコライ、イラーギンは、それぞれ人目に付かぬように努めながらちらちらとよその犬たちの様子をうかがい、自分の犬のライバルになりそうな犬をこっそり物色していた。

とりわけ美しさでニコライを感服させたのは、イラーギンが革帯でつないでいる赤《あか》斑《ぶち》の小柄な純血種の牝犬で、痩せてはいるが鋼のような筋肉をまとい、顔がつんととがって真黒などんぐり眼をしていた。イラーギンの犬たちの威勢の良さはかねがね耳にしていたので、だとすればこのきれいな牝犬が自分のミルカのライバルになりそうだと見たのである。

イラーギンが始めた今年の収穫についての改まった会話を交わしていたところだっ

たが、その最中に、ニコライはこの赤斑の牝犬を指さしてみせた。

「いい犬ですねえ、お宅のその牝犬は！」彼はくだけた調子で言った。「すばしこいでしょう？」

「こいつですか？　ええ、いい犬で、獲物もよく捕りますよ」イラーギンはエルザという名の自分の赤斑の牝犬について素っ気ない口調でそう言ったが、実はこの犬は一年前、自分の屋敷で働いていた農奴三家族を代価に支払って隣人から手に入れたものだった。「では伯爵、お宅のところでもまた、今年の小麦の上がりははかばかしくないということですね？」彼は始めた話を先へ続けたが、そこでこの若い伯爵に同じ質問をして返すのが礼儀だと思い当たって相手の犬をざっと見渡し、ミルカに目を付けた。恰幅の良さが目を引いたからだ。

「お宅のあの黒斑はいいですねえ。いい体格で！」彼は言った。

「ええ、いい犬です、よく走りますし」ニコライは答えた。『もしここで大物の兎でも野を駆けだしたら、この犬の何たるかを見せてやれるんだがな！』彼は内心で思った。それから馬丁を振り返ると、潜んでいる兎を見つけた猟師には一ルーブリ与える

7　ローマ神話のディアーナは月の女神、動物の守護者、狩猟の女神の三相を持つ。

と告げた。

「私には理解できませんな」イラーギンがさらに言った。「猟をする他の方々が獲物のことや犬のことでやっかみ合っているのが。自分のことを申し上げますとね、伯爵、私はただ、馬で出歩くのが楽しいんですよ。そうすればほら、こんな素敵な道連れとも巡り会えますしね……いやこれほどうれしいことはありません（彼はまたナターシャに対してビーバー革の帽子をとってみせた）。それに比べれば、いちいち毛皮の数を数えて、さて何頭分持って帰ったかなんて、私にはどうでもいいことですよ！」

「まあ、そうですね」

「それに、獲物をとったのが他所の犬で自分の犬ではなかったからといって、それが何か悔《くや》しがるようなことでしょうか。私はただ獲物が狩られるのを見て楽しめればいいんですからね、そうでしょう、伯爵？　それから、思うに……」

「それー《アトゥー》、いたぞぉ！」この時、立ち止まっていたボルゾイ犬係の一人の、長く声を伸ばした号令が聞こえた。声の主は刈り入れ後の畑の小高く盛り上がったところに立っていて、革鞭を振り上げると、もう一度長く声を張って繰り返した。「そーれー《アートゥー》、いたぞぉ！」（その声と振りかざした革鞭は、目の前に兎がうずくまっているのを発見したことを意味していた）

「おや、見つけたな、どうやら」イラーギンが無造作に言った。「じゃあ、狩りましょうかな、伯爵」

「ええ、まず行ってみなくては……そうですね、一緒にやりましょうか？」そう答えながらニコライの目は例のエルザとおじの赤犬ルガイに向けられていた。いずれもまだ一度も自分の犬とさしで戦わせたことのないライバルだった。『さあて、うちのミルカを出し抜こうというなら、お手並み拝見だ！』おじとイラーギンに並んで兎のいるところに向かいながら彼は思った。

「大物か？」兎を見つけた猟師に近寄りながらイラーギンが訊ねた。少し興奮気味にエルザを振り返り、口笛で呼び寄せている……。

「あなたはどうします、ミハイル・ニカノルィチ？」彼はおじに声をかけた。おじは仏頂面をしたまま馬を進めている。

「私なんかの出る幕かね！　あんたがたの犬ときたら――早い話が！――犬一頭の値が村ひとつというような、何千ルーブリもする奴ばかりじゃないか。せいぜい腕試しをさせるがいいさ。こっちは見物しているから！」

「ルガイ！　よし、こい！」彼は叫んだ。「ルガイや《ルガユシカ》！」ふと言い添えたそんな子犬を呼ぶような呼称が、図らずもこの赤毛の牡犬に対する彼の愛着と期待をさらけ出していた。ナターシャは、二人の老人と兄の胸に秘めた興奮ぶりを感じ取り、自分も興奮に駆られた。

例の猟師は革鞭を振りかざしたまま小高いところに立ち続けており、主人たちは並足でその場所めがけて馬を進めた。ほとんど地平線上を歩いていた追い犬たちは、向きを変えて兎から遠ざかって行った。主人たち以外の猟師たちも同じく遠くに離れていこうとしていた。すべてがゆっくりと、粛々と進行していた。

「頭はどっちを向いている？」発見者の猟師に百歩ばかりのところまで馬を進めたところでニコライは訊いた。だがまだ猟師が答えぬうちに、不穏な気配を察知した兎がいたたまれずに起き上がって逃げだした。二頭ずつ革ひもでつながれた追い犬たちが兎を追ってうなり声をあげながら丘を下っていく。あちこちからひもでつながれていないボルゾイ犬が殺到し、追い犬に飛び掛からんばかりの勢いで兎を追う。ゆっくりと動いていた猟犬番の猟師たちは追い犬をまとめようとして「とまれ！」と声をかけ、ボルゾイ犬の係の者たちは「それー！」の号令で犬をけしかけながら、皆が野を駆けて行った。落ち着き払っていたイラーギンも、ニコライもナターシャもおじも、どこへどう行ったらいいのか自分でも分からぬまま、飛ぶように疾走していた。一瞬たりとも狩りの経緯を見逃すまいと、ひたすら犬と兎の姿だけを目で追っていたのだった。兎は大物で敏捷なやつだった。飛び起きた時もすぐに駆けだそうとはせずに、長い耳をめぐらして、にわかにあちこちで起こった掛け声と足音を聞き取ろうとしていた。それから慌てずに十回ほどピョンピョンと跳ねて犬たちをおびき寄せておいてから、ようやく方向を定め、危険を察知して、耳をピタリと伏せると、全力で駆けだしたのだった。はじめ伏せっていたのは刈り入れ後の畑だったが、前方に控えているのは冬小麦の畑で、表面がぬかるんでいた。兎を見つけた猟師の二頭の犬が一番近い距離にいたので、まず目視して兎を追った。しかしまだ兎のうんと手前のところで、背後からイラーギンの赤斑のエルザが二頭の前に飛び出した。エルザは自分の身の丈ほどまで距離を詰めると、兎の尻尾に狙いを定め、恐るべきスピードで襲い掛かり、てっきり相手を捕まえたと思って、もんどりうって転がった。兎はぎゅっと背を曲げて、さらに速足で疾走する。するとエルザの後ろから、尻の大きな黒斑のミルカが飛び出して、すごいスピードで兎を追い出した。

「ミルカ、えらいぞ！」ニコライの勝ち誇ったような掛け声が響く。ミルカはすぐにでも突撃して、兎を捕まえるかに思えたが、追いついたと思ったらそのまま追い越してしまった。兎がひょいと身をかわしたのだ。再び美しいエルザが追いすがり、今度こそはしくじるまいと、しっかりと狙いを定めるかのようにして、後ろ足の腿に食らいついてやろうと、尻尾を見下ろす形でくっついて行く。

「エルザや！　たのんだぞ！」イラーギンが悲鳴のような、まるで別人のような声で叫ぶ。エルザにはその祈りは伝わらなかった。もはやエルザが兎を捕まえたものと思った瞬間、相手はひらりと体をかわし、麦畑と刈り入れ後の畑の間のあぜ道に駆けあがったのだった。再びエルザとミルカが二頭立ての馬のように並んで、兎を追い始めた。あぜ道では兎の方が駆けやすく、犬はなかなか距離を詰められなかった。

「ルガイ！　ルガイだぞ！　早い話が！」この時新たな声がして、赤っぽい背の曲がったおじの牡犬のルガイが、背を思い切り伸ばしたり丸めたりしながら、先頭の二頭の犬に並んだかと思うと、そのまま追い抜いて、兎の真上から恐るべき向こう見ずな体当たりを掛け、相手をあぜ道から麦畑に追い落とした。そしてさらに泥んこの麦畑で膝まで埋まりながら、もう一度恐るべき勢いで加速して体当たりを掛けた。その先はルガイが兎と一緒になって、背中を汚しながらもんどりうって転がる姿が見えただけだった。犬たちが星の形になって周りを取り囲んだ。一分後には全員が密集した犬たちのそばに立っていた。幸運に恵まれたおじだけが馬を下り、兎の後足を切り落とした。血を出し切ろうと兎の体を打ち振りながら、おじは落ち着かぬ顔で周囲を見回したが、その目は泳ぎ、手足の置き場も分からぬ風情で、喋っている言葉も、誰に向かって何を言いたいのか自分でも判然としないようだった。「ほら、これだよ……早い話が……これが犬さ……みんなを出し抜きやがった、何千ルーブリの犬も、何千ルーブリぽっちの犬も――早い話がな！」息を切らし、憎々しげな眼で周囲を見回しながら、まるで誰かを罵っているような口調で彼は喋り続けた。まるでみんなが彼の敵で、これまでみんなに侮辱されてきたのが、今ようやく汚名をそそぐことができたと言わんばかりの様子だった。「お前さんがたの何千ルーブリの犬も、しょせんこんなもんさ――早い話がな！」

「ルガイ、ご褒美の足だぞ！」そう言って彼は切りとった後足を、泥のついたまま放り投げた。「ご苦労さん――早い話が！」

「うちの犬は飛ばし過ぎたんだ。一頭で三度追い詰めたんだからな」ニコライもまた誰の言うことにも耳を貸さず、誰かが自分の話を聞いているかどうかにも無頓着に喋っていた。

「いや、これはまたひどい番狂わせだな！」イラーギンの馬丁が言った。

「うちのやつが失敗したからだ。あれだけ追い詰めた後なら、そこいらの番犬でも捕まえられるさ」イラーギンが同時に言った。馬で駆けたのと興奮したのとで、顔を真っ赤にして、苦しそうに息をついている。一方ナターシャの方は息もつかぬまま、まさに耳をつんざくような喜びと感激の金切り声を上げていた。他の猟師たちが同じ時にそれぞれ勝手に表現していた事柄を、彼女はその金切り声で全部まとめて表現したのだった。またその金切り声ときたら、きわめて異様な調子だったので、もしこれが他の場合であったら、本人がきっとその野蛮な調子を恥ずかしく思っただろうし、皆もまた驚いたに違いなかった。おじは自分で鞍帯に兎を括り付けると、器用な思い切りのいい手つきで兎の体を馬の尻にどさっと投げかけたが、そんな投げっぷりがまるでみんなを非難するしぐさのように見えた。そうして、誰とも口をききたくないと言わんばかりの様子で薄栗毛の馬にまたがると、その場を離れたのだった。彼以外は皆しょんぼりとした、悔しそうな様子で散っていき、前のような平静さを取り繕えるようになるまでには長い時間がかかったのだった。この後も長いこと人々は赤毛のルガイの様子にちらちらと目をやっていたが、ルガイは泥まみれで背を丸めた格好で、鉄襟《てつえり》をガチャガチャいわせながら、勝利者らしい悠揚迫らぬ態度で、おじの馬の足元を速歩で駆けていた。

『ほらね、獲物を狩るとき以外は、僕もみんなとおんなじなんだよ。ただ、やるときにはやるからね!』ニコライにはその犬の姿がそう語っているように見えるのだった。

ずいぶん時間がたってからおじが馬で近寄ってきて話をし始めた時には、ニコライはあんなことがあった後でもこのおじが口を利いてくれたということで、大いに気をよくしたものであった。

7章

夕刻、イラーギンがニコライに別れを告げた時には、ニコライは家からすっかり離れた所まで来ていたので、狩猟隊を自分のミハイロフカ村に泊めるようにというおじの申し出を受け入れることにした。

「うちに寄って行けばいいさ、早い話が！」おじはそんなふうに誘ったものだ。「そうしない手はないさ、ほら、こんな湿っぽい天気だから。まず一休みして、それから妹さんは馬車で送り返せばいい」おじの提案は受け入れられ、猟師が一人馬車を呼びにオトラードノエ村に派遣された。そうしてニコライはナターシャとペーチャとともに、おじの家に向かったのだった。

おじの家に着くと、屋敷付きの男の召使が大人も子供も含めて五人ばかり、正面の表階段に主人を迎えに駆けだしてきた。女たちも、年寄りも大人も子供も合わせて何十人という数が、馬で乗りつけた狩猟隊を見ようと、裏口の外階段から顔をのぞかせた。女性でしかも領主の娘であるナターシャが一緒に馬に乗ってやってきたことが、物見高いおじの使用人たちをびっくり仰天させたため、多くの者は本人の手前も気にせずに近くまで寄ってきて、その目を覗き込み、目の前で彼女について論評する始末だった。まるで自分たちが見ているのは奇跡であって人間ではないから、自分たちが何を言っても聞こえもしないし分かりもしないとでもいうふうであった。

「アーリンカ、ほら見てごらんよ、横座りで乗っている！　腰かけたまま、裾がひらひらしているじゃないか……。おや、角笛まで持って！」

「あらあら、小刀まで下げているよ！……」

「まるでタタール娘だね！」

「お前さん、どうしてひっくり返らないでいられたんだね？」一番大胆な女に至っては、じかにナターシャに問いかけたものだった。

うっそうとした庭木に囲まれた木造の小ぶりな家の表階段のところで馬を下りると、おじは使用人たちを一瞥して、用のない者はさっさと引っ込んで、お客さまたちと狩猟隊を迎えるのに必要な支度を整えろと、命令口調で叫んだ。

皆はさっと散っていった。おじはナターシャを馬から下ろしてやると、手を引いてグラグラする板張りの表階段を上らせた。家は漆喰を塗っていないむき出しの丸太壁のつくりで、中はあまりきれいとは言えなかった。住人が家を汚さないことに特に気を遣っている様子はうかがえなかったが、かといって荒れっぱなしというほどでもなかった。入り口の間は新鮮な林檎《りんご》の匂いがして、狼や狐の毛皮がかかっていた。

玄関部屋を抜けるとおじは客たちを、まず折り畳み式のテーブルと赤い椅子の置いてある小広間に、次に白樺製の丸テーブルとソファーのある客間に、そしてさらに破れたソファーと擦り切れた絨毯の置かれた書斎へと案内した。書斎の壁にはスヴォーロフ将軍と主人の父母の肖像、そして軍服を着た主人自身の肖像がかかっていた。書斎の中にはタバコと犬のきつい臭いが漂っていた。

書斎に入るとおじは客たちに、腰を下ろして寛いでくれとすすめ、自分は出て行った。猟犬のルガイが背中の汚れたままの姿で書斎に入ってくると、ソファーに横たわって舌と歯で毛づくろいを始めた。書斎の外は廊下で、破れたカーテンをかけた仕切りの衝立《ついたて》が見える。衝立の奥からは女たちの笑いやささやき声が聞こえてきた。ナターシャもニコライもペーチャも、猟の装束を脱いでソファーに座った。ペーチャは片手で頬杖をついていたかと思うと、すぐに眠り込んだ。ナターシャとニコライは黙って座っていた。二人は顔をほてらせ、すこぶる空腹で、すこぶる上機嫌だった。

二人は顔を見合わせた（猟を終えて部屋に入ると、ニコライはもはや妹に対して男性としての優越を誇示する必要を感じなかった）。ナターシャが兄に目配せすると、二人とも長くはこらえきれず、なぜ笑うのかの口実を思いつく暇もないままに、高らかな声で笑い出した。

しばらくしておじが立ち襟のコサック上着《カザキン》に青ズボン、小ぶりのブーツという格好で入って来た。ナターシャはかつてオトラードノエ村でおじのこんな格好を見て驚き、馬鹿にしたものだったが、今はまさにその同じ衣装を、フロックコートにも燕尾服にもまったく引けを取らない、本物の衣装だと感じたのだった。おじもまた上機嫌で、兄妹が笑っていても気を悪くしないどころか（自分の暮らしを人が笑いものにするなどということは彼の頭には浮かびようもなかった）、二人の訳もない笑いに自分から加わりさえしたのである。

「まったく大した伯爵令嬢さまだ、まだお若いのに――早い話が――こんなお嬢さまは見たことがないよ！」そう言いながら彼は軸の長い方のパイプをニコライに渡し、自分は別の、軸を短かく切り詰めたパイプを慣れた手つきで三本指の間に挟んだ。「丸一日馬に乗って、男でも大変なのに、けろりとしていらっしゃる！」

おじが現れて間もなくまたドアが開いた。足音からきっと裸足の若い女中だと思っていると、いっぱいに盛られた大きな盆を両手で捧げ持って入って来たのは、太って血色のいい、美しい四十がらみの女性だった。二重顎で、たっぷりとした真っ赤な唇をしている。客を安らがせるような風格と歓待の気持ちを目にも挙措《きょそ》にも漂わせながら、女性は客を見渡すと、にこやかにほほえんで恭しく一礼した。並よりも太っているせいで胸と腹は前に突き出し、頭は後ろにそらせていなければならなかったが、そんな姿勢にもかかわらず、この女性（おじの家の主婦役だった）は、並外れて軽やかな足取りで歩いていた。テーブルに歩み寄ってお盆を置くと、白いふっくらとした手で手際よく酒瓶やつまみやごちそうを取り出してテーブルに並べた。それが終わるとテーブルを離れ、顔に笑みを浮かべたままドアのそばに立った。『ほら、これが私よ！　これでおじさんという人が分かったでしょう？』――女性の出現はニコライにそんなことを告げていた。分からないはずがあろうか。ニコライばかりかナターシャまでも、今やおじを理解し、アニシヤ・フョードロヴナというこの女性が入って来た時におじがちょっとだけ眉根を寄せながらも、満足そうな、さも得意らしい笑みで唇のあたりにかすかな皺を作ったことの意味を理解したのだった。お盆に載っていたのは薬草酒、果実酒、茸、乳清入りのライ麦ビスケット、蜂の巣に入ったままの蜂蜜、煮たてて泡立っている蜂蜜、林檎、生の胡桃《くるみ》、焙《あぶ》った胡桃、蜂蜜に浸した胡桃だった。

あとからさらにアニシヤ・フョードロヴナは、蜂蜜のジャムと砂糖のジャム、ハム、焼き立ての鶏肉も運んできた。

これはすべて、このアニシヤ・フョードロヴナの裁量によるものであり、彼女が集め、調理したものだった。すべてがアニシヤ・フョードロヴナの香りと感覚を発散し、彼女の味を持っていた。すべてがみずみずしく、清潔で、真っ白で、にこにことほほえんでいた。

「どうぞお召し上がりください、伯爵のお嬢さま」ナターシャにあれこれと料理をとりわけながら、彼女はそんなふうに言うのだった。ナターシャは全部平らげた。彼女にはこのような乳清入りのビスケットや、こんな風味のジャムや、蜂蜜に浸した胡桃や、このような鶏肉は、これまでどこでも見たことも食べたこともなかったように思えた。アニシヤ・フョードロヴナが出ていった。ニコライとおじは夜食をつまみ桜桃《さくらんぼ》の浸し酒を飲みながら、今度の猟と次の猟について、ルガイやイラーギンの犬たちについて、話に花を咲かせている。ナターシャはソファーに背筋を伸ばして座り、目をキラキラさせながら彼らの話を聞いていた。何度か彼女はペーチャを起こして何か食べさせようとしたが、ペーチャは何かわけの分からぬことを言うばかり。明らかに寝ぼけているのだった。こうして初めての環境にいることが心底楽しくうれしかったので、ナターシャは迎えの馬車があまり早く来過ぎはしないだろうかと、そればかりを心配していた。ふと沈黙の時が訪れた後、知人を初めて自宅に招いた人がたいていそうするように、おじは客の頭にある思いに答えるような調子でこんなことを言った。

「まあ、こんなふうに余生を過ごしているわけだ……。死んだらもう――早い話が！――何ひとつ残らんからな。わざわざ罪つくりなまねをするまでもないのさ！」

そう言うおじの顔は実にしみじみとして、美しくさえあった。ニコライには、父親や隣人たちから聞いていたおじの良い評判が何となく思い起こされた。おじは県のこの辺りで、すこぶる高潔ですこぶる無欲な変人という評判をとっていた。彼は家庭争議の裁定に呼ばれ、遺言執行人に指名され、秘密を打ち明けられ、判事やそのほかの役に選ばれたりしていたが、公職だけはいつも固辞して、春と秋は例の薄栗毛の去勢馬に乗って野で過ごし、冬は家に引きこもり、夏はうっそうと茂った庭で寝て過ごすという暮らしをしているのだった。

「どうして官職に就かないんですか、おじさん？」

「就いていたが、放り出してしまったよ。俺には無理さ、早い話が――何も分からんからな。あれはあんたがたの仕事さ、俺の知恵では足りん。これが狩りなら話は別さ――早い話がな！　ドアを開けてくれんか」彼は大声で命じた。「どうして閉めたんだ！」廊下（おじの呼び方ではドーカ）の突き当たりのドアは独身者用の猟師部屋（猟のスタッフが暮らす召使部屋がこう呼ばれていた）に続いていた。急いで裸足で駆け付ける音がしたかと思うと、見えない手が猟師部屋のドアを開いた。廊下に漂っていたバラライカの調べが、はっきりと聞こえるようになった。弾いているのはまぎれもなくその道の達人だった。さっきからこの調べに耳を傾けていたナターシャは、いまやもっとはっきり聞こうとして廊下に出ていった。

「あれはうちの御者のミーチカだよ……。いいバラライカを買ってやったんだ、俺が好きだからね」おじは言った。この家では主人が猟から戻ると、男ばかりの猟師部屋でミーチカがバラライカを弾《ひ》く習慣になっていたのだ。おじはこの音楽を聞くのが好きだったのである。

「いや、いいですね！　まったく、大したもんだ」ニコライの言葉は何か無意識にぶっきらぼうな調子になっていた。まるでこうした調べをとても心地よく感じるのを打ち明けることが、彼には照れくさいかのようだった。

「何が大したものなの？」兄の言葉の調子を聞き取ったナターシャが、責める口調で言った。「大したものどころか、こんな素晴らしいものないじゃない！」おじさんの家の茸や蜂蜜や果実酒が世界で最高のものと思えたのと同じで、彼女にはこの曲もこの瞬間、音楽の魅力の極致だと思えたのだった。

「もっとよ、お願い、もっと弾いて」バラライカが止んだ途端にナターシャは戸口の奥に向かってアンコールした。ミーチカは弦の調子を整えると、またもやつま弾いたり即興を加えたりしながら〈奥方さま〉の節をかき鳴らしだした。おじは座ったまま首を傾けて、かすかにそれと分かるほどの笑みを浮かべながら、聞き入っている。〈奥方さま〉のモチーフが百回ほども繰り返された。何度かバラライカの弦を調整してはまた同じ調べを奏《かな》でるということが繰り返されたが、聞いている者たちは退屈するどころか、何度でも何度でもひたすらこの演奏を聞いていたいと思うのだった。アニシヤ・フョードロヴナが入ってきて、豊満な体を戸口の柱にもたせかけた。

「どうぞお聞きくださいな、お嬢さま」びっくりするほどおじにそっくりな笑顔を浮かべて、彼女はナターシャに言った。「素晴らしい腕前なんですよ」

「ほら、この節の弾き方が違っているんだよ」不意に威勢の良い身振りを付けておじが言った。「ここはかき鳴らさなくちゃ、早い話がな、もっとかき鳴らすんだよ」

「あら、おじさまも弾けるんですか?」ナターシャが訊ねた。おじは答えはせずににっこりと笑った。

「アニシヤ、ちょっと見てみてくれ——ギターの弦が全部そろっているか。もうずいぶん長いこと手にしていないからなあ。早い話が、やめてしまったんだよ」

アニシヤ・フョードロヴナは、例の軽やかな足取りで喜々として主人の依頼を果たしに出かけたかと思うと、すぐにギターを持って戻ってきた。

おじは誰とも目を合わせずにフッと息を吐いて塵を払うと、骨ばった指でギターのボディをポンと叩き、弦の調子を合わせてから安楽椅子の上で姿勢をただした。ネックの上のほうを握り（左腕の肘を引いたそのしぐさは、ちょっと芝居がかっていた）、アニシヤ・フョードロヴナに一つ目配せすると、〈奥方さま〉ではなく、まず一つ響きのいい、澄んだ和音を奏でてから、坦々と静かに、だがゆるぎなく、きわめてゆっくりとしたテンポで、よく知られた〈敷石道を行けば〉という曲を奏で始めた。するとたちまち、その風格ある陽気さとでも言うべき調子に合わせて（それはアニシヤ・フョードロヴナの存在そのものが発散している雰囲気と同じだった）、ニコライとナターシャの胸のうちで曲のモチーフが歌い出したのだった。アニシヤ・フョードロヴナはみるみる顔を赤らめ、ハンカチで顔を隠すと、笑いながら部屋を出ていってしまった。おじはさっきまでとは一変したうっとりとした目つきでアニシヤ・フョードロヴナが去った後の場所を見つめながら、純粋に、ひたむきに、力のこもったゆるぎない演奏を続けている。その顔の、灰色をした口髭の下の片側あたりにはかすかに笑みのようなものが浮かび、とくに先に行って曲がどんどん激しくなり、テンポが速くなっていって、爪弾きの場でちょっと小休止が入るときなど、その笑みがさらに大きくなるのだった。

「すてき、すてきよ、おじさま！　もっと弾いて、もっとよ！」演奏が終わるや否やナターシャが絶賛の声を上げると、席から立ち上がっておじを抱き、キスをした。「ニコライ兄さん、兄さん！」兄を振り向いて呼びかける彼女は、まるで『これはいったいどうしたことなの？』と問いかけているかのようだった。

ニコライもおじの演奏にうっとりとしていた。おじはもう一度同じ曲を弾き始めた。アニシヤ・フョードロヴナの笑顔がまた戸口に現れ、その背後から別の者たちも顔をのぞかせる。

「水汲みの、冷たい泉の向こうから
声がする――娘さん、お待ちなさい！」

そんな調子で奏で、再び巧みな爪弾きをしてみせると、おじはばさりと断ち切るように弾きやめて、ピクリと肩をそびやかした。

「ねえ、もっと続けて、お願いよ、おじさま」まるで命がかかっているような切ない調子で、ナターシャは哀願のうめき声をあげる。おじはすっと立ち上がったが、その姿はまるで一人の人間の中に二人の人物がいるかのようだった。一方の人物はもう一方のお調子者を見下ろしてまじめな薄笑いを浮かべたが、お調子者はかまわずのびのびと正確な手つきで、ダンスを始める前の所作をするのだった。

「さあ踊るんだ、姪っ子よ！」和音を中断した片手を振り上げて、おじは呼びかけた。

ナターシャは肩にかかっていたプラトークをはぎ取ると、おじの前に駆けだしていって、両手を腰にあてがって肩を動かす仕草をし、そしてぴたりと足を止めた。

渡り者のフランス女性に教育されたこの伯爵令嬢が、どこでどうしていつの間に、自分の呼吸するロシアの空気からこんな気合を吸収したのか、とっくの昔にフランス風のショール・ダンスに駆逐されてしまっていたはずのこんな仕草を、いったいどこで身に付けたのだろうか？　だがこの気合も仕草も、まさに真似もできなければ勉強のしようもないロシア的なものそのものであり、まさにこれをおじはナターシャから引き出したかったのだった。彼女がぴたりと立ち止まって堂々と、誇らしげな、それでいていたずらっぽい朗らかな笑みを浮かべた途端、ニコライをはじめこの場の一同を捉えかけていた『この娘は場違いなことをしようとしている』という最初の不安は一掃され、もはや皆で彼女の姿に見とれるばかりであった。

彼女はまさにどんぴしゃりの踊りを、しかも正確に、まったく正確に踊ったので、アニシヤ・フョードロヴナはすぐさまその踊りに不可欠なプラトークを彼女に手渡したうえで、泣き笑いを浮かべながらこの痩せっぽちの、上品な娘の姿を見つめていた。自分とは全く違う、乳母日傘《おんばひがさ》で育ったようなこの伯爵令嬢が、アニシヤ自身にも、アニシヤの父親にも叔母にも母親にも、いやすべてのロシア人に備わっているものを、すっかり理解することができるのだった。

「いいぞ、伯爵のお嬢さん、早い話が！」踊りを終えたおじはうれしそうな笑みを浮かべて言った。「何と素晴らしい姪っ子だ！　あとはもう立派な婿さんを選ぶだけだなあ、早い話が！」

「もう選んでいますよ」ニコライがニヤッと笑って言った。

「へえ？」おじはびっくりした声で言うと、問うような眼でナターシャを見た。ナターシャはうれしそうににっこり笑って、うんというふうにうなずいた。

「しかもとってもいい人よ！」彼女は言った。しかしそう言った途端に、別の、新しい考えやら感情やらが、彼女の手の内でむくむくと頭をもたげてきた。『ニコライ兄さんが「もう選んでいますよ」と言った時、笑ったのはどんな意味かしら？　兄さんは婚約のことを喜んでくれているのかしら、そうじゃないのかしら？　兄さんはなんだか、こうした私たちの喜びが、ボルコンスキーさんには気に入らない、分かってもらえないと思っているみたいだ。でも違う、あの方はきっと全部分かってくれるわ。あの方は今どこにいるのだろう？』そんな思いに駆られると、ナターシャは急に深刻な顔になった。だがそれは一瞬しか続かなかった。『考えないの、そんなこと考えちゃいけないのよ』自分に言い聞かせてにっこりと笑うと、彼女はおじのすぐそばに腰を下ろし、もっと何か弾いてとねだった。

おじは歌をもう一曲とワルツを演奏した。それからちょっと黙り込んだかと思うと、咳払いをしてから、自分のお気に入りの猟師の歌を歌い出した。

「夕べ粉雪降りつもり

あっという間に銀世界……」

おじの歌い方は民衆の歌い方と同じで、はっきりとした素朴な信念に基づいていた。

つまり歌の意味はすべて言葉にあり、メロディはひとりでに付いてくるものだ、だからメロディそれ自体というものはありえず、メロディとはただ調子を整えるためにあるのだと確信しているのだった。まさにそれだからこそ、おじの奏でるその無意識のメロディは、ちょうど鳥のさえずりと同様、並外れて美しかった。ナターシャはおじの歌に狂喜していた。もはや竪琴《ハープ》など習わない、ギターしか弾かないとまで決心した。おじにギターを借りると、彼女はすぐに曲に合う和音を選び出してみせた。

九時過ぎにナターシャとペーチャを迎えに来た大型馬車と軽馬車、それに子供たちの行方捜しに派遣された騎馬の者三名が到着した。遣いの者の話では、伯爵も奥方も二人の行方が分からずに、たいそう心配しているということだった。

ペーチャは、まるで死体のようにそのまま担ぎ出されて大型馬車に寝かされた。ナターシャとニコライは、軽馬車に乗り込んだ。おじはナターシャを暖かいものにくるむと、これまでとはまったく違う優しさをみせて別れの挨拶をした。おじはそのまま徒歩で橋のところまで見送ってくれた。馬車は橋を渡れず浅瀬を選んで渡らなければならないのだが、おじは猟師たちにカンテラをもって先導するように命じたのだった。

「さようなら、かわいい姪っ子や！」闇の中からおじの声がしたが、それはナターシャが以前に聞き覚えていた声ではなく、ついさっき「夕べ粉雪降りつもり」と歌った声であった。

通り抜けたおじの村には、赤い灯火が点り、楽しげな煙のにおいが漂っていた。「あのおじさん、なんて素敵な人なんでしょう！」街道に出たところでナターシャは言った。

「そうだね」ニコライは言った。「お前、寒くないか？」

「いいえ、平気よ、まったく大丈夫。とっても気分がいいわ」ナターシャの声には兄の質問をいぶかしむ調子さえこもっていた。二人は長いこと黙り込んでいた。

暗く湿っぽい夜だった。馬車を引く馬の姿も見えず、ただ見えない泥道をぴちゃぴちゃ歩く音がするばかりだった。

実に多種多様な人生の印象をこれほどまで貪欲にとらえ、吸収していくこの子供のままの感受性に富んだ魂の中で、いったいどんなことが生じていたのだろうか？　このすべてが彼女の中に、どのように収まっていくのだろうか？　ともあれ、彼女はとても幸せだった。もう家の近くまで来たとき、彼女は急に「夕べ粉雪降りつもり」の一節を歌い出した。道中ずっとそのメロディを会得しようと努力してきたあげく、ようやく身に付いたのだった。

「できたね？」ニコライが言った。

「ニコライ兄さん、今何を考えていたの?」ナターシャは訊ねた。彼らは互いにこういう質問をするのを好んでいた。

「僕かい?」ニコライは思い出そうとした。「まあね、はじめはルガイが、あの赤い牡犬のやつが、おじさんに似ているから、だからもしもあいつが人間だったら、やっぱりおじさんを家に飼うんじゃないかって考えていたんだ。仮に足が速くなかったとしても、姿がいいというだけで飼うんじゃないかなってね。だって格好がいいだろう、おじさんは! そうじゃないか? で、お前は何を考えていたの?」

「私? 待って、待ってよ。そう、はじめはこんなことを考えていたわ――こうして馬車に乗って、家に向かっているつもりでいるけれど、本当はこんな真っ暗闇でどこに向かっているか分からないし、いざ着いてみたらそこはオトラードノエ村じゃなくって、魔法の国だったなんてことになるんじゃないかって。それから次に考えたのは……。いいえ、他には何もないわ」

「分かっているよ、きっとあの人のことを考えたんだろう」ニコライが笑みを浮かべているのがナターシャには声の調子で分かった。

「違うわ」ナターシャはそう答えたが、実はアンドレイ公爵のことも考えていたし、もし彼がいたらおじさんのことがどんなに気に入っただろうかとも考えていたのだった。「それに、私ずっと、道中ずっと繰り返し考えていたの。あのアニシヤさんの態度は素敵だった、良かったなあって……」ナターシャは言った。それからニコライは彼女の良く響く、理由もない幸せそうな笑い声を耳にした。

「ねえいいこと」彼女は不意に言った。「私、知っているの、自分が今のように幸せで、のんびりしていられるときはもう二度とないって」

「ほらまたそんなくだらん、ばかげたたわごとを言って」ニコライはそう言って考えた。『僕の妹のナターシャはなんて魅力的なんだ! こんな友は僕には二人といないし、この先もいないだろう。どうして彼女が嫁に行かなければならないんだ? ずっとこうして一緒に馬車に揺られていたいものだ!』

『ニコライ兄さんって、なんて素敵なんだろう!』ナターシャもそんなことを思っていた。

「ああ、まだ客間に灯が点っているわ」しっとりしたビロードのような夜の暗がりにきれいに輝いているわが家の窓を指さして、彼女は言った。

8章

イリヤ・ロストフ伯爵は貴族会長の職を辞した。その務めがあまりにも多額の出費を伴うものだったからである。しかし伯爵の財政事情は一向に改善されなかった。ナターシャとニコライは、両親がこっそりと、不安げに相談しあっているのをしばしば見かけたし、ロストフ家の祖先伝来の豪華な屋敷やモスクワ近郊の領地を売りに出そうかという相談も耳にした。貴族会長の役割がなければかつてのような大掛かりな宴席を設ける必要もないので、オトラードノエ村の暮らしもここ数年に比べて静かにはなったが、しかし広大な屋敷も翼屋も相変わらず人であふれ、食卓にはやはり二十人を超える人々が集まってきた。すべてこの家に住み着いている、いわば身内で、ほとんど家族同然の者たちか、あるいは伯爵の屋敷であれば必ず住み込んでいるはずだと思われる者たちだった。音楽家のディムラー夫妻もそうならダンス教師のヨーゲルの一家も、昔から住み着いている老嬢のベローワもそうで、まだまだ他にも大勢いた――ペーチャの先生たちとか、娘たちの昔の家庭教師とか、さらには、自宅よりは伯爵の家で暮らす方が快適で安上がりだというだけの理由でここにいる者たちまでいたのである。以前のようにたくさんの客が集まることはなかったが、生活のペースは全く同じであり、またそうでない生活など伯爵にも奥方にも想像さえできなかった。狩猟も同じで、むしろニコライによって規模が大きくなっていたし、厩《うまや》には相変わらず五十頭の馬と十五人の御者がいた。聖名日に高価なプレゼントを贈り合うのも、郡中の客を集めて盛大なパーティーをするのも前と同じだった。伯爵流のホイストやボストンといったカードゲームも相変わらずで、ゲームをするとき伯爵はみんなに手の内が見えるようにカードを扇のように開いて持ち、隣人たちに連日何百ルーブリも稼がせていたので、客たちはイリヤ伯爵とゲームをするのを最良の稼ぎ仕事と見なして、その権利を大事にしていた。

財政事情からいえば、伯爵はあたかも巨大な網にとらえられた獣のようなものであり、進退窮まったのを信じまいと努めてはいても、実際には一足ごとにますます強く網に巻き込まれていって、しかも自分には体にまつわりつくその網を断ち切る力もなければ、慎重に、我慢強くもつれをほどく力もないと思い知るのであった。夫人は持ち前の愛情深い心で、子供たちが破産に瀕していること、夫には罪はないこと、夫はあるがままの夫以外ではありえないし、本人も（隠してはいるが）自分と子供が破産の憂き目にあうのを意識して苦しんでいることを感じとり、事態を救う手段を模索していた。女性の立場で思いつく手段はただ一つ――ニコライが金持ちの妻を娶《めと》ることしかなかった。夫人の感覚では、それこそが最後の頼みの綱であり、もしも自分が見つけてやった相手をニコライが断るようならば、一家の経済状態を立て直す可能性とは永遠におさらばしなくてはならなくなるだろうと思われた。彼女が見つけた相手とは、カラーギン家のジュリーだった。立派な家柄の、高潔な両親のもとに育った女性で、幼いころからロストフ一家とは馴染みであり、いまや最後に残った兄を亡くしたことで、裕福な花嫁候補となっていたのである。

夫人はモスクワのカラーギン夫人に直接手紙を書いて、先方の令嬢と自分の息子の縁組を提案し、好意的な返事を受け取っていた。その返信には、自分は母親として賛成であるが、すべては娘の気持ち次第だと書かれていた。夫人はニコライをモスクワによこすようにと、招待の言葉を添えていた。

何度か伯爵夫人は涙ながらに息子に語った――二人の娘が片付いたいま、自分のただ一つの願いは息子が結婚するのを見ることである。それがかなえられれば、安心して棺に身を横たえることができる、と。そしてそのうえで、自分には素晴らしい花嫁候補の当てがあるのだと告げて、結婚に関する息子の意見を聞きただそうとするのだった。

別の機会には夫人はジュリーをほめそやし、続いてニコライにクリスマス週間にモスクワへ行って気晴らししてくるように勧めた。母親の言わんとするところを察したニコライは、ある時そんな会話の最中に、母親を促して本音を吐かせてしまった。母親は、いまやわが家の財政を立て直す期待はひとえにニコライとジュリーの結婚にかかっているのだと打ち明けた。

「だったら、もしも僕が資産のない娘さんを好きになったとしたら、いったい母さんは資産のために感情も名誉も捨てろと僕に要求するわけ？」質問の残酷さを理解もせず、ただ自分の高潔さを見せつけたい一心で息子は母親に問いかけた。

「いいえ、それは誤解よ」どう言い訳していいのかも分からずに母親は答えた。「ニコライ、あなたは私の言ったことを誤解しているわ。私はただあなたの幸せを願っているだけよ」そう付け加えながらも母親は、自分が嘘を言っていること、しどろもどろになっていることを感じていた。彼女は泣き出した。

「母さん、泣かないで、ただ母さんがそうして欲しいって言ってくれるだけでいいんだよ。そうすればもちろん僕は母さんに安心してもらうために自分の人生だろうが何だろうが、すべて捧げるつもりだから」ニコライは言った。「母さんのためなら何でも犠牲にするよ、自分の気持ちさえもね」

だがこういう論の立て方は、夫人にとっては不本意だった。彼女は息子の犠牲など望んでいなかったし、むしろ自分が息子の犠牲になりたいくらいだったのだ。

「いいえ、あなたはやっぱり誤解しているわ、もうこの話はやめましょう」夫人は涙をぬぐいながら言った。

『そうだ、もしかしたら俺は本当に貧しい娘を愛しているのかもしれない』ニコライは胸のうちでつぶやいた。『じゃあいったい、俺は資産のために感情と名誉を犠牲にしなくてはいけないのか？　いやはや、よくも母さんは俺にそんなことが言えたものだ。ソーニャが貧しいから』と彼は考えた。『俺は彼女を愛してはいけない、彼女の真実の、献身的な愛に応えてはいけないというのか？　ソーニャと一緒になる方が、ジュリーなんていうあんなお人形さんのような相手と一緒になるよりは、俺が幸せになれるのは確実なんだ。自分の気持ちに対してあれこれ指図することは俺にはできない』彼は自分に語りかけるのだった。『ソーニャを愛しているとしたら、その自分の気持ちこそが、俺には何よりも強くまた気高いものなのだ』

ニコライはモスクワに行こうとせず、母夫人も結婚の話をむしかえそうとはせずに、息子と持参金なしの娘ソーニャとの間がますます接近していく兆候を悲しげな、時には苦々しい思いで眺めていた。自責の念に駆られつつも、ついつい夫人は愚痴をこぼしたりソーニャに難癖をつけたりしないではいられず、しばしば理由もなく相手を呼び止めては小言を言い、しかも「ねえ、お嬢さま」などとわざと他人行儀な呼び方さえしてみせる始末だった。善良な夫人が何よりも業を煮やしたのは、ソーニャというこの貧しい黒い目の姪が、実におとなしく、気立てが良く、恩人である自分たちに一途な感謝の念を寄せていて、そのうえニコライに対して偽りも揺るぎもない、まさに無私の愛を捧げているので、どこといって非の打ち所がないことであった。

ニコライが家族のもとで過ごす休暇の期間もやがて尽きようとしていた。婚約者のアンドレイ公爵からは、四通目の手紙がローマから届いたが、そこには、本来ならもうとっくにロシアに向けて発っていたはずのところだが、暖かい陽気のため思いがけぬことに傷口が開いてしまったので、やむなく出発を年明けまで延ばすと書かれていた。ナターシャは変わらず婚約者を愛し、変わらずその愛ゆえに心安らぎ、人生のあらゆる喜びに敏感なところも変わらなかったが、離れ離れになってから四か月目も終わる頃になると、さすがに時折悲しみに襲われる瞬間があり、しかもその悲しみと戦う力が湧いてこないのだった。彼女には自分自身が哀れに思えた。この間ずっと、自分が人を愛し人に愛される力に満ち溢れていると感じてきた彼女には、せっかくのそんな時をただいたずらに、誰のためでもなく費やしていることが、惜しく思えたのである。

ロストフ家には浮かない気分が漂っていた。

9章

クリスマス週間になったが、晴れ晴れしい祈禱式や、隣人や使用人たちの物々しくて退屈な挨拶、皆がまとっている新しい衣装を除けば、特別な、クリスマス週間らしいものは何一つなかった。ただ、風のないマイナス二十度の大気にも、真昼のまばゆい陽光にも、真夜中のいかにも冬らしい星空の光にも、何かしらこの季節を記念するものを求める気持ちがみなぎっているのが感じられた。

クリスマス週間の三日目、午餐をすますと家の者は皆それぞれの部屋に散っていった。一日で一番退屈な時間だった。朝から隣人のところを回って来たニコライは、休憩室で昼寝をしていた。老伯爵は自分の書斎でくつろいでいた。客間の丸テーブルにはソーニャが陣取って、刺繡の模様を写していた。伯爵夫人はカードを並べて一人占いをしていた。例の道化のナスターシヤ・イワーノヴナは、悲しげな顔で二人の老婆と窓辺に座っていた。ナターシャは部屋に入っていくと、ソーニャに歩み寄って相手がすることをしばし眺めていたが、それから母親のそばまで行って黙ったまま立ち止まった。

「何を家のない子みたいに歩き回っているの?」母親が娘に言った。「何が欲しいの?」

「あの人がほしいの……今、今すぐ、あの人がほしいの」目をぎらぎらさせて、笑みも見せずにナターシャは言った。夫人は顔を上げて娘をじっと見つめた。

「私を見ないで、お母さま、見ないでね、泣きだしそうだから」

「お座り、ちょっとここにお座り」夫人は言った。

「お母さま、私あの人がほしい。なぜ私はこんな無駄な時を過ごしているの、お母さま?……」彼女の声は途切れ、目からは涙があふれだしたが、それを隠そうとしてさっと後ろを向くと、そのまま部屋を出て行った。出た先の休憩室で彼女はしばし立ち止まったが、ちょっと考えたあげく、女中部屋に向かった。そこでは年取った女中が若い小間使いに小言を言っていた。若い小間使いは外の召使小屋から寒い中を走ってきたところで、息を切らしていた。

「遊びはもうたくさんです」老女中はたしなめていた。「何にでも潮時がありますからね」

「許してあげて、コンドラーチエヴナ」ナターシャは言った。「お行きなさい、マヴルーシャ、お行きなさい」

マヴルーシャを解放してやると、ナターシャは広間を横切って控えの間へと向かった。そこでは老いた使用人が二人の若い従僕とカードをしていた。お嬢さまが入って来たので、彼らはゲームを中断して立ち上がった。『この人たちをどうしてやろうかな？』ナターシャは一瞬考えた。

「そうだ、ニキータ、お使いをして、お願いよ……」『どこにお使いに出そうかしら』と彼女は考えた。「そう、召使小屋に行って、雄鶏を一羽持ってきてよ。それから、ミーシャ、あなたは燕麦をとって来て」

「燕麦は少しでいいんですかい？」朗らかな、喜々とした口調でミーシャは応じた。

「さあさあ、とっとと行ってこい」老人が追い立てる。

「フョードル、あなたはチョークをとってきてちょうだい」

配膳室の脇を通るとき、およそ茶を飲むような時間ではなかったにもかかわらず、彼女はサモワールを出すように命じた。

配膳頭のフォーカはこの家で一番怒りっぽい人物だった。ナターシャはこの人物を相手に自分の権力を試すのを好んでいた。フォーカは彼女の命令が信じられずに、本気かどうか訊ねてきた。

「いやはや、とんだお嬢さまだ！」彼はナターシャにわざとらしい渋面を作ってみせながら言った。

この家でこれほど多くの使用人を遣いに出したり、これほどいろいろな用事を彼らに言いつけたりする者は、ナターシャのほかにはいなかった。使用人たちを見ているとついつい知らん顔でいられず、どうしてもどこかに使いにやりたくなるのだった。それはまるで、誰か自分にむかっ腹を立てたり、ふくれっ面をしたりする者はいないかと試しているような具合だったが、使用人たちは誰の言いつけよりもナターシャの言いつけを果たすのを好んでいたのである。『私、何をしようかしら？　どこに行ったらいいかしら？』ゆっくりと廊下を歩きながらナターシャは考えていた。

「ナスターシヤ・イワーノヴナ、私から何が生まれるかしら？」例の女物の胴着をまとって前から歩いてくる道化に向かって、彼女は訊ねた。

「あんたから生まれるのは蚤《のみ》と蜻蛉《とんぼ》と蟋蟀《こおろぎ》さ」道化は答えた。

『ああ、うんざりだわ、何もかも同じことのくりかえし！　ああ、どこに行こうかしら？　自分をどうしたらいいの？』そんなふうに思いながら彼女はバタバタと速足で廊下を駆けだし、ダンス教師のヨーゲルのところに向かった。ヨーゲルは妻と一緒に上の階に住んでいた。ヨーゲルの部屋には二人の女の家庭教師が座り込んでいて、テーブルの上には干し葡萄《ぶどう》と胡桃《くるみ》と扁桃《アーモンド》の入った皿が置かれていた。家庭教師たちは、モスクワとオデッサではどちらが生活費が安いかという話をしていた。ナターシャは彼女たちのそばに腰を下ろして、しばしまじめな、考え深い顔つきで会話に耳を澄ましていたが、やがてさっと立ち上がった。

「マダガスカル島よ」彼女は言い放った。「マ・ダ・ガ・ス・カ・ル」音節を一つ一つはっきりと区切って繰り返すと、何を言っているのというマダム・ショースの問いには返事もせず、部屋を出てしまった。

弟のペーチャも上の階にいて、傅育係《ふいくがかり》と一緒に、夜打ち上げるつもりの花火をこしらえていた。

「ペーチャ！　ねえペーチャー！」ナターシャは弟に声をかけた。「私を下までおんぶして行って」ペーチャは駆け寄ってくると、姉に背中を差し出した。彼女がその背に飛び乗って首に両腕を巻き付けると、ペーチャはぴょんと弾みをつけてから、姉を背負って駆けだした。「いいえ、もういいわ……マダガスカル島よ」そう言ってぴょんと弟の背中から降りると、彼女は自分の足で降りて行った。

いわばひとわたり自分の王国を巡回して己の権力を試し、臣民がすべて従順であることを確認したあげく、それでもやはり寂しいと思い知らされた形のナターシャは、広間に入って行ってギターを手に取ると、小簞笥のかげの暗い片隅に腰を下ろして、低音で爪弾《つまび》き始めた。奏でるフレーズはかつてペテルブルグでアンドレイ公爵と一緒に聞いて覚えていたあるオペラのものだった。知らない人が聴いていたら、彼女のギターの調べは何やらまったく無意味なものと思っただろうが、彼女の頭の中では、それらの音の背後から次々に思い出がよみがえってくるのであった。小簞笥のかげに座って配膳室の扉の隙間から漏れる光の筋を見つめながら、彼女は自分の内部に耳を傾け、ひたすら思い出していた。そうして追憶の世界にすっかり浸っていたのである。

ソーニャがグラスを片手に広間を横切って配膳室に入って行った。ナターシャはその姿を一瞥し、配膳室の扉の隙間にも目をやったが、彼女には配膳室の扉の隙間から光がさしているのも、ソーニャがグラスを持って入って行ったのも、自分の思い出の中の出来事のような気がした。『そう、前にもまったく同じことがあったわ』ナターシャは思った。

「ソーニャ、この曲何か分かる？」太い弦を爪弾きながらナターシャは声をかけた。

「あら、そんなところにいたの！」ハッと驚いて答えると、ソーニャは近寄ってきて耳を傾けた。「分からないわ。〈嵐〉かしら？」間違えるのを恐れて彼女はおずおずと答えた。

『ほら、前の時も彼女はまったく同じようにハッとして、まったく同じように近寄ってきて、おずおずと微笑んだわ』ナターシャは思った。『そうして全く同じように……私、思ったんだった、彼女には何か足りないものがあるって』

「違うわ、これは〈水運び〉[8]のコーラスよ、分かる？」そう言ってナターシャはソーニャに分かるようにコーラスのメロディーを最後まで口ずさんでやった。

「あなた、どこへ行こうとしていたの？」ナターシャは訊ねた。

「グラスの水を替えにね。模様の絵はじきに完成よ」

「あなたはいつもお仕事ね。私にはとても無理だわ」ナターシャは言った。「ニコライ兄さんはどこ？」

「寝ているみたいよ」

「ソーニャ、行って起こしてきてよ」ナターシャは言った。「私が一緒に歌おうって

8　イタリア生まれの作曲家ルイージ・ケルビーニ（一七六〇〜一八四二）作曲のオペラ〈二日間、または水運び〉（一八〇〇）を指す。

誘っているって言って』彼女はまだしばらく座り込んだまま、すべてが昔あったことだというのはどういうことなのかと考えてみたが、答えは見つからず、また見つからないことをまったく残念とも思わぬままに、またもや想像の中で、自分が彼と一緒にいて、彼が愛する者のまなざしで自分を見つめてくれていたあの時へと飛翔していった。

『ああ、早く帰ってきてくれたらいいのに。もう帰ってきてくれないんじゃないかと、心配でならない！　一番の問題は、こうしている間に自分が年をとっていくこと、そう、それなのよ！　いま私の中にあるものが、なくなってしまうんだから。でももしかしたら、今日戻ってくるかもしれない、今すぐに。もしかしたらもう着いていて、客間に座っているのかもしれない。もしかしたらもう昨日戻ってきたのに、私が忘れていたのかも』立ち上がってギターを置くと、彼女は客間に向かった。見ると家族全員が、先生や女の家庭教師やお客と一緒に、すでにお茶のテーブルに着いていた。召使たちもテーブルを囲んで立っていたが、アンドレイ公爵はおらず、すべて今まで通りの馴染みの生活であった。

「やあ、来たな」伯爵が入ってきたナターシャに気付いて言った。「私のそばにお座り」しかしナターシャは母親のすぐわきに立ち止まり、何かを探しているような目でぐるりと周囲を見回した。

「お母さま!」彼女は言った。「私、あの方がほしい、ほしいのよ、お母さま、早く、ねえ早く」またもや彼女は泣き出すのを懸命にこらえていた。

彼女はテーブルに着くと、年長者たちの会話に耳を傾けた。ニコライもやって来て会話に加わった。『あ~あ、また同じ顔ぶれで、また同じ話、お父さまが茶碗を持つ手も、息を吹きかける仕方も全く同じだわ!』とナターシャは思った。相も変わらぬ家族の顔ぶれに思わず不快感がこみあげてくるのを覚えて、彼女はぞっとした。

お茶の後でニコライとソーニャとナターシャは休憩室のお気に入りの片隅へと移動した。そこではいつも彼らの間で、最も打ち解けた会話が始まるのだった。

10章

「兄さん、こんな経験ない?」皆で休憩室に落ち着いたところでナターシャが兄に訊ねた。「つまりね、この先もう自分には何も起こらない、良いことは全部もう起こってしまったって、ふとそんな気になることが? そうしてなんだか寂しいというか、悲しい気持ちになるの」

「もちろんあるさ！」兄は答えた。「僕もね、よく経験するんだけど——何もかも素晴らしくてみんな愉快そうにしているときに、ふと頭に浮かんでくるんだ、こんなことはもううんざりだ、みんな所詮死ぬんだって。一度連隊にいて、自分だけ野外行楽に出なかった時、遠くで楽隊が演奏していると……なんだか急に寂しい気持ちになってね……」

「ああ、それ私、分かるわ。分かる、分かる」ナターシャが話を引き取った。「まだ小さい頃だったけれど、私にもそんなことがあったの。ほら、私が李《すもも》のことでお仕置きされて、みんながダンスをしているのに一人だけ勉強部屋に残されて、わんわん泣いていたことがあったでしょう。まったく、一生忘れないくらい泣いたわ。私、悲しかったし、それにかわいそうになったの、みんなのことも自分のことも、みんなみんなかわいそうだなって思ったの。それに第一、私には罪はなかったんだから」ナターシャは言った。「兄さん、覚えている？」

「覚えているさ」ニコライは答えた。「たしか後でお前のところへ行っただろう。お前を慰めてやりたかったんだ。でも、なんだかてれくさくなってね。ひどく滑稽だったね、僕たちは。僕はあのときおもちゃの人形を持っていて、それをお前にあげようとしたんだ。覚えているだろう？」

「あと、兄さんは覚えているかしら」ナターシャが考えた末のような笑みを浮かべて言った。「ずっとずっと昔、私たちがまだうんと小さかった頃、おじさまが私たちを書斎に呼んで、あれはまだ古い家にいたころで、家の中が暗くって、そうして行って見ると、そこにぬっと立っていたのが……」

「黒人だったね」ニコライがうれしそうに笑って落ちを付けた。「忘れるはずがないさ。もっとも今でもはっきりしないんだ——あれが本物の黒人だったのか、僕たちが夢を見たのか、それともそんなお話を聞かされただけなのか」

「灰色の人だった、覚えているでしょう、それに真っ白な歯をして、じっと立って私たちを見ていたわ……」

「ソーニャ、君は覚えているかい？」ニコライが訊いた。

「ええ、ええ、私も覚えているわ、何かそんなこと」ソーニャがおずおずと答えた。

「私、あの黒人のことをお父さまやお母さまに訊いたのよ」ナターシャは続けた。「でも二人とも、黒人なんていたはずはないって言うの。でも兄さんだって覚えているじゃない！」

「もちろん、ついこの間のことのように覚えているよ、あの歯をね」

「不思議でしょう、まるで夢みたい。こういうの好き」

「じゃあ覚えているかい、僕らが広間で卵転がし[9]をしていたら、急に婆さんが二人あらわれて、絨毯の上をぐるぐる回り出したんだ。あれは本当のことだったのか、どうなんだろう？　覚えているかい、とにかくとても楽しかったよ……」

「そうだったわね。じゃあ、あれは覚えている？　青い毛皮外套を着たお父さまが表階段で猟銃をぶっ放したの」二人は笑顔を浮かべながら、さも楽しげに次々と思い出を掘り起こしていった。それは老人の切ない思い出とは違う若者の詩的な思い出であり、夢と現実が混じり合ったような、遠い遠い過去の印象だった。そんなふうにして静かに笑いながら、何か喜ばしい気持ちを覚えていたのである。

皆に共通の思い出なのに、ソーニャはいつもながら二人に追いつけないでいた。二人が思い出すことの多くをソーニャは覚えていなかったし、覚えていることも、二人が味わっているほどの詩的な感情を彼女のうちに呼び起こさなかった。彼女はただ二人が喜んでいることがうれしく、懸命にその喜びに調子を合わそうとしていたのである。

ただソーニャが初めてこの家に来た時のことを二人が思い出したときだけは、本人も話に加わった。ソーニャは自分がニコライを怖がっていたことを話した。それはニコライのジャケットにモールが付いていて、乳母があのモールに縫い付けてやるぞと彼女を脅かしたからだった。

「私は、あなたがキャベツ畑で生まれたって聞かされたのを覚えているわ」ナターシャが言った。「覚えている、そんなこと嘘だって分かっているのに、あの時は真にうけずにはいられなくて、ずいぶん気まずい思いをしたわ」

そんなやり取りをしていると休憩室の裏のドアから小間使いが首を出した。

「お嬢さま、雄鶏が届きました」小間使いは小声で告げた。

「要らないわ、ポーリヤ、元へ戻すように言って」ナターシャは答えた。

休憩室でこんな会話が行われている最中に、音楽家のディムラーが入って来て片隅に置かれていた竪琴に歩み寄った。彼が羅紗《らしゃ》地のカバーを外すと、竪琴が調子はずれの音を出した。

「ディムラー先生、どうか私の好きなフィールド[10]の夜想曲を弾いてくださいな」客間から伯爵夫人の声が聞こえた。

ディムラーは和音を一つ鳴らして調子を整えると、ナターシャとニコライとソー

9　彩色した卵をころがす復活祭の遊び。

10　ジョン・フィールド（一七八二～一八三七）。ショパンにも影響を与えたアイルランドのピアニスト・作曲家で、一八〇四年から三一年にかけてペテルブルグに住んでいた。

ニャに向かって言った。

「お若い皆さんはずいぶんおとなしく座っていますね！」

「ええ、哲学を語っていますの」一瞬振り向いてそう答えると、ナターシャは話を続けた。今や話題は夢見のことになっていた。

ディムラーは演奏を始めた。ナターシャはそっと忍び足でテーブルに歩み寄り、蠟《ろう》燭《そく》の灯りを外に持ち出すと、戻って来て静かに元の場所に腰を下ろした。部屋の中は、とりわけ彼らが腰かけているソファーの上は暗かったが、大きな窓から差し込む銀色の満月の光が床を輝かせていたのである。

「ねえ、私思うんだけれど」すでに演奏を終えたディムラーがまだその場に座ったまま、これでやめようか、それとも何か新しい曲を弾こうかと迷っている風情で、軽く弦を爪弾いているとき、ナターシャはニコライとソーニャに身を寄せて、ひそひそ声で言った。「こうして次から次へとどんどんどんどん思い出をたどっていくと、しまいにはずっとさかのぼって行って、まだ自分がこの世に生まれていなかった時のことまで思い出しそうね」

「それは輪廻《りんね》転生《てんしょう》の世界ね」いつも勉強家で記憶力も抜群のソーニャが言った。「エジプト人が信じていたところによると、私たちの魂はかつて動物に宿っていて、いつかまた動物に返るそうよ」

「いいえ、いいこと、私は信じないわ、私たちが動物に宿っていたなんて」もう演奏は終わっていたのに、ナターシャは相変わらずひそひそ声で言った。「私、ちゃんと分かっている、私たちはどこか別の世界で天使だったの、そしてこの世界にも来ていたのよ。だからこそ何でも覚えているのよ……」

「私も混ぜてもらっていいかな？」静かに近寄って来たディムラーがそう言って、彼らのそばに腰を下ろした。

「もしかつて天使だったのなら、いったいどうして僕らは下界に落ちてしまったんだい？」ニコライが言った。「いや、そんなのあり得ないよ」

「下界じゃない、下界だなんて、いったい誰が言ったの？……自分がかつて何だったか、なぜ私に分かるかというと」ナターシャは自信ありげに反駁した。「霊魂が不滅だからよ……つまり、私がこの先ずっと生きていくってことで、ということは前にも生きていたし、永遠に生きてきたってことなのよ」

「その通りだけれど、でも永遠というものを思い浮かべるのはわれわれには難しいな」ディムラーが言った。はじめは軽く見下したような笑みを浮かべて若者たちに近寄ってきた彼だったが、今では皆と同じように静かでまじめな口調で話していた。

「どうして永遠を思い浮かべるのが難しいの？」ナターシャが言った。「今日もある、明日もある、ずっとある、そして昨日もあった、一昨日もあったんだし……」

「ナターシャ、今度はあなたの番ですよ！　私に何か歌って」伯爵夫人の声が聞こえた。「何をみんなして座り込んでいるの、まるで陰謀家の集まりみたいに」

「お母さま！　全然歌う気分じゃないわ」ナターシャはそう言いながらも腰を上げた。

誰一人、もはや若くないディムラーでさえ、会話を中断して休憩室を出たくはなかったのだが、それでもナターシャが立ち上がると、ニコライはクラヴィコードに向かった。いつものように広間の中央に出て音響効果が一番良い場所を選んで立つと、ナターシャは母親の好きな曲を歌い出した。

歌う気分ではないと言っていたにもかかわらず、この晩の彼女の歌は、後にも先にも久しくなかったほどの出来栄えだった。父親のイリヤ伯爵も、書斎で執事のミーチェンカと話をしている途中で娘の歌声を聞きつけると、まるで授業の終わり際に早く遊びに行こうと焦っている生徒のように、執事に指示する言葉がしどろもどろになってきて、ついには黙り込んでしまい、ミーチェンカの方も同じく黙って耳を傾けながら、苦笑を浮かべて伯爵の前に立ち尽くしている始末だった。ニコライは妹から片時も目を離さず、息遣いまで彼女に合わせていた。ソーニャは耳を傾けながら、自分とこの親友との間には何と大きな差があるのだろうと思い、ほんの少しでもこの従姉のような魅力的な女性になることは、自分には到底不可能だと考えていた。母親の伯爵夫人は座ったまま喜びと悲しみの入り混じった笑みを浮かべ、目には涙をにじませながら、時折首を振り振り聞いていた。そうしてナターシャのことを考え、自分の若き日のことを考え、さらには来るべきナターシャとアンドレイ公爵との結婚には何かしら不自然な、恐ろしいものがあると考えていたのだった。

伯爵夫人のすぐ脇に腰を下ろしたディムラーは、目を閉じて聞き入っていた。

「いやはや、奥さま」しばらく聞き入ってから彼は言った。「これはヨーロッパ級の才能です。お嬢さまには、もう何も学ぶべきことはありません。この柔らかさ、やさしさ、力があれば……」

「ああ、私あの子のことが心配なの、とても心配」誰と話しているのかも忘れて夫人は言った。母親としての感覚が彼女に告げていたのだ――ナターシャには何かあまりに過剰なものがあって、そのために幸せになれないのではないかと。まだナターシャが歌い終わらないうちに、十四歳になったペーチャが大はしゃぎで部屋に駆け込んできて、仮装の集団がやって来たと告げた。

ナターシャはぱたりと歌うのをやめてしまった。

「ばか!」弟を怒鳴りつけると、彼女は椅子に駆け寄り、倒れ込んだままわっと泣き崩れて、そのまま長いこと泣き止むことができなかった。「大丈夫よ、お母さま、本当、何でもないわ。ペーチャにびっくりさせられただけ」何とか笑顔を作ろうとしながら彼女は言ったが、涙はそれでも流れ続け、すすり泣きが喉を詰まらせるのだった。

仮装の集団は召使たちで、熊だの、トルコ人だの、酒場の主人だの、奥さまだのと、恐ろしいのも滑稽なのも含まれていたが、それが外の寒気と賑わいを持ち込んできて、はじめは玄関部屋で遠慮がちに固まっていたものの、やがて互いのかげに隠れるようにしながら押し出されるように広間に入って来た。はじめのうちは遠慮していたが、そのうちにどんどん陽気になって足並みをそろえ、歌やダンスや輪舞を次々と披露し、クリスマスの遊びを始めた。伯爵夫人は仮装の者たちの誰彼の顔を見分けて一笑いすると、客間に引き上げていった。主人のイリヤ伯爵は輝くばかりの笑みを浮かべて広間に座り込んだまま、遊び興ずる者たちを激励していた。若者たちはどこかに姿を隠した。

半時間もすると、広間の仮装集団に何人かの新顔が混じっていた。クリノリン・スカート姿の老貴族夫人[11]――これはニコライだった。トルコ人の娘がペーチャ、ピエロがディムラー、軽騎兵がナターシャ、そしてチェルケス人[12]がソーニャだったが、これはコルクを焦がした炭で顔に口髭と眉を描いていた。

仮装をしていない者たちがこれに惜しみなく驚嘆の言葉を発し、まったく見違えたと褒めちぎったので、若者たちは仮装がこれほどうまくいったからには、ぜひ誰かほかの人にも見てもらわなくてはという気になった。

ニコライは、自分のトロイカにみんなを乗せて、コンディションの良い雪道をドライブしてみたい気持ちがあったので、召使たちの仮装人物も十人ほど連れて、例のおじさんの家まで行こうと提案した。

「だめよ、どうしてそんな、年寄りを驚かすようなことをするの！」伯爵夫人が反対した。「それにあの人のところに押しかけても、身動きする場所さえないでしょう。どうせ行くのなら、メリュコーフの奥さんのところへお行きなさい」

メリュコーフ夫人というのは未亡人で、いろんな年齢の子供たちとその男女の家庭

11　骨組みのある下着によって膨らませたスカート。
12　北コーカサスの先住民族。かつてチェルケスと称された民族には今日のアドゥイゲ、カバルダ、チェルケスの各民族が含まれる。

教師たちを抱えて暮らしており、家はロストフ家から四キロほどのところにあった。

「そいつはお前、いい思いつきだな」すっかり元気づいた伯爵がこれに飛びついた。「よし、私も早速仮装をして、みんなと一緒に出掛けよう。一つあの奥方を元気づけてやらんと」

しかし夫人は伯爵の外出を許さなかった。この数日彼は脚の痛みを訴えていたからだ。結局、イリヤ伯爵のお出かけは中止、そしてもしもルイーザ・イワーノヴナ（家庭教師のマダム・ショース）が同行するならば、娘たちもメリュコーフ夫人のところへ出かけていいということになった。いつもは臆病で引っ込み思案のソーニャが、この時は誰よりも熱心に、ぜひ自分たちが行けるように同行してほしいと、ルイーザ・イワーノヴナにせがんだ。

ソーニャの仮装は誰よりも見事だった。口髭も眉も、不思議なほど彼女に似合っていた。皆からとてもきれいだとほめられて、彼女はいつになく生き生きと活気に満ちた精神状態にあった。どこか内部からの声に、お前の運命が決まるのは今夜をおいてほかにないと告げられるまま、男の衣装に身を包んだ彼女は、まったく別の人間に見えた。ルイーザ・イワーノヴナが同行を承知したので、半時間後には小さな鐘や鈴を付けた四台のトロイカが、滑り木に履かせた鉄帯を凍った雪に軋《きし》ませ、甲高い音をたてながら、表階段に乗り付けた。

クリスマスのお愉しみらしい華やいだ気分を最初にあらわにしたのはナターシャだったが、その華やいだ気分は人から人へと伝わるうちにどんどん強まっていき、皆が厳寒の戸外に出て、話し合ったり声を掛け合ったり笑ったり歓声をあげたりしながら、それぞれ橇に分乗したまさにその時、最高潮に達したのだった。

橇のうち二台は普通の乗用で、三台目がオリョール産の駿馬を軸馬にした伯爵専用の橇、そして四台目がニコライの橇で、軸馬も彼自身の背の低い毛深い黒馬だった。ニコライは例の老婦人の仮装の上から軽騎兵のマントをかぶってベルトで止め、自分の橇の真ん中に立って手綱を手繰った。

たいそう明るい夜で、彼には月光に照り映える馬具の留め金や馬たちの目が見えた。馬たちは車寄せの軒下の暗がりでさんざめいている乗客たちを、びっくりしたような目で見まわしていた。

ニコライの橇にはナターシャ、ソーニャ、マダム・ショースと二人の小間使いが乗った。老伯爵の橇にはディムラー夫妻とペーチャが乗り、残りの橇に仮装した召使たちが分乗した。

「先に行ってくれ、ザハール！」ニコライが父親の御者に声をかけたが、これは途中で機を見て追い抜いてやろうという魂胆だった。

ディムラーと他の仮装をした者たちが乗った老伯爵の橇は、雪に凍り付きかけているかのように滑り木を軋ませながら、低い小鐘の音を響かせて進み始めた。副馬《そえ》たちは轅《ながえ》に身を擦りつけながら、角砂糖のように硬い、キラキラ光る雪に足をめり込ませ、蹴立てながら進んで行った。

ニコライが最初のトロイカに続いて出発した。後ろからも他のトロイカたちのざわめきや軋みが聞こえる。はじめは細い道を小刻みなトロットで進んだ。果樹園の脇を進んでいる間は路上に横たわる幾筋もの裸木の影が明るい月光を隠していたが、柵の外に出た途端、くまなく月光を浴びてダイヤモンドのようにまばゆく輝き、薄青く照り映える雪原が、静かなたたずまいのまま、たちまち四方に開けた。前の橇が道のくぼみにはまってごとんごとんと音を立てると、次の橇もまた次の橇も全く同様にごとんごとんと音を立て、そんなふうに張り詰めた沈黙を大胆に破りながら、橇は長く延びた列をなして進んで行った。

「兎の足跡だわ、こんなにいっぱい！」凍てついて固まった大気の中にナターシャの声が響きわたった。

「本当によく見えるわね、ニコライさん！」ソーニャの声がした。ニコライは振り返り、ソーニャの顔をもっと近くから見きわめようとしてかがみ込んだ。黒い口髭と眉のせいでなんだかまったく面変《おもが》わりしたかわいらしい顔が、月の光を浴びて間近に迫ったり遠のいたりしながら、黒貂《くろてん》の襟から覗いていた。

『あのソーニャがこんなになったんだ』ニコライはふと思った。さらに近くからその顔を食い入るように見つめて、彼はにっこりと微笑んだ。

「どうなさったの、ニコライさん？」

「何でもない」そう言って彼はまた馬の方に向き直った。

踏み均《なら》された広い街道に出ると、橇の滑り木でつるつるに磨かれた路面の隅々まで、馬の蹄鉄に付けたすべり止めの突起の跡が散らばっているのが月の光で見えた。馬たちは自分から手綱を引っ張ってスピードを上げようとする。左側の副馬が首を下げ、跳ねる力で引き綱をぐいぐいと引っ張った。軸馬は耳を動かしながら左右に身をゆすってみせたが、それは「行きますか？　それともまだ待ちますか？」と訊ねているかのようだった。前方のすでにかなり離れたところにザハールの黒いトロイカがいて、低い鈴の音を遠くまで響かせながら進んで行くのが、白い雪の中にくっきりと見える。その橇からは仮装した者たちの掛け声や哄笑や話し声が聞こえてきた。

「よおし、行くぞぉ、みんな！」片手で手綱を引きしぼり、鞭を持った片手を後ろに振りかざして、ニコライは号令をかけた。するとにわかに向かい風が強まった気がして、副馬たちが歩度を増してぐんぐん引っ張っていくのが感じられ、それだけでトロイカが飛ぶように疾走しはじめたのが分かった。ニコライは後ろを振り返った。見ると他のトロイカの御者たちも、掛け声や金切り声を上げ、鞭を振るって軸馬を駆り立てて追いすがってくる。軸馬は敢然と頸木《くびき》のもとで身をゆすりながら、スピードを控える気などさらさらない様子で、必要とあればさらにいくらでも加速する用意があることを見せつけていた。

ニコライは先頭のトロイカに追いついた。彼らは山のようなところを下って、川沿いの草原を走る広く踏み均された道に差し掛かっていた。

『いったいどこらへんを走っているのだろう?』ニコライは考えた。『斜め草原《コソイ・ルーク》だな、きっと。いや、でもこれはなんだか見たこともない、変わった場所だぞ。斜め草原でもジョームカの丘でもない、どうなっているんだ! なんだか見慣れない、魔法の世界みたいだぞ。まあかまわん、どうとでもなれだ!』そうして馬たちに号令をかけると、彼は先頭の橇を抜きにかかった。

ザハールは馬を抑え、すでに眉のあたりまで霜に覆われた顔をこちらに向けた。ニコライが手綱を緩めて馬を疾駆させると、ザハールも両腕を前に突き出し、チッと舌打ちして自分の馬を走らせた。

「さあ、踏ん張りどころですよ、旦那さま」ザハールは言った。二台のトロイカはさらにスピードを上げて並走し、疾走する馬の足が目まぐるしく交差する。ニコライが前に出始めた。ザハールは両手を伸ばした格好のまま手綱を持った方の手をぐいと上げた。

「冗談でしょう、旦那さま」彼はニコライに向かって叫んだ。ニコライは馬三頭ともフルスピードにして、ザハールを追い越した。馬たちは乗客たちの顔に細かい乾いた雪を撥ねかけ、すぐ脇でリンリンと鳴る小鈴の音が響き、疾走する馬の足と追い越されるトロイカの影が交差した。あちこちから雪に軋る滑り木の音と、女たちの金切り声が聞こえてくる。

あらためて馬の歩みを抑えると、ニコライは周囲を見渡した。あたりはさっきとまったく同じく、月光をくまなくたたえ、一面に星をちりばめた、魔法のような雪野原である。

『ザハールのやつは左に曲がれと叫んでいるが、どうして左なんだろう？』ニコライは思った。『俺たちはちゃんとメリュコーフ家に向かっているんだろうか？　これがメリュコーフさんの村なんだろうか？　いやはや今いるところも分からなければ、俺たちがどうなっているのかも分からないぞ。いや、何とも奇妙なことになったが、これはこれで面白いな』彼は振り返って橇の中を覗き込んだ。

「見て、口髭も睫毛《まつげ》も真っ白じゃない」座席に座っている口髭も眉も細い、不思議な、美しい、見知らぬ人たちの一人が言った。

『今のはどうやらナターシャだな』ニコライは思った。『そしてこれがマダム・ショースか、いやもしかしたら違うかもしれないが、こっちの口髭のチェルケス人は――誰だか知らんが、俺はこの女を愛している』

「皆さん、寒くないですか？」彼は訊ねた。みんなは答えずに笑いだす。後ろの橇からディムラーが何か、たぶん面白いことを叫んだが、何を叫んでいるのかは聞き取れなかった。

「そうね、まったく」いくつかの声が笑いながら答えた。

だがそのとき何か魔法のような森が姿を現し、黒い影の合間にダイヤモンドの輝きが見え、まっすぐに連なった大理石の階段が見えると、続いて魔法の家の銀色の屋根が出現して、何かの獣の甲高い叫びが聞こえた。『もしもこれが本当にメリュコーフさんの村だったら、なんだかわけも分からぬところを通りながらこうしてこの村に着いたことが、なおさら不思議だな』ニコライは思った。

実際それはメリュコーフ夫人の村で、車寄せには女中や下男たちが手に手に蠟燭を
もって、うれしそうな顔で迎えに出てきた。
「どちらさまなの？」車寄せで口々に問う声がする。
「伯爵のおうちの仮装の方々だよ、馬で分かるだろう」別の声たちが答えた。

11章

メリュコーフ夫人ペラゲーヤ・ダニーロヴナは横幅の広い活力あふれる女性で、眼鏡をかけてボタンのない緩やかな部屋着をまとった格好で客間に腰を据え、取り囲んだ娘たちを退屈させまいと頑張っているところだった。娘たちは水を入れた器にそっと蠟を流し込んでは、現れる形の影を注視していたが[13]、ちょうどそんなとき控えの間から来訪者たちの足音や声が響いてきたのである。

軽騎兵やら地主の奥さまやら魔女やらピエロやら熊やらが、控えの間でひとしきりゴホゴホ咳をしたり寒気の中で霜だらけになった顔を拭ったりしてから広間に入って

13　ロシアの伝統的な占いの一種。

いくと、そこでは大急ぎで灯をともしているところだった。ピエロ姿のディムラーと奥さま姿のニコライが先に立って踊り始めた。騒ぎ立てる子供たちに囲まれた仮装人物たちは、顔を隠し声色を変えて次々に女主人にお辞儀をすると、広間のあちこちに散った。

「もう、誰が誰だか分からないわ！　あら、ナターシャさんね！　見て、何に変装しているのかしら！　たしかに、誰かに似ているわね。あらディムラー先生、すてき！　見違えましたわ。おまけに踊りもお上手で！　あらあら、どこかのチェルケス人までいるじゃない。本当にソーニャちゃんにお似合いね。これはまた誰かしら？いや、すっかり楽しませていただいたわ！　ニキータ、ワーニャ、テーブルなんか片付けてちょうだい。今まで家族だけでひっそりしていたものだから！」

「あっはっは！……軽騎兵よ、軽騎兵！」「まるで男の子みたい、それにあの足！……」「もう見ていられないわ……」様々な声が飛び交った。

メリュコーフ家の子供たちに好かれているナターシャは、皆を連れて奥の部屋に姿を消した。そこからコルクだのいろんな部屋着だの男物の服だのを持ってくるようにという注文が出され、下僕が届ける品物を開いたドア越しにむき出しの娘たちの手が受け取るのだった。十分もするとメリュコーフ家の若者たち全員が仮装人物の群れに加わっていた。

　お客のために部屋を片付け、伯爵家の家族と使用人たちをそれぞれもてなす指図を終えると、メリュコーフ夫人は眼鏡をかけたまま、笑いをかみ殺して仮装人物たちの間を歩き回り、間近に皆の顔に見入っていたが、誰一人見分けることはできなかった。ロストフ家の者たちやディムラーを見破れなかったばかりでなく、自分の娘たちのことも、彼女たちが着ている亡夫の部屋着や軍服も、一向に見分けられなかったのである。

「これはまた、どこの子かしらねえ?」カザンのタタールの格好をした娘の顔を見つめながら、夫人は女の家庭教師に向かって語り掛けるのだった。「どうやら、ロストフさんのところの誰かね。ところで軽騎兵さん、あなたはどこの連隊に勤務されているの?」夫人はナターシャに訊ねた。「ほらこのトルコの娘さん、この子にはフルーツジェリー《パスティラ》をあげてね」夫人は食べ物を配って歩いている給仕に言った。「それならあちらの規則でも禁止されていないから」

　踊っている仮装人物たちは、どうせ仮装をしているのだから誰も気づきはしないと腹を決めて、何をしても平気な顔をしていたが、時々そんな連中が珍妙で滑稽なステップを踏むのを目にすると、メリュコーフ夫人はプラトークですっかり顔を隠し、いかにもお人好しの老婦人らしい哄笑をほとばしらせて、その巨体を揺すぶるのだった。

「サーシャったら、もうサーシャったら！」そんなふうに夫人は繰り返した。

ロシア舞踊と輪舞が終わると、夫人は使用人たちも主人側もひとまとめにして大きな輪を作らせた。そうして指輪と紐と一ルーブリ金貨を持ってこさせると、全員でのゲームを始めたのだった。

一時間もすると皆の衣装はすべて皺だらけになり、着付けもすっかり乱れてしまった。コルクの炭で書いた口髭や眉も、汗ばんで真っ赤に火照った楽しげな顔に溶け広がっている。メリュコーフ夫人も仮装人物たちの正体が見分けられるようになり、改めて衣装の出来の素晴らしさと、それがとりわけ令嬢たちによく似合っていたことを絶賛して、こんなにも楽しませてもらったことを皆に感謝するのだった。賓客たちは客間に呼ばれて夜食を振る舞われ、広間では使用人たちがもてなしを受けることになった。

「いいえ、占いはお風呂場でするのよ、それこそ怖いのよ！」夜食の席でメリュコーフ夫人の家に住み着いている老嬢がそんな話をしていた。

「いったい何が怖いの？」メリュコーフ夫人の長女が訊ねた。

「あなた方には無理よ、勇気がいるんだから……」

「私、行けるわ」ソーニャが言った。

「聞かせて、そのお嬢さんはどうなったの？」メリュコーフ夫人の次女が催促した。

「そこでね、そのお嬢さんは独りで占いに出かけました」老嬢が語る。「雄鶏を一羽と二人分の食卓セットを持って。そうして作法通りに腰を下ろしました。しばらく座ってじっと耳を澄ましていると、急に橇の走る音が聞こえてきました……小鐘や小鈴をリンリン鳴らして走ってくると、家の前にピタリと止まりました。さらに耳を澄ましていると、何者かの足音が聞こえます。いよいよ入って来た時には、すっかり人間の、将校の姿になっていて、入ってくるなりさっと彼女と並んで食卓セットの前に座ったのです」

「えっ！　ええっ！……」ナターシャは恐怖に目をむき出して叫んだ。

「それでどうしたのその人、普通に喋ったの？」

「そう、人間と同じに、きちんと喋って、そうして、そうしておもむろに口説き始めたのです。お嬢さんの方は何とか話で相手の気を紛らわして、一番鶏が鳴くまでやり過ごさなくてはなりません。でも怖くなって、もう無性に怖くなってしまって、両手で顔を覆ってしまったのです。相手はお嬢さんをさっと捕まえました。危機一髪という時に、幸いにも小間使いたちが駆けつけたのです……」

「いやだ、どうしてこの子たちを怯えさせるの！」メリュコーフ夫人が言った。

「お母さま、お母さまだって占いをしたんでしょう……」娘の一人が言った。

「納屋での占いはどうするの？」ソーニャが訊ねた。

「簡単よ、いつでもいいから納屋に出かけて行って、耳を澄ますだけ。何が聞こえるかで占うの。くぎを打つ音やトントン叩く音がしたら悪いお告げで、穀粒を撒き散らすような音がしたら、良いお告げよ。他によくあるのは……」

「お母さま、お話しして、お母さまが納屋で占った時はどうだったの？」

メリュコーフ夫人はにっこり笑った。

「そんなこと、もうすっかり忘れたわ……」夫人は言った。「どうせあなたたちだって、誰も行かないんでしょう？」

「いいえ、私行きます。奥さま、行かせてくださいね、私行きたいんです」ソーニャが言った。

「そうね、もし怖くないっていうなら」

「ねえルイーザ・イワーノヴナ、行っていいでしょう？」ソーニャは監督役のマダム・ショースにせがんだ。

指輪のゲームをしている時も、紐やら一ルーブリ金貨やらを使ったゲームをしている時も、また今のように話に花を咲かせている時も、ニコライはソーニャのそばを離れようとせず、まったく新しい目で彼女を見つめ続けていた。今はじめて、このコルクで描いた口髭のおかげで、自分はようやくこの女性のことがすっかり分かった――彼はそんな気がしたのだ。実際ソーニャはこの晩、ニコライがかつて見たことのないほどに朗らかで生き生きしていて、きれいだった。

『これこそが本当のソーニャなんだ。俺はなんとうかつだったことか！』そんなことを思いつつ、彼はソーニャのキラキラした目や、口髭の下に浮かんで頬にえくぼを作る幸せそうな、喜びに満ちた笑みを眺めていた。そんな笑顔はこれまで見たことがなかったのである。

「私、何も怖くはありません」ソーニャは言った。「これから行ってもいいでしょう？」彼女は立ち上がった。納屋の位置を教えられ、黙って立って耳を澄ましているやり方を手ほどきされ、毛皮の半コートを貸し与えられた。それを頭からかぶると、彼女はニコライをちらっと見た。

『なんと魅力的な娘なんだろう！』彼はふと思った。『なのに俺は今まで何を考えていたんだ！』

ソーニャは納屋に行くために廊下へ出て行った。ニコライは暑くなったと言い置いて、急ぎ足で玄関の表階段に向かった。実際、家の中は人いきれでむんむんしていたのである。

戸外は相変わらずしんと冷えて、相変わらず月が照っていたが、ただいっそう明るさが増していた。月光があまりにも冴えわたり、雪の上におびただしい数の星が輝いているせいで、あえて空を見上げる気にもならなかったし、本物の星々は見分けることもかなわなかった。天上は黒々として陰鬱であり、地上は楽しさに満ちていた。

『バカだ、俺はバカ者だ！　今まで何を待っていたんだ？』そう思ったニコライは表階段を駆け下りると、裏口へと続く小道をたどって家の角を回り込んで行った。ソーニャがこの道を通るのを知っていたのだ。小道を半ばまで来たあたりに人の背丈よりも高い薪束が積まれていて、上には雪が積もり、下には影が延びている。その薪の山の真後ろからも脇からも、葉を落とした菩提樹の古木のもつれ合った枝影が、雪にも小道にも落ちていた。小道は納屋に続いている。丸太づくりの納屋の壁と雪をかぶった屋根が、まるで何かの宝石細工のように、月光に輝いていた。庭でぱきっと木が凍み割れる音がして、再びあたりはしんと静まり返った。胸は空気を呼吸しているのではなく、何かしら永遠に若い力と喜びを呼吸しているようだった。

女中部屋に続く外階段をトントンと降りてくる足音がして、最後の段では積もった雪を踏みつけるギュッという音が高く響いた。すると例の老嬢の声がした。

「まっすぐよ、お嬢さん、その小道をまっすぐ行くの。絶対振り返ってはだめよ！」

「怖くはないわ」ソーニャの声が答えると、スリムな小さな靴を履いた彼女の足が、キシキシと雪を踏みながら小道をニコライのいる方へ向かって歩きだした。

ソーニャは毛皮の半コートにくるまって歩いてきた。そしてもう二歩ばかりの距離まで来たところで、彼に気付いた。彼女の見る彼も、よく見知った、いつも少し恐れていた彼とは違っていた。女性の衣装を着け、もじゃもじゃにもつれた髪をして、ソーニャには見覚えのない幸せそうな笑顔を浮かべていたのだ。ソーニャは急いで彼に駆け寄った。

『すっかり別人で、しかも全部元のままだ』くまなく月光を浴びた彼女の顔を見つめながら、ニコライは思った。彼女の頭を包んでいる毛皮の半コートの下に両手を差し入れてかき抱き、引き寄せると、彼は口髭が描かれて焦げたコルクの臭いのするその唇に口づけした。ソーニャも相手の唇の真ん中に口づけすると、小さな両手を思い切り伸ばして彼の頰を両側から挟んだ。

「ソーニャ！……」「ニコライさん！……」二人が交わした言葉はそれだけだった。

二人して納屋に駆け付け、そして帰りはそれぞれ、もと来た外階段から戻っていった。

12章

皆でメリュコーフ夫人の家から帰る時、いつもすべてを見て気づいているナターシャは、うまく橇のメンバーを組み替えて、マダム・ショースと自分がディムラーと一緒の橇に乗り、ソーニャは小間使いたちとニコライの馬車に乗るように手配した。ニコライは帰り道にはもはや他と競争したりもせずに坦々と橇を進めながら、ひたすら不思議な月の光のもとでひっきりなしにソーニャの顔を見つめては、すべてを変容させる光を浴びた相手の眉毛や口髭の背後に、以前のソーニャと今のソーニャの姿を見分けようとしていた。彼は今やそのソーニャと決して別れない決意を固めていたのである。じっと相手の顔を覗き込んで昔のままのソーニャやら別のソーニャやらを見出し、口づけの感触に混じった例のコルクの臭いを思い出しては、胸いっぱいに凍えるような大気を吸い込んだ。そして後ろに去っていく大地や輝く空を眺めながら、自分がまたもや魔法の国にいるのを感じるのだった。

「ソーニャ、君、楽しい？」時折彼はそう訊ねる。

「ええ」とソーニャは答える。「あなたは？」

帰路の半分ほどまで来たとき、ニコライはしばし手綱を御者にあずけると、束《つか》の間ナターシャのいる橇に駆け寄って、その横木にひょいと乗った。

「ナターシャ」彼は妹にフランス語で囁いた。「あのね、僕は決めたよ、ソーニャのことを」

「兄さん、彼女にも言ったの？」喜びにさっと満面を輝かせてナターシャは訊ねた。

「ああ、ナターシャ、その口髭と眉毛は実にへんてこりんだねえ！　お前うれしいかい？」

「うれしい、すごくうれしいわ！　私、兄さんのこと怒っていたのよ。言わなかったけれど、兄さんの彼女への振る舞いはよくなかったから。あの人、とっても気持ちが純粋なのよ、兄さん、私うれしいわ！　私、時々嫌なまねをするけれど、それもソーニャを差し置いて自分一人が幸せになるのが疚《やま》しかったの」ナターシャは続けた。「こうなってとっても良かった、ねえ、早く彼女のところへ戻ったら」

「いや、待ってくれ、ああ、なんておかしな顔をしているんだ！」なおもまじまじと妹の顔に見入りながらニコライは言った。妹の顔にも彼はこれまでに見たことのないような、何か新しい、尋常でない、人を虜にするような優しいものを見出していたのだった。「ナターシャ、なんだか魔法みたいだな。ねえ？」

「そう」彼女は答えた。「兄さんがとってもいいことをしてくれたからよ」

『もしもっと前に、今夜のような妹に会っていたら』とニコライは思った。『俺はとっくにどうしたらいいかと妹に相談して、その命ずるとおりにしていたことだろう。そしてすべてはうまくいっていたことだろう』

「じゃあお前、喜んでくれるんだね？　僕はいいことをしたんだね？」

「ええ、もちろんよ！　私この間もこのことでお母さまと喧嘩したのよ。彼女が兄さんを誘惑しようとしているなんて、お母さまが言うものだから。どうしてそんなことが口にできるのかしら！　ほとんど罵り合いの寸前まで行ったのよ。ソーニャのことで悪いことを言ったり考えたりするなんて、私、誰にも決して許さない。だって彼女は心の底まで良い人なんだから」

「じゃあ喜んでくれるんだね？」妹の言葉が真実なのか確認しようと、改めて相手の表情をしげしげと見ながらそう言うと、彼はブーツを軋らせながら橇の横木から飛び降りて、自分の橇に向かって駆けだした。その座席には相変わらずあの髭を生やしてキラキラした目をした、幸せそうな笑顔のチェルケス人が座って、黒貂のフードのかげからこちらを見ている。そのチェルケス人こそソーニャであり、そのソーニャがきっと彼の将来の、幸せな、愛情深い妻となるのだ。

家に戻って母親にメリュコーフ夫人の家での様子を報告すると、令嬢たちは自室に引っ込んだ。着替えを済ませ、ただしコルクの口髭は落とさぬまま、二人は長いこと座り込んで自分たちの幸せを語り合っていた。結婚したらそれぞれどういう暮らしをし、夫たちがどんなに仲良く付き合い、皆でどんなに幸せになるかと語らっていたのである。ナターシャの机の上には、小間使いのドゥニャーシャが夕方のうちから用意した合わせ鏡が立てられていた。

「でも、いったいいつそういうことが実現するのかしら？　もしかしたら、いつまでも実現しないんじゃないかしら……。だって、あまりに素晴らしすぎるから！」席を立って鏡に歩み寄りながらナターシャは言った。

「座ってごらんなさい、ナターシャ、もしかしたらあの方が見えるかもしれないわ[14]」ソーニャが言った。ナターシャは蠟燭を点して椅子に座った。

「どこかの口髭男が見えるわ」ナターシャは自分の顔を見て言った。

14　合わせ鏡の奥に映る像で未来を占うという習わし。この場合はクリスマスに娘が未来の夫の姿を占おうとしている。

「おふざけになってはいけませんよ、お嬢さま」ドゥニャーシャが注意した。

ソーニャと小間使いの助けを借りて鏡の位置を調整すると、ナターシャはまじめな表情になり、口を閉じた。長いことそうして座ったまま合わせ鏡の奥へと遠ざかっていく蠟燭の列を見つめながら、彼女はその一番奥の合わせ目のところのぼんやりとした四角形の中に、今にも（これまでに聞いていた話のように）棺が見えるか、それともあの人が、アンドレイ公爵が見えるかと待ち構えていた。しかし、たとえどんなに小さな点でも見えさえすれば人間なり棺なりに解釈する用意は十分だったにもかかわらず、彼女には何も見えなかった。しまいには瞬《まばた》きばかりするようになり、彼女は鏡から離れた。

「どうして他の人たちには見えるのに、私には何も見えないのかしら？」彼女は言った。「さあ、あなたが座って、ソーニャ。今日はどうしてもあなたにやってもらわなくちゃ」彼女は続ける。「ただし私の代理よ……。私、今日はひどく怖いから！」

ソーニャが鏡に向かって腰を下ろし、位置を調節して見つめ始める。

「ソフィヤさまならきっとご覧になれますよ」ドゥニャーシャがひそひそ声で言った。「お嬢さまはおふざけになってばかりですから」

ソーニャにもこの言葉は聞こえ、ナターシャがひそひそ声で次のように言ったのも聞こえた。

「分かっているわよ、見えるって。この人は去年だって見たんだから」

三分間ばかり誰も口を利かなかった。『きっと！』とつぶやきかけたナターシャの言葉が途中で途切れた……。不意にソーニャが持っていた鏡を遠ざけると、片手で目を覆ったのだ。

「ああ、ナターシャ！」彼女は言った。

「見えたの？　見えたの？　何が見えたの？」ナターシャが叫ぶ。

「ほうら、やっぱり」ドゥニャーシャが鏡に手を添えながら言った。

ソーニャには別に何が見えたわけでもなく、ただたまた瞬きしたくなって立ち上がろうとした時に、『きっと』というナターシャの声が聞こえたというだけのことだった。ドゥニャーシャに対してもナターシャに対しても、期待を裏切りたくはなかったし、座っていることも辛かった。手で両目を覆った時にどうして、なにゆえに自分が叫び声を漏らしたのかは、彼女自身にも分からなかった。

「あの人を見たの？」ナターシャがソーニャの手をつかんで訊ねた。

「ええ。待って……私……見たわ、あの人を」思わずそう答えたが、ソーニャはまだナターシャの言うあの人とは誰のことなのか、ニコライなのかアンドレイなのかも分かっていなかった。

『でも、見たと答えていけないわけがあるかしら？　だって、他の人たちは見ているんだから！　それに、私が見たか見なかったかなんて、いったい誰に見破れるというの？』ソーニャの脳裏をそんな思いがよぎった。

「ええ、私あの人を見たわ」彼女は言った。

「どんなだった？　ねえどうだったの？　立っていたの、それとも寝ていたの？」

「いや、私が見たのは……はじめは何もなかったのよ、でも急に見えたの、あの人が寝ているところが」

「アンドレイが寝ていたの？　あの人、病気？」怯えた目を友の顔に釘づけにしたままナターシャは訊ねた。

「いいえ、まったく逆、病気どころか、朗らかな顔をしていたわ。そうして私の方を向いたの」こう語る瞬間の彼女は、自分でも話している通りのものを見た気になっていた。

「で、それから？」

「よくは見分けられなかったけれど、何か青いものと赤いものが……」

「ソーニャ！　あの人いつ帰ってくるの？　私はいつあの人に会えるの！　ああ、

私心配なの、あの人のことが、そして自分のことが！　何もかも恐ろしくて……」思いのたけを語るとナターシャはソーニャの慰めには一言も答えぬまま、寝床に入った。そして灯が消されてからもずっと長いこと、目を開けてベッドに横たわったまま、凍り付いた窓ガラス越しに冷たい月光を見つめていた。

13章

クリスマス週間が明けて間もなく、ニコライは母親に、自分がソーニャを愛しており、ソーニャと結婚する決意を固めたことを宣言した。伯爵夫人は以前からソーニャとニコライの間の出来事に気付いていて、いつかはこんな告白をされると予想していたので、黙ってすべてを聞いた後、誰と結婚するのもお前の勝手だが、ただしそういう結婚に対しては、自分もお父さまも祝福を与えるわけにはいきません、と息子に言い渡した。それで初めてニコライは、母親が自分の選択に不満であること、そしてどんなに自分を愛していても、これだけは譲歩しそうもないことを理解したのだった。冷ややかな態度で息子から目を背《そむ》けたまま、母親は夫を呼びにやった。そして夫がやってくると、ニコライのいる前で手短に、そっけない調子で事の次第を伝えようとしたが、終《しま》いまで堪え切れず、怒りの涙に掻き暮れて部屋を出て行ってしまった。父親の伯爵は歯切れの悪い口調でニコライの反省を促し、思い直してくれと頼みにかかった。ニコライが、いったん立てた誓いを反古《ほご》にすることはできないと答えると、父親はため息をつき、見るからに困り果てた様子で早々に説教を切り上げて、夫人のところへ行った。息子と衝突するたびに伯爵は、家計を傾かせてしまったことに対する息子への負い目を感じずにはいられなかった。だから金持ちの娘との結婚を拒否して持参金のないソーニャを選んだことで、息子に腹を立てることはできなかった。むしろこうなってみると、もしも家計が破綻してさえいなければ、ニコライにはソーニャほど良い嫁はありえないこと、そしてその破綻の責任者は、ミーチェンカごときに家計を任せ、しかも因果な浪費癖を脱することのできない自分自身であることを、なおさらしみじみと痛感するばかりであった。

両親はこの件で二度と息子と話すことはなかったが、この数日後に母親はソーニャを自室に呼びつけると、本人も相手も思いがけなかったほど残忍な口調で、この姪が息子を誘惑し、恩をあだで返したと言って叱りつけたのだった。ソーニャは黙って目を伏せたまま伯爵夫人の無慈悲な言葉を聞いていたが、自分が何を要求されているのかを理解することはできなかった。恩人のためにすべてを犠牲にする覚悟はできていた。自己を犠牲にするという発想は彼女の好むものだった。しかしこの場合、自分が誰のために何を犠牲にすればいいのか、彼女には理解できなかった。伯爵夫人を、そしてロストフ家の全員を愛さずにはいられなかったが、同時にニコライを愛さずにもいられなかったし、ニコライの幸せが二人の愛にかかっていることに気付かぬわけにもいかなかったからである。彼女は黙ったまま暗い顔をして、答えようとしなかった。こんな状況はもはや自分には耐えられないと思ったニコライは、母親との直談判《じかだんぱん》に出かけた。そして母親に向かって、自分とソーニャを許して結婚に同意してほしいと懇願したかと思えば、一転して、もしもこの先もソーニャをいじめるようならば、すぐにでも彼女と秘密に結婚すると脅かしたりした。

伯爵夫人は息子が一度も見たことのないような冷たい態度で答えた——お前は成人です。アンドレイ公爵が父親の同意なしで結婚しようとしているのだから、お前も同じことをすればいいでしょう。ただし私は決してあの腹黒女を自分の娘とは認めません、と。

腹黒女の一語に憤慨したニコライは、声を荒らげて母親に言った——自分の感情を裏切ることを母親から強いられようとは、夢にも思わなかった。事ここに及んだら、自分も思い切って言わせてもらうが……。彼の表情を見た母親は、恐ろしい思いでこの後に続く決定的な一言を待っていたし、もしも口にされていたら、それは両者にとって永遠に辛い思い出として残ったことだったろうが、しかし彼はその決定的な一言を言わせてはもらえなかった。ドアの向こうで立ち聞きしていたナターシャが、血の気を失った真剣な顔で飛び込んできたので、口にする暇がなかったのである。

「兄さん、馬鹿なことを言っちゃだめ、黙って、黙って！　いいから黙って！……」

兄の声をかき消そうとして、彼女はほとんど悲鳴のような声を発していた。

「お母さま、お母さま、これは全く誤解なの……ああお母さま、かわいそうに」ナターシャは母親にも語り掛けた。母親はもはや親子決裂の瀬戸際にいると悟って、ぞっとする思いで息子の顔を見つめていたが、意地もあり、また喧嘩の勢いもありで、引っ込みがつかなくなっているのだった。

「兄さん、兄さんにはあとで説明するから、出て行って……お母さま、どうか話を聞いてね」彼女は母親に語り掛けた。

彼女の言葉は無意味なものだったが、目指す目的は遂げた。

伯爵夫人は激しくすすり泣いて、娘の胸に顔を埋《うず》め、ニコライは立ち上がると、頭を抱えて部屋を出て行った。

ナターシャが和解工作に取り組んだ結果、ニコライは母親から今後ソーニャをいじめるような真似はしないという約束を取り付け、自分からは母親に、両親に隠れて事を運ぶような真似は一切しないと約束したのだった。

連隊での任務を整理して退役し、帰郷してソーニャと結婚するという固い決意を抱いて、ニコライは一月の初めに連隊へ戻っていった。肉親との不和のせいで、暗く深刻な面持ちだったが、しかし自分では激しい恋をしている気分であった。

ニコライが出立した後のロストフ家には、かつてないほど沈鬱《ちんうつ》な空気が立ち込めていた。伯爵夫人は精神の変調で病気になった。

ソーニャは悲しんでいた。これはニコライと別れたせいであり、またそれ以上に、どうしても自分に対する伯爵夫人の態度に現れざるを得ない、敵対的な調子のせいであった。伯爵はいよいよ何らかの抜本的な措置を必要とするに至った家計問題に、かつてないほど頭を悩ませていた。モスクワの屋敷と郊外の領地を売るほかはなかったのだが、売るためにはモスクワに行く必要があった。しかし妻の健康状態のおかげで、一日一日と出発を延ばさざるを得ないのだった。

ナターシャは、はじめのうちこそ楽々と、むしろ陽気に婚約者との別離に耐えていたが、この頃になると日一日と落ち着きのない、しびれを切らしたような様子が募ってきた。あの人への愛に注がれるはずの自分の最良の時が、こんなふうに誰の役にも立たず、無駄に潰えていくのだという思いが付きまとい、彼女を苛《さいな》んでいた。相手から届く手紙も、おおむね彼女を腹立たしい気分にさせた。自分が相手のことばかり考え暮らしているのに、相手がごくまともな暮らしをして、新しい場所を見たり新しい人に会ったりして、それに興味を覚えているのだと思うと、馬鹿にされたような気持ちになった。だから手紙が面白ければ面白いほど、腹立ちが増すのだった。自分が相手に書く手紙は、何の慰めにもならないどころか、むしろ退屈な、約束事のおつとめのように感じられた。彼女は文を書くのが苦手だったが、それは彼女の場合文章では、自分が声や笑みや眼差しで表現し慣れている事柄の千分の一も正しく表現できないからだった。彼女が彼に書く手紙は、古臭くて単調な、面白みのないもので、本人自身、それに何の意味も見出していなかった。そうした手紙は下書きの段階で母親が正書法上の間違い直しをしてくれていた。

伯爵夫人の健康は一向に回復しなかったが、モスクワ行きを先延ばしするのはもはや無理だった。持参金の支度をしなくてはならなかったし、屋敷を売る必要もあった。おまけにこの冬はボルコンスキー老公爵がモスクワで暮らしており、アンドレイ公爵も、まずはモスクワに戻るものと思われていた。ナターシャなどは、すでに彼が戻っていると信じこんでいた。

夫人は村に残ることになり、伯爵がソーニャとナターシャを連れて一月の末にモスクワへと旅立った。

第5編

1章

アンドレイ公爵とナターシャの縁談がまとまった後、ピエールは、何一つはっきりとした理由もないのに、急に従来のような生活を続けていくのは不可能だと感じた。例の恩師が自分に開示してくれた真実をあれほど固く信じ、はじめのころは自己完成に向けての内面的な作業にあれほどの喜びを覚えて惹きつけられ、あれほどまで熱心に打ち込んだ彼であったが、アンドレイ公爵とナターシャの婚約の後、そしてほとんど同時に知らせを受けたバズデーエフの死の後では、そんな喜びに満ちていた以前の生活の魅力が、にわかに色あせてしまったのである。残ったのはただの生活の形骸ばかり、すなわち今やある重要人物の寵愛を受けるようになった美人妻のいるわが家、ペテルブルグ中の人士とのお付き合い、退屈な形式主義ずくめの職場だけだった。そしてそんな以前どおりの生活が、ピエールには突然、思いがけぬほど忌まわしいものと思えてきたのだった。彼は日記を綴るのをやめ、結社の仲間との付き合いも避けて、またもやクラブに通って大酒を飲むようになり、独身者仲間との付き合いを再開して放埒な暮らしを始めたあげく、思い余った妻のエレーヌから厳しい注意を受けるまでになった。妻の言い分に理があると感じたピエールは、相手の体面を損なわぬようにと、モスクワへ引っ込んでしまった。

モスクワに着いて、例の薹《とう》の立った、あるいは薹の立ちつつある公爵令嬢たちや、むやみにたくさんの使用人がいる巨大な邸宅に入り、町をぐるりとドライブして、金の飾り枠の前に無数の蠟燭の火が点されたイヴェルスカヤ礼拝堂[1]や、橇跡ひとつない雪をかぶった赤の広場や、辻待ちの馬橇の列や、シーフツェフ・ヴラージェク通り[2]のあばら家群や、何ひとつ望まず、どこへ急ぐでもなく坦々と余生を過ごしているモスクワの老人たちや、老婆たちや、モスクワ風の貴族夫人たちや、モスクワらしい舞踏会や、モスクワのイギリスクラブを目にしたとたん、彼は自分がわが家に、静かな避

1　イヴィロンの生神女（聖母）のイコンを祀った礼拝堂で、クレムリンのごく近くにある。
2　アルバート通りと並行するモスクワ中心部の小路で、この当時貧民街だった。

難所に戻って来たのを感じた。モスクワ暮らしは彼にとってちょうど古い部屋着を着ているような、穏やかで、暖かで、身に馴染んだ、そして汚れた暮らしとなった。

モスクワの貴族社会は、お婆さん方から子供たちまでそろって、ちょうどいつも特等席を空けて待っている待望久しい賓客を迎えるように、ピエールを歓迎した。モスクワの社交界人士にとってピエールは、最も愛すべき、優しく賢い、陽気で心の広い変人であり、うっかりものだが親身であり、いかにもロシア人らしい、昔気質の地主貴族だった。彼の財布はいつも空っぽだったが、それは皆に開かれていたからである。ご祝儀興行の舞台、低級な絵画や彫刻、慈善団体、ジプシー、学校、予約制ディナー、乱痴気騒ぎ、フリーメイソン、教会、書籍——誰がどんな企画を持ち掛けても、断られるということはなく、もしも彼から多額の借金をしたついでに彼の後見役を務めてくれている二人の友人がいなかったとしたら、有り金すべてばらまいていたことだろう。クラブでも、ピエールなしではディナーも夜会も成り立たなかった。フランスのマルゴー産赤ワインを二本空けた後、彼がソファーの自分の席にくずおれるように座った途端、皆が周りを取り囲む。そして噂話だの議論だの冗談だのが始まるのだった。喧嘩になったような場合も、彼が持ち前の優しい笑顔と気の利いた冗談一つで、仲直りさせた。フリーメイソン支部での食事会も、彼がいないと退屈な、間延びしたものになってしまうのだった。

独身者ばかりの夜食会の後、彼が陽気な仲間たちの頼みを断れずに、人のいい甘い笑顔で、皆と一緒に繰り出そうと立ち上がると、若者たちの間に歓呼の雄叫びが上がった。舞踏会で男性パートナーが足りなければ、彼も踊った。若い女性や奥方たちに人気があったが、それは彼が誰か特定の相手をちやほやしたりせず、皆に平等に優しかったからだ。夜食の後は特にそうだった。「あの方は素敵、男くさくないんですもの」――そんな評判が聞こえたものだ。

ピエールは、モスクワに引っ込んで心穏やかに余生を送ろうとしている退職侍従という、何百人もいる人種の一人であった。

もしも七年前、外国から戻って来たばかりの時に、誰かが彼に向かって、君は何一つ求める必要もなければ考え出す必要もない、君の人生行路はずっと前から用意され、世の初めから決まっている、だからどれほどあがこうと、これまで君と同じ立場の人たちがたどった運命をたどるしかないのだ、と宣言したとしたら、彼はどれほど恐れおののいたことだったろう。きっとそんなことは信じられなかっただろう。ある時はロシアに共和制を導入することを、ある時は自らナポレオンになることを、ある時は哲学者になることを、ある時は戦略家になってナポレオンに打ち勝つことを、全身全霊で切望していたのは、果たして彼ではなかったか？　人類という悪しき種を生まれ変わらせ、自らをも完成の極致へと導く可能性を認め、その実現を熱望していたのは、果たして彼ではなかったか？　領地に学校を、病院を導入し、農奴を解放しようとしたのは、彼ではなかったか？

しかしそうした諸々のことはどこへやら、現実の彼は、不実な妻を持つ金持ちの夫であり、食と酒を好み、寛いでは軽く政府の悪口を言うのを好む退職侍従であり、モスクワのイギリスクラブの会員であり、皆に愛されるモスクワ貴族社会の一員であるにすぎなかった。七年前には心底軽蔑していたあの在モスクワ退職侍従なる存在に、いままさに自分が成り下がっているという考えを、彼は長いこと受け入れることができないでいた。

時に彼は、自分は単に一時的にこんな生活を送っているだけだと思うことで自分を慰めた。しかし後になると別の思いが彼をゾッとさせるのだった。つまり何人も何人もの人間が自分と同じく、単に一時的にというつもりで同じ生活をはじめ、同じクラブに入るのだが、はじめは歯も髪も全部揃っていたそういう人々が、出ていくときには一本の歯も髪も残っていないのだ。

強気な時には、自分の状態を考えると、こんな思いが浮かんでくるのだった――自分は、かつて自分が軽蔑していたような退職侍従連中とは全く違う、特殊な存在である。なにしろあいつらは俗悪で愚鈍で、己の現状に満足し、安心しきっているが、『そこへ行くとこの僕は、今でも満足しておらず、いまだに人類のために何かしたいと思っているのだから』――強気な時にはそんなことを自分に言い聞かせるのだった。『だがもしかしたら僕のお仲間たちも、実は僕と一緒で、何か新しい、自分らしい人生の道をまさぐり、捜し求めながら、ちょうどこの僕と同じように、状況やら社会やら血筋やらの力で、つまり人間にはいかんともしがたい不可抗力のせいで、今の僕と同じ状況に追いやられてしまったのじゃないか』――弱気になった時には、彼はそんなふうに反省した。そしてモスクワに暮らしてしばらくたつ頃には、彼はもはや自分と同じ運命の仲間たちを蔑《さげす》んだりせず、むしろ自分と同じように愛し、敬い、かつ憐れむようになっていたのである。

昔のような絶望や憂鬱や厭世観にとらわれることこそなかったが、しかしかつては激しい発作として表面化したのと同じ病気が、今では内攻して一瞬もピエールから去らなかった。『何の役に立つ？　どうしてだ？　いったい世の中どうなっているんだ？』――われ知らず人生の諸現象の意味を考え込んでは、彼は納得のいかぬ気持ちで一日に何度もそんな風に自問していた。とはいえ経験からこの種の問いに答えはないことを知っていたので、そういう疑問からは急いで顔を背《そむ》け、本を手に取ったり、さっさとクラブに出かけたり、あるいはアポロン・ニコラーエヴィチのところに行って巷のゴシップについてお喋りしたりするよう、心掛けていたのである。

『妻のエレーヌは、自分の肉体を愛する以外一度として何ひとつ愛したことのない、この世で一番愚かな女の一人だ』とピエールは考えるのだった。『その彼女が、人々から知恵と洗練の極致と見なされ、崇拝されている。ナポレオン・ボナパルトは、偉大であったうちは皆から蔑まれていたが、哀れな道化師に成り下がった途端、あのフランツ皇帝がわざわざ自分の娘を側室として進呈するまでになった。[3]スペイン人たちはカトリックの神父たちを通じて、六月十四日のフランス軍に対する勝利に感謝する祈りを神にささげているが、フランス人たちも六月十四日にスペイン軍に勝利したといって、同じくカトリックの神父たちを通じて祈りを捧げている。わがフリーメイソンの兄弟たちは、隣人のためにすすんですべてを犠牲にするという血の誓いを立てているが、貧民救済の募金には一人頭《あたま》一ルーブリさえも出そうとはせず、その一方でアストライアー支部をマナ探求者支部に対抗させようと画策したり、本物のスコットランド製の絨毯や、書いた本人にさえ意味不明な、誰の役にも立たぬ文書のことで奔走したりしている。[4]われわれはすべて、侮辱を許し、隣人を愛すべしというキリスト教の掟を信じ、その掟の精神に則《のっと》ってモスクワに、四十の四十倍といわれるおびただしい数の教会を建てた。しかるに昨日は一人の逃亡兵が鞭打ちの刑に処された。しかもまさに当の愛と許しの掟に仕えるべき司祭が、刑に先立ってその逃亡兵に、十字架への口づけをさせたのだ』こんなふうに考えていると、すべて一般的で皆に認められているこうした虚偽が、彼自身すっかり慣れきったものであるにもかかわらず、まるで何か新しいものであるかのように、いつもピエールを愕然とさせるのだった。『僕はこうした虚偽や昏迷を見抜いている』と彼は思うのだった。『しかし僕が見抜いていることのすべてを、他の人々にどう伝えればいいのか？　話してみていつも気がつくのは、人々も内心では僕と同じことを見抜いていて、ただそのことから目を背けようとしているにすぎないということだ。つまりは、そうせざるをえないのだ！　しかし僕は、この僕はどこに身を置けばいいんだろう？』ピエールは考えた。彼は多くの者

3　ナポレオンが最初の妻ジョゼフィーヌと離別した後、オーストリアのフランツ皇帝の娘マリー＝ルイーズ（マリア・ルドヴィカ）と政略結婚した経緯を揶揄している。

4　アストライアー（星乙女）とマナ（天与の食物）探求者は、ともにペテルブルグのフリーメイソン支部の名称。スコットランド製の絨毯はここではフリーメイソンの紋章をデザインした特別品を意味する。

たちの、とりわけロシア人の不幸な能力を身をもって味わっていた。それは、善と正義の可能性に気づき、それを信じながら、同時に人生にまじめに取り組む力が失せてしまうほど、あまりにもはっきりと人生の悪や虚偽に気づいてしまう能力である。労働のすべての領域が、彼の目には悪と欺瞞に結びついているように見えた。どんな立場に立ち、何に取り組んでも、悪と欺瞞が彼を押しのけ、活動のあらゆる道を通せんぼした。だが一方で、人は生きていかなくてはならないし、何かしらしていなければならない。この解決不能な人生上の問題に頭を押さえつけられているのはあまりにも恐ろしいので、彼はただそれを忘れようとして、手あたり次第の気晴らしに身を浸した。ありとあらゆる集まりに出かけ、鯨飲《げいいん》し、絵を買い、家を建て、そして何よりも本を読んだのだった。

彼の読書ぶりはすさまじく、手当たり次第に何でも読んだし、家に帰ってくると、まだ召使に服を脱がせてもらっている途中でも、すでに本を手に取って読んでいた。そうして読書から睡眠へと移行し、ひと眠りすると客間やクラブでのお喋りに移り、お喋りから宴会や女性たちのいる場に移り、そして宴会から再びお喋りに、読書に、そして酒に移るのだった。飲酒は彼にとってますます肉体的な、そして同時に精神的な欲求となってきた。彼のような肥満体質者には酒は危険であると医者が言うにもかかわらず、彼は極めて大量に酒を飲んでいた。どんなふうにか自分でも気づかぬうちに、その大きな口に何杯かの酒を注ぎこみ、体内に心地よい熱が回って、すべての隣人に対して優しい気持ちになっているのを感じ、どんな考えが浮かんでもその本質に深入りせぬまま、頭脳が表面的に反応する用意ができているのを感じる時、はじめて彼は上機嫌になった。ワインを一本か二本飲み干したときようやく彼は、かつて自分を戦慄させたような、ごちゃごちゃに入り組んだ手強《てごわ》い人生の糸の結び目が、思っていたほど恐ろしいものではないのだと、ぼんやりと意識するのだった。もやもやした頭でお喋りしたり人の話を聞いたり、あるいはディナーや夜食の後で読書をしたりしているとき、彼は絶えず目の片隅にこの結び目を見ていた。しかし酒の影響下にあるときだけは、彼は自分にこう言うのだった――『こんなもの大したことはない。僕が解いてやる。もう説明は用意できているんだ。だが今は時間がないから、後でそっくり解決してやる』だがその後では、決して巡ってこなかった。

夜が明けて酒が抜けると、かつての問題がすべてまた同じように解決不能の難問に見えてくるので、ピエールは急いで本に飛びつき、もしも誰かが訪ねてくると、大喜びで迎えるのだった。

時折ピエールは、かつて聞いたこんな話を思い出した――戦場で掩蔽壕《えんぺいごう》にこもって敵の砲火を浴び、何もできない状況の時に、兵士たちは懸命になって自分の仕事を探そうとする。何かで気を紛らわしていた方が危険をやり過ごしやすいからだというのだ。ピエールには、すべての人間がこの兵士たちと同じ方法で人生をやり過ごそうとしているように思えるのだった——ある者は虚栄心で、ある者はカードゲームで、ある者は法案の作成で、ある者は女で、ある者はおもちゃで、ある者は馬で、ある者は政治で、ある者は狩猟で、ある者は酒で、ある者は国務で。『つまらないものも大事なものもない。すべて同じだ。ただできる限りのことをして、人生をやり過ごしさえすればいいのだ！』ピエールは考えるのだった。『ただ人生を、この恐ろしい人生を、見ずに過ごせればいいのだ』

2章

冬の初め、ボルコンスキー家のニコライ老公爵は、娘を連れてモスクワに出てきた。その赫々《かくかく》たる経歴と秀でた頭脳、および独特な個性が魅力となって、またとりわけこの時期、あれほど絶賛されていたアレクサンドル一世の統治に対する人気に陰りが見えて、モスクワでは反フランス的で愛国的な思潮が支配的になっていたおかげで、ボルコンスキー老公爵はたちまちモスクワっ子の格別な崇敬の的となり、モスクワの反政府的な勢力の中心人物となった。

この年、老公爵はめっきり老け込んだ。老化の兆候がはっきりと表れ、不意に居眠りをしたり、ごく最近のことを忘れて大昔のことを覚えていたり、子供のように見栄を張ったりして、モスクワの反政府勢力のリーダー役を引き受けたのも、その見栄のせいだった。にもかかわらず、この老公爵がとりわけ晩などに、いつもの半外套を羽織り、髪粉を振りかけたかつらをかぶってお茶の席に登場し、誰かに水を向けられるままに、いつもの調子でポツリポツリと昔話を披露し、さらにポツリポツリとした調子で激烈な現代論を展開すると、それが来客一同の胸に等しく、恭しい尊敬の念を掻き立てるのだった。訪問者にとってはこの古い屋敷の全体が、窓の間の大きな姿見や、フランス革命以前の家具調度や、髪粉をかけた召使たちや、前世紀の遺物のごとき厳格で聡明な老主人や、その主人に恭しくかしずいているおとなしい娘と美人のフランス女性のすべてをひっくるめて、いかにも壮観で心地よかった。しかし客たちは考えもしなかったが、彼らがこの家の主人たちを目にしている二、三時間以外にも、一日にはまだ二十二時間の時があり、そこでこの一家の隠れた、内輪の生活が営まれていたのである。

最近モスクワに来てからというもの、その内輪の生活がマリヤにとってたいそう辛いものになっていた。モスクワに来たためにマリヤは、禿山《ルイスィエ・ゴールィ》の領地で気分転換に役立っていた自分の最良の喜びを、すなわち例の神の遣いたちとの談話と、一人きりで過ごす時間とを、ともに奪われてしまった。おまけに、首都での暮らしそのものには何のメリットも喜びもなかった。社交界の集まりには、彼女は出かけなかった。父親が自分と同伴でなければ娘を外に出さないことを皆が知っており、その父親は体調不良で外出がかなわぬということで、すでに人々は彼女を食事会にも夜会にも招かなくなっていた。結婚への希望もマリヤはすっかり捨てた。時には結婚相手になりそうな青年たちが屋敷を訪れてきたものだったが、父親がそうした青年たちをいかにも冷たく、憎々しげに迎えては追い払う様を、彼女は見てきたのである。友人もマリヤにはいなかった。このたびモスクワに来てから、彼女は二人の一番親密な人間への失望を味わった。マドモワゼル・ブリエンヌとは、今までもざっくばらんな間柄にはなりがたかったが、いまやこの女性はマリヤにとって不快な存在となり、ある原因から距離を置くようになっていた。モスクワに住むジュリーは、マリヤが五年間も文通をしてきた相手だったが、いざ再会してみると、自分とは全く異質な人間であることが分かった。この頃ジュリーは兄弟を立て続けに失ったため、モスクワで最も裕福な花嫁候補の一人となって、社交界の楽しみを満喫しているところだった。本人の考えによれば、急に自分の真価を理解するようになった若い男性たちに取り巻かれていたのである。ジュリーは社交界の令嬢としては盛りを過ぎて、結婚するならばこれが最後のチャンスであり、ここを逃したらもはやその目はないと覚悟する、そんな年齢に差し掛かっていた。木曜日が来るたびにマリヤは、今や自分には手紙を書く相手もいないということを思い出して苦笑した。文通相手だったジュリーはこのモスクワにいて、一緒にいても何も楽しくないにもかかわらず、毎週顔を合わせていたからだ。ちょうど年老いた亡命者が、何年もの間毎晩一人の貴婦人の家に通って客として過ごしてきたあげく、もしもこの貴婦人と結婚したら毎晩客に行く場所がなくなってしまうと思って結婚を断念するような、まさにそんな心境で、マリヤはジュリーがそばにいて手紙を書く相手がいないのを惜しんでいたのである。モスクワに誰も話し相手がおらず、自分の悲哀を打ち明ける相手もいない身だったが、彼女の悲哀はこの間新たに募っていた。兄のアンドレイの帰還と結婚の時期が迫っていたが、それまでに父親に心の準備をさせておいてほしいという兄の頼みは、果たされていないどころか、すっかり破綻していた。ロストフ家の令嬢のことを口にするだけで、ただでさえたいていは機嫌の悪い老公爵が、カッとなっていきり立つのだ。最近になって加わった新たなる悲哀の種は、六歳になった甥を相手に行っている授業であった。幼いニコールシカを相手にしていると、彼女は父親と同じ癇癪《かんしゃく》持ちの性格を自分の中にも発見してゾッとするのだった。子供にものを教える時はこちらがカッとなってはいけないと、何度も自分に言い聞かせてはいるのだが、いざ指し棒を手にフランス語の教本を教え始めると必ず、少しでも早く手軽に自分の持っている知識をそっくり子供の頭に注ぎ込もうと焦ってしまう。子供の方はもう、今にも叔母さんが怒るのではないかとひやひやしている。そこで子供がちょっとでもうっかりして間違いをしようものなら、彼女は身を震わせて急《せ》き込み、カッとなって声を荒らげ、時には子供の手をつかんで引っ立てていき、部屋の隅に立たせたりするのだ。そうして子供を部屋の隅に立たせたあげく、彼女自身が自分の意地悪で意固地な性格を呪って泣き出すと、ニコールシカもそれにつられてわんわん泣きながら、許しも得ぬまま部屋の隅を離れて叔母に近寄り、彼女の目から涙にぬれた手を引きはがして、慰めようとするのだった。しかし何にも、何にも増してマリヤの悲哀の種となっていたのは、常に娘の自分に向けられる父親の癇癪であり、それがこのところでは冷酷非道の域に達していた。仮に父親によって毎晩夜通しお辞儀をさせられたり、殴られたり、薪だの水だのを運ばされたりしたとしても、彼女は自分がつらい目に遭っているなどとは夢にも思わなかったことだろう。しかしこの愛情あふれる迫害者、すなわち愛するがゆえに自分をも相手をも苦しめるという名分を持った、もっとも残酷なる迫害者は、単に彼女を虐げ辱《はずかし》めるだけでなく、さらにどんな時でも何事においても悪いのは彼女だということを、周到にねちねちと証明してみせるようなやり方を心得ているのだった。この頃ではこの父親に新しい性癖が現れて、それがマリヤを何よりも苦しめていた。すなわち、父が以前にもましてマドモワゼル・ブリエンヌにべたべたするようになったのである。かつて息子が結婚を意図しているという知らせを初めて受け取った際、とっさに彼の頭に浮かんだ冗談が、もしもアンドレイが結婚するというなら、父親である自分もあのブリエンヌと結婚してやるというものだったが、どうやらそれが気に入ったらしく、この頃では彼は意地になったように、(マリヤの印象では)ただ娘の自分を辱めるために、マドモワゼル・ブリエンヌを格別ちやほやしてみせている。そうしてブリエンヌをかわいがってみせることで、娘への不満を見せつけているのだった。

ある時、すでにモスクワでのことだが、マリヤのいる前で(マリヤには父がわざと自分のいるところでそうしたように思えたのだが)老公爵がブリエンヌの手に接吻すると、そのまま相手の体を引き寄せてかき抱き、撫でさすってみせた。マリヤは顔を真っ赤にして部屋から飛び出した。何分かすると笑顔のマドモワゼル・ブリエンヌが、持ち前の心地よい声で何か楽しげにお喋りしながらマリヤの部屋に入って来た。マリヤは急いで涙を拭うと、断固とした足取りでブリエンヌに歩み寄り、どうやら自分でもわけが分からないままに、怒りにあおられるようにして声を爆発させ、わめきたてた。

「まったく、汚らしい、下劣な、人の道に外れたやり口です——弱みに付け込んで……」彼女はあえて最後まで言い切らなかった。「私の部屋から出て行って」そう叫ぶと彼女は号泣し始めたのだった。

翌日父親は娘に一言も口を利かなかった。ただ彼女は昼食の時に、父がマドモワゼル・ブリエンヌから先に料理を出すよう命じたのに気づいた。昼食の終わりに食堂係のフィリップが前からの習慣でついマリヤから先にコーヒーを出すと、公爵はにわかに怒り狂ってフィリップに杖を投げつけ、すぐさまこいつを軍隊送りにしろと命じた……。

「命令に従わんとは……二度も言ったぞ！……それを聞かんとは！　この女性がこの家で一番大事なお方だ。この女性は、私の最高の友なんだ」公爵は叫んだ。「だからもしもお前が僭越にも」と公爵はここで初めてマリヤに向かって怒鳴り声をあげた。「もう一度、昨日お前がしでかしたように……この女性の前でわれを忘れた真似をしたならば、私が教えてやる、この家の主人が誰かということをな。出ていけ！　私の前に顔を出すな。この女性に許しを請え！」

マリヤはマドモワゼル・ブリエンヌと父親に、自分と、とりなしを頼まれた食堂係のフィリップのために許しを請うた。

そんな瞬間には、マリヤの胸のうちに犠牲者の誇りにも似た感情が湧き上がってくるのだった。そしてまさにそんな瞬間に、自分が批判しているその父親が、不意に目の前で、眼鏡を探して眼鏡の近辺を手探りしながら見つけられなかったり、今あったばかりのことを忘れたり、弱った足を踏みだそうとしてよろけては、誰かにまずいところを見られはしなかったかと振り返ったり、あるいは最悪なことに、食事の最中でも活気づけてくれる客がいない場合には、急に居眠りを始めて、ナプキンをずり落とし、皿の上にがくんと首を傾けて、うつらうつらしたりするのである。『父は年をとって弱っているのに、私ときたらそんな父を責めるなんて！』そんなときの彼女は、こう思って自己嫌悪に駆られるのだった。

3章

一八一一年のモスクワに、にわかに人気を博したフランス人の医者がいた。背が飛び切り高く、美男子で、フランス人らしく愛想がよく、おまけにモスクワ中の噂では、並外れた腕前の名医だという。その名をメチヴィエといった。上流社会に属する家庭では、彼は医者としてではなく、対等な客として遇されていた。

これまで医学をバカにしてきたボルコンスキー老公爵も、最近ではマドモワゼル・ブリエンヌの助言を容れてこの医者を受け入れ、馴染んできた。メチヴィエは週に二度ほど公爵のもとに通ってきた。

老公爵の聖名日である聖ニコライの日には、モスクワ中の人士がお祝いしようと屋敷の車寄せに詰めかけたが、公爵の命令で誰も中に通してはもらえなかった。公爵が食事に招くよう指定した相手はほんの数名ばかりで、そのリストは娘のマリヤの手にあった。

例のメチヴィエも午前中から祝いの挨拶に顔を出すと、止めようとするマリヤに、自分は医者だから命令を破ることこそが作法であると言い捨てて、そのまま公爵の部屋に向かった。たまたまこの聖名日の朝、老公爵のご機嫌は最悪の部類だった。午前中ずっと屋敷を歩き回り、誰彼となく難癖をつけては、相手の言うことが自分には分からないし、自分の言うことは相手に通じない、といった顔をしていた。この地味ながら偏執的に口うるさい状態が、たいてい狂憤の爆発に終わることを十分すぎるほどわきまえていたマリヤは、この朝はずっと、まるで実弾を込めて撃鉄を上げた銃の前を、来るべき発砲に怯えながら歩いているような気持ちだった。午前も医者が来るまでは無事だった。医者を通した後では、マリヤは本を手にして客間の入り口付近に座を占めた。そこからならば書斎の物音がすべて聞き取れるからだ。

はじめメチヴィエの声だけが聞こえ、次に父親の声が聞こえ、それから二人の声が同時に喋り出したかと思うと、勢いよくドアが開いて、戸口に黒い前髪のメチヴィエの、怯《おび》えきった様子の美しい姿が、そして室内帽に部屋着姿で、狂憤に顔をゆがめ、黒目がすっかり下を向いた公爵の姿が見えた。

「分からんか?」公爵は怒鳴っていた。「私には分かっているぞ! フランスのスパイめ! ボナパルトの奴隷、スパイめ、この屋敷から出ていけ――出ていけと言って

5　聖ニコライの日は夏と冬の二回あり、冬は旧暦十二月六日にあたる。

いるのだ！」そう言って公爵はぴしゃりとドアを閉めた。

メチヴィエは肩をすくめると、叫び声を聞きつけて隣室から駆けつけて来たマドモワゼル・ブリエンヌに歩み寄った。

「公爵はあまりお加減がよろしくありませんな。癇癪を起こして、頭に血が上っておられます。でも心配いりません、明日またお寄りしますから」そう言うとメチヴィエは、唇に一本指をあててそそくさと出て行った。

ドアの向こうからスリッパの足音と怒号が聞こえていた。「スパイどもめ、裏切者どもめ、どこもかしこも裏切り者だらけだ！　わが家にいても一瞬も気が休まらん！」

メチヴィエが立ち去った後で老公爵は娘を部屋に呼びつけると、怒りのたけを浴びせかけた――スパイが自分のところに入り込んだのはお前のせいだ。自分はちゃんと言った、お前に言ったはずだ、リストを作れ、そしてリストにない奴は通すなとな。それなのに一体どうしてあんなろくでなしを通したのだ！　全部お前が原因だ。「お前がいると私は一瞬も気の休まる時がない、これでは安らかに往生もできん」そう父親は言った。

「いやはや、これはもう別れるしかない、別居するしかないな、そうだろう、ええ！　もはやどうにもならん」そう言って父親は部屋を出た。だが、これで娘にほっとされては困るとでもいうかのように、また戻ってくると、落ち着き払った様子を取り繕おうとしながら、言い添えたのだった。「いいか、私がかっとなってああ言ったんだと思うなよ。私は平静だし、ちゃんと考えて言っているんだ。だから本気だぞ――別居する、自分の住む場所を探しておけ！……」しかしそれ以上持ちこたえられず、愛している人間にしか持ちえないような憎しみの念に自らも苦しみながら、握りしめたこぶしをぶるぶるふるわせて、娘に向かって叫んだのだった。

「せめてどこかのバカがお前を嫁にもらってくれたらなあ！」ぴしゃりとドアを閉めると公爵はマドモワゼル・ブリエンヌを呼びつけ、そのまま書斎はシーンと鎮まったのだった。

二時になると、選ばれた六人の人物が会食に集合した。客のメンバーは、有名なラストプチン伯爵[6]、ロプヒーン公爵[7]とその甥、老公爵の古い戦友のチャトローフ将軍、そして若手ではピエールとボリス・ドルベツコイで、皆、客間で主人を待って

6　正しくはフョードル・ロストプチン伯爵（一七六三～一八二六）。軍人、作家、政治家。祖国戦争時のモスクワ総督。
7　イワン・ロプヒーン公爵（一七五六～一八一六）。元老院会員でフリーメイソン。

いた。

つい先日休暇でモスクワに来たばかりのボリスは、ボルコンスキー老公爵の面識を得たいと願っていたところ、幸いにもそのお眼鏡にかなって、普通は若者を家に入れない公爵が、彼だけを唯一の例外として招いてくれたのだった。公爵の家はいわゆる「社交界」の範疇《はんちゅう》にはなかったが、巷の噂に上るわけでなくとも、そこに受け入れられることが何よりも名誉と思えるような、そんな小さなグループの場であった。ボリスがそれを悟ったのは一週間前、自分のいる前でラストプチンが、聖ニコライの日の食事に総司令官から招待されたのを断って、次のように言った時だった。

「あいにくその日は、私はいつも、あのボルコンスキー公爵の謦咳《けいがい》に接することにしておりましてね」

「ああ、なるほど、そうでしたな」総司令官は答えたものだ。「あの方はお達者で？……」

食事の前に、旧時代風に天井が高く、家具も古めかしい客間に集まった小さな集団は、あたかも裁判所の厳粛な評議会のようだった。皆が口を閉ざしたままで、話すときも小声だった。老公爵はむずかしい顔つきで現れ、口数も少なかった。令嬢のマリヤは普段にもましておとなしく、おどおどしているように見えた。客たちも彼女が会話どころではないのを見て取って、すすんで話しかけようとはしなかった。ラストプチン伯爵一人が昨今の市井のニュースや政治上のニュースを披露して、会話をつないでいた。

ロプヒーンと老将軍はほんの時たまだけ会話に加わった。話を聞くニコライ老公爵の様子は、ちょうど裁判長が報告を聞きながら、ほんの時折うなるような声を出したり短い言葉を発したりすることで、かろうじて報告の中身を理解していることを表明してみせるのとそっくりだった。会話の調子から、誰一人として現在の政界の状況を良く思っていないのは明白だった。話題となる出来事は、何もかもが悪い方向に行っていることをはっきりと裏書きするものばかりである。ただしよくしたもので、どんな話でも議論でも、批判の矛先が皇帝陛下その人に及ぶ間際まで来ると必ず、話し手が自分でストップするか、もしくは誰かに止められるのだった。

会食の間に会話が最近の政治ニュースに及び、ナポレオンがオルデンブルク公国領を併合したこと、ロシアがナポレオンに敵対的な通牒をヨーロッパの諸宮廷に送ったことが話題に上った。[8]

「ボナパルトのヨーロッパに対する振る舞いは、まるで乗っ取った船の上の海賊のようですな」ラストプチン伯爵が、すでに自身で何度か繰り返してきた言い回しを用いて言った。「それにしても驚くのは、君主諸氏の忍耐ぶりというか無策ぶりです。今や法王にまで累《るい》が及ぼうとしていて、ボナパルトはもはや遠慮会釈もなくカトリック教会の長を引きずり降ろそうとしていますが、[9]皆がそれを黙って見ているのですから。一人わが皇帝陛下のみが、オルデンブルク公国領の併合に抗議してきました。ただしそれも……」ラストプチン伯爵はここで黙り込んだ。もはやその先は非難がましい詮索をすべきでない領域であることを感じたのだ。

「オルデンブルク公国領に代わって別の領土を提案したわけだ」ボルコンスキー老公爵が言った。「ちょうどこの私が禿山《ルイスィエ・ゴールィ》の百姓たちをボグチャロヴォやリャザンの領地に移したみたいに、公たちも配置換えしようというわけだな」

「オルデンブルク公は驚くべき精神力で、冷静沈着に不幸に耐えていらっしゃいます」ボリスが恭しい口調で話に口をはさんだ。ペテルブルグから来る途中、公の拝謁の栄に浴する機会があったことからの発言であった。ボルコンスキー老公爵はこの発言に対して何か言いたそうなそぶりで若者をしばし見つめたが、しかしそれには相手が若すぎると思って断念した。

「オルデンブルク公国問題に関するわが国の抗議文を読んでみましたが、あの通牒の文面のお粗末さには驚きましたな」自分がよく知っている事柄を論ずる者に特有の調子でラストプチン伯爵は言った。

ピエールは素朴に驚いてラストプチン伯爵を見つめた。どうして通牒の文面のお粗末さなどが気になるのか、理解しかねたのだ。

「伯爵、通牒の書き方などどうでもよろしいのではありませんか？」ピエールは言った。「もしも内容がしっかりしていれば」

「いや君、五十万もの軍勢を有する身なのだから、文面を整えるくらい朝飯前のはずじゃないかね」ラストプチン伯爵は言った。ピエールはなぜ伯爵が通牒の文面の出来を気にするのかを理解した。

8　オルデンブルクはドイツの領邦国家。大陸封鎖令を破った咎で他のハンザ同盟諸国とともに一八一〇年にナポレオンに領土を併合された。オルデンブルク家はロマノフ朝と縁が深く、オルデンブルク公ヴィルヘルムの摂政ペーター（後のペーター一世）はロシアの大公妃マリヤ・フョードロヴナの妹の夫であり、その息子はアレクサンドル一世の妹の夫だったので、アレクサンドルはナポレオンの暴挙に不満で、ヨーロッパ各王室に抗議文書を送った。

9　一八〇九年にナポレオンが教皇の世俗的権力を排するため教皇領を没収、教皇を南仏のサヴォナに幽閉した事件を示す。

「どうやら中途半端な物書きが増えすぎたようだな」老公爵が言った。「ペテルブルグでは猫も杓子も書いている、通牒に限らず、新しい法案までな。うちの息子のアンドレイも、あちらでロシアのための法典を丸々一巻書き上げたようだ。今では皆が物書きだからな！」そう言うと老公爵はわざとらしい調子で笑い出した。

しばし会話が途切れると、老将軍が咳払いをして皆の注意を促した。

「最近ペテルブルグでの閲兵の際にあった出来事をお聞き及びですか？　新しいフランス大使が馬脚を現したという話を」

「というと？　ああ、何かそのようなことを聞きましたよ。陛下の前で何か失礼なことを言ったとか」

「陛下がフランス大使に、擲弾兵《てきだん》師団と分列行進に注意を向けるよう促したところ」と将軍は言った。「大使は何の関心も示さず、しゃあしゃあと言ってのけたそうだ――フランスではこのようなつまらぬものに関心を持つ者はありません、とな。陛下はなにもおっしゃらなかった。そして次の閲兵式では、一度も大使に話しかけなかったそうだ」

皆黙り込んだ。陛下個人に関係することのような事実については、いかなる見解を表明することもできなかったのである。

「不逞《ふてい》なやつらだ！」老公爵が言った。「メチヴィエをご存知か？　私は今日あの男を家から追い払ってやったよ。あいつはここに来たんだ。誰も通すなとあれほど言ったのに、通しおって」怒りの目で娘を一瞥して公爵は言った。彼はフランス人医師との会話を一部始終披露して、自分がどうして相手をスパイだと確信したかという理由を説明した。その理由は実に薄弱かつ曖昧なものだったが、誰も反論しようとはしなかった。

肉料理の後にシャンパンが出た。客たちは席を立って、老公爵に聖名日の祝いを述べた。娘のマリヤも父のもとに歩み寄った。

父親は冷たく悪意に満ちた目で娘を一瞥すると、剃り上げた皺だらけの頬を差し出した。その表情のすべてが物語っていた――朝の会話を父は忘れておらず、あの時決めたことはそのまま生きており、ただ客の手前、今は口に出さないだけだと。

コーヒーの時間になって客間に移ると、老人たちは一緒の席を占めた。

老公爵はいっそう元気になって、来るべき戦争についての考えを述べた。

彼の意見はこうだった――わが国とナポレオンとの戦争は、わが国がドイツとの同盟を求め、ティルジットの和約によって巻き込まれたヨーロッパ問題に首を突っ込んでいるうちは、不首尾に終わるだろう。味方としてであろうが敵としてであろうが、わが国はオーストリアの戦争に巻き込まれるべきではなかったのだ。わが国の政治はすべて東方に向けられるべきで、ボナパルトに対しては、ただひたすら国境を防備し、毅然とした政治を行えば、相手はよもや一八〇七年の時のようにロシア国境をまたぐことはないだろう。

「おまけに公爵、いったいわれわれロシア人がフランス人と戦えましょうか！」ラストプチン伯爵が言った。「そもそも自分が師と仰ぎ神と仰ぐ相手に刃向かえるものでしょうか？　わが国の青年たちを、奥さま方を見てください。われわれの神はフランス人であり、われわれの天国はパリなのですよ」

明らかに皆に聞かせようというつもりで、伯爵は声を大きくしていた。

「着るものもフランス製、思想もフランス仕込み、感情もフランス風ですからな！　閣下はさっきのお話のように、あのメチヴィエがフランス人のろくでなしだからという理由で首っ玉をつかんで追い払われたわけですが、わが国の奥さま連中は這いつくばるようにしてあの男の後を追いかけていますよ。昨晩私はある夜会に出ましたが、奥さま方の五人に三人はカトリックになっていて、日曜日の刺繡も、法王のお許しをいただいてやっているのです。ところがご本人たちの格好ときたら、言わせていただければ、まるで浴場の看板そこのけに裸同然なんですからな。それにまたわが国の若者たちときたら、公爵、いっそあの珍品館《クンストカメラ》[10]からピョートル大帝の古い棍棒《こんぼう》を借りてきて、ロシア式に横っ腹をどやしつけてやりたいくらいですな。バカな考えが出て行くように！」

みんな黙り込んだ。老公爵は笑みを浮かべてラストプチンを見つめたまま、わが意を得たりとばかりにうなずいている。

「ではこれにて失礼いたします、閣下、どうかお達者で」そう言うとラストプチンは持ち前の身軽さで腰を上げ、公爵に手を差し伸べた。

「どうも、いやはや名調子ですな、いつもながら聞き惚れてしまう！」老公爵はそう言って相手の片手を握ったまま、キスさせるために頬を差し出した。ラストプチンにならって他の者たちも腰を上げた。

10　ピョートル一世（大帝）がサンクトペテルブルグに作った博物館で、鉱物から人体臓器、果ては武器・拷問器具に至るまで、当時の博物学の関心を反映したコレクションが収蔵されている。

4章

客間に座って老人たちのこんなうわさ話や粗探《あらさが》しを聞きながら、マリヤは耳に入ってくることが一つも理解できなかった。彼女の気がかりはただ一つ、父親が自分を目の敵《かたき》のように扱っているのを、客たちみんなに気取《けど》られてしまったのではないかということだけだった。実はこれがもう三度目の訪問になるボリスが、会食の間ずっと彼女に特別な関心と気遣いを示していたのだが、マリヤはそれに気づきもしなかったのである。

すでに客たちがあらかた帰り、父親も部屋を出た後、最後に残ったピエールが帽子を手にしてにこやかな顔で近寄って来た時も、マリヤはぼんやりとした、訝《いぶか》るような目で相手を見たものだった。客間にはもう彼ら二人しかいなかった。

「もうちょっとだけお邪魔してもかまいませんか?」そう言ってピエールはマリヤのそばの安楽椅子に太った体を投げ出した。

「ええ、どうぞ」マリヤは答えた。その目は『あなたは何もお気づきになりませんでしたの?』と問いかけていた。

ピエールは食後の満ち足りた気分に浸っていた。まっすぐ前を見て静かにほほえんでいる。

「あの青年のことは前からご存知なのですか、マリヤさん？」彼は言った。

「どの青年のことですか？」

「ボリス君ですよ」

「いいえ、ほんの最近……」

「それで、彼をどう思われます？」

「ええ、いい青年ですわね……。でもどうしてそんなことをお訊ねになりますの？」

答えながらマリヤは、相変わらず朝の父親との会話のことを考えていた。

「実はひとつ気づいたことがあるんですよ――通例若い男性が休暇でペテルブルグからモスクワにやって来る場合、その目的はただ一つ、裕福な結婚相手を見つけることだって」

「あら、そうなんですの？」マリヤは言った。

「ええ」ピエールは笑顔で続ける。「ですからあの青年の行動もご多分に漏れずで、裕福な適齢期のお嬢さんのいるお宅には必ず顔を出しています。僕にはあの青年の胸のうちが手に取るように分かります。今あの青年は二人の女性のどちらにアタックしようかと迷っています——あなたかそれともカラーギン家のジュリーさんかです。彼はジュリーさんにも大いに関心を示していますよ」

「カラーギンさんのところに出入りしているのですね？」

「ええ、しょっちゅう。ところで女性に好かれるための新しい技をご存知ですか？」

朗らかな笑みを浮かべてピエールは言った。しょっちゅう日記で反省の種になっている、例の浮かれた、悪意のないからかい気分になっているのは明らかだった。

「存じません」マリヤは答えた。

「最近は、モスクワのお嬢さん方にもてようと思ったら、メランコリック[11]でないといけないのです。あの青年もジュリーさんの前ではきわめてメランコリックですよ」ピエールは言った。

「本当ですか？」ピエールの優しげな顔を見つめてそんな返答をしながら、マリヤは相変わらず自分の悲しみのことで頭がいっぱいだった。『いっそひと思いに』と彼女は思った。『誰かに今の気持ちをすっかり打ち明けてしまえたら、楽になるでしょうにね。すべてを打ち明けるとしたら、相手はまさにこのピエールさんだわ。こんなにも優しくて高潔な方だから。きっと楽になるわ。この方なら忠告もしてくださるでしょうし！』

「あの青年と結婚するというのはいかがですか?」ピエールは訊ねた。

「あら、そんな、伯爵! でもどんな相手でもいいから結婚してしまいたいと思うときはありますわ」不意に自分でも思いがけず、涙声になってマリヤは言った。「ああ、なんて辛いんでしょう、身近な人間を愛していながら、思い知らされるんですもの……何一つ(彼女は震える声で続けた)相手のためにしてあげられないで、ただ悲しませるだけだって。しかも、他にどうしようもないと分かっているんですから。こうなったらもう、出て行くだけ。でも私、どこへ行けばいいというのでしょう!」

「どうしました、何があったんです、マリヤさん?」

しかしマリヤはすっかり打ち明ける前に泣き崩れてしまった。

「あら私、今日はどうしたのかしら。どうかお聞きにならないで、今言ったことは忘れてくださいね」

ピエールの朗らかな気分はすっかり吹き飛んでしまった。彼は心配そうにあれこれ令嬢に問いただし、全部話してください、悲しいことがあればすっかり打ち明けてく

11　哀愁に駆られて物思いに沈んでいるような様子。当時の文芸におけるセンチメンタリズム(感傷主義・主情主義)のモードにマッチしていた。

ださいと頼んだが、相手はただ自分の言ったことは忘れてください、自分でも何を言ったか覚えていませんと繰り返すばかり。あげくは自分に悲しみの種があるとすれば、それはただ一つ、ピエールも知っているとおり、兄のアンドレイの結婚が親子喧嘩の火種になりそうだということばかりだと言い添えるのだった。

「ロストフ家の皆さんのこと、お聞きになりました？」話題を変えようとしてマリヤは言った。「私が聞いた話では、近いうちにこちらにいらっしゃるとか。兄のことも私、毎日心待ちにしていますわ。二人がここで会ってくれたらいいのですが」

「あの方は今このことをどう見ていらっしゃるんですか？」ピエールがあの方というのは老公爵のことだった。マリヤは軽く首を振った。

「でも、どうしようがあるでしょう？　ほんの何か月かでもう一年になりますもの。いまさら避けるわけにはいきませんわ。でも、せめて最初のちょっとの間だけでも、兄を嫌な目に遭わせたくないのです。あの方たちが早く来てくださるといいのですけれど。私、あの方とうまくやれると思いますわ……。あなたはあの方々を前からご存知なのでしょう」マリヤは言った。「どうか教えてください、胸に手を当てて、ありのままの真実を。あのお嬢さんはどういう方なのですか、そしてあなたはあの方をどうお思いですか？　ただし、どうか本音のところをおっしゃってください。と申しますのも、お分かりいただけると思いますが、兄が父の意に反して進めてしまったものですから、ずいぶんと危《あや》ういことになっていて、それで私も知っておきたいのです……」

漠とした本能がピエールに告げるところによれば、こうした言い訳めいた理由付けや、何度も繰り返される本音のところを聞きたいという要求そのものが、未来の兄嫁をマリヤが快く思っていないこと、そしてピエールにもアンドレイの選択に反対してもらいたいと思っていることを物語っていた。しかしピエールは考えたことよりもむしろ感じたことを口にした。

「そのご質問にどうお答えしたらいいのか、僕には分かりません」自分でもなぜか分からずに顔を赤らめて彼は言った。「あの娘さんがどういう方なのか、僕には全く分からない。あの方を分析するなんて、どうやっても僕には無理です。あれは魅力的な女性です。でもなぜ魅力的なのか、僕には分かりません。あの方について言えるのはそれだけです」マリヤは一つため息をついた。その顔には『そう、きっとこういう言葉が返ってくると思ったたし、これを恐れていたの』と書かれていた。

「頭のいい方なのですか？」マリヤが問いかけるとピエールは考え込んだ。

「違うかな」彼は答えた。「いやしかし、まあ頭はいいですね。でもあの方は頭がいいなんてことに重きを置いていないのですよ……。いや、やはり魅力的な女性ですよ。それ以外の何ものでもありません」マリヤは再び不本意そうに首を振った。

「ああ、私その方のことを好きになりたいわ！　もしも私より先にお会いになったら、そうお伝えくださいね」

「あの方々は近日中にお見えになると聞きましたよ」ピエールが言った。

マリヤは、ロストフ家の人々が着いたらすぐに未来の兄嫁と近づきになって、老公爵を彼女に馴染ませたいという自らの心づもりをピエールに伝えた。

5章

ペテルブルグで金持ちの女性と結婚できなかったボリスは、その目的をかなえるためにモスクワまでやって来たのだった。モスクワに来た彼は、ジュリーとマリヤという最高に裕福な二人の花嫁候補の間で迷うことになった。公爵令嬢のマリヤの方が、不美人だとはいえジュリーよりも魅力的なようにボリスには思えたのだが、このボルコンスキー家の令嬢に言い寄ろうとしても、なぜか彼にはうまくいかなかった。最近、父親の公爵の聖名日に会った時にも、何とか恋愛の話題に水を向けようとあれこれ試みたのだったが、相手は頓珍漢な受け答えをするばかりで、明らかにこちらの話を聞いてすらいなかったのだ。

ジュリーの方は反対に、いかにも独特な、この女性にしかない仕方ででではあるが、彼のアプローチを喜んで受け入れてくれるのだった。

ジュリーは二十七歳だった。兄たちが死んだため、彼女は大金持ちになっていた。今ではすっかり器量が落ちていたが、自分では、相変わらず美しいばかりか、昔よりも今の方がはるかに魅力的だと思い込んでいた。そんな思い込みを支えているのは、一つには彼女がきわめて裕福な花嫁候補になったことであり、また一つには、年齢が上がるにつれて男性にとってはますます安全な存在になり、男性たちがますます打ち解けて彼女に接し、何の義務を負う恐れもなしに彼女の家での夜食やら夜会やら、彼女の周囲のにぎやかな社交の集いやらを満喫するようになったことである。これが十年前ならば、十七歳の令嬢のいる家庭に毎晩通い詰めながら、相手の体面も傷つけず自分も束縛されないのは虫が良すぎると尻込みしたであろう男性が、今では毎日堂々と彼女のもとに通ってきては、花嫁候補のお嬢さまとしてではなく、男女の別を抜きにした知り合いとして話しかけてくるのだった。

カラーギン家は、この冬モスクワで一番愉快でもてなしのいい家だった。招待制の夜会やディナー以外にも、毎日カラーギン家には社交界の人々が集まり、とりわけ男性たちは、真夜中の十二時に夜食をとっては二時過ぎまで腰を落ち着けているという具合だった。舞踏会でも観劇でも野外での遊びでも、ジュリーが参加しない催しはなかった。彼女のファッションは常に流行の先端を行っていた。しかしそれにもかかわらず、ジュリーはすべてに幻滅した様子で、誰に対しても、自分は友情も愛情もどんな人生の喜びも信じていないし、心の安らぎはただあの世に期待するばかりだ、と語り掛けるのだった。大きな幻滅を味わった乙女、あたかも愛する人を失ったか、もしくは愛する人に裏切られた乙女のような風情を、彼女はすっかり身に付けていた。彼女の身にはそのような出来事は何一つ起こりはしなかったのだが、人々はまるでそんな乙女を見るような眼で彼女を見ていたし、本人さえも、自分はさんざん人生の辛酸《しんさん》をなめてきたのだと信じ込んでいる始末だった。そうした憂愁《メランコリー》は、彼女が楽しむのを妨げはしなかったし、彼女の家に集う若者たちが心地よく時を過ごす妨げにもならなかった。客は誰でもこの家を訪れると、まずはホステス役の彼女のメランコリックな気分に敬意を表してお付き合いし、それからおもむろに社交界流の談話や、ダンスや、頭脳ゲームや、カラーギン家ではやっている勝ち抜きの詩作ゲーム《ブリメ》[12]に興じるのだった。ただ、ボリスを含む何人かの青年たちだけは、ジュリーのメランコリックな気分により深く寄り添い、ジュリーもそういう青年たちとはより時間をかけて、水入らずで、この世のすべては空《むな》しいといった会話を交わし、自分のアルバムを開いては、そこにいっぱいに書き込まれている寂しげな絵や言葉や詩を見せるのだった。

ボリスに対して、ジュリーはとりわけ優しかった。彼女は彼が若くして人生に幻滅したことを悼《いた》み、同じく人生の辛酸をなめた自分だからこそ可能な友情の慰めを提供し、彼の前に自分のアルバムを開いた。ボリスはそのアルバムに二本の木を描き、フランス語で『田園の樹木よ、汝らの黒き枝が、わが頭上に闇と憂愁を降り注ぐ』と記した。

別の場所に彼は墓の絵を描き、フランス語で書き添えた。

死は救いなり、死は安らぎなり
おお、苦悩する身に他の逃げ場はなし

ジュリーは素敵だと言った。

12　指定された韻を踏んで詩を作る腕を競うゲーム。

「憂愁の笑みには何か果てしなく魅惑的なものがありますわね」彼女はボリスにそう言ったが、これはあるフランス語の本の一節を文字通り書き抜いておいたものだった。

「それは影にさす一条の光であり、悲哀と絶望の間の微妙な境界であり、それが慰安の可能性を示してくれるのです」

これを受けてボリスは以下のような彼女に捧げるフランス語の詩を書いた。

あまりに感じやすき心の、毒をはらむ糧《かて》
それなくしては、わが幸福のかなわぬもの
優しき憂愁よ、おお、われを慰めに訪れよ
訪れて、わが暗き孤独の苦悩を鎮《しず》めよ
そしてわが頬を伝うこの涙に
そっと一抹の甘みを添えよ

ジュリーはボリスのために竪琴で、すこぶるうら悲しい夜想曲《ノクターン》を奏でた。ボリスは彼女に『哀れなリーザ』[13]を読み聞かせたが、心の高ぶりに息を詰まらせて、何度も朗読は中断した。社交界の集まりで顔を合わせた時には、ジュリーとボリスは、あたかも無関心な者たちばかりの海原でただ二人だけ互いに理解し合う者同士のように、目を見交わすのだった。

ボリスの母のドルベツコイ公爵夫人は、頻繁にカラーギン家を訪れて夫人のお相手をしながら、その一方でジュリーが相続する資産をすっかり調べ上げていた（ペンザ県の二か所の領地とニジェゴロド県の森林が相続されることになっていた）。ドルベツコイ公爵夫人は、息子と裕福な娘ジュリーを結び付けてくれた玄妙なる哀愁の感覚を、神意の前に平伏し感服する者のまなざしで眺めていた。

「ジュリーさん、あなたはいつも変わらず魅力的でメランコリックですことね」カラーギン家の娘に彼女は語りかけた。「ボリスはお宅に伺うと心が安らぐと申しておりますのよ。あの子はさんざん幻滅を味わったうえに、ひどく感じやすい質《たち》なものですから」夫人に向かってはそんな言い方をした。

「ねえお前、私この頃すっかりジュリーさんが気に入ってしまったわ」夫人は息子

13　作家・歴史家ニコライ・カラムジーン（一七六六～一八二六）が一七九二年に書いた感傷主義風の小説で、貴族と百姓娘の身分違いの恋の悲劇を描いている。

に言うのだった。「もう言葉にできないくらい！　だって、あの方を好きになれないような人がいるかしら？　まるでこの世のものとは思えないような方なんですから！　ああ、ボリス、ボリス！」夫人はここでしばしの間を置いた。「だからこそあの方のお母さまが哀れでならないの」彼女は続けた。「今日あの方にペンザからの報告書と手紙を見せられたのだけれど（あの方たちそれは大きな領地を持っているのよ）、あの方かわいそうに、何もかも全部自分で、一人でなさっているのよ。だから騙されてばかりなの！」

母の言葉を聞くボリスはうっすらと笑みを浮かべた。母親の単純な下心がまる見えなのでちょっと苦笑したのだったが、しかし話は最後までしっかりと聞き、時折ペンザ県とニジェゴロド県の領地について、きちんと確かめるための質問まで挟んだのだった。

ジュリーはもうかなり前から、自分を崇拝してくれるこのメランコリックな青年がプロポーズしてくるのを予期して、それを受け入れる心づもりをしていた。しかしこの女性への、その強烈な結婚願望や不自然さへの、何か得体の知れぬ嫌悪感と、本当に人を愛する可能性を断たれてしまうことへの恐怖感が、いまだにボリスを引き留めていた。彼の休暇ももう終わろうとしていた。毎日毎日べったりとカラーギン家で過ごして、来る日も来る日も胸のうちで自問自答を繰り返しながら、明日にはプロポーズをしよう、明日にはプロポーズをしようと自分に言い聞かせていた。しかしいざジュリーの前に出て、彼女の赤ら顔や、ほとんどいつも白粉《おしろい》をはたいている顎のあたりや、潤んだ眼や、いつ何時でもメランコリーなど打ち捨てて、手のひらを返したように結婚の幸福を謳歌する用意ができていますと書いてあるようなその表情を目にすると、ボリスは決定的な言葉を吐く力を失ってしまうのだった。とはいえ一方で彼は、すでに久しく空想の内では自分をペンザとニジェゴロドの領地の所有者と見なしており、それぞれから上がる収益の使い道まで決めていたのである。ジュリーもボリスの煮え切らぬ態度に気付いていて、時に自分が相手に嫌われているのではないかという考えが頭に浮かぶこともあった。だがすぐに女性特有の自惚れ心が慰めの種を見出して、あの人は恋をしているからこそ恥ずかしがっているにすぎないと、自分に言い聞かせるのだった。しかし彼女のメランコリーは次第に苛立ちへと変わってゆき、ついにボリスの出立が間近になると、彼女は断固とした挙に出た。ボリスの休暇の期間が尽きようとしていたまさにそのとき、モスクワに、ということはすなわちカラーギン家の客間に、例のアナトール・クラーギンが姿を現した。するとジュリーはにわかにメランコリーを打ち捨ててきわめて陽気な女性になり、アナトールに親身に接し始めたのである。

「ねえお前」ドルベツコイ公爵夫人は息子のボリスに言った。「確かな筋から聞いたんだけれど、ワシーリー・クラーギン公爵が息子のアナトールを送り込んできたのは、ジュリーさんと結婚させる狙いだそうよ。私、ジュリーさんが大好きだから、そんなことになったらあの方がかわいそうだと思うのだけれど。あなたはどう思うの？」

まんまと他人に出し抜かれ、まるまる一月も掛けたジュリー相手の辛気臭いメランコリックなおつとめを全部ふいにして、すでにすっかりリストになって頭の中ではしかるべき用途まで割り振っていたペンザ県の領地からの収益が、別人の手に、それもあろうことかあの間抜けなアナトールの手に渡るのを目にするのだと思うと、ボリスは屈辱を覚えた。彼はプロポーズしようという固い決意を抱いてカラーギン家を訪れた。ジュリーはにこやかな屈託のない様子で彼を迎えると、のんきな口調で昨夜の舞踏会がいかに楽しかったかを語り、あなたはいつお発ちなのと訊ねたりした。自分の愛を語るつもりで来た以上、まずは優しい態度に出るはずだったのだが、ボリスはつい苛立って女性の移り気を論じ始めてしまい、女性の気持ちは悲しみから歓びへところころ変わるとか、女性の気持ちはちやほやしてくれる男性次第だとか言い立てた。

ジュリーもむっとして、おっしゃる通り、女性だって目先を変えることが必要で、いつも同じことばかりでは誰だって飽き飽きしてしまうと言い返した。

「そういうことなら一つご忠告させていただきますが……」何かきついことを言ってやろうとしてボリスは切り出しかけたが、しかしその瞬間、自分は目的も遂げぬまま、これまでの苦労を水の泡にしてモスクワを出て行くかもしれないという屈辱的な考えが頭に浮かんだ（苦労を無駄にしたことはこれまで何につけ一度もなかったのである）。話の途中で口をつぐむと、彼は相手の不快な苛立ちと未練を表した顔を見まいと目を伏せて、改めて言った。「僕はけっして、あなたと言い争おうなどというつもりで伺ったわけではありません。それどころか……」先を続けてもいいか確かめようと彼はちらりと彼女の顔を見た。彼女の苛立ちはすっかり消え、不安げな、懇願するような目が熱い期待をたたえて彼に向けられていた。『この相手とめったに顔を合わせないように計らうことぐらい、いつだってできるさ』ボリスは思った。『一度手を付けた仕事は片付けてしまわないとな！』にわかに頬を紅潮させ、目を上げて相手を見据えながら、彼は言った。「あなたへの僕の気持ちはご存知でしょう！」それ以上何も言う必要はなかった。ジュリーの顔は勝利と自己満足の笑みに輝いていた。ただし彼女はボリスに、このような場合言うべきことはすっかり言わせた。すなわち彼が彼女を愛していること、彼女ほど愛した女性はいまだかつて一人としていなかったことを、きちんと口にさせたのだ。ペンザ県の領地とニジェゴロド県の森林の見返りとしては、これくらいのことを要求するのは当然だと彼女はわきまえており、そして要求しただけのものを手に入れたのである。

求婚者と花嫁はもはや闇と憂愁を降り注いでくれる樹木の話などおくびにも出さず、将来ペテルブルグに素晴らしい邸宅を建てる計画を練り、あいさつ回りをして、豪華な結婚式の準備万端を整えにかかったのだった。

6章

ロストフ家のイリヤ老伯爵は一月の末にナターシャとソーニャを連れてモスクワにやってきた。伯爵夫人の方は相変わらず加減が悪くて旅はできず、しかも夫人の回復をのんびり待っていられない事情があった。娘の婚約者のアンドレイ公爵が今日明日にでもモスクワに帰還するのではないかと思われていたし、そうでなくとも、嫁入り道具を買いそろえ、モスクワ郊外の領地を売り、さらにボルコンスキー家の老公爵がモスクワにいる機会を利用して将来の嫁の顔を見せておく、といった用事が山積していたからである。ロストフ家のモスクワの屋敷は暖房がされていないままだった。そもそもが短期間の滞在の予定だし、伯爵夫人も同伴していないということで、イリヤ老伯爵は今回のモスクワ滞在中、以前から親切に宿の提供を申し出てくれていたアフローシモフ夫人の家に厄介になることにしたのだった。

夜も更けてからロストフ家の四台の旅行用橇がスターラヤ・コニューシェンナヤ通りのアフローシモフ夫人の屋敷に乗り入れてきた。夫人は一人暮らしだった。一人娘はすでに結婚して家を出ていたし、息子たちはみな軍隊勤めだったのである。

夫人は相変わらず持ち前のまっすぐな性格を貫いていた。誰にでも分け隔てなく大声で単刀直入に自分の意見を述べ、他人の悪癖や行き過ぎた欲望や執着を見ると、本気で真っ向から叱りつけた。そんなものは言語道断だと思っていたからである。早朝から夫人は部屋着姿で家政を執《と》り、その後は、祭日には教会の礼拝式に行って、さらに留置場や刑務所を回った。そこには誰にも語らない夫人の仕事があったのである。

平日には着替えをすませるとそのまま家にいて、毎日訪ねてくる様々な身分の請願者と面会し、その後午餐をとった。たっぷりとして味も良い夫人の午餐の席には、常に三、四人の客が加わっていた。食事の後はボストンを一ゲーム戦う。夜は誰かに新聞や新刊書を朗読させて、自分は聞きながら編み物をした。外出でこうした日課が崩れることはめったになく、外出する際にも、訪問先はモスクワでも一番の重要人物たちのところに限られていた。

夫人がまだ床《とこ》に就いていない時刻にロストフ家の一行が到着して、控えの間の滑車のついたドアが音を立てて開き、父娘《おやこ》と供の者たちが寒い外から入って来た。夫人は眼鏡を鼻までずり下げ、頭をぐいと後ろにそらした格好で広間の戸口に立ち、厳しい、怒ったような目つきで、入ってくる者たちを見つめた。まるで客に腹を立ててすぐにでも追い返しそうな剣幕にも見えたが、この時早くも夫人は、客と荷物をどんな部屋割りで納めるか、細やかな指示を召使たちに出しているところだったのである。

「伯爵の荷物かい？　こちらに運んで」トランクを指さして誰にもあいさつしないまま、夫人はそんな指示を出していた。「お嬢さん方、こっちよ、左側。何だね、お前たち、ぺこぺこおじぎばっかりして！」夫人は女中たちを叱った。「サモワールを沸かしなさい！　ちょっとは肉がついて、別嬪さんになったわね」寒い外気のせいで真っ赤に頬を染めたナターシャのフードをつかんで手元に引き寄せると、夫人は声をかけた。「ひゃあ、すっかり冷え切っているじゃないの！　さあ、早くお脱ぎなさい」夫人の手に口づけするために近寄ってこようとした伯爵に彼女は言った。「さぞかし凍え切ったことでしょう。お茶にラム酒を添えましょうね！　ソーニャちゃん、ボンジュール」ソーニャにわざわざフランス語であいさつしたのは、相手をちょっと軽く見て体《てい》よくあしらうような、夫人のソーニャへの態度の表れだった。

皆が外套を脱ぎ、旅行中の着崩れを直してお茶の席に集まると、夫人は順番にみんなにキスをした。

「本当にうれしいわ、こうしてやって来て、しかもうちに滞在してくれるなんて」夫人は言った。「もうとっくに来ていてもよかったくらいよ」そう言って夫人は、意味ありげにナターシャの顔をちらりと見た……。「あのご老人もこのモスクワにいて、息子の帰りを今日か明日かと待っているわ。その話は後にしましょう」ソーニャをちらりと見てておかなくてはね。でもそうね、その話は後にしましょう」ソーニャをちらりと見て夫人はそう言い添えた。その日はソーニャのいるところではこの話をしたくないという気持ちを物語っていた。「じゃあ、いいこと」夫人は老伯爵に向き直って言った。「明日のことだけど、あなたどんな用事があるの？ 誰を呼びたい？ まずシンシンでしょう？」夫人は指を一本折ってみせる。「あの泣き虫のドルベツコイ公爵夫人――これで二人ね。あの方、息子さんと、このモスクワにいるのよ。あの息子さん、結婚するんですって！ それから、ベズーホフさんかい？ あの人も奥さま連れね。夫が妻から逃げだしたら、妻も追っかけてきたというわけ。水曜日にうちで食事をしたわ。それでこの人たちは」と夫人は伯爵の令嬢たちを示して言った。「明日私がイヴェルスカヤ礼拝堂に連れて行ってあげる。その後でオーベル・シャルメ[14]の店にも寄りましょう。どうせ全部新調するつもりなんでしょう？ ただし、私の格好は手本にならないわよ。今どきの服ときたら、袖がもうこんななんだから！ 最近もあの若い公爵令嬢のイリーナ・ワシーリエヴナが訪ねてきたけれど、それはもう見るのも恐ろしいくらい。だって両腕に樽を一つずつはめているみたいなんだもの。今どきはもう、一日ごとに流行が入れ替わるからね。それで、あなたの方はどんな用事があるの？」夫人は厳しい声で伯爵に訊ねた。

「それが何もかも一時《いちどき》に重なりましてね」伯爵は答えた。「娘の服も買わなくちゃならんし、そこへまたモスクワ郊外の領地とそれから家にも買い手がつきまして。それで、もしもお願いできるなら、娘たちをおあずけして、私はちょっと時間をいただいて一日だけマリインスコエ村に行ってきたいのですが」

「ええ、分かりましたよ、私の手元にいれば安全だからね。私のところに置けば、いわば後見会議院にあずけたようなものさ。どこへでも必要なところへ連れて行って、叱るのもかわいがるのもちゃんとやっておくから」代母までつとめたお気に入りのナターシャの頬に大きな手で触れながら、アフローシモフ夫人は言った。

翌朝夫人は令嬢たちをイヴェルスカヤ礼拝堂とマダム・オーベル・シャルメの店に

連れて行った。この裁縫師はアフローシモフ夫人のことを非常に恐れていて、一刻も早く店から追い払おうと、赤字覚悟で服の値引きをしてしまうのだった。アフローシモフ夫人は嫁入り衣装をほぼ全部注文した。家に戻ると夫人はみんなを部屋から追い払ってナターシャだけを残し、座っている安楽椅子のそばにこのお気に入りの相手を呼び寄せた。

「さて、ちょっと話そうかね。まず婚約おめでとう。良い相手を捕まえたね！　あんたのために喜んでいるよ。相手のことも、まだこんなころから知っているからね」（そう言って夫人は床から七十センチばかりのところを示した）ナターシャはうれしそうに顔を赤らめた。「あの人物は、私は好きだよ、あの家族全員もね。そこでいいかい、お前も知っているだろうけど、あのニコライという高齢の父親の方は、息子が結婚するのがひどく気に入らないのさ。頑固な年寄りだからね！　もちろんアンドレイ公爵は子供じゃないんだから、父親に許してもらう必要はないけれど、それにしても家族の反対を押し切ってよその家に入っていくのは好ましくないからね。こういうことは波風立てず、和気藹々《あいあい》と進めなくちゃ。お前は賢い子だから、ちゃんとやれる

14　当時人気の女性裁縫師。

だろう。いい子にして賢く立ち回るんだよ。そうすれば万事うまくいくからね」

ナターシャは黙っていた。アフローシモフ夫人は恥ずかしがっているのだろうと思っていたが、実のところナターシャは、自分とアンドレイ公爵の愛情の問題に他人が介入するのが不愉快だったのだ。ナターシャには二人の関係が、人間界のあらゆる俗事を超えた、誰にも理解のできない、特別な出来事だと思われていたのである。私が愛し、知っているのはアンドレイ公爵だけであり、相手もこの私を愛していて、近日中には帰ってきて、連れていってくれるはずなのだ。それ以上のことは彼女には何一つ必要ではなかった。

「いいかい、私はあの父親をずいぶん昔から知っているし、お前の小姑《こじゅうと》になるあのマリヤのことも好きなんだよ。俗に小姑は鬼千匹なんて言うけれど、あの娘は蠅《はえ》一匹殺せない方だからね。あの娘が自分から、お前と引き合わせてくれと私に頼んできたんだよ。お前、明日お父さんと一緒にあの娘を訪ねて行って、しっかり甘えておいで。お前の方が年下なんだからね。そうすれば、お前の婿殿が帰ってきた時には、お前は妹の方とも父親とも顔見知りで、かわいがられているという寸法さ。そうじゃないかい？　そのほうがいいだろう？」

「そうですね」ナターシャはしぶしぶ答えた。

7章

その翌日、アフローシモフ夫人の忠告通り、ロストフ伯爵はナターシャを連れてボルコンスキー公爵を訪問に出かけた。ロストフ伯爵はこの訪問に乗り気ではなかった。内心怖気づいていたのだ。この相手に一番最近会ったのは義勇軍の徴募の頃で、そのときこのボルコンスキー公爵をディナーに招いたところ、相手から徴募兵の数が足りないといってひどい剣突《けんつく》を食らったことが、頭から離れなかったのである。ナターシャの方は反対に、一番いいドレスを着て最高に弾《はず》んだ気分だった。『あの人たちが私を好きにならないはずがない』彼女はそんなことを思っていた。『私はいつでもみんなから愛されてきたんだから。私だってあの人たちが望むことなら何でもする覚悟だし、あの方のお父さまと妹さんなんだから、お二人とも大好きになれるはず。だから、あの方たちが私を好きにならない理由がないわ！』

橇がヴズドヴィージェンカ通りの古い陰気な屋敷に着くと、二人は玄関口に向かった。

「さて、神よ祝福を」そうつぶやく伯爵の声は冗談とも真面目とも聞こえたが、ナターシャが見ていると、控えの間に入るときの父親はそわそわと落ち着かず、公爵とお嬢さまはご在宅かと訊ねる声もおずおずとしておとなしかった。二人の来訪が取り次がれると、公爵家の召使たちの間に騒ぎが持ち上がった。客を取り次ごうとして駆け出した従僕が広間で別の従僕に呼び止められ、二人して何かひそひそ話し合っていた。そこへ女中が駆け込んできて、公爵令嬢の名を口にしながら、同じく急《せ》き込んだ口調で何か言っている。あげくに年長の、腹を立てたような顔つきの従僕が出てくると、ロストフ父娘《おやこ》に向かって、公爵はご面会できませんが、お嬢さまがお部屋にお越しいただきたいとのことですと告げた。最初に客の応対に出たのはマドモワゼル・ブリエンヌだった。彼女はことさらに恭しい態度で父と娘を迎え、二人を公爵令嬢のもとへ案内した。公爵令嬢は驚き慌てた様子で、頬をまだらに赤らめながら、どたどたと客を迎えに駆けだしてきたが、自然な、うれしそうな様子に見せようというその意図は成功していなかった。一目見ただけでマリヤはナターシャが気に入らなかった。あまりにも派手で、軽薄なほど朗らかで、虚栄心の強い娘に見えたのである。自分では気づかぬままにマリヤは、将来の兄嫁に実際に会う前からすでに、その美貌と若さと幸運への羨望と、兄に愛された者への嫉妬心から、この相手に嫌悪感を覚えていたのだった。相手に対する抑えがたい反感のほかにも、この瞬間のマリヤを動揺させていた要因があった。ロストフ父娘の来訪が告げられると、父親の公爵が、自分はあの連中に用はない、マリヤがそうしたかったらマリヤに応対させろ、自分のところには通すなと、わめき散らしたのである。自分がロストフ父娘の応対をしようと決めたものの、マリヤは今にも父親が何か非常識なまねをしはしまいかと、ひやひやしていた。ロストフ父娘が訪ねてきたことで、むやみに興奮しているように見えたからである。

「さてお嬢さま、うちの歌好きの娘を連れてまいりました」丁重に片足を引いて一礼し、まるでいまにも老公爵が入って来るのではないかと怯えているかのようにきょろきょろあたりを窺《うかが》いながら、伯爵はあいさつした。「ご厚誼《こうぎ》を賜れば光栄です。公爵さまのお加減がお悪いのは、誠に残念ですが」そうして二言三言当たり障りのない文句を並べると、彼は席を立った。「お嬢さま、よろしければ娘をほんの十五分ほどお手元にお預かりいただけませんでしょうか。実はこのちょっと先のサバーチヤ広場の、アンナ・セミョーノヴナ宅に顔出ししたいものですから。その後でまた娘を迎えに参りますので」

ロストフ伯爵がこんな外交術めいた策略を思いついたのは、将来の小姑に兄嫁と胸襟を開いて話し合ってほしかったのと（これは彼が後で娘に言ったセリフである）、さらには怖い公爵と顔を合わす可能性を避けたかったためだ。これは娘には口にしなかったのだが、ナターシャは父親の恐れと不安を読み取って、自分が侮辱されたような気がしたのだった。そんな父親を恥じて顔を赤らめたうえに、顔を赤らめたことで余計に腹が立ったナターシャは、あたかも自分は誰も怖くはありませんと宣言しているかのような、大胆な、挑むような目つきで、公爵令嬢をキッとにらんだ。令嬢は伯爵に向かって、喜んでお預かりしますから、どうか遠慮なさらず、ゆっくりとご用を済ませていらしてくださいと答え、伯爵は出かけて行った。

ナターシャと水入らずで話をしたいと思ったマリヤは、脇にいるマドモワゼル・ブリエンヌにイライラした視線を送るのだったが、相手は一向に部屋を出て行こうとせず、モスクワの娯楽スポットだの芝居だののことをひるむことなく話し続けた。ナターシャは控えの間で起こった混乱や、父親の動揺ぶりや、公爵令嬢の不自然な、いかにも恩着せがましく感じられる応対ぶりに傷ついていて、それゆえに何もかもが気に食わなかった。マリヤ本人も気に入らなかった。ひどく不器量でわざとらしく、そっけない女性に思えたのである。ナターシャはすっかり心をこわばらせ、われ知らずぶっきらぼうな物腰になって、それがなおさらマリヤの反感を呼んだ。一向に弾まぬ、わざとらしいやりとりが五分ほども続いた後、部屋履きの速い足音が近づいてくるのが聞こえた。マリヤの顔に怯えが走り、部屋の扉が開くと、白い室内帽にガウン姿の公爵が入って来た。

「おや、お嬢さま」公爵は言った。「お嬢さま、伯爵令嬢さま……ロストフ伯爵のお嬢さまですな、もしも小生の誤解でなければ……どうか、どうかお許しください……存じ上げませんでして、お嬢さま。神かけて申しますが、あなたさまが身共のごとき者の家をご訪問くださっていようとは露知らず、娘の部屋へというつもりでこんな格好でまいった次第。どうかお許しください……いやはや神かけて申しますが、存じませんでした」いかにもわざとらしく神という言葉に力を込めながら、いやらしい口調で繰り返す公爵を前に、マリヤは父ともナターシャとも目を合わす勇気もなく、ただ目を伏せて突っ立ったままだった。ナターシャも同じくどうしていいか分からずに、ひとたび立ち上がったもののまた腰を下ろすしかなかった。一人マドモワゼル・ブリエンヌだけがおもしろそうに笑っていた。

「どうかお許しを！　どうかお許しを！　神かけて、存じませんでした」老人はぶつぶつと繰り返すと、ナターシャを頭のてっぺんから足の先までじろじろと睨《ね》め回してから、ふいと出て行った。このとんだ飛び入りの後、まずマドモワゼル・ブリエンヌがわれに返ると、公爵の体調が思わしくないという話を始めた。ナターシャとマリヤは黙って見つめ合うばかりだったが、そうして言うべきことも口に出さぬまま黙って見つめ合っていればいるほど、ますます互いへの悪感情を募らせていくばかりであった。

伯爵が戻ってくると、ナターシャは不躾《ぶしつけ》なほど露骨にうれしがって、そそくさと帰り支度を始めた。この瞬間彼女は、自分にこんなにもきまりの悪い思いをさせたうえに、半時間も一緒にいながら一言もアンドレイ公爵の話をしようとしなかった、この年を食って干からびた公爵令嬢に、ほとんど憎しみを覚えていた。『このフランス女性のいる前で、まさかこちらからあの人の話を切り出すわけにいかないじゃないの』ナターシャは思った。一方のマリヤも、まさに同じことで辛い思いをしていた。自分がナターシャに何を言うべきかをわきまえていながら、彼女にはそれができなかった。それはマドモワゼル・ブリエンヌが邪魔だったからでもあるが、また自分でもなぜか分からぬままに、この結婚の話題を切り出すことにひどく抵抗を覚えていたからだ。すでに伯爵が部屋を出た後で、マリヤはすっとナターシャに歩み寄り、両手をとって深いため息をつくと、「ちょっとお待ちになって、私、お話が……」と語り掛けた。ナターシャはわれ知らずあざ笑うような眼でマリヤを見つめた。

「ナタリー（ナタリヤ）さん」マリヤは言った。「いいこと、私、兄が幸せを見つけてくれたことを喜んでいるのよ……」彼女は自分が嘘を言っているのを感じて口をつぐんだ。ナターシャは相手が口ごもったのに気づき、そしてその理由も見抜いた。

「お嬢さま、そのようなお話は、今はふさわしくないと思いますけれど」ナターシャは表向き毅然として冷たく言い放ったが、喉には涙がこみ上げるのを感じていた。

『何ということを私は言ったんだろう、何ということをしてしまったんだろう！』部屋を出た途端、彼女はそう思った。


この日ナターシャはなかなか午餐の席に姿を見せなかった。自分の部屋に座り込んで、子供のように洟をかんだりすすり上げたりしながら、泣き続けていたのだ。ソーニャが彼女の上にかがみこんで、髪に口づけしていた。

「ナターシャ、何を泣いているの？」ソーニャは言った。「あんな人たちのことなんて、どうでもいいじゃないの？　過ぎてしまえば何でもないわ、ナターシャ」

「いいえ、あなたは知らないから言えるのよ、どんなに悔しい思いをしたか……まるで私……」

「もういいわ、ナターシャ、あなたのせいじゃないでしょう。だったらどうでもいいじゃない。私にキスして、ナターシャ」ソーニャは言った。

ナターシャは頭をもたげ、友の唇にキスすると、その顔に泣きぬれた顔をすり寄せた。

「どう言ったらいいのか、私には分からない。誰のせいでもないのよ」ナターシャは言った。「私のせい。でも、何もかもうんざりだわ。ああ、どうしてあの人は帰ってこないの！……」

彼女は目を真っ赤にして午餐の席に登場した。ボルコンスキー公爵がロストフ父娘をどうあしらったかを知らされていたアフローシモフ夫人は、ナターシャの泣きはらした顔に気づかぬふりを装って、食事の間伯爵と他の客たちを相手に、動じることなく大声で冗談を飛ばし続けた。

8章

その晩ロストフ父娘《おやこ》はオペラ見物に出かけた。アフローシモフ夫人がチケットを手に入れてくれたのだ。

ナターシャは気が進まなかったのだが、夫人がわざわざ自分を気遣って手配してくれたものを、断るわけにもいかなかった。身なりを整えて広間に出た彼女が父親を待つ間、大きな姿見を覗き込むと、そこにはきれいな、すごくきれいな自分が映っていて、それでなおさら悲しい気持ちになった。ただしそれは甘い恋の悲しみだった。『ああ、もしあの人がここにいたら、私はもう前のように何かに詰まらない気兼ねをしたりしないで、新しいやり方で、素直にあの方に抱きついて身を寄せるでしょう。そうしてあの人が何度も私を見てくれたような、いかにも愛に訴えるような、探るようなまなざしで私を見てもらい、それからあの時と同じように笑ってもらうの。そしてあの目――ああ、あの人の目が見えるようだわ！』ナターシャは考えた。『あの人のお父さまや妹さんなんか、私にはどうでもいい。私が好きなのはあの人だけ。そうあの人よ、あの顔とあの目をして、あの男らしい、でも子供みたいな笑顔をした、あの人だけ……。でもだめ、今はあの人のことは考えない方がいいわ。考えずに、忘れるの。今のところはきれいさっぱり忘れていましょう。でないと待っているのに耐えきれず、泣き出してしまうから』泣き出すまいとこらえながら彼女は鏡の前を離れた。『それにしてもどうしてソーニャはあんなにじっと変わることなく、静かにニコライ兄さんを愛して、こんなにも長いこと我慢強く待っていられるのかしら！』同じく身なりを整え、扇を手にして広間に入って来たソーニャを見ながらナターシャはふと思った。『いいえ、あの人は全く別の人間。私にはできない！』

ナターシャはこの瞬間、自分が気弱な、甘えん坊の状態になっているのを感じていたので、ただ人を愛し、相手に愛されているというだけでは満足できなかった。今すぐにでも愛する人を抱きしめて、語り掛け、相手の愛の言葉を耳にして、その言葉で胸をいっぱいにしなければ収まらない気持ちだったのだ。箱馬車の父の隣の席に座って凍った窓にまたたく街灯の火をぼんやりと眺めているうちに、彼女はますます恋しさと悲しさのとりことなって、誰とどこへ行こうとしているのかさえ忘れてしまった。

馬車の行列に並んで、ゆっくりと車輪を雪道に軋ませながら、ロストフ家の馬車は劇場に着いた。ナターシャとソーニャは衣装を直しながら馬車から飛び出す。伯爵も従僕の手を借りながら降りてきて、三人は入場する紳士淑女やプログラム売りの間を縫って、一階のボックス席へ通じる廊下へと進んだ。ドアの隙間からすでに奏楽の音が聞こえていた。

「ナターシャ、あなたの髪……」とソーニャがささやいた。客席係が横向きになって、慇懃な小走りで令嬢たちの前を進み、ボックス席の扉を開けてくれた。音楽が前よりも生き生きと聞こえてきて、開けた扉から、まばゆい照明の中に肩や腕をむき出しにした貴婦人たちが座っているボックス席の列と、軍服をきらめかせた男性たちがざわめいている平土間の光景が目に飛び込んできた。隣のボックス席に入ろうとしていた一人の婦人が、女性特有の嫉《ねた》みのこもった視線でナターシャをじろりと見た。幕はまだ開いておらず、楽隊は序曲を演奏している。ナターシャはドレスを整えながらソーニャと一緒にボックス席に入り、腰を下ろして、光を浴びた向かい側のボックス席の列を見渡した。すると何百もの目が自分のむき出しの腕や首を見ているという、久しく味わっていなかった感覚が、不意に快感とも不快感ともつかぬ形で彼女を襲い、その感覚に呼応するように、実に様々な思い出や願望や興奮が湧き起こって来たのだった。

ナターシャとソーニャというすこぶる美人の二人娘が、モスクワでは久しく見かけなかったロストフ伯爵と一緒にいる姿は、人々の目を引いた。ただでさえ人々は、ナターシャとアンドレイ公爵が婚約したことをうすうす知っており、その時以来ロストフ一家が田舎で暮らしていることも知っていたので、ロシア最良の花婿の一人と婚約した娘を、興味津々《しんしん》で見ていたのだった。

誰からも言われたように、ナターシャは田舎で暮らすうちに器量を上げていたが、この晩は気持ちが昂ぶっていたせいもあって、またとりわけ美しかった。生気と美にあふれたこの娘が、周囲のすべてに対して無関心でいる様子は、人々を驚かせた。黒い瞳は、人群れを見つめながら特に誰を探しているふうでもなく、肘の上まであらわなほっそりした手は、ビロード張りの手すりに肘をついた格好で、明らかに無意識のまま、序曲の拍子に合わせて丸めたプログラムを握りしめたり緩めたりしていた。

「見て、アレーニン家のお嬢さんよ」ソーニャが言った。「お母さまとご一緒のようね」

「おやおや！　ミハイル・キリールィチがまた太ったぞ！」老伯爵が言った。

「ほら！　ドルベツコイの奥さま、あんなすてきなお帽子をかぶって！」

「カラーギン家の皆さんだ。ジュリーさんとボリスも一緒だな。今やもう婚約者同士というわけか」

「ボリスがプロポーズをしたんだってさ！　いやはや、今日知ったよ」ロストフ家のボックスに入って来たシンシンが言った。

ナターシャが父親の見ている方に目をやると、ジュリーの姿が見えた。太った赤い首に（ナターシャはそこに白粉がたっぷり塗られているのを知っていた）真珠のネックレスを巻き、幸せそうな様子で母親と並んで座っている。二人の背後からボリスが丁寧に梳かしつけた美しい頭を傾けて、笑顔でジュリーの口元に耳を寄せているのが見えた。上目遣いでロストフ一家の方を見ながら、笑顔で何か婚約者に話している。

『あの人たち、私たちのことを、私とあの人のことを話しているんだわ！』ナターシャは思った。『そしてあの人はきっと、婚約者が私のことで嫉妬するのをなだめているのね。心配はいらないわよ！　教えてあげたいわ、あなた方のどちらにも私には一切関係ありませんって』

彼らの背後には緑色の帽子をかぶったドルベツコイ公爵夫人が、神のご意思にすっかり身をゆだねたような、幸せそうな晴れ晴れとした顔で座っている。そのボックスには、ナターシャにも馴染みで、そして好みの、婚約者同士の熱々な気分が漂っていた。思わず顔を背けると、ふいに朝の訪問の際に味わった屈辱のすべてが、まざまざと思い起こされてきた。

『いったいどんな権利があってあの人は、私を自分の一家に入れたくないなんて言うのかしら？　ああ、こんなこと考えちゃだめ、あの方が帰ってくるまでは！』そう自分に言い聞かせると、彼女は平土間の見知った顔や見知らぬ顔を眺めまわしはじめた。平土間の前列のまさに中央に、舞台に背を凭《もた》せかけて肘をついた姿で、例のドーロホフが、ちぢれた髪を大きく後ろに梳きあげ、ペルシャ風の衣装を着た姿で立っていた。劇場の一番目立つ場所に立って、ホールの注目を一身に浴びていると知りながら、まるで自分の部屋にいるかのようにくつろいだ様子でいる。その周囲にはモスクワでも一番目立つ類の若者たちが群がっていて、どうやらドーロホフがそのリーダー役のようだった。

ロストフ伯爵が笑いながら、顔を赤らめているソーニャを突っつき、かつての彼女の崇拝者を指さしてみせる。

「見覚えがあるだろう？」彼は訊ね、「あの男がどうしてここにいるんだ」とシンシンに質問した。「だって彼はどこかに姿を隠していたんじゃなかったかい？」

「確かに」シンシンが答える。「コーカサスにいたんですが、そこから逃亡しましてね。噂ではペルシャの何とかいう領主のもとで大臣をつとめ、そこで王《シャー》の弟を殺したとか。とにかくモスクワの奥さま方はみんなあの男に血道を上げていますよ！　ペルシャ帰りのドーロホフといえば超売れっ子でね。今やドーロホフの噂なしでは夜も日も明けず、あの男の名で誓いまで立てるありさま。立派なチョウザメ並みの箔《はく》がついて客寄せに使われています」シンシンが説明した。「ドーロホフとクラーギン家のアナトール――この二人はこのへんの奥さま方を軒並みのぼせ上がらせてしまったんですよ」

隣のボックスに背の高い美しい女性が入って来た。編んだ髪を大きく束ね、真っ白な肉付きのいい肩と首をすっかりあらわにした格好で、首には大粒の真珠の二重ネックレスをかけている。席に収まるまでなかなか手間取り、厚地の絹のドレスをさばくのにいつまでも衣擦れの音を立てていた。

ナターシャは思わずその女性の首や肩や真珠や髪型に目を凝らし、肩と真珠の美しさに見とれてしまった。ナターシャが二度目にその女性に目を凝らしたとき、相手もこちらを振り向いてロストフ伯爵と目が合うと、会釈をしてにっこりと微笑んだ。それはベズーホフ伯爵夫人、すなわちピエールの妻だった。社交界の者なら誰のことでも知っているロストフ伯爵は、相手の方に身をよじるような格好になって話しかけた。

「当地には前からご滞在で、伯爵夫人？」彼はそう切り出した。「伺います、伺いますとも、お手に口づけをさせていただきに。小生の方は、用事があってまいりました、こうして娘たちも一緒にね。いや噂では絶品だそうですな、セミョーノワという女優の演技は」伯爵は続けた。「ご主人のベズーホフ伯爵にはいつもお世話になっております。ご主人もいらしているのですか？」

「ええ、顔を出すと申しておりましたわ」そう言うとエレーヌはナターシャをしげしげと見つめた。

ロストフ伯爵はまた自席に腰を下ろした。

「きれいだろう？」彼はひそひそ声でナターシャに言った。

「すてきだわ！」ナターシャが答える。「あの方なら誰だって恋をしてしまうわね！」その時序曲の最後の和音が響き、指揮者のタクトがコツコツと鳴った。平土間では遅れてきた男たちがそれぞれの席に着き、幕が上がった。

幕が上がるとボックス席も平土間も一斉にしんと静まり、軍服やら燕尾服やらの老若の男性たちも、むき出しの体に宝石を付けた女性たちもすべて、食い入るような好奇の目を舞台に向けた。ナターシャも同じく見始めた。

9章

舞台の真ん中に平らな板が何枚か敷かれ、脇には色を塗ったボール紙が立ち並んでいて、それが木を表し、奥の方は板の上に布が張られている。舞台中央に赤い胴着《コルサージュ》に白いスカート姿の娘たちが座っていた。もう一人純白の絹のドレスを着たたいそう太った娘が、離れたところにある低いベンチに腰かけている。ベンチの後ろには緑色のボール紙が張り付けられていた。全員が何かの歌を歌っていた。歌い終えると白いドレスの娘がプロンプターボックスのそばまで歩いてきた。するとそこに、太い足にぴっちりと張り付いた絹ズボン姿の男性が、鳥の羽根と短剣を身に付けた格好で近寄り、両手を広げて歌い出した。

ぴっちりしたズボンの男性が一人で歌い終えると、次には女性が一曲歌った。その後二人が黙ると、音楽が始まった。すると男性は白いドレスの娘の手を指でまさぐり出したが、これは明らかに一つのパートを二人で歌うために拍子を合わせようとしているのだった。二人が一緒に歌い終わると、劇場の全員が拍手と歓声を浴びせ、恋人同士を演じている舞台上の男女は、にこにこ笑って両手を広げながらお辞儀をした。

田舎暮らしの後であり、しかも今のような深刻な精神状態にあるナターシャには、こうしたことがすべて奇妙で突飛なことに思えた。オペラの筋について行けず、音楽さえ耳に入ってこなかった。ただ色を塗ったボール紙と、まばゆい照明のもとで変な動きをしたり話したり歌ったりしている、おかしな格好の男女が目に映るばかりだった。そのすべてが何を表現しているつもりなのかは分かっていたのだが、何もかもあまりに大袈裟でわざとらしく、不自然だったので、ついつい俳優たちにきまりの悪さや滑稽さを覚えてしまうのだった。ナターシャは周囲の観客の顔を見回して、自分の内にあるのと同じ嘲《あざけ》りや戸惑《とまど》いの表情をそこに見つけようとした。しかしどの顔もすべて舞台上の出来事にじっと見入っていて、作り物としか思えない讃嘆の表情を浮かべているのだった。『きっとあんなふうにすることになっているのね！』ナターシャは思った。彼女はむやみにきょろきょろして、平土間にずらりと並んだポマードを付けた男性たちの頭を眺めたり、ボックス席の肌をむき出しにした女性たちを眺めたりしていた。とりわけ隣のボックス席のエレーヌを。エレーヌはすっかり肌を露出した姿で、うっすらと穏やかな笑みを浮かべながら、片時も目を離さずに舞台を見つめていたが、そうしながらもホール全体に広がる明るい光と、観衆の熱気で暖められた空気を味わっているようだった。次第にナターシャは、もう久しく味わっていなかったうっとりとした気分に引き込まれていった。自分が何者でどこにいるのか、目の前で何が起こっているのか、もはや分からなくなっていた。ただ目の前を見て考えていると、およそ不思議な思いが唐突に、脈絡もなく頭に浮かんできた。ひょいと舞台に駆け上って、今女優が歌っているあのアリアを一曲歌ってやろうとか、近くに座っているお爺さんを扇子でつついてやりたいとか、エレーヌの方に身を乗り出して、くすぐってやりたいとかいった思いに駆られるのだった。

時折舞台上がしんと静まって、アリアの始まりを待っている時があったが、そんな瞬間の一つに入り口のドアがギーと音を立てると、ロストフ家のボックス席がある側の平土間の絨毯の上を歩く、遅れてきた男性客の足音が響いてきた。「ほらやって来た、クラーギンですよ！」シンシンがささやいた。エレーヌが、入って来た男を笑顔で振り返った。エレーヌの視線の方向に目をやったナターシャは、飛び切り美男の副官が、自信満々の、しかも慇懃な表情で、自分たちのボックス席の方へ歩いてくるのを見た。ずっと以前ペテルブルグの舞踏会で見かけて注目した覚えのあるアナトール・クラーギンだった。今の彼は、肩章と飾緒《しょくしょ》だけを付けた副官の制服をまとっていた。落ちつきはらった颯爽とした足取りで歩いてくる姿は、もしも本人がこれほどの美男でなく、そしてその顔に人のよさそうな満足と喜びの表情が浮かんでいなかったなら、滑稽に見えたことだろう。舞台が進行しているにもかかわらず、慌てもせずに軽く拍車と軍刀の音を響かせながら、香水をふりかけた美しい頭部を高く掲げて、通路の傾斜した絨毯の上を歩いてくる。ナターシャをちらりと見てから、アナトールは妹に歩み寄り、ぴったりした手袋に包まれた片手をボックス席の端において、首を一振りして挨拶すると、身をかがめ、ナターシャを指して何か訊ねた。

「実に魅力的だね!」彼はフランス語でそんなふうに言った。明らかにナターシャのことだった。ナターシャは聞き取ったというよりも、むしろ唇の動きで察したのだ。それからアナトールは最前列まで歩いていくと、ドーロホフの隣に腰を下ろした。他の連中からちやほや奉られているあのドーロホフを、彼は親しげに気兼ねなく肘でついてみせた。そうしてさもうれしそうにウインクして微笑みかけると、片足を舞台の端に突っ張ったのだった。

「実によく似た兄妹だね！」ロストフ伯爵が言った。「それに二人とも実に美形だ」

シンシンが小声で、アナトールのモスクワでの情事のうわさ話を始めると、ナターシャはじっと耳を傾けたが、それはまさに話題の主が自分を魅力的だと言ってくれた人だったからだった。

第一幕が終わると平土間席の客は皆立ち上がり、入り乱れながら、歩き回ったり、外へ出たりし始めた。

ボリスがロストフ家のボックスにやって来て、皆の祝福の言葉をごく率直に受け止めると、きりっと眉を上げて、取ってつけたような笑みを浮かべながら、ナターシャとソーニャに、結婚式にいらしていただきたいという婚約者のメッセージを伝えて立ち去った。ナターシャは朗らかな愛嬌満点の笑顔で受け答えし、かつて好きだったあのボリスの結婚を祝福した。うっとりとした気分に浸っていた彼女には、何もかもが単純で自然なことに思えるのだった。

すぐ脇の席では、肌もあらわなエレーヌが誰にも同じ笑顔で応対していたが、ちょうどそれと同じように、ナターシャもボリスに微笑みかけたのである。

エレーヌのボックスは人であふれ、平土間の側からも、最高の名門で知的な男性客たちに取り巻かれていた。誰も彼もが先を競って、彼女と知り合いであることをひけらかそうとしているようだった。

アナトールはこの幕間の時間ずっとドーロホフとともに前方の舞台の際《きわ》に立ったまま、ロストフ家のボックス席の方を見ていた。彼が自分のことを話しているのを察していたナターシャには、そのことがうれしかった。彼女はわざわざ相手に自分の横顔が見えるようなポーズまで取ってみせた。彼女の考えでは、それが一番、自分がきれいに見える角度だったからだ。第二幕が始まる直前に、平土間にピエールが姿を現した。ロストフ一家は今回モスクワに来てからピエールとはまだ顔を合わせていなかった。ピエールは沈んだ表情をしていて、ナターシャが最後に見かけた時より、またさらに太っていた。彼は誰にも注意を向けず、最前列に直進した。そこにアナトールが近寄っていって、何か話しかけながら目と手でロストフ家のボックス席を示した。ピエールはナターシャを見つけるとにわかに元気づき、急いで客席を縫って彼らのボックスめがけてやってきた。やってくると手すりに肘をついて、にこにこしながら長いことナターシャと話をした。ピエールと話している間にナターシャは、エレーヌのボックスで男性の声がするのを聞きつけ、なぜかその声の主がアナトールだと悟った。振り向いた彼女はアナトールと目が合った。アナトールはほとんど笑顔になって、うっとりとした優しい目つきでまっすぐに彼女の目を見つめていた。こんなにも近くにいて相手の顔を見つめ、相手に好かれているのをはっきりと感じながら、まだその相手と知り合いですらないのだということが、不思議に感じられるのだった。

第二幕の舞台には記念碑を表したボール紙が立ち並び、キャンバスにあけた穴が月を表していた。フットライトの覆いが上げられ、ホルンとコントラバスが低音で演奏を始めると、上手《かみて》からも下手《しもて》からも黒マントの人々がたくさん出てきた。人々は腕を振り始める。見ると皆、手に手に短剣のようなものを持っていた。するとまた他の者たちが駆け寄ってきて、一人の娘をさらっていこうとする。さっき白いドレスを着ていた娘だが、今は水色のドレスに着替えている。人々はすぐには娘をさらっていかず、まず長いこと娘と一緒に歌を歌った。それからいよいよ娘がさらわれていくと、舞台裏で三度、鉄のようなものを打つ音が響き、舞台では全員が跪《ひざまず》いて祈りの歌を歌い始めた。シーンは何度か、観客の熱狂的な歓声によって中断した。

幕の間ナターシャが平土間に目をやるたびに、椅子の背に片手を投げ出してこちらをじっと見ているアナトールの姿をそこに見出した。相手がこれほどまでに自分に夢中になっているのを見るのは快く、そこに何か好ましくない要素があろうとは、頭に浮かびもしなかった。

二幕目が終わると、エレーヌが立ち上がってロストフ家のボックスに向き直り（そうするとすっかりあらわになった）、手袋をはめた小さな指で老伯爵を呼びよせて、自分のボックスに入って来る者たちには目もくれず、愛想よい笑みを浮かべて話しかけてきた。

「どうかご紹介下さいよ、お宅のすてきなお嬢さまたちに」彼女は言った。「モスクワ中の評判になっていますのに、私はまだ存じ上げないんですもの」

ナターシャは立ち上がってゴージャスな伯爵夫人のそばに座を占めた。このまばゆいばかりの美女に褒められたのがうれしくて、彼女は歓喜に頰を染めていた。

「私もこれからモスクワっ子になろうと思うんですのよ」エレーヌは言った。「それにしても、よくまあ気が咎《とが》めませんこと、こんな真珠のようなお嬢さまたちを田舎に埋もれさせておくなんて！」

エレーヌは人を魅きつける女性という評判だったが、それももっともだった。彼女は思ってもいないことを口にできたし、とりわけお世辞とくれば、まったく簡単に、自然に口を衝《つ》いて出るのだった。

「いいでしょう、伯爵、どうか私にお嬢さまたちのお相手をさせてくださいな。今回は私、長い滞在ではないんですが、それはお宅も同じでしょう。お宅の皆さんに楽しんでいただけるようにしますから。私、まだペテルブルグにいたころからあなたのお噂をいっぱい聞いて、一度お目にかかりたいと思っていたのよ」彼女はナターシャに向かって持ち前の、常に寸分変わらぬ美しい笑顔で言った。「あなたのお噂は私のお小姓《モン・パージュ》さんからも聞かされたわ——あのボリス・ドルベツコイさんよ、お聞きになったでしょう、あの方、結婚されるのよ。それから、夫のお友達のボルコンスキーさん、あのアンドレイ・ボルコンスキー公爵からも」彼女は特別なアクセントを込めて言った。アンドレイ公爵とナターシャの関係を知っているとほのめかしているのだった。よりよくお近づきになるためにという名目で、彼女は観劇の残りの時間、お嬢さまのどちらかおひとりに自分のボックス席で同席していただけないかと頼んだ。それでナターシャが彼女のところに移った。

第三幕では舞台上が宮殿となり、たくさんの灯火が燃え、髭を生やした騎士たちの描かれたボール紙が何枚も上から吊られていた。正面に立っているのはおそらく王と王妃だ。王はおもむろに右手を振ると、見るからに気後れしている様子で何か下手な歌を一曲歌って、深紅の玉座に腰を下ろした。はじめは白いドレス、次には水色のドレスを着ていた娘が、今度は下着姿で髪もほどけ乱れたまま、玉座の脇に立っていた。彼女は王妃の方を向いて、何か悲痛な歌を歌った。だが王はきっぱりと片手を一振りする。すると舞台の両袖から足をむき出しにした男女がわらわらと出てきて、皆で一緒に踊り出した。次にはバイオリンが甲高い音で陽気な演奏を始める。むき出しの太い足に細い腕をした娘たちの一人が仲間から離れて舞台の裾に引っ込み、胴着《コルサージュ》を直してまた舞台中央に進み出ると、跳び上がっては両足を打ち合わせた。平土間の観客は皆拍手をして、ブラボーと叫ぶ。次に一人の男性が舞台の隅に立った。オーケストラ席でシンバルとホルンが響いたかと思うと、その男性だけがむき出しの足でぴょんぴょんとひどく高くまで跳び上がり、空中で小刻みに足を交差させてみせた（この男性はデュポールといって、この芸だけで銀貨六万ルーブリも稼いでいた）。平土間でもボックス席でも天井桟敷でも、すべての観客が拍手して、声を限りに歓声を上げている。男性はぴたりと立ち止まると、笑顔であちらにもこちらにも頭を下げた。それからまた他の足をむき出しにした男女が踊り、それからまた王が楽曲に合わせて何か叫び、そして全員が歌い出した。だがそこへふいに嵐が襲ってきて、オーケストラ席から半音階と減七の和音が聞こえてくる。すると皆が走り出し、またもやそこにいた一人が舞台の袖に引きずられて行って、そして幕が下りた。またもや観客の間にすさまじい喧騒と拍手がわき、皆が熱狂の表情で「デュポール！　デュポール！　デュポール！」と声をかける。

ナターシャはもはやこれをおかしなこととは思わなかった。満足感を味わいながら、うれしそうな笑顔で周囲を眺めていたのである。
「本当に素晴らしいわね、あのデュポールは」エレーヌが語り掛けてくる。
「ええ、そうですわね」とナターシャは応じた。

10章

幕間のこと、エレーヌのボックス席にひんやりとした空気が流れ込んできたかと思うと、ドアが開き、アナトールが腰を折るようにして、誰の体にも触らないように用心しながら入って来た。

「兄をご紹介しますわ」ナターシャからアナトールへとあわただしく視線を移しながらエレーヌが言った。ナターシャは美しい頭を振り向けて、むき出しの肩越しにこの美男子を見ると、にっこりと微笑んだ。アナトールは間近で見ても遠目で見た時と変わらず美形だったが、その美男子がナターシャのすぐそばに腰を下ろすと、実は以前ナルィシキン家の舞踏会でお見かけしたのが忘れられず、それ以来ずっとお近づきになりたいと思っていました、と切り出した。アナトールは男性仲間で話す時よりも女性と話すときの方が、はるかに賢く、また率直だった。彼は憶することなく気さくに話をしたので、ナターシャは、この人物について散々噂されているような恐ろしいことなど毛ほどもうかがえないどころか、逆に彼がいかにも純真で明るい、人のよさそうな笑顔を見せるのを意外に感じ、快い驚きを覚えたほどだった。

アナトールはオペラの印象を訊ね、さらに前回見た時には女優のセミョーノワが演技中に卒倒したという話をした。

「じつはね、お嬢さん」不意に昔からの知り合いのような口調で彼はナターシャに語り掛けた。「今度仮装の騎馬合戦をする計画があるんですよ。あなたもぜひご参加ください。すごく楽しいですよ。みんなでアルハーロフ家に集まることになっています。ぜひいらしてくださいよ、いいでしょう?」彼は言った。

そんな話をしながらも、彼はその微笑を含んだ眼をナターシャの顔と首とむき出しの腕から離そうとしなかった。ナターシャには、相手が自分に夢中になっているのがはっきりと分かっていた。そのことを快く感じつつも、彼がいることでなぜか窮屈な、身が火照るような、重苦しい感覚を覚えるのだった。相手から目をそらしていると、彼が自分の肩を見つめているのを感じて、われ知らず相手の視線を奪い取るように振り向いて、自分の目を見てもらおうとしてしまう。しかし相手の目を見つめていると、いつも他の男性との間に感じている恥じらいという障壁が、彼との間には全くないのを感じて、恐怖を覚えるのだった。自分でもなぜか分からぬままに、五分もすると彼女はこの人物と恐ろしく親密になった気がしていた。彼に背を向けた時には、相手が後ろから彼女のあらわな腕をつかんで首筋にキスをするのではないかと心配した。ごく平凡な話を交わしているだけなのに、彼女は、自分がこれまでどんな男性との間にもなかったほどこの相手と親しくなってしまったのを感じていた。これはどういうことなのと問いかけるように、ナターシャはエレーヌを、そして父親を振り返った。しかしエレーヌはどこかの将軍との話に忙しくて彼女の視線に応えようとせず、父親の目は、ただいつもの口癖通り、『楽しいか、それならよかったな』と語り掛けるばかりであった。

何度か気まずい沈黙が訪れるたびに、アナトールは出目気味の目で静かにまじまじと彼女を見つめるのだったが、そんなときに一度ナターシャは沈黙を破ろうとして、モスクワはお気に召しましたかと相手に訊ねた。訊ねた途端、彼女は赤くなった。この相手と話しているとたえず、何か自分がはしたないことをしているような気になるのだった。アナトールは彼女を元気づけるかのようににっこり笑った。

「はじめはあまり気に入りませんでしたね。だって町を快い場所にしてくれるのは何でしょう? 美しい女性たちでしょう、ちがいますか? ですから、今はもうモスクワが大好きになりましたよ」意味ありげに彼女を見つめて彼は言った。「騎馬合戦にいらしてくれますよね？　どうか来てください」そう言うと彼は彼女のブーケに手を伸ばし、声をひそめて言った。「きっとあなたが一番の美人ですよ。いらしてください、お嬢さん、約束の証《あかし》にこの花をお預かりしますね」

ナターシャには彼自身のことが理解出来ないのと同様に、彼の言っていることも理解できなかったが、しかしその理解不能な言葉の中に、みだらな企《たくら》みが込められているのは感じ取った。どう答えていいかも分からずに、彼女は相手の言葉が聞こえなかったようなふりをしてそっぽを向いた。だがそっぽを向いた途端、相手がすぐ後ろに、ごく近いところにいるのだという思いが浮かんだ。

『この人、今どう思っているのかしら？　きまり悪く思っているかしら？　気を悪くしたかしら？　何か取り繕っておくべきかしら？』彼女は自問した。そしてつい耐えきれず、振り返った。まっすぐに彼の目を見た彼女は、相手の近さと、自信と、人のよさそうな優しい笑みに征服されてしまった。相手の目を見つめたまま、彼女も彼と同じようににっこりと微笑んだ。するとまた、自分と彼との間に何一つ障壁がないことを、恐怖とともに意識したのであった。

再び幕が上がった。アナトールは気楽で楽しげな様子でボックス席から出て行った。

ナターシャは父親のボックス席に戻ったが、心はもはや完全に、さっきまでいた世界の虜《とりこ》となっていた。目の前で起こったすべてのことが、もはや彼女にはごく自然なことのように思えた。そのかわり、それまで考えていた婚約者のことやその妹のマリヤのことや田舎生活のことは、一度も頭に浮かばなかった。あたかもそうしたことはすべて、遠い過去のことのような気がしたのだった。

第四幕にはどこかの悪魔が登場して、手を振りながら歌ったが、最後に足元の床板が外され、舞台から落ちて消えていった。第四幕でナターシャが見たのはそこだけだった。何かが彼女の胸を掻き立て、苦しめていたのだ。その動揺の原因はアナトールだったのだが、その姿を彼女はどうしても目で追ってしまうのだった。一家が劇場を出ると、アナトールが近寄ってきて馬車を呼び、皆が乗り込むのを助けてくれた。ナターシャを席に着かせるときに、彼は彼女の手首の上のところをぎゅっと握った。ナターシャはドキドキして頰を染め、喜びの表情で彼を振り返った。彼は目をキラキラさせて、優しく微笑んで彼女を見つめた。

家に帰ってからようやく、ナターシャはわが身に起こったことを一部始終はっきりと考え合わすことができたのだったが、そこでふとアンドレイ公爵のことを思い出し、思わずぞっとして、観劇の後でお茶のテーブルを囲んでいた一同の前で「あっ」と大きな声を上げ、真っ赤になって部屋を飛び出してしまった。『ああ、私はおしまいだわ！』彼女は己に告げた。『どうしてあんなことを許してしまったんだろう？』彼女は考えた。真っ赤に染まった顔を両手で隠して、長いことじっと座り込んだまま、自分に何が起こったのかをはっきり見極めようと努めたが、自分に何が起こったのかも、自分がどういう気持ちだったのかも、理解することはできなかった。すべてが暗く、曖昧で、恐ろしかった。さっきまであの照明の煌《きら》めく大きな劇場では、きらびやかなジャケットを着たデュポールが湿り気を帯びた舞台の段上を、音楽に合わせてむき出しの足で飛び跳ね、若い女性も老人も、そして肌もあらわなまま平然と誇らしげな笑みを浮かべたエレーヌも、みんながブラボーと歓声を上げていたが、あの場所でそのエレーヌのかげに隠れていた時には、何もかもが明らかで単純だった。しかし今こうして一人になって、自分と向き合ってみると、同じことが分からなくなるのだった。『これはいったいどういうことだろう？　あの人に対して感じるこの恐怖は、いったい何だろう？　いま私が感じているこの良心の呵責《かしゃく》は、いったい何だろう？』彼女は考えた。

もしも老いた母親さえいてくれたら、母にならナターシャは、夜中にベッドの中で自分の思いのすべてを語ることができただろう。そこへ行くとソーニャは、ナターシャの理解しているところでは、ものの見方が厳格で一本気すぎるので、打ち明けても何も理解しないか、もしくはすっかり怖気《おぞけ》を震ってしまう恐れがあった。ナターシャは一人自分と向かい合ったまま、自分を苦しめている問題を解こうと努めたのである。

『私はもうだめになって、アンドレイ公爵の愛を受ける資格がないのだろうか？』そう自問した彼女は、自分をなだめるように苦笑してからこう答えた。『そんなことを訊ねるなんて、なんて私はおバカさんなんだろう？　いったい私に何があったというの？　何もなかったでしょう。私からは何もしていないし、誘うような真似も一切していないわ。誰も気づきはしないし、あの人とは二度と会わないのだから』彼女は自分に語り掛けるのだった。『だからはっきりしている――何もなかったし、何も悔いることはないし、アンドレイ公爵にこのままの私を愛してもらってもいいんだ。でも、このままの私っていったい何？　ああ、いやだ、いやだ！　どうしてあの方はここにいないの！』つかの間安堵するナターシャだったが、その後でまた本能のようなものが語り掛けてきた――すべてお前の言う通りで、何事もなかったとはいえ、やはりアンドレイ公爵に対するかつてのお前の清純な愛は、損なわれてしまったのだと。

そしてまた頭の中で、アナトールとの会話をそっくり繰り返し、あの美しく大胆な青年が自分の腕を握った時の、顔と仕草と優しい笑みを思い浮かべるのであった。

11章

アナトール・クラーギンがモスクワに暮らしていたのは、父親にペテルブルグから追い出されたせいであった。ペテルブルグでは年に二万ルーブリ以上の金を遣い、さらに同じ額の借金をこしらえていて、その付けは全部父親に回っていたのだった。父親は息子に、これを限りに負債の半分を払ってやるから、その代わりモスクワに行って自分が世話してやった総司令官の副官を務め、そしてそろそろ年貢を納めて良い結婚相手を見つけなさい、と申し渡した。結婚相手の候補としては、ボルコンスキー公爵家の令嬢マリヤとカラーギン家のジュリーを示唆したのだった。

父に同意してモスクワへ移ると、アナトールはピエールの家に住み着いた。ピエールははじめアナトールを嫌々迎えたものの、やがて相手に慣れて、時には乱痴気騒ぎにも付き合うようになり、また貸与という名目で金も与えていた。

シンシンがいみじくも言ったとおり、アナトールはモスクワに来て以来、当地の奥さま方をすっかりのぼせ上がらせてしまった。これはとりわけ彼がわざと上流の奥方たちをないがしろにして、露骨にジプシー女やフランス女優に入れあげてみせたからである。フランス女優のトップであるマドモワゼル・ジョルジュ[15]とは、親密な間柄と噂されていた。例のドーロホフやその他のモスクワの遊び人たちとの酒宴は一度も逃さず、一晩中飲み続けて皆を飲み負かしたし、社交界のパーティーや舞踏会にはすべて参加した。モスクワの貴婦人たちとの情事もいくつか噂の種になっていたし、舞踏会でも何人かに言い寄っていた。ただし年頃の娘たち、とりわけ大半が不美人である金持ちの未婚女性には、決して近づこうとしなかった。というのも、これは最も近しい友人たちを除いて誰も知らないことだったが、実はアナトールは二年前に結婚していたからである。二年前、彼の所属する連隊がポーランドに駐屯していた時、ポーランド人のあまり裕福でない地主が、自分の娘をアナトールに押し付けて結婚させてしまったのだった。

アナトールはさっさとその妻を捨て、舅に仕送りを約束する代わりに、独身者を名乗る権利を認めさせた。

アナトールは常に、自分の状況にも、自分自身にも、他人にも満足していた。自分にはこれまでの暮らし以外の暮らしはできないし、これまでの生涯で何一つ間違ったことはしてこなかったと、本能的に、全身全霊で確信していたのだ。自分の行為が他人にどういう影響を及ぼすかということも、自分がこれこれのことをすればどんな結果が生じるかということも、熟慮するだけの能力を彼は持たなかった。ちょうど鴨《かも》が常に水の上で暮らすように作られているのと同じで、自分は神の手によって、年収三万ルーブリを得て常に最上流の社会で暮らすべく作られているのだと、信じ切っていたのだ。本人がこれをあまりにも固く信じているので、他の者たちも見ているうちについそう思い込んでしまい、社交界の最上層の地位だろうが金だろうが、拒まずに提供するようになっていた。金ときたら彼は、明らかに返す気もないまま、行き当たりばったりに誰にでも借りまくっていたのだった。

彼はギャンブル好きではなく、少なくとも勝って金を儲けようと思ったことは一度もないし、負け金を惜しむことすらなかった。彼には虚栄心もなかった。他人にどう思われようと、まったくどうでもよかったのだ。名誉心ときたら、さらに薄かった。自分の経歴に傷をつけて何度も父親を怒らせたし、あらゆる高い地位を鼻で笑ってい

15　第1部第1編3章にアンギャン公とナポレオンの愛人として言及されたフランス人女優（第一巻三七ページ注参照）。この当時ロシアでも客演しており、一八一一〜一二年のシーズンにはモスクワで演じて、前出のロシア人女優セミョーノワと張り合った（後出）。

た。彼はケチではなく、借金を申し込まれて断ったことはなかった。彼が愛するものはただ、遊興と女性のみだった。彼の考えでは、そうした趣味は少しも卑しいものではないし、自分が趣味を満足させることで他人がどういう目に遭うかを熟慮する力はなかったので、胸の内では常に自分を完璧な人間だとみなしていて、卑劣漢や悪人を心から憎み、自らは安らかな良心をもって、頭《こうべ》を高く掲げていたのである。

こうした放蕩者、すなわち聖書のマグダラのマリアの男性版諸氏は、ひそかに自分は穢れてはいないと思っていたが、それは本家本元のマグダラのマリアが許されたのと同じように、結局は許してもらえるという期待に立脚していた。『この女のすべては許される、多く愛したがゆえに。そしてこの男のすべても許される、多く楽しんだがゆえに』[16]というわけだ。

追放とペルシャでの冒険の後、今年再びモスクワに現れて賭博と酒宴に明け暮れるぜいたくな生活を送っていたドーロホフは、古いペテルブルグ仲間のアナトールに近寄り、彼を自分の目的のために利用していた。

アナトールが、頭が切れて豪胆なドーロホフを心から慕っていたのに対して、ドーロホフの方は、金持ちの青年たちを自分の博打仲間に引っ張り込むための餌としてアナトールの名前と家柄とコネを必要としていたにすぎなかったが、相手にはそれを悟らせないようにして、利用しながら慰みものにしていた。単にアナトールが必要だという打算からばかりでなく、他人の意志を操るプロセスそのものが、ドーロホフにとって慰みであり、習慣であり、そして欲求だったのだ。

ナターシャはアナトールに強い印象を与えた。オペラの後の食事の際に、彼はいかにもその道の通のような素振りでドーロホフに向かってナターシャの腕や肩や脚や髪のすばらしさを分析してみせ、彼女を口説いてみせるという自らの決心を告げた。そうして口説いた結果どんなことが持ち上がるか――それはアナトールの思慮と関知の外であった。自分の一つ一つの行動が何をもたらすか、これまで分かっていたためしがないのと同様であった。

「いい女だが、俺たちの相手じゃないな」ドーロホフは彼に言った。

「僕は妹に言うつもりさ、彼女を食事に呼べってね」アナトールは言った。「どうだい？」

「少し待ったらいいだろう、せめて相手が結婚するまで……」

「いいかい」アナトールは言った。「僕は生娘が好みなんだよ。早くしないと間に合

16　ルカによる福音書第七章四十七節のもじり。

わないじゃないか」

「生娘にはもう、一度引っ掛かっているじゃないか」アナトールの結婚を知っているドーロホフが言う。「気を付けるんだな」

「なに、二度しちゃいけないっていうのか！　ええ？」アナトールは無邪気に笑って言った。

12章

オペラを見た翌日、ロストフ一家はどこにも出掛けず、また訪れる人もなかった。アフローシモフ夫人は何かナターシャに隠して父伯爵と相談していた。ナターシャは二人がボルコンスキー老公爵のことで何かを画策しているのだと察したが、そのことに彼女は動揺し、また傷つきもしたのだった。今か今かとアンドレイ公爵を待ちわびる彼女は、この日二度も屋敷番をヴズドヴィージェンカのボルコンスキー家に遣って、公爵の帰還の有無を問い合わせた。公爵は帰っていなかった。モスクワに来たばかりの頃よりも今の方が、彼女は辛かった。アンドレイ公爵を待ちわびる切なさに、マリヤや老公爵と会った際の不快な思い出が加わり、さらに故知らぬ恐怖や不安までが加わったからだ。あの人はついに帰らないか、それともあの人が帰る前にこの私がどうかなってしまうか、二つに一つだ――そんな気がしてならないのだった。以前のように安らかな心で、じっと一人きりで公爵のことを考えることができなくなっていた。考え出すとすぐに、彼の思い出に老公爵やマリヤの思い出が重なり、さらに昨日の観劇の思い出やアナトールの思い出が重なってくるのだ。またもや自分が悪いことをしているのではないか、アンドレイ公爵への自分の操《みさお》は損なわれてしまったのではないかという疑問が浮かんできて、気がつくとまたもや、自分の内にまんまと不思議な、恐ろしい感情を掻き立ててみせたあの男の一つ一つの言葉を、しぐさを、表情の動きのニュアンスを、事細かく思い起こそうとしているのだった。家族の者たちの目にはナターシャは普段より元気に見えたが、本人はとても以前のようには平静でもないし幸福でもなかったのである。

日曜日の朝、アフローシモフ夫人は客たちを、自分の教区教会であるモギリツィの生神女《しょうしんじょ》就寝《ウスペーニエ》[17]教会の祈禱式に誘った。

「今どきはやりの教会は好きになれなくてね」夫人はリベラルな考え方を自慢する

17　生神女（聖母）の永眠（被昇天）を指す。同名の記念祭が八月十五日に行われる。

ように言った。「どこへ行こうと神さまは同じさ。うちの司祭さんは素晴らしい方でね、お勤めぶりもしっかりしていて、それは立派なものだよ。輔祭さんもね。聖歌隊席でコンサートの真似をするようなところもあるらしいけど、それのどこがありがたいんだね？　いけ好かない、ただの悪ふざけじゃないか！」

アフローシモフ夫人は日曜日を大切にしていて、きちんと祝うすべを知っていた。夫人の家は土曜日のうちにすっかりきれいに磨き上げられていた。日曜には使用人も夫人本人も働かず、皆揃って晴れ着をまとい、一緒に祈禱式に出かけるのだった。主人の午餐にはメニューが増え、使用人たちにはウオッカと焼いた鵞鳥《がちょう》か子豚肉が振る舞われた。しかし何にも増して祭日らしさが現れるのは、頰が張っていかめしい、夫人の顔だった。日曜日にはその顔に、いつも決まって厳粛な表情が宿るのである。

祈禱式から戻って、椅子のカバーを外した客間でコーヒーをたっぷり飲んだ頃、アフローシモフ夫人に馬車の用意ができたという報告が入った。夫人は、訪問用の晴れ着のショールをまとって立ち上がると、これからボルコンスキー老公爵を訪ねてナターシャの件を話し合ってくると告げた。

アフローシモフ夫人が出かけた後で、マダム・シャルメの店のお針子がロストフ一家を訪ねてきたので、ナターシャは気晴らしができるのを大歓迎して、客間の隣の部屋のドアを閉め切ると、新調した服の寸法合わせにとりかかった。まだ仮縫いの、袖のない胴の部分だけを身に着けて、背中のところがぴったりしているかと、首をめぐらして鏡を覗き込んでいたとき、客間から父親ともう一人女性の元気のいい話し声が聞こえてきて、ナターシャはぽっと頬を赤らめた。それはエレーヌの声だった。試着していた胴の部分を脱ぐ間もなく、ドアが開いて、部屋にベズーホフ伯爵夫人エレーヌが入って来た。濃い藤色の、襟の高いビロードのドレスをまとい、人のよさそうな愛想のいい笑みに顔を輝かせている。

「あら、かわいい！」顔を赤らめたナターシャにエレーヌは言った。「それ、すてきですこと！　いいえ、伯爵、こんなのは聞いたこともありませんわ」彼女は後から入って来たロストフ伯爵に釘をさした。「せっかくモスクワにいらっしゃるのに、どこにもお出かけにならないなんて！　いいえ、私、引き下がりません！　今晩家で女優のマドモワゼル・ジョルジュの朗読会があって、いくらかお客が集まりますの。お宅のお嬢さま方はマドモワゼル・ジョルジュよりも器量よしですが、もしもお嬢さまたちを連れていらしてくださらないようでしたら、私、もう知りませんから。あいにく夫は留守で、トヴェーリ[18]に出かけていますが、そうでなければ夫をお迎えに上がらせるところですのに。きっといらしてくださいね、きっとですよ、九時からですから」恭しく腰をかがめて挨拶した顔なじみのお針子に頷いて応えると、エレーヌは鏡の脇の安楽椅子に腰を下ろした。ビロードのドレスの襞が絵のように美しく広がった。そうして気のよさそうな楽しげなお喋りを続けながら、ひっきりなしにナターシャの美しさをほめたたえてみせるのだった。ナターシャの新調のドレスをしげしげと見て絶賛し、ついでにパリから取り寄せたという自分の新調のメタリック・ガーゼのドレスを自慢して、ナターシャにも同じのを作るように勧めた。

「でもあなたなら何を着てもお似合いですわね、お美しいから」彼女は言った。

ナターシャの顔には満足の笑みが絶えなかった。優しいベズーホフ夫人のこんな誉め言葉に、幸せのあまり舞い上がるような気分だった。以前にはそばにも寄れないほど風格のある貴婦人と思えた人が、今ではこんなに優しくしてくれるのだ。ナターシャはすっかり心が晴れ、こんなにも美しく、そして心優しい女性に、ほとんど恋をしているような感覚を覚えた。エレーヌも本気でナターシャに心を奪われ、彼女を喜ばせてやりたいと思っていた。彼女はアナトールにナターシャとの仲を取り持ってくれと頼まれて、そのためにロストフ一家を訪れたのだった。兄とナターシャの仲を取り持つというアイデアが面白いと思ったからである。

かつてペテルブルグでナターシャにボリスを横取りされた時には、この相手に恨みを覚えたこともあったが、今ではそんな思いもすっかり消えて、心から、彼女なりに、ナターシャの幸せを願っていた。辞去する際に彼女は目をかけたこの娘を脇に呼んで語り掛けた。

「昨日兄がうちで食事をしたんですけれど、みんな笑い過ぎて死にそうだったんですよ。だって、何も喉を通らないで、ただあなたのことを思ってため息ばかりついているんですから。兄はもうあなたに夢中、本当にメロメロなのよ」

この言葉を聞くとナターシャは真っ赤になった。

「ほらほら赤くなった、本当に真っ赤になったわね！」エレーヌは続けた。「きっと来てくださいね。もしも愛する方がいらしたとしても、だからといってあなたが家に閉じこもっていることはないのよ。かりにもう婚約されているんだとしても、きっと相手の婚約者の方だって、あなたが寂しくぼんやりとしているよりは、社交の場に出られる方がいいと思うでしょうよ」

『ということは、この方は知っているんだ、私が婚約者のある身だってことを。つまりこの方はご主人のピエールさんと、あの間違ったことをしないピエールさんと』

18　モスクワの北西百七十キロのヴォルガ河畔の町。

とナターシャは思った。『きちんと話をしたうえで、このことを笑って見ていられるのだわ。だったらこれは何でもないことなんだわ』するとまた、エレーヌの影響を受けて、さっきまで恐ろしいと思われていたことが、単純で当たり前のことに思われてきたのだった。『しかもこんな立派な奥さまが、こんなにも優しくしてくれて、はっきりと心から私をかわいがってくださるのだから』とナターシャは思うのだった。『どうして楽しんでいけないことがあるだろうか？』驚いたように目を大きく見開いてエレーヌを見つめながら、ナターシャはそう思った。

午餐の前に戻って来たアフローシモフ夫人は、むっつりと深刻な顔で黙り込んでいた。明らかに老公爵の家で敗北を味わってきたのだ。午餐の席ではまだ最前の衝突の興奮が冷めやらず、落ち着いて事の次第を物語ることもできなかった。伯爵が問いかけると、心配はいらない、詳しい話は明日すると答えた。ベズーホフ夫人が来て夜会に招待していったということを聞くと、アフローシモフ夫人はこう言った。

「あのベズーホフの奥方とお付き合いするのは好みじゃないし、お勧めもしないけれど、まあ、そうだね、もし約束してしまったのなら、ひとつ出かけて、気晴らしでもしてくるんだね」ナターシャを振り返って夫人は言い添えたのだった。

13章

ロストフ伯爵は娘たちをベズーホフ伯爵夫人の家へ連れて行った。夜会にはかなり大勢の客が集まっていた。だが客の顔触れは、ナターシャにはほとんど馴染みのない者ばかりだった。ロストフ伯爵は客の大半が奔放な行状で知られた男女であることに気付き、不満を覚えたものだ。女優のマドモワゼル・ジョルジュは若者たちに囲まれて客間の片隅に立っていた。フランス人の客も何人かいて、中には医師のメチヴィエも混じっていた。メチヴィエはエレーヌが当地へ来て以来、家族同然に入り浸っていたのである。ロストフ伯爵は、カードはせず、娘たちから離れず、マドモワゼル・ジョルジュの朗読が終わり次第帰ろうと決めた。

アナトールはどうやら戸口でロストフ父娘の来訪を待ち構えていたようだった。ロストフ伯爵に挨拶をすると、彼はすぐさまナターシャに歩み寄り、彼女の後について歩き出した。アナトールの顔を見た途端、ナターシャは劇場の時と同じく、自分はこの人に好かれているんだという虚栄心からくる満足感と、二人の間に精神的な障壁がなくなっていることへの恐怖感にとらわれた。

エレーヌはうれしそうにナターシャを迎え、大仰《おおぎょう》に彼女の美しさをたたえ、その衣装をほめた。ロストフ父娘が来て間もなく、マドモワゼル・ジョルジュが着替えのために退出した。客間に椅子が並べられ、客たちが席に着く。アナトールはナターシャの近くに椅子を動かして、そのまま隣に座ろうとしたが、娘から目を離さずにいた父親がさっとその席に座ったので、アナトールは彼女の後ろに座ることになった。

マドモワゼル・ジョルジュはえくぼのような窪みのあるふくよかな腕をむき出しにして、片方の肩にだけ赤いショールを掛けた姿で、自分のために残された椅子の間の空間に進み出ると、不自然なポーズで立ち止まった。感嘆のささやきが聞こえてくる。険しく暗い目つきで聴衆を見渡してから、マドモワゼル・ジョルジュはフランス語の詩を語り出したが、それは自分の息子への道ならぬ恋をうたったものだった。[19]彼女は時には声を張り上げ、時には昂然と頭をもたげてささやき、時には口ごもり、目を大きく見開いてかすれた声を出してみせた。

「見事だ！」「神技だわ！」「絶品です！」といった声があちこちで上がる。ナターシャは太ったジョルジュの姿に目を据えていたものの、何も聞こえず、目にも入らず、目の前で行われていることを何ひとつ理解できなかった。彼女はただひたすら、自分がまたもや以前の世界とはかけ離れた不思議な狂気のような世界に、何が良くて何が悪いのか、何が正常で何が異常なのかの判断もつかない世界にすっかりはまり込んで、抜き差しならなくなっているのを感じていた。背後にはアナトールが座っており、彼女は彼が間近にいるのを感じて、怯えつつ何かを待ち構えていた。

最初の独白が終わると、聴衆は皆立ち上がって、感動をあらわにしながらマドモワゼル・ジョルジュを取り囲んだ。

「なんてきれいな女優さんでしょう！」他の者たちといっしょに立ち上がり、人ごみを縫って女優に近寄ろうとする父親に向かってナターシャは言った。

「僕はそう思いませんね、あなたを見ているから」アナトールがナターシャの後を追いながら言った。彼は彼女だけに聞こえるようなタイミングで声をかけてきたのだった。「あなたは素敵な人だ……あなたを見たあの瞬間から、僕はずっと……」

「おいで、おいで、ナターシャ」伯爵が娘を連れに戻って来た。「実にきれいな人だよ！」

ナターシャは返事もせずに父親に歩み寄ると、問いかけるような、いぶかる目でそ

19　義理の息子に恋をしてしまう女性を描くラシーヌの悲劇『フェードル』（初演一六七七）を朗読している。ジョルジュは感情表現の抑揚の強さで有名だった。

の顔を見つめた。

何篇か朗読を披露してマドモワゼル・ジョルジュが立ち去ると、エレーヌは皆に広間にお移りくださいと告げた。

ロストフ伯爵は辞去しようとしたが、エレーヌは即興の舞踏会をするのでぜひ興をそぐような真似はしないでほしいと懇願した。父と娘は残ることにした。アナトールはナターシャをワルツに誘い、ワルツを踊る間、彼女の腰を抱き手を握りながら、あなたは魅惑的だ、あなたを愛していると語り掛けた。スコットランド舞踊《エコセーズ》もまた一緒に踊ったのだったが、今度は二人きりになっても、彼は何も言わぬまま、ただひたすら彼女を見つめるばかりだった。ナターシャはふと、ワルツの時に彼が言ったことは、あれは夢だったのかしらと怪しんだ。最初のフィギュアの終わりに彼はまた彼女の手を握りしめてきた。ナターシャは怯えたような眼で相手の顔を見あげたが、彼の慈しむような目にも笑みにも自信たっぷりの優しい表情が浮かんでいたので、見ているとつい、言おうとしたことも口に出せなくなるのだった。彼女は目を伏せた。

「そのようなことを私におっしゃらないでください。私は婚約している身で、他に愛する人がいるのですから」彼女は早口で言い放った……。目を上げると、アナトールは彼女の言葉にうろたえるでもなく、悲観した様子もなかった。

「僕にそんなことを言わないでください。それが僕に何の関係があるでしょう？」彼は言った。「頭がおかしくなるほど、変になるほどあなたに夢中だと言っているのですよ。あなたがそんなにも魅力的なのは、いったい僕のせいでしょうか？……さあ、また踊らなくては」

ナターシャはにわかに元気づきながらも不安を抱えたまま、怯えた眼を大きく見開いて周囲を見回したが、その表情は普段よりも快活に見えた。この夜会で起こったことを彼女はほとんど何も覚えていなかった。スコットランド舞踊《エコセーズ》とグロースファーター[20]を踊った後、父親が帰ろうと誘ったが、彼女は残らせてくれと頼んだ。どこに身を置いて誰と話していても、彼女は彼の視線を身に感じていた。次に彼女が覚えていたのは、父親に服を直してきたいから化粧室に行かせてくれと頼んだことだった。するとエレーヌも後から出てきて、笑顔で、兄があなたを愛していると語り掛けた。次に覚えているのは、小さな休憩室でまたアナトールと出会い、エレーヌがどこかへ姿を消して二人きりになると、アナトールが彼女の手を取って、優しい声でこう言ったことだった。

20　ドイツの舞踊。チャイコフスキーの《くるみ割り人形》にも登場する。

「僕はお宅へ伺うわけにはいきませんが、いったいこれっきりあなたに会えないんでしょうか？　変になりそうなほどあなたを愛しているんです。本当にこれっきりで？……」そう言って彼女のゆく手を遮ると、彼は彼女の顔に顔を寄せてきたのだった。

キラキラ光る大きな男の目が間近に迫って来たので、彼女にはその目のほかは何も見えなかった。

「ナタリー⁉」彼の声が問いかけるように響き、誰かが痛いほど彼女の手を握りしめる。「ナタリー⁉」

『私には何も分からないし、何も話すことはありません』――そう彼女の目は語っていた。

唇に相手の熱い唇が押し付けられると、その瞬間、彼女はまた自分が自由になった感じを覚えた。すると部屋の中にエレーヌの足音と衣擦れの音が聞こえた。ナターシャはエレーヌのいる方を振り返り、それから顔を赤らめて身を震わせながら、怯えきった、問いかけるような眼で彼を一瞥すると、戸口に向かった。

「一言、たった一言でいいから、どうか言わせて下さい」アナトールが言った。

彼女は立ち止まった。その一言こそまさに、彼女がどうしても彼に言ってほしかった言葉だった。その一言こそが今起こった出来事を彼女に説明するはずだったし、その言葉にならら自分も答えたかったからである。

「ナタリー、一言、たった一言でいいんだ」彼はそう繰り返すばかりだった。どうやら何を言ったらいいか分からないかのようで、結局エレーヌがそばに来るまでそうして繰り返していたのだった。

エレーヌはナターシャを連れてまた客間に戻った。ロストフ父娘は夜食には残らずに立ち去った。

家に帰ったナターシャは、一晩中眠れなかった。はたしてアナトールとアンドレイ公爵のどちらを自分は愛しているのか──この解き難い問題が彼女を苦しめたのである。アンドレイ公爵を彼女は愛していた。自分がどんなに強く彼を愛したか、彼女ははっきりと覚えていた。しかしアナトールのことも彼女は愛していたし、そのことは疑えなかった。『でなければ、あんなことになるはずがないもの』彼女は思うのだった。『だって、あんなことがあった後であの人と別れる時、私あの人の笑顔に笑顔で応えたのよ。あんなことまであの人に許したのよ。ということはつまり、最初から私あの人が好きだったんだわ。あんなに優しくて上品で素敵な人だから、好きにならずにはいられなかったのよ。あの人も好きでもう一人の人も好きだなんて、私いったいどうしたらいいんだろう?』そんな恐ろしい疑問に答えるすべもなく、彼女は一人煩悶するのだった。

14章

朝が来て、また忙しく気ぜわしいいつもの暮らしが始まった。皆が起床して動いたり喋ったりし始め、またお針子たちが顔を出し、またアフローシモフ夫人が部屋から出てきて皆をお茶に呼ぶ。ナターシャはまるで自分に注がれるすべての視線を捉えようとするかのように、目を大きく見開いてきょろきょろと皆の顔を見回しながら、いつも通りの自分に見えるよう努めていた。

アフローシモフ夫人は朝食の後でいつもの安楽椅子に腰を下ろすと(これが夫人の一番好きな時間だった)ナターシャと老伯爵を呼び寄せた。

「さてご両人、やっと私の考えもまとまったから、あなたたちに一つ忠告させてもらうよ」彼女はそう切り出した。「ご承知のように、昨日私はボルコンスキー公爵を訪ねてね、まあ話をしたんだけど……。そのうちに相手が怒鳴り声まで上げるのさ。なに、怒鳴りっこならこっちも負けちゃいないからね! 洗いざらいぶちまけてやったわよ！」

「それで先方の反応は？」伯爵が訊いた。

「反応も何もあるもんか。頭がおかしくなっているからね……こっちの言うことなんて聞きやしないよ。いやはや、何のことはない、二人がかりであの哀れな娘さんをさんざん苦しめただけさ」夫人は言った。「そこであなたたちへの忠告だけど、さっさと用事を済ませていったん家へ、オトラードノエへお帰り……そして向こうで待つんだよ……」

「あら、いやだわ！」ナターシャが叫んだ。

「いやじゃない、お帰り」夫人は言った。「そうして向こうで待つんだよ。もし今あの婿殿がここへ戻って来たとして、どうせひと悶着なしでは済まないだろう。だからまず、あの婿殿が父親と一対一でとことん話し合って、その後であなた方のところへ行くという段取りにするのさ」

ロストフ伯爵はこれに賛成した。この提案の理にかなっていることがすぐに飲み込めたからだ。もしあの老公爵が折れてくれるなら、それを見届けてからモスクワなり禿山《ルイスィエ・ゴールィ》の領地なりへ挨拶に行く方がいいし、もし折れないとすれば、父親の意志に反して挙式できるような場所はオトラードノエ村しかないのだ。

「なるほど、その通りですな」伯爵は言った。「あのお宅へ行ったのが悔やまれますよ、娘まで連れて」

「いいえ、何も悔やむことなんてあるもんか。だってモスクワにいる以上、挨拶しないわけにいかないからね。それを撥ね付けるなんて、相手の方が悪いのさ」そう言いながら夫人は何かを探してハンドバッグをかき回していた。「それに嫁入り道具の準備もできたし、もうぐずぐず待っている必要はないじゃないか。これから届くものがあれば、私が受け取って送ってやるからさ。あんたがいなくなるのは寂しいけれど、無事に帰るのが一番だからね」ようやくバッグの中に探していたものを見つけた夫人は、それをナターシャに手渡した。それはマリヤの手紙だった。「お前宛だよ。あの娘、かわいそうにひどく参っているよ。それはお前のことを嫌っているんだと思われはしないかって、心配しているんだ」

「ええ、あの方は私を嫌っているわ」ナターシャは言った。

「バカなことをお言いでないよ」夫人が一喝した。

「私、誰が何と言おうと信じない。あの方に嫌われているのは分かっているから」手紙を手にしたままナターシャが切り口上で言うと、その顔には取り付く島もないようなはっきりとした憎しみの表情が浮かんだので、夫人も思わず食い入るように彼女を見つめて、顔をしかめたほどであった。

「ねえお前、そういう態度はないよ」夫人は言った。「私の言っているのは本当のことだからね。返事を書くんだよ」

ナターシャは返事もせずに自分の部屋に引っ込んで、マリヤの手紙を読んだ。

自分たちの間にあんな誤解が生じてしまったのが辛くてならない、とマリヤは書いていた。たとえ父親の気持ちがどうであれ、自分は兄が選んだ相手としてあなたを愛さずにはいられないし、兄の幸せのためなら何でも犠牲にする覚悟だ――それを信じてほしいと。

『でも』と手紙は続いていた。『どうか父があなたさまに悪い感情を持っているとはお思いにならないでください。病身のうえに高齢の身ですので、大目に見てやっていただきたいのです。根はやさしく心の広い人間ですので、自分の息子を幸せにしてくれる方を好きになってくれるはずですから』マリヤはさらに、もう一度お目にかかりたいので、お時間を指定してほしいと頼んでいた。

手紙を読んでしまうと、ナターシャは返事を書くために書きもの机に向かった。『親愛なる公爵令嬢さま』さっと機械的にフランス語で認《したた》めたところで、彼女は手を止めた。昨日あんなことがあった後で、この先何が書けるだろう？『そう、そうだわ、あんなことがあったのだから、今はすっかり事情が変わってしまったんだ』書きかけの手紙を前にして、彼女は考え込んだ。『あの人にお断りしなくてはいけないかしら？　本当にそうかしら？　それは恐ろしいことだわ！……』そんな恐ろしい考えから逃れようと、彼女はソーニャのところに行って、二人で刺繍の模様選びを始めた。

午餐の後ナターシャは自室に下がって、またマリヤの手紙を手に取った。『本当にもう何もかもおしまいなんだろうか？』彼女は思った。『いったいこんなに短い間にあんなことが起こって、前のことをすっかりだめにしてしまったというの？』アンドレイ公爵への自分の愛を前と同じ強さのまま思い起こしながら、彼女は同時に自分がアナトールを愛しているのを感じていた。自分がアンドレイ公爵の妻になって、すでに何度も空想してきた彼との幸せに浸っている様子を思い浮かべながら、同時に昨夜アナトールと会った時の様子を事細かに思い起こしては、胸をときめかせるのだった。『どうして二つは両立できないんだろう？』時々頭が朦朧《もうろう》としてきて、彼女はそんなことを思った。『両方あってはじめて私は本当に幸せになれるのに、こうして択《えら》ばなくちゃならないなんて。どちらが欠けても私は幸せになれないのに。ただし』と彼女は思った。『起こってしまったことをアンドレイ公爵に言うのも隠すのも、どちらも無理だわ。一方あの方との間には、何の問題も起きていない。でもアンドレイ公爵を愛するという幸せを、永遠に捨てなくてはいけないのかしら？　こんなに長いことその幸せを糧に生きてきたのに』

「お嬢さま」女中が部屋に入ってくると、いかにも内緒ごとといった様子でそっと呼びかけた。「ある方がこれをお渡しくださいとのことで」女中は手紙を渡してよこした。「ただ、お願いですからお嬢さま……」先を続けようとする女中を尻目に、ナターシャは何も考えぬまま機械的な動作で封印を破ると、アナトールの恋文を読んだ。とはいえ一文字も理解できたわけではなく、ただそれが彼からの、自分の愛する人からの手紙だということが理解できただけだった。『そう、この娘は恋をしているんだ。でなければあんなことが起こるはずはないし、この娘が彼からの恋文を手にするはずはないもの』自分を三人称で呼びながら、彼女は胸の内でつぶやくのだった。

ナターシャが震える手に持っている情熱的な恋文は、実はドーロホフがアナトールのために作文したものだったが、それを読むナターシャは、そこに自分自身が感じていると思うことがすべて、木霊《こだま》のように反響しているのを見出したのである。

『昨夜で僕の運命は決まりました。もはやあなたの愛を得るか、それとも死ぬかの二つに一つしかありません。僕には他の道はないのです』そう手紙は始まっていた。

その先は以下のように続いていた──ご家族が僕にあなたを下さらないのは承知している。それには隠されたわけがあるのだが、それはいつかあなただけに打ち明けよう。しかし、もしあなたが僕を愛してくれるのなら、ただひとこと「はい」と言ってくれるだけでいい。そうすればどんな人間の力をもってしても、僕たちの幸せを妨げることはできない。愛はすべてに勝つ。僕はあなたをさらって、地の果てまで連れて行くだろう、と。

『そう、そうよ、私はこの人を愛している！』一言一言に何か特別な、深い意味を探しつつ、二十度も同じ手紙を読み返したあげく、ナターシャは思うのだった。

その晩アルハーロフ家を訪問することになっていたアフローシモフ夫人は、令嬢たちにも同行を勧めたが、ナターシャは頭痛を口実に家に残ったのだった。

15章

夜遅く帰って来たソーニャがナターシャの部屋に入っていくと、驚いたことにナターシャは寝間着にも着替えぬまま、ソファーの上で眠っていた。脇のテーブルにはアナトールの手紙が開いたまま置かれている。ソーニャはその手紙を手に取って読み始めた。

読み進めながらソーニャは眠っているナターシャに何度も目をやって、その顔に自分が読んでいることの説明を見出そうとしたが、見つけることはできなかった。彼女はひたすら安らかで穏やかな、幸せそうな顔をしていたからである。荒くなろうとする息を胸をかき抱いて抑えつつ、ソーニャは恐怖と動揺のあまり真っ青になって震えながら、安楽椅子に座り込んで涙に掻き暮れた。

『どうして私は何も気がつかなかったんだろう？　どうしてこんなとんでもないことになってしまったんだろう？　いったいアンドレイ公爵のことを好きでなくなったんだろうか？　しかもなぜあのアナトールなんかにここまでのことを許したんだろう？　人をたぶらかす悪い人だっていうことは、はっきりしているのに。もしもニコライさんが、あの優しい、高潔なニコライさんがこのことを知ったら、いったいどうなることだろう？　そう言えば、一昨日も昨日も今日も、なんだか興奮したような、思い切ったような、不自然な顔をしていたけれど、あれはこういうことだったのね』ソーニャは考えた。『でもあり得ないわ、この子があんな人を好きになるなんて！　きっと誰からの手紙かも知らずに開封してしまったんだわ。きっと怒っているんでしょう。この子がこんなことをするはずがないもの！』

涙を拭《ぬぐ》ってナターシャに近寄ると、ソーニャは改めてその顔にじっと見入った。

「ナターシャ!」かろうじて聞き取れるほどの声で彼女は言った。

ナターシャが目を覚ましてソーニャに気づいた。

「あ、帰って来たのね?」

起き抜けの時によくそうするように、ためらいもなく優しい仕方で彼女は友達に抱き着いた。しかしソーニャのうろたえたような表情に気づくと、ナターシャの顔にも当惑と、そして疑惑の表情が浮かんだ。

「ソーニャ、あなたあの手紙を読んだのね?」彼女は訊いた。

「ええ」ソーニャは静かに答えた。

ナターシャはうれしそうににっこりと笑った。

「だめ、ソーニャ、これ以上は無理!」彼女は言った。「もうこれ以上あなたに隠してはおけないわ。いいこと、私たち愛し合っているの!……ソーニャ、ねえ、あの人書いてきたのよ……ソーニャ……」

ソーニャは自分の耳を疑うように、目をいっぱいに見開いてナターシャを見つめていた。

「じゃあボルコンスキーさんは?」彼女は言った。

「ああ、ソーニャ、ああ、私がどんなに幸せか、分かってもらえたらな！」ナターシャは言った。「あなたは知らないのよ、恋ってどんなものなのか……」

「でもナターシャ、あちらの方は本当にもうおしまいなの？」

ナターシャはこの問いの意味が分からないかのように、大きく見開いた眼でソーニャを見つめた。

「どうなの、アンドレイ公爵の方は、断るつもりなの？」ソーニャは言った。

「ああ、あなた何も分かっていないのね。バカなことを言わずに、話を聞いてよ」

一瞬むっとしてナターシャは言った。

「いいえ、こんなこと信じられない」ソーニャは繰り返す。「私には分からない。だって丸々一年も一人の人を愛し続けてきたのに、それが急に……。だってあなたあの人と三度しか会っていないじゃない。ナターシャ、あなたの言うことが信じられない、冗談としか思えないわ。たった三日で全部忘れてしまって、そしてこんな……」

「三日っていうけれど」ナターシャは言った。「私、もう百年もあの人を愛している気がする。あの人に会うまでは誰のことも、一度も愛したことはなかったし、あの人ほど深く愛した相手は一人もいなかったって、そんな気がするの。あなたには分からないわ、ソーニャ、待って、ここに座って」ナターシャは相手を抱いてキスをした。

「聞いてはいたのよ、こういうことがあるって。あなただってきっと聞いたことがあるでしょう。でも、今ようやくそんな恋を自分で経験したの。前の恋とは違うわ。私あの人を見た途端、感じたの――この人が私の支配者で、私はこの人の奴隷だ、そして私はこの人を愛さずにはいられないって。そう、奴隷なのよ！　あの人が命ずることなら、私、何でもするわ。あなたには分からない。いったいどうしたらいいの？どうしようもないでしょう、ソーニャ？」幸福そうな、しかし怯えたような表情でナターシャは言うのだった。

「でも、考えて、自分が何をしようとしているか」ソーニャは応じる。「私、放ってはおけないわ。あんな秘密の手紙をよこすなんて……。どうしてあの人にこんなまねを許したの？」彼女の言葉には恐怖とそして嫌悪がこもっていたが、その嫌悪を彼女はなんとか押し殺そうとしていた。

「言ったでしょう」ナターシャは答えた。「私に自由はないんだって、どうしてそれが分からないの。あの人を愛しているからよ！」

「だからってこんなまねは許せないわ。私、言いつけるから」ついに涙をあふれさせてソーニャは叫んだ。

「何を言うの、お願い……もし言いつけたりしたら、あなたは私の敵だわよ」ナターシャは言った。「あなた、私を不幸にしたいのね、私たちを別れさせたいのね……」

そんなナターシャの怯えぶりを見ると、ソーニャは自分の友が恥ずかしくまた哀れに思えて涙があふれるのだった。

「だってあなたたちの間に何があったの？」彼女は訊いた。「あの人、あなたに何て言ったの？　なぜあの人はこの家を訪ねてこないの？」

ナターシャはこの問いに答えようとしなかった。

「お願い、ソーニャ、誰にも言わないで、私を苦しめないで」彼女はそう懇願するのだった。「いいこと、こういうことには、他人は口をはさめないのよ。あなたに打ち明けたのは……」

「でも、なぜ秘密にしておくの？　どうしてあの人はこの家を訪ねてこないの？」ソーニャは問い続ける。「なぜあの人はすっきりとあなたにプロポーズしないの？　だってアンドレイ公爵はあなたに完全な自由を与えてくれたんじゃない、もしこれが本当にそういうことだったら……でも私には信じられない。ナターシャ、あなた考えてみたの、あそこに書いてある隠されたわけって、いったい何なのかって？」

ナターシャはびっくりしたような眼でソーニャを見つめていた。どうやら彼女自身はじめてそんな問いが頭に浮かんだようで、どう答えていいか分からなかったのである。

「どんなわけか、私は知らない。でも、そう書いているんだから、わけがあるのよ！」

ソーニャはため息をついて、信じられないといった風に首を振った。

「もしもわけがあるとしたら……」彼女が言いかけると、ナターシャは相手の疑念を察して、怯えた顔で遮った。

「ソーニャ、だめよあの人を疑っちゃ、だめ、だめよ、分かった？」ナターシャは叫ぶ。

「あの人、あなたを愛しているの？」

「愛しているの？」相手の言葉を繰り返すと、ナターシャは友の察しの悪さを憐れむように笑った。「だってあなた、あの手紙を読んだでしょう、あの人を見たでしょう？」

「でも、もしあの人がふしだらな人だったら？」

「あ、あの人が、ふしだらな人だったらですって？　ああ、あなたは知らないのね！」

ナターシャは応じる。

「もしもあの人がちゃんとした人だったら、自分の意図をはっきりと表明するか、それともあなたと会うのをやめるか、どちらかにするべきよ。あなたがしないなら私がしてあげる。あの人に手紙を書いて、お父さまにもお伝えするわ」きっぱりとした口調でソーニャは言った。

「でも私、あの人がいなかったら生きていけない」ナターシャが叫んだ。

「ナターシャ、私には分からない。あなた、何を言っているの！　思い出してよ、お父さまのことを、ニコライ兄さんのことを」

「私、誰も要らないし誰も愛していない、あの人のほかには。あなた、よくも言えたわね、あの人がふしだらだなんて？　分からないの、私があの人を愛しているのが？」ナターシャは叫んだ。「ソーニャ、出て行って、私、あなたと喧嘩したくない。お願いだから出て行って。私が苦しんでいるのが分かるでしょう」苛立ちを押し殺した悲痛な声でナターシャは恨めしげに叫ぶのだった。ソーニャはわっと泣き出して部屋から駆け出して行った。

ナターシャは机に歩み寄ると、朝のうちどうしても書けなかったマリヤへの手紙を、一瞬も考えることなくすらすらと書き上げた。その手紙で彼女はマリヤに向けて、まず二人の誤解にはすっかり片が付いたことを告げ、さらに自分はアンドレイ公爵が去り際に自由を与えてくれたご厚意に甘えることにしたので、あなたにはすべてご放念いただき、自分に非があればお許しいただきたいが、お兄さまの妻になることはできないということを、簡潔に記していた。この瞬間の彼女には、何もかもが簡単で単純で明白なことに思えたのだった。

ロストフ父娘《おやこ》は金曜日に田舎に帰ることになっていたので、水曜日に父親の伯爵はモスクワ郊外の屋敷の購入者とともに、現地へ出かけた。

父親が出かけた日、ソーニャとナターシャはクラーギン家の大きな晩餐会に招待され、アフローシモフ夫人が二人を連れて行った。その晩餐会でナターシャはまたアナトールと会ったが、ソーニャの気づいたところでは、ナターシャはアナトールと何か人に聞かれないようにして話を交わしており、おまけに会食の間中、前よりもまたさらにそわそわした様子だった。帰宅すると、ナターシャは自分からソーニャに、彼女が待ち望んでいた打ち明け話を始めた。

「ねえソーニャ、あなたあの人のことで、いろいろおかしなことを言っていたでしょう」ナターシャはおずおずとした声で切り出した。子供がほめてもらいたがっている時の声だ。「今日私、あの人と話し合ったのよ」

「あら、それでどうだったの？　あの人、いったい何て言ったの？　ナターシャ、うれしいわ、もう私のこと怒っていないのね。話してよ、すっかり本当のことを。あの人いったい何て言ったの？」

ナターシャは考え込んだ。

「ああ、ソーニャ、あなたにも私と同じくらいあの人のことを分かってもらいたいの！　あの人は言ったわ……あの人、訊いたのよ、私がボルコンスキーさんに何と約束したのかって。お断りするのも私次第だって言ったら、あの人大喜びしたわ」

ソーニャはげんなりとため息をついた。

「だってあなたボルコンスキーさんにお断りしたわけではないでしょう？」彼女は言った。

「どうかしら、お断りしたかもしれないわよ！　もしかしたら、もうボルコンスキーさんとはすっかりけりがついているかも知れないわ。どうしてあなたは私のことをそう悪く悪く考えるの？」

「何とも考えてなんかいない、ただ納得がいかないだけよ……」

「待ってて、ソーニャ、いまに全部納得がいくようになるから。あの人がどんな人か、じきに分かるわ。悪くとらないでほしいの、私のこともあの人のことも」

「私、誰のことも悪くとったりしない。みんなが好きだし、みんなを大切に思っている。だけどこの場合、どうしたらいいか分からないじゃない」

ソーニャはナターシャの優しい口調にはほだされなかった。ナターシャの顔がやわらかな、取り入るような表情を帯びるほど、ソーニャはまじめな、厳しい表情になっていくのだった。

「ナターシャ」彼女は言った。「あなたがこの話をするなって言ったから、黙っていたけど、今はあなたが始めたのよ。ナターシャ、私、あの人が信じられない。どうして秘密にするの？」

「ほら、またそれ！」ナターシャが遮った。

「ナターシャ、私、あなたのことが心配」

「何が心配なの？」

「あなたが自分を滅ぼすことがよ」きっぱりと言い放ったソーニャは、自分で自分の言った言葉に驚いた。

ナターシャの顔にまた憎しみが浮かんだ。

「滅ぼして、滅ぼしてやるわ、一刻も早く自分をね。あなたの知ったことじゃないわ。辛い思いをするのはあなたじゃない、私なんだから。どうか、どうか私を放っておいて。あなたなんか大嫌いよ」

「ナターシャ!」ソーニャはびっくりして呼びかけた。

「大嫌い、大嫌いよ! あなたなんかもう永遠の敵だわ!」

ナターシャは部屋から駆け出して行った。

それ以降ナターシャはソーニャと口を利かず、彼女を避けていた。興奮と驚きと、そして疚しさの入り混じったような表情で、彼女は部屋から部屋へと歩き回り、あれこれと仕事に手を付けては、すぐにまた放り出してしまうのだった。

いかにも辛い立場ではあったが、ソーニャは友の様子をじっと目を離さずに観察していた。

伯爵が戻ってくる日の前日、ソーニャが見ていると、ナターシャは午前中ずっと何かを待つ風情で客間の窓辺に陣取っていたが、一人の軍人が通りかかると、何かの合図をしてみせた。ソーニャにはその軍人がアナトールだったように思えた。

いよいよ注意深く友を観察しだしたソーニャは、ナターシャが午餐の間も晩になってからも、ずっとおかしな、不自然な様子なのに気づいた(何を聞かれても頓珍漢な返事をし、何か喋り出しても途中でやめてしまい、何があってもただ笑っているのだ)。

お茶の後でソーニャは、なんだかびくびくした様子の女中が一人、ナターシャの部屋のドアの前で、自分が出て行くのを待っているのに気づいた。知らん顔をして通り過ぎ、女中が中に入ってからドアのかげで立ち聞きしたソーニャは、また手紙が届いたのを知った。

するとふいに不意にひらめいたのは、ナターシャが今晩何か恐ろしい計画を立てているということだった。ソーニャはナターシャの部屋のドアをたたいたが、ナターシャは彼女を入れようとはしなかった。

『彼と駆け落ちするつもりだわ！』ソーニャは思った。『あの子は何でもする覚悟だから。今日のあの子の顔には、なんだか特別に切ない、覚悟のようなものが浮かんでいた。叔父さまとお別れする時も、泣いていたもの』ソーニャは思い起こした。『そうだ、間違いない、あの人と駆け落ちするつもりなんだ。でもどうしよう？』ナターシャが何か恐るべき意図を持っていることをはっきりと示すいろんな兆候を改めて思い起こしながら、ソーニャは考えるのだった。『伯爵はいない。私はどうしよう？　アナトールに手紙を書いて、釈明を求めようか？　でも返事を書けとあの人に命じてくれる人がいるわけじゃないし。ピエールさんに手紙を書こうか？　アンドレイ公爵も万一の時にはそうしろとおっしゃっていたから……。でももしかしたらあの子は本当にもうアンドレイ公爵にお断りしたのかもしれないし（昨日マリヤさんに手紙を出していたから）。叔父さまはいないし！』

ナターシャを固く信じているアフローシモフ夫人に打ち明けるのは、ソーニャには恐ろしいことに思えた。

『でも、とにかく』ソーニャは暗い廊下にたたずんで考えていた。『今こそが私の正念場よ。私がロストフ一家の御恩を忘れていないことを、そしてニコライさんを愛していることを、証明してみせなくちゃ。そうよ、たとえ三日三晩眠らなくたって、私、この廊下を離れない。そして力ずくでも彼女を通さない。ロストフ家の恥になるようなことは決してさせないわ』それが彼女の思いだった。

16章

アナトールは最近になってドーロホフのところに居を移していた。ロストフ家の令嬢誘拐計画は、すでに何日かかけてこのドーロホフが練り上げ、準備してきたもので、ちょうどナターシャの部屋の前で立ち聞きしたソーニャが彼女を護ろうと決意したまさにその日に、決行される手はずになっていた。夜の十時にナターシャが、裏口階段で待っているアナトールのところへ出て行く約束になっているのだった。アナトールは用意したトロイカに彼女を乗せて、モスクワから六十キロほど離れたカーメンカ村まで連れていく。するとそこに破門僧が待ち構えていて、二人を結婚させる。カーメンカには替え馬が用意されており、それに引かせて二人はワルシャワ街道へ出る。そこからは駅馬車で国境の向こうまでまっしぐら、という段取りであった。

アナトールの手元にはパスポートも駅馬券も金も用意されていた。金は、妹から借りた一万ルーブリと、さらにドーロホフを通じて融通してもらった一万ルーブリがあった。

結婚の立会人となるのは、ドーロホフが博打に利用している小役人上がりのフヴォスティコフと、軽騎兵上がりでアナトールにぞっこん心酔している気のいい弱虫のマカーリンの二名だったが、彼らは取っ付きの部屋で茶を飲んでいた。

壁面から天井までペルシャ絨毯や熊の毛皮や武器が飾られたドーロホフの大きな書斎には、部屋の主人が旅行ジャケットにブーツをはいた姿で、開いたライティングデスクに向かっていた。デスクの上には算盤と札束が置かれている。軍服の前をはだけたアナトールが、立会人たちのいる部屋からフランス人の従僕が他の者たちと最後の荷物の梱包をしている奥の部屋へと往復する途中で、書斎を通りかかる。ドーロホフは金を数えては書き留めていた。

「おい」ドーロホフが呼び止める。「フヴォスティコフに二千やらなくちゃならんぞ」

「じゃあやってくれ」アナトールが答えた。

「マカールカ（彼らはマカーリンをそう呼んでいた）の方は、お前のことなら欲得抜きで、たとえ火の中水の中ってわけだからな。じゃあこれで計算終了だ」ドーロホフはアナトールに計算書きを見せた。「それでいいな？」

「ああ、いいに決まっているさ」どうやらドーロホフの話も耳に入っていない様子で、ずっとニヤニヤ笑いを絶やさぬまま、目の前だけを見つめてアナトールは答えた。ドーロホフはライティングデスクの蓋をバタンと閉ざすと、嘲るような笑みを浮かべてアナトールに向き直った。

「なあおい――こんなこと、すっぱりとやめちまえよ。まだ間に合うぞ！」彼は言った。

「何だって！」アナトールが応じる。「バカを言うのはよせ。ああ、君にも教えてやりたいよ……。これはもう、たまらんぞ！」

「いいから、やめておけよ」ドーロホフが言う。「俺はいい加減なことを言っているんじゃない。だって、お前のやろうとしていることは、冗談じゃすまんだろう？」

「ふん、またか、また人をいらいらさせるつもりだな？　いい加減にしろよ！　おい？……」すっかり渋い顔になってアナトールが言った。「まったく、君の悪い冗談に付き合っている暇はないんだ」彼は部屋から出て行った。

アナトールが出ていくと、ドーロホフは侮蔑と寛大さの混じった笑みを浮かべた。

「待てよ」彼はアナトールを追うように声をかけた。「冗談を言っているんじゃない、まじめに言っているんだ。おい、戻ってこい」

アナトールはまた部屋に入ってくると、懸命に注意を集中してドーロホフの顔を見つめた。不本意ながらも、この相手の言うことを聞かざるを得ないようだった。

「俺の話を聞くんだ、二度と言わんからな。俺がお前相手に冗談を言うわけがあるか？　俺がお前の邪魔をしたためしがあるか？　いったい誰が全部をお膳立てして、坊さんを見つけ、パスポートを調達し、金まで用意してやったと思っているんだ？　全部俺だろう」

「いや、ありがたく思っているよ。僕が君に感謝していないと思うのか？」アナトールはフッとため息をついてドーロホフを抱いた。

「ここまでお前に力を貸してきたが、それでもやはり本当のことを言っておかなくちゃならん。いいか、こいつは危険な仕事だし、よく考えてみれば、馬鹿げている。

まあ、あの女をかどわかすまではいいとしよう。だが、果たしてそれで済むことか？　そのうちに、お前が妻帯者だってことが明るみに出る。そうすればお前は刑事裁判にかけられるぞ……」

「ああ！　下らん、下らん！」またもや渋面になってアナトールは言った。「君にはもう説明したじゃないか。そうだろう？」そうしてアナトールは、いったん自分の頭で何かの結論にたどり着くとあくまでそれに固執するという、いかにも頭の弱い人間にありがちな態度で、すでに百回もドーロホフ相手に繰り返してきた読みをあらためて口にするのだった。「もう説明したじゃないか。僕の結論はこうだ――仮にこの結婚が無効だとしたら」彼は指を一本折ってみせた。「つまりは僕が責任を負うことはなくなる。なに、もし有効だとしたって、同じことさ。外国に出れば、あんなこと誰にも知られる気づかいはないからな。そうじゃないか？　だからそんなこと言うなよ、いいから、もう言うなって！」

「本当に、やめておけよ！　自分を縛るだけだぞ……」

「しつこい奴だなあ」アナトールは髪の毛をかきむしりながら次の間に出て行ったが、すぐにまた戻ってくると、ドーロホフのすぐ前の安楽椅子にあぐらをかいた。「考えるだけでワクワクするんだよ！　ほら、見ろ、ドキドキしてるだろう！」彼はドーロホフの手を取って自分の心臓に当てた。「ああ！ あの足ときたら、なあおい、あのまなざしはどうだ！ 女神じゃないか！ な？」

ドーロホフは冷たい笑みを浮かべ、美しい、不敵な目を光らせてアナトールを見つめていた。どうやらもう少し慰みものにしてやるつもりのようだった。

「じゃあ、金を使い切ったら、その時はどうする？」

「その時はどうする？ えっ？」アナトールは相手の言葉を繰り返した。将来のことを考えること自体、心底合点がいかないといった様子である。「その時はどうするって？ そんなこと、知ったことか……そんな馬鹿げたことを喋ってる暇はない！」彼は時計を見た。「時間だ！」

アナトールは奥の部屋に入って行った。

「おい、そろそろじゃないか？ 何をぐずぐずしているんだ！」彼は召使たちを怒鳴りつけた。

ドーロホフは金を片付けると、従僕を呼んで出発前の食事と飲み物を用意するように言いつけ、自分はマカーリンとフヴォスティコフのいる部屋に出て行った。

アナトールは書斎のソファーに寝そべって片肘を突き、何か思い浮かべているふうにニヤニヤしながら、優しく小声で独りごとを言っていた。

「こっちへ来て何か食えよ。さあ、一杯やるんだ！」別の部屋からドーロホフが声をかけた。

「いらん！」相変わらずにやにやしながらアナトールが答える。

「来いよ、バラーガが来てるぞ」

アナトールは起き上がって食堂に出てきた。バラーガは名の知れたトロイカの御者で、ドーロホフやアナトールとはもう六年ごしの付き合いであり、トロイカで彼らの役に立ってきた。アナトールの連隊がトヴェーリに駐屯していた頃には何度となく、晩のうちに彼をトヴェーリから連れ出して明け方にはモスクワまで送り届け、翌日の夜にはまた連れ帰る、といった芸当をしてみせた。彼は何度もドーロホフを追手から救ってきたし、何度も彼らをジプシーや彼のいわゆる「お嬢さん方」と一緒に乗せて、町をドライブしたものだった。この二人の仕事でモスクワを走っている際に、何度も通行人を撥ねたり辻馬車とぶつかったりしたが、そんな時はいつも「うちの旦那衆」が、救い出してくれるのだった。彼らの仕事で乗り潰した馬は、一頭や二頭ではきかなかった。何度も彼らに殴られ、何度もシャンパンや好物のマデイラ酒をふんだんに振る舞われ、そして彼らのそれぞれがしでかしてきた、並の人間ならとっくにシベリア送りになっているような所業を、いくつも知っていた。彼らは自分たちの宴席にしばしばこのバラーガを呼びつけ、酒を飲ませたりジプシーのところで踊らせたりした。千や二千ではきかない彼らの金が、彼の手を通って出て行ったのである。この二人の仕事をしていると、年に二十度も命がけの、ひやひやするような目に遭うし、仕事で乗り潰した馬の数を思えば、彼らからもらう金では間に合わなかった。だがバラーガはこのご主人たちが気に入っていたし、一時間に十八キロも飛ばすスピード狂ぶりも、あちこちで辻馬車をひっくり返したり、通行人を撥ね飛ばしたりしながら、モスクワの街路を全速力で疾駆するのも、気に入っていたのである。もはやこれ以上は無理というスピードで走っているのに、背後から「とばせ！　とばすんだ！」という酔っぱらった声の野蛮な叫びを聞くのも好きだったし、ただでさえ生きた心地もなく脇に身をよけている百姓の首筋を、思い切り鞭でどやしつけるのも好きだった。『これこそ本物の旦那衆だ！』と彼は思っていたのである。

アナトールとドーロホフもバラーガを好んでいたが、それは御者として腕が良かったからであり、またバラーガが自分たちと同じ嗜好を持っているからでもあった。他の客を相手にするときは、バラーガはきちんと値を決めて、二時間に二十五ルーブリもとったし、そもそも他の客の時にはめったに自分が乗ることはせず、たいていは配下の者を派遣した。だが彼の言う「うちの旦那衆」の仕事では、いつも自分が御者を務め、しかも何の代価も要求しなかった。ただ侍僕を通じて旦那衆にいつ金ができるかを知っていたので、何か月かに一度、朝方素面《しらふ》でやって来ると、深々とお辞儀をして、どうか助けてくださいとお願いするのだった。旦那衆はいつも、まあ座れといって話を聞いてくれた。

「ドーロホフの旦那さま、いや御前さま、どうかこの俺を救ってやってください」そんなふうにバラーガは訴えたものだ。「すっかり馬がいなくなっちまって、馬市に行かなきゃならねえんで、どうか用立てておくんなさい。いくらでも結構です」

アナトールもドーロホフも、金がありさえすれば、この男に千ずつも、あるいは二千ずつも与えたものである。

バラーガは亜麻色の髪で赤ら顔、とりわけ太い赤い首が目立つ、ずんぐりとした獅子鼻の男で、年は二十七ばかり、ぎらぎらした小さな目をして小さな顎鬚《あごひげ》を生やしていた。毛皮の半コートの上に絹の裏地のついた長上着《カフタン》を着ている。

聖像の置かれた片隅に向かって十字を切ると、彼はドーロホフに歩み寄り、黒い小ぶりな手を差し出した。

「ドーロホフの旦那さま！」お辞儀をしながら挨拶する。

「よく来たな、兄弟。おい、現れたぞ」

「ご機嫌よろしゅう、公爵さま」部屋に入って来たアナトールに挨拶し、同じく片手を差し出す。

「ひとつ聞くが、バラーガ」アナトールは相手の肩に両手を置いて言った。「お前は俺のことが好きか、どうだ？　あ？　じゃあ、ひとつ仕事を頼むが……。お前、どんな馬で来た？　あ？」

「ご使者の言いつけ通り、旦那さま好みの荒馬で参りました」バラーガは答える。

「じゃあ、いいかバラーガ！　三頭とも乗り潰してかまわんから、三時間で目的地に着くんだ。いいな？」

「乗り潰しちまったら、その先は何で行きましょう？」バラーガが目配せして言う。

「なにを、面《つら》を張り飛ばすぞ、冗談口を叩くな！」やにわに目を吊り上げてアナトールは怒鳴った。

「冗談なんぞ言うもんですか」ニヤニヤしながら御者が言った。「旦那さまのためとありゃあ、何も惜しみゃしません。馬どもにゃ全力で走らせますから、無事着きますさあ」

「よおし」アナトールは言った。「じゃ、まあ座れ」

「いいから、腰を下ろせよ！」ドーロホフも誘う。

「俺は立っていますから、ドーロホフの旦那」

「座るんだ、四の五の言わずに飲め」そう言うとアナトールは大きなグラスにマデイラ酒を注いでやった。酒を見ると御者の目がにわかに輝きだす。礼儀で断ってみせながらも、彼は酒を飲み干すと、帽子の中に入れていた赤い絹のハンカチで口を拭った。

「さて、いつ出掛けましょうか、旦那さま」

「そうだな……（アナトールはちらりと時計を見た）そろそろ出掛けなくちゃならん。いいな、バラーガ。どうだ？　間に合うか？」

「最初の勢い次第でさあ。町を出るのさえうまくいきゃあ、間に合わんはずないですよ」バラーガは応じた。「何度もトヴェーリまで七時間でお届けしたじゃないですか。覚えておられるでしょう、閣下」

「君、知っているか、昔クリスマスの時にトヴェーリから橇を飛ばしたことがあったんだ」アナトールは思い出し笑いをしながらマカーリンに話しかけた。相手は目を大きく見開いて、うっとり顔でアナトールに見惚れている。「マカールカ、君が信じるかどうか分からんが、もう空を飛ぶ勢いで、息が詰まりそうだったよ。そのまま荷橇の列に突っ込んで、二台いっぺんに飛び越したんだぜ。なあ？」

「あれは馬が良かったんでさあ！」バラーガが話を続けた。「あんときは薄栗毛の軸馬に若い副馬《そえ》を二頭付けたんですが」彼はドーロホフに向き直った。「すると、なんと、ドーロホフの旦那、その荒馬が六十キロもすっ飛ばしたんで。そうなるともう、抑えもききませんや。凍てで両手ががちがちに凍ってね。手綱を放り出して、この御前さまに持っててくださいってお願いして、そのまま橇の中にぶっ倒れたわけでさあ。あれはもう馬を追い立てるなんてもんじゃねえ。先へ着くまで抑えもきかねえんですから。あの畜生ども、三時間で着いちまいましたよ。しかもくたばったのは左の副馬だけでね」

17章

アナトールは部屋を出て行ったが、何分かすると毛皮の半コートの腰を銀色のベルトで締め、美しい容貌によく似合う黒貂《くろてん》の毛皮帽を粋に横っちょにかぶった姿で戻ってきた。しばし鏡に見入った後で、鏡の前でとったポーズのままドーロホフの前に立つと、酒の入ったグラスを手に取った。

「じゃあ君、お別れだな、いろいろありがとう、さようなら」アナトールは言った。

「さてみんな、友人諸君……」彼は考え込んだ。「僕の……青春時代の……友人諸君、さようなら」彼はマカーリンと他の者たちに向かって言った。

みんなこれから一緒に出掛ける仲間であるにもかかわらず、アナトールはどうやらこの場での仲間への挨拶を、何かしら感動的で厳かなものにしたい気分のようだった。彼はゆっくりと大声で挨拶しながら、胸を張り、片足を軽くゆすっていた。

「みんなグラスをとってくれ。お前もだ、バラーガ。さて諸君、僕の青春時代の友人たちよ、僕たちは楽しい時を過ごした。人生を楽しみ、よく遊んだな。そうだよな？　さて、この先いつまた会えるだろう？　なにせ国を出る身だからな。一緒に楽しんだ仲間も、これでお別れだ。諸君の健康を祈って！　ウラァー！……」そう言って酒を飲み干すと、空のグラスを床にたたきつけた。

「お達者で」同じくグラスを干してハンカチで口を拭いながら、バラーガが言った。

マカーリンは目に涙を浮かべてアナトールを抱きしめた。

「ああ、公爵、あんたとお別れするのは本当に寂しい」彼は言った。

「出発だ、出発！」アナトールが叫ぶ。

バラーガが部屋を出ようとした。

「いや、待て」アナトールが止める。「ドアを閉めろ。いったん座るんだ。ほらこうして」ドアが閉ざされて一同が腰を下ろした。[21]

「よし、では出かけるぞ、諸君！」アナトールが立ち上がりながら言った。

従僕のジョセフがアナトールにバッグとサーベルを差し出し、皆で玄関部屋に出て行く。

「毛皮コートはどこだ？」ドーロホフが言った。「おい、イグナーシカ、マトリョーナ・マトヴェーエヴナのところへ行って毛皮コートを、黒貂の女物のコートをもらって来い。女をさらうには段取りがあると聞いたぞ」ドーロホフが目配せして言った。「だって相手の女は家にいたままの格好で、生きた心地もなく飛び出してくるんだろう。ちょっとでもこっちがぐずぐずしていれば、すぐに泣きだしてお父さまがお母さまがと駄々をこね、すぐに身も凍えて、家へ逆戻りということになりかねん。だから出てきたらすぐに毛皮コートにくるんで、橇に連れ込むんだ」

召使が女物の狐皮のコートを持ってきた。

「バカ野郎、黒貂のコートだと言っただろう。おい、マトリョーナ、黒貂のやつだぞ！」遠くの部屋まで響き渡るような声で彼は怒鳴った。

キラキラした黒い目に青みがかった光沢を帯びた黒いちぢれ髪をした、美人の、痩せた、顔色の悪いジプシー女が、赤いショールをまとった姿で、黒貂の婦人コートを持って駆け出てきた。

「いいわ、惜しくなんかない、持って行って」ジプシー女が言った。見るからに自分の旦那を怖がっているが、コートも惜しがっているようだった。

ドーロホフは返事もせずにコートを受け取ると、それをマトリョーナに着せ掛けて、すっぽりと相手の体を包み込んだ。

「ほら、こうするんだ」彼は言った。「それから、ほらこうだ」そう言うと彼はコートの襟を立てて女の頭の周りを覆い、ただ顔の正面が少しだけ開いている格好にした。「それからこうするんだ、分かるな？」そう言うと彼は、襟の開いた部分の隙間からマトリョーナの輝くような笑顔が覗いているところへとアナトールの頭を寄せた。

「じゃあお別れだな、マトリョーナ」相手にキスをしながらアナトールは言った。「ああ、ここで遊ぶのもこれが最後だ！　スチョーシカ[22]によろしく言ってくれ。じゃあ、さようなら！　さようなら、マトリョーナ。僕の幸せを祈ってくれよ」

「公爵さま、どうか神さまがあなたさまに、大きな幸せを恵まれますよう」マト

21　旅立つ前に皆で一度腰を下ろして道中の無事を祈る習慣がある。
22　人気の高かったジプシーの女歌手。

リョーナがアナトールに向かってジプシー訛りで言った。

表階段の脇には二台のトロイカが待機していて、二人の威勢のいい御者が馬たちを抑えていた。バラーガは前のトロイカに乗り込むと、肘を高く上げた格好でゆっくりと手綱を手に取った。アナトールとドーロホフがバラーガのトロイカに乗り、マカーリン、フヴォスティコフと従僕が後のトロイカに乗った。

「用意はいいかね？」バラーガが訊ねる。

「行け！」両手に手綱を巻き付けたバラーガが叫ぶと、トロイカはニキーツキー並木通りを疾走していった。

「どうどう！ いけ、そおら！……どうどう！」聞こえるのはバラーガと御者台に座っている助手の声ばかり。アルバート広場でトロイカが箱馬車を引っ掛け、何かメリメリという音がして叫び声が聞こえたが、トロイカはそのままアルバート通りを疾駆していった。

ポドノヴィンスコエ遊歩道を往復したところでバラーガはスピードを落とし始め、また後戻りして、スターラヤ・コニューシェンナヤ通りの十字路のあたりで馬を止めた。

助手が飛び出して行って馬の轡《くつわ》をおさえ、アナトールとドーロホフが徒歩で遊歩道を進んで行く。門のところまで行くとドーロホフが口笛を鳴らした。これに答える口笛があり、つづいて女中が一人駆け出してきた。

「中に入ってください、目立ちますので。今出ていらっしゃいますから」女中が言う。

ドーロホフは門のところに残った。アナトールが女中の後について邸内に入っていき、角を曲がって表階段を駆け上る。

アフローシモフ夫人の外出時のお供をするガヴリーロという巨漢の従僕がアナトールを迎えた。

「奥さまのところへどうぞ」ガヴリーロがドアへの道を遮る格好で、低い声で告げた。

「奥さまって誰のことだ？　それにお前は何者だ？」アナトールは息をあえがせながら小声で訊ねる。

「どうぞ、お連れするよう仰せつかっております」

「アナトール！　戻ってこい！」ドーロホフが叫んだ。「裏切りだ！　引き返せ！」

ドーロホフはくぐり戸のところに残ったまま、アナトールが通った門扉を閉めて閉じ込めようとする庭番ともみ合った。死に物狂いで庭番を突き飛ばすと、ドーロホフは駆け戻って来たアナトールの手をつかんでくぐり戸の外へ引っ張り出し、一緒にトロイカへと逃げ帰った。

18章

アフローシモフ夫人は廊下で泣いているソーニャを見つけて、洗いざらい打ち明けさせたのだった。ナターシャの受け取った手紙も没収して読んだ夫人は、手紙を握ったままナターシャの部屋に入って行った。

「この性悪《しょうわる》娘、恥知らずが」夫人はナターシャに言った。「何も聞く耳は持たないよ！」びっくりしながらも乾いた眼でこちらを見返してくるナターシャを突き飛ばすと、夫人は鍵をかけて彼女を閉じ込めてしまい、庭番には、晩に訪ねてくる者たちを邸内に通して逃がさないように命じ、従僕にはその者たちを自分のところへ連れてくるように命じておいて、客間に陣取って誘拐者どもを待ち構えていたのであった。

ガヴリーロがやって来て訪問者たちが逃げ去ったことを告げると、夫人は眉根を寄せて立ち上がり、手を後ろに組んだまま長いこと部屋から部屋へと歩き回りながら、どうしたものかと考えを巡らせた。夜中の十一時を過ぎたころ、夫人はポケットの中の鍵をまさぐって、ナターシャの部屋に向かった。ソーニャが廊下に座り込んで泣きじゃくっていた。

「奥さま、私をナターシャの部屋に入れてください、お願いです！」ソーニャが言った。夫人は答えもせずにドアの鍵を開け、中に入った。『汚らわしい、恥さらしだ……しかも私の家で、まったくたちの悪い小娘だよ……ただ父親が可哀そうだ！』自分の怒りを何とか鎮めようとして夫人は考えた。『難しいことだが、みんなに黙っているように命じて、伯爵の耳には入らないようにしよう』夫人は決然とした足取りで先へと進んだ。ナターシャは両手で頭を抱えて横たわったままピクリともしなかった。先ほど夫人が立ち去った時のままの格好で横たわっているのだった。

「結構、大いに結構じゃないか！」アフローシモフ夫人は言った。「私の家で愛人との密会の段取りをするとはね！　そうして狸寝入りをしても無駄だよ。聞きなさい、聞きなさい、お前に話をしているんだよ」夫人はナターシャの腕をつついた。「聞きなさい、人が話をしているんだ。お前は自分を辱《はずかし》めたのさ、最低の尻軽娘みたいにね。こっぴどい目に遭わせてやりたいところだけど、お前の父親が哀れでねえ。だから隠すことにするよ」ナターシャは相変わらず同じ格好で横たわっていたが、ただ声もない痙攣のような慟哭《どうこく》に胸を詰まらせて、全身をひくひくとさせ始めた。夫人はソーニャを振り返ると、ソファーのナターシャのすぐ脇に腰を下ろした。

「あいつも運がいいよ、この私から逃げおおせるなんてね。だけど見つけ出してやるさ」夫人は持ち前の荒っぽい声で言った。「お前、聞こえているのかね、私の言うことが？」夫人は大きな手でナターシャの顔を掬《すく》うようにして自分の方に向かせた。ナターシャの顔を見ると、夫人もソーニャもはっと驚いた。目はらんらんと輝いて潤んでもおらず、唇はぎゅっと結ばれ、頬はこけていた。

「放っておいて……お願い……私に何を……私……死ぬわ……」そう言うと彼女は死に物狂いでアフローシモフ夫人の手を逃れ、元の場所に突っ伏した。

「ナタリヤ！……」夫人は言った。「私はお前のためを思っているんだ。寝ていたいんなら寝ていればいいさ、手は出さないからね。ただしお聞き……お前のしたことがどんなに悪いかは、もう言わないよ。自分で分かっているだろうからね。さてその先のことだ。明日お前の父親が戻って来るが、私はどう言ったらいい？　ええ？」

また ナターシャの体が慟哭で震えだした。

「放っておけば父親の耳にも入るし、お前の兄さんも知ることになるだろう、婚約者もね！」

「私には婚約者なんていない、断ったから」ナターシャが叫ぶ。

「同じことさ」夫人は続けた。「どうせ彼らは知るだろうが、さて、果たしてそのまま放っておくかね？　きっとあの、お前の父親ならば——私はあの人を知っているけど——きっとあいつに決闘を申し込むだろうさ。そうなってもいいのかい？　ええ？」

「ああ、どうか私を放っておいて。どうして何にでも邪魔立てするの？　どうして？　どうして？　誰がそんなこと頼んだの？」ソファーの上で身を起こし、憎しみの目でアフローシモフ夫人をにらみながらナターシャは叫んだ。

「じゃあ、お前はそもそも何がしたかったんだね？」夫人がまたカッとして怒鳴る。「いったい自分がどこかに閉じ込められていたとでも言うのかい？　あの男がちゃんとこの家を訪ねてこようとすれば、いったい誰が邪魔したというんだね？　なぜわざわざお前を、どこかのジプシー女みたいにかどわかさなくちゃならないんだね？……仮にまんまとお前を連れ去ったとして、果たして見つからずにすむとでも思っていたのかね？　お前の父親なり、兄なり、婚約者なりにね？　あの男はただの悪党のろくでなしさ。それっきりだよ！」

「あの人はあなた方の誰よりもいい人よ」ナターシャが身を起こして叫んだ。「もしもあなたたちに邪魔されなかったら……ああ、ひどいわ、何てことを、何てことをしてくれたの！　ソーニャ、どうして？　出て行って！……」彼女は身も世もなく泣き崩れた。それは人が自業自得だと思い知っている悲しみを嘆くときの泣き方だった。

アフローシモフ夫人がまた何か言おうとしたが、ナターシャは叫び声でそれを制した。

「出て行って、出て行って、あなたたちはみんな私のことを憎んで、蔑《さげす》んでいるんだわ！」そしてまたもやソファーに突っ伏すのだった。

アフローシモフ夫人はなおもしばらくナターシャを諭してこのすべてを父親の伯爵から隠さなくてはならないと言い聞かせ、ナターシャさえ覚悟を決めてすべてを忘れ、何かが起こったという気配を誰にも見せないでいれば、誰も何も知らずに済むのだと説得を試みた。ナターシャは答えようとしなかった。すでに慟哭《どうこく》は止んでいたが、悪寒に震えていたのだ。夫人は彼女の頭に枕をあてがい、二枚重ねの毛布で体をくるみ、手ずから発汗剤の菩提樹の花茶を持ってきてやったが、ナターシャは声をかけても返事もしなかった。

「まあ、眠らせておいてやろう」彼女が眠っていると思った夫人は、そう言って部屋を出て行った。だがナターシャは眠ってはおらず、見開いた眼を凝固させたまま、青ざめた顔でまっすぐ目の前を見つめていた。この夜一晩中ナターシャは眠りもせず泣きもせず、ソーニャが何度か起き上がってそばに来ても、口を利こうともしなかった。

翌日の朝食前に、約束通りロストフ伯爵がモスクワ郊外の領地から戻ってきた。伯爵は上機嫌だった。領地の購入者との交渉がうまくいって、もはやモスクワにとどまっている必要もなければ妻と別居している必要もなかったからである。すっかり妻が恋しくなっていたのだ。彼を迎えたアフローシモフ夫人は、昨日ナターシャがひどく体調を崩して医者を呼んだが、今日はよくなったと告げた。ナターシャはこの朝、部屋から出ようとしなかった。ひび割れのできた唇をぎゅっと結んだまま、潤いのない目を睨み据えるようにして窓辺に座り、通りを橇で通る者がいるとその顔に不安げに見入り、部屋に入って来る者がいると急いで振り返る。明らかに例の人物の消息が知りたくて、本人がやって来るか、もしくは手紙をよこすのを心待ちにしているのだった。

父親が部屋に入ってきたときには、男性の足音に不安そうに振り返ったが、その目に浮かんだのは例の冷たい、悪意さえ含んだ表情だった。彼女は立って父親を迎えようとすらしなかった。

「どうしたんだね、お前、病気かい?」伯爵は訊ねた。

ナターシャは口ごもった。

「ええ、具合が悪くて」彼女は答えた。

どうしてそんなにしょんぼりしているのか、婚約者との間に何かあったのじゃないか――伯爵は心配して問いただそうとしたが、彼女は何でもないと言い張り、どうか心配しないでと頼むのだった。アフローシモフ夫人も、何も起きていないというナターシャの証言を請け合った。伯爵は娘の病気が仮病らしいことからも、その取り乱した様子からも、ソーニャやアフローシモフ夫人のうろたえた表情からも、自分の留守中に何かが起こったに違いないとはっきり察したが、愛する娘の身に何か恥ずべきことが起こったと考えることがあまりに恐ろしく、また今の自分の朗らかで落ち着いた心境があまりに心地よかったため、あえて問いただそうとせず、ひたすら何事もなかったのだと自分に言い聞かせて、ただ娘の病気のために田舎の領地に戻る日取りが延びたことを嘆くばかりだった。

19章

妻がモスクワにやって来た日から、ピエールはただ妻と一緒にいたくないがために、どこかへ出かけようと思っていた。ロストフ一家がモスクワへ来て間もなく、ナターシャが自分にもたらした印象のせいで、彼は出発の意図の実現を急かされることになった。それで彼はトヴェーリの、バズデーエフの未亡人のもとへと出かけた。未亡人は以前から亡夫の書類を譲ると約束してくれていたのであった。

モスクワへ戻るとピエールは、アフローシモフ夫人からの手紙を渡された。アンドレイ公爵とその許嫁《いいなずけ》にかかわるごく重要な事柄で来訪を請うという文面だった。ピエールはナターシャを避けていた。自分は彼女に対して、妻帯者が友人の婚約者に対して持つべき感情よりも強い気持ちを抱いているように思えたからである。なのに何のめぐりあわせか、彼は常に彼女とかかわりあう羽目になるのだった。

『いったい何があったんだろう？　それに、僕に何の用があるのだろう？』アフローシモフ夫人のところへ出かけるために着替えをしながら、彼は考えた。『早くアンドレイ公爵が帰ってきて、彼女と結婚してくれればいいのに！』アフローシモフ夫人のもとへと向かう馬車の中で、ピエールはそんなことを思った。

トヴェルスコイ並木通りで誰かが声をかけてきた。

「ピエール！　いつ戻ったんだ？」馴染みのある声だった。ピエールが頭を上げると、通りかかった二頭だての橇の中にアナトールと彼の腰巾着のマカーリンの姿がちらりと見えた。橇を引くのは葦毛の駿馬で、しきりに御者席の前部に雪を撥ねかけている。顔の下部を海狸《ビーバー》の襟で包んだアナトールは、しゃれ者の軍人のおきまりのポーズで背を伸ばして座り、少しだけ頭を前に傾けていた。血色のいい艶々した顔をして、白い羽根飾りのついた帽子を横っちょにかぶっているので、ポマードを塗りたくった巻き毛が細かな雪片を浴びているのが見えた。

『まったく、あれこそが本物の賢者じゃないか！』ピエールは思った。『目の前のお楽しみの瞬間より先のことは一切見ようとせず、それ故に何ひとつ彼を不安にさせるものはない。だからいつでも朗らかで満ち足りて心穏やかなのだ。あの男のようになれるものなら、どんな代価だって支払うのに！』ピエールは羨望を込めて思ったものだった。

アフローシモフ夫人の屋敷の控えの間で、召使がピエールの毛皮コートを脱がせながら、奥さまがご自分の寝室にいらしていただきたいとのことですと告げた。

広間へ通じるドアを開けると、やつれ青ざめた、とげとげしい顔のナターシャが窓辺に座っているのが、目に飛び込んできた。ナターシャは振り向いて彼を見ると眉をひそめ、冷たくすました表情で部屋を出て行った。

「何があったんですか？」アフローシモフ夫人の寝室に入るとピエールは訊ねた。

「良いことずくめだよ」夫人は答えた。「この世に暮らして五十八年になるけれど、こんな恥さらしは見たことがないね」そう言うと夫人は、聞いたことを一切他言しないという誓約を取り付けたうえで、ピエールに告げたのだった――ナターシャが両親の知らぬ間に婚約を破棄したこと、その原因となったのがアナトール・クラーギンで、両者を結びつけたのはピエールの妻だったこと、ナターシャが父親の留守中に、ひそかに結婚するためにアナトールと駆け落ちしようとしたことを。

ピエールは肩をすくめ、口をぽかんと開けたまま、わが耳を疑う気持ちで夫人の話を聞いていた。あれほど熱愛されていたアンドレイ公爵の許嫁《いいなづけ》が、あんなにすてきだったロストフ家のナターシャが、あのボルコンスキーをアナトールのような愚か者に、しかもすでに結婚している男に見替えて（ピエールはアナトールの結婚の秘密を知っていたのだ）、しかも惚れきったあまり駆け落ちまで承知するとは！　これはもうピエールには理解もできなければ想像すら及ばぬことだった。

子供のころから知っているナターシャの愛らしい印象と、下劣で愚かで残酷な女という新しいイメージとは、彼の心の中で一つに結びえないものだった。そこへふと、自分の妻が頭に浮かんだ。『女なんてみんな同類なんだ』性悪女と結びつくという悲しい定めを背負うのは自分ばかりではなかったのだと思いつつ、彼は心の中でつぶやいたのだった。しかし何といってもアンドレイ公爵のことが、涙の出るほど気の毒だった。公爵のプライドが傷つくのが気の毒だったのだ。そして友の不幸を悲しめば悲しむほど、あのナターシャのことが、あんなにも冷たく取り澄ました表情で、ついさっき広間で彼の脇を通り過ぎていった彼女のことが、ますます蔑むべき、唾棄すべき存在と思えてくるのだった。ナターシャ自身の心が絶望と恥ずかしさと屈辱感でいっぱいになっていたことを、そして彼女の顔に図らずも平然と取り澄ました残酷な表情が浮かんでいたのは、彼女の罪ではないのだということを、彼は知らなかったのである。

「でもどうして結婚できるんです!」アフローシモフ夫人の言葉にかぶせるようにピエールは言った。「あの男は結婚なんてできません。妻帯者ですから」

「聞けば聞くほど、とんでもない話だねえ」夫人は言った。「大した小僧っ子だよ! 本当のごろつきだわ! それをあの子は、もう二日も待ちわびているんだよ。あの子に言ってやらなくちゃね。少なくとも待つのはもうよしにするだろうさ」

アナトールの結婚の詳しいいきさつをピエールから聞き、さんざん毒づいてアナトールへの怒りをぶちまけた後で、夫人はピエールを呼びつけた趣旨を告げた。夫人が恐れているのは、自分が押し隠すつもりでいるこの事件をロストフ伯爵が、あるいは今にでも帰って来るかもしれないアンドレイ公爵が嗅ぎつけて、アナトールに決闘を申し込みはしないかということだった。それで夫人はピエールに、義兄にあたるアナトールに対して、夫人の名前で、モスクワから出て行って二度と目の前に姿を見せるなと命じるよう頼んだのである。ようやく今になって老伯爵やニコライやアンドレイ公爵の身に迫ろうとしている危険に気づいたピエールは、夫人の頼みを実行する旨を約束した。簡潔かつ正確に自分の求めることを告げると、夫人はピエールを解放して客間に行かせた。

「気を付けてね、伯爵は何も知らないんだから。あんたも何も知らないふりをするんだよ」夫人は彼に言った。「私はあの子のところへ行って、待っても無駄だと教えるから！　それから、食事をしてお行き、気が向いたらね」夫人はピエールの背中に呼び掛けた。

ピエールは老伯爵と顔を合わせた。相手は当惑し、動顚している様子だった。この朝ナターシャから、ボルコンスキーに断ったと告げられたのだった。

「まったく、困ったもんだよ、君」伯爵はピエールに言った。「ああした娘を母親と離しておくのは剣呑《けんのん》だ。いやはや、こちらへ出て来たことを後悔しているよ。君にはざっくばらんに話すがね。つまりは誰にも相談せずに、婚約相手に断りを入れたらしい。まあ確かに、私は決してこの結婚に乗り気じゃなかったよ。確かに相手は立派な人物か知れんが、しかし父親に逆らって一緒になっても幸せにはなれんだろうし、ナターシャだってこのまま結婚相手が見つからんわけでもないだろうからね。だがそうは言っても、もうこうなってから長いことだし、しかもこんな大事なことを父親も母親も抜きで決めるとは、いったいどうしたことだろうねえ！　おまけに今度は病気だというし、いったいどうなっているんだろう！　いや君、厄介なもんだよ、母親抜きで娘たちと付き合うのは……」伯爵がひどく動顛しているのを見て取ったピエールは、何とか頑張って話題を変えてみるのだが、伯爵はまた自分の悩み事に話を戻してしまうのだった。

ソーニャがただならぬ顔をして客間に入って来た。

「ナターシャの具合があまり思わしくありません。今自分の部屋にいて、ベズーホフ伯爵にお会いしたいと言っています。奥さまもご一緒で、やはりいらしてほしいとおっしゃっています」

「まあ、君はボルコンスキー君と仲がいいから、きっと何か伝えてほしいということだろう」伯爵が言った。「ああ、やれやれ、やれやれだ！　何もかもうまくいってたのになあ！」そう言ってまばらな白髪の小鬢《こびん》をつまみながら伯爵は部屋を出て行った。

アフローシモフ夫人がナターシャにアナトールが妻帯者だということを告げたとこ

ろ、ナターシャは彼女の言葉を信じようとせず、ピエール自身の口からその確証を求めた。そうしたいきさつを、ソーニャがナターシャの部屋に案内する途中の廊下でピエールに伝えたのだった。

ナターシャは蒼白な厳しい顔つきでアフローシモフ夫人の脇に座っていたが、ピエールがドアを開けて入ってきた瞬間から、熱に浮かされたようにぎらぎらした、問いかけるような視線で彼を迎えた。笑顔も見せなければ会釈もせず、ただじっと彼を見据える彼女のまなざしは、ただ一つの問いしか発していなかった——この人はアナトールの味方なのか、それとも他の人たちと同じように敵なのか、という問いである。ピエールという人間自体は、どうやら彼女にとって存在していないようだった。

「この人が全部知っているんだ」夫人がピエールを手で示しながらナターシャに向かって言った。「私の言ったことが本当かどうか、この人が教えてくれるだろうよ」

ナターシャは、ちょうど弾傷《たまきず》を負って追い詰められた獣が近寄ってくる犬や猟師を見るような眼で、夫人を見たりピエールを見たりしていた。

「ナタリヤさん」目を伏せてそう切り出しながら、ピエールは彼女への憐憫《れんびん》の情を覚え、そして自分がこれから果たすべき任務への嫌悪を覚えていた。「本当かどうかはあなたにとってどうでもいいはずです、なぜならば……」

「では嘘なんですね、あの人が結婚しているというのは？」

「いいえ、本当です」

「あの人は結婚しているのね、しかも前から？」彼女は訊いた。「嘘じゃないんですね？」

ピエールは本当だと誓った。

「あの人はまだここに？」彼女は即座に訊ねた。

「ええ、さっき見かけたばかりです」

ナターシャは見るからに話をする力が尽きたようで、手ぶりで一人にしてくれという合図をしたのだった。

20章

ピエールは食事には残らず、すぐに部屋を出て辞去した。彼はアナトールを探して街のあちこちをめぐった。今やアナトールのことを考えるだけで、全身の血が逆流するような気がして、息を継ぐのも苦しくなるのだった。橇滑りの丘にも、ジプシーたちのところにも、コモネノの店にも探す相手はいなかった。ピエールはクラブに行った。クラブの様子はすべていつも通りだった。食事に集まった人たちはグループごとに席に着いていて、ピエールを見ると挨拶して、町のニュースを語った。ピエールに応対したボーイは、彼の交友相手や習慣をわきまえていたので、お席は小さな食堂に用意してあります、ミハイル・ザハールイチ公爵は図書室においでで、パーヴェル・チモフェーイチさまはまだお見えではありません、と告げた。知人の一人が時候のあいさつの合間に、ピエールに訊ねた――あのアナトール・クラーギンがロストフ家の娘をかどわかしたのを知っているか、町の噂になっているが、本当なのか、と。ピエールはアハハと笑ってみせてから、根も葉もないたわごとだ、なぜなら自分はついさっきまでロストフ家にいたのだから、と答えた。彼は会う人ごとにアナトールのことを訊ねたが、ある者は今日はまだ来ていないと答え、別の者は今日ここで食事をするはずだと答えた。彼の胸の内で起こっていることを知らぬまま、落ち着きはらって無頓着な様子をしている人々を見ると、ピエールは不思議な気持ちになった。ひとわたり各部屋を巡り、皆が集まるまで待ったうえで、アナトールが現れないのを見届けると、彼は食事をせずに家路についた。

探す相手のアナトールは、この日ドーロホフの家で食事をして、不首尾に終わった目論見をどう立て直すかを相談していた。どうしてもナターシャと会う必要があると彼には思えた。晩になると彼は、ナターシャとの出会いを取り計らう手立てを相談するために、妹のところへ出かけて行った。モスクワ中をめぐって無駄足だったピエールが家に戻ると、侍僕が彼にアナトール公爵さまは奥さまのところにいらっしゃいますと告げたのだった。妻の客間は客であふれかえっていた。

ピエールは旅から帰って以来妻と会っていなかったが、その妻に挨拶もせず（このとき妻はいつにもまして憎むべき存在に思えたのだった）、客間に入ってアナトールを見つけると、彼に歩み寄っていった。

「あら、ピエール」妻が近寄ってきて言った。「いいこと、今このアナトールはとっても……」彼女は夫の様子を見て口をつぐんだ。うつむきかげんの頭、表情、ぎらぎらした目、決然とした歩きぶり――そのすべてに、かつてドーロホフとの決闘の後で彼女が身をもって味わった、あの狂憤と暴力が、まがまがしく表れていたのである。

「君たちがいる場所には必ず堕落が、悪事が生じるんだな」ピエールは妻に言った。「アナトール、一緒に来てください。ちょっと話があります」彼はフランス語でこう言った。

アナトールはいったん妹を振り返ってから、ピエールの後に従おうとおとなしく立ち上がった。

ピエールは相手の腕を握ってぐいと引き寄せ、出口へ向かって歩き出した。

「もしもあなたがいやしくも私の客間で……」とエレーヌが小声で言ったが、ピエールは答えもせずに部屋を出た。

アナトールはいつもの颯爽たる歩き方で後に続いた。しかし顔は不安をあらわにしていた。

自分の書斎に入ると、ピエールはドアを閉ざして、アナトールの顔から眼をそらしたまま話しかけた。

「あなたはロストフ伯爵の令嬢に結婚を約束しましたね？　かどわかそうとしましたね？」

「ねえ君」アナトールはフランス語で答えた（話の全体がフランス語だった）。「そんな調子で問い詰めようとしても、僕は答える必要を認めませんよ」

ただでさえ蒼白だったピエールの顔が、狂憤に歪んだ。彼は大きな手でアナトールの制服の襟をつかむと、左右にグラグラと揺すぶり始め、アナトールの顔にはっきりと怯えた表情が浮かぶまでやめようとしなかった。

「この僕があ、あなたに話があると言っているのです……」ピエールは繰り返した。

「どうしたんですか、こんな馬鹿な真似をして。ええ？」アナトールは羅紗地ごと引きちぎられたボタンを手探りしながら言った。

「あなたはろくでなしのならず者だ。僕はどうして自分があなたの頭を打ち砕く喜びを我慢しているのか分からない、こいつでね」フランス語で喋っているせいで不自然な表現になりながら、ピエールは言った。重い文鎮を手に取り、威嚇するように振りかざすと、すぐに急いで元に戻した。

「あなたはあの人に結婚すると約束しましたね？」

「僕は、僕は、僕は考えてもいなかった。いや、僕は決して約束なんかしていない、なぜなら……」

ピエールは相手を遮った。

「あなたはあの人からの手紙を持っていますか？　手紙を持っているんですか？」

アナトールに詰め寄りながらピエールは繰り返した。

アナトールは彼をちらりと見あげると、すぐにポケットに手を突っ込んで紙入れを取り出した。

ピエールは差し出された手紙を受け取ると、邪魔なテーブルを押しのけてどっかりとソファーに座り込んだ。

「手を出したりしませんから、怖がらなくて結構です」アナトールが怯えたようなしぐさをしたのでピエールは言った。「まずは手紙、これが第一」自分のための心得を復唱するかのようにピエールは言った。「第二に」一分ほどの沈黙の後、また立ち上がって歩き始めながら彼は続けた。「あなたは明日、モスクワを出て行かなければなりません」

「でも、そんなことできるはずが……」

「第三に」相手に耳を貸さずにピエールは続けた。「あなたとあの伯爵令嬢との間にあったことについて、あなたは決して、一言も喋ってはいけません。それをあなたに禁じることができないのは僕も分かっていますが、しかしもしもあなたが良心のかけらでもお持ちならば……」ピエールはそこで黙ったまま部屋の中を何周か歩き回った。

アナトールはテーブルの脇に腰を下ろしたまま、むっとした顔で唇を嚙んでいた。

「結局のところ、あなたも悟らずにはいられないでしょう――自分の快楽以外に、他の人々の幸福や安寧というものがあるということを、そして自分が楽しみたいがためにしたことが、人の一生を滅ぼしてしまいかねないということを。お楽しみの相手ならば、私の妻のような女を選ぶことです。ああいう相手なら好き放題してもいい、相手もあなたが求めるものを心得ていますから。つまり同じ堕落の経験があるから、相手もあなたに対抗できるのです。しかし普通の令嬢に結婚を約束して……だまして、かどわかすなんて……分からないのですか、これは老人や子供を殴るのと同じ、卑劣きわまる行為なのですよ!……」

ピエールは口をつぐむと目を上げてアナトールの顔を見たが、その目にはもはや怒りではなく問いかけるような表情が浮かんでいた。

「そんなのは僕の知ったことじゃない。そうだろう?」アナトールが言った。彼はピエールが怒りを克服するにつれて元気を取り戻していた。「そんなことは僕の知ったことじゃないし、知りたくもない」ピエールから目をそらしたまま、下顎を細かく震わせて彼は言った。「ただし君は僕にひどい暴言を吐いた。卑劣だとか何だとか。僕は一個の名誉ある人間として、そういう暴言は誰にも許しはしない」

ピエールはびっくりして相手を見つめた。相手が何を求めているのか、理解できなかったのだ。

「たとえ誰もいない差し向かいの場で言われたこととはいえ」アナトールは続けた。「やはり僕は許せない……」

「というと、何か償いをしろとでも?」ピエールがあざ笑う口調で言った。

「少なくとも、暴言を撤回することくらいできるでしょう。ええ? もしも僕に君の望み通りのことがしてほしいのなら。ええ?」

「よし、撤回しますよ」ピエールは言った。「それに謝罪もしましょう」ピエールは何気なくもげたボタンに目をやった。「それに金も出しましょう、もしも旅費がお入り用なら」アナトールはにやりと笑った。

妻の顔でおなじみのこのおどおどした下卑た笑いが、ついにピエールの堪忍袋の緒を切った。

「ああ、とことん卑劣な、心のない一族だ！」そう言うと彼は部屋から出て行った。

翌日アナトールはペテルブルグへ引き上げて行った。

21章

ピエールはアフローシモフ夫人の家へと向かった。夫人の希望を実行したこと、アナトールをモスクワから追い払ったことを伝えるためである。行ってみると家じゅうが怯えと不安に包まれていた。ナターシャはたいそう加減が悪かったが、夫人がこっそり教えてくれたところによると、アナトールが妻帯者だと明かされたその日の夜、彼女はひそかに入手していた砒素《ひそ》で自殺を図ったのだった。砒素をいくらか飲み込んだところで彼女はひどく動顛《どうてん》し、ソーニャを起こして自分のしたことを打ち明けた。

解毒の処置が間に合ったおかげで、今や危険は去ったが、やはり衰弱しているため田舎に連れ帰るのは問題外で、母親を呼び寄せる遣いが出された。ピエールは途方に暮れた伯爵と泣きはらしたソーニャに会ったが、ナターシャには会えなかった。

ピエールはその日クラブで午餐をとったが、あちらからもこちらからもロストフ家の令嬢誘拐未遂の噂が聞こえてきたので、彼は断固たる態度でそうした話を打ち消し、実は自分の義兄がロストフ家の令嬢にプロポーズして断られただけで、それ以上何もなかったのだと、皆に言い聞かせた。一切を隠蔽してロストフ家の令嬢の評判を回復するのが、自分の務めだと思えたからである。

アンドレイ公爵の帰還をびくびくしながら待っていた彼は、毎日老公爵の家に立ち寄って友人の消息を訊ねていた。

ボルコンスキー老公爵はマドモワゼル・ブリエンヌを通じて町に広がった噂話を知り、ナターシャが婚約の破棄を申し出たマリヤ宛の手紙も読んだ。老公爵はいつもよりも上機嫌な様子で、息子の帰還を心待ちにしていた。

アナトールが去ってから数日後、ピエールはアンドレイ公爵からの手紙を受け取った。アンドレイ公爵は自分の帰還を告げ、ピエールに立ち寄ってほしい旨を書き記していた。

モスクワに帰ったアンドレイ公爵は、着いた途端に父親からナターシャがマリヤに書いた婚約解消の手紙を渡され（その手紙をマリヤの部屋からこっそり持ち出して老公爵に渡したのはマドモワゼル・ブリエンヌだった）、さらに父親から、ナターシャ誘拐事件にまつわる話を、尾ひれを付けて聞かされたのだった。

アンドレイ公爵が着いたのは、ピエールが手紙を受け取った前の晩のことだった。翌朝、ピエールは彼のもとを訪れた。ピエールはてっきり、アンドレイ公爵もナターシャと同じような状態にあるのではないかと思い込んでいたので、客間に入っていって書斎から当のアンドレイ公爵の大きな声が聞こえてきた時には、びっくりした。彼はペテルブルグでの何かの陰謀の件について、元気よく喋っているのだった。老公爵と、誰かもう一人の声が、ほんの時折アンドレイ公爵の話に割って入っていた。マリヤがピエールを迎えに出てきた。彼女はアンドレイ公爵のいる部屋のドアを目で示して、フッとため息をついてみせた。どうやら兄の悲しみへの同情を示したかったようだが、ピエールが彼女の顔から読み取ったところでは、マリヤは起こった出来事にも、また兄が許嫁の背信を受け入れた態度にも、喜びを覚えているようだった。

「兄は、こうなることを予想していたと言いました」彼女は言った。「もちろん兄のプライドが気持ちをあらわにすることを許さないのでしょうが、でも私が心配していたよりはしっかりと、はるかにしっかりとこのことに耐えていますわ。きっと、こうなる他はなかったのでしょうね……」
「でも、本当に全部おしまいになってしまったんですか？」ピエールは言った。マリヤは驚いた顔で彼を見つめた。そんな質問があり得るということさえ、理解できなかったのだ。ピエールは書斎に入って行った。アンドレイ公爵はすっかり様変わりしていて、見るからに健康を回復していたが、ただし眉間に新しい皺が走っていた。平服姿で父親と客のメシチェールスキー公爵の前に立ち、エネルギッシュな手ぶりを交じえて熱弁を展開している。
　話題は例のスペランスキーのことだった。この人物が突然追放になり、理由は何か裏切り行為を働いたことらしいという知らせは、ついさっきモスクワに届いたばかりだった。[23]
「いま彼（スペランスキー）を裁き、弾劾している連中は皆、一月前には彼をほめそやしていた者たちですよ」アンドレイ公爵は語っていた。「それからまた、彼の目的とするところを理解する能力もなかった者たちです。皇帝の寵愛を失った人間を裁くことはごく簡単です。その者に他の者たちの失敗までおっかぶせることも。しかし僕はあえて言いますが、仮に現皇帝の治世で何か良いことが行われたとすれば、その良いことはすべて彼によって、彼のみによってなされたのです……」ピエールを見て公爵は話を止めた。その顔はびくりと震え、すぐに苦々しい表情になった。「しかし後世の者たちが彼にしかるべき評価を下してくれるでしょう」話を終えると、彼はさっとピエールに向き直った。

「やあ、元気かい？　ますます肥えているね」口調は元気だが、新しくできた眉間の皺が一層深く額に刻まれていた。「ああ、僕は元気だ」ピエールの問いにそう答えてふっと笑う。ピエールにははっきりと読み取れたが、その薄笑いは『元気は元気だが、僕の元気など誰の役にも立たないのだ』と告げているのだった。アンドレイ公爵はしばらくピエール相手に、ポーランド国境からこちらの道路の劣悪なことや、スイスでピエールの知り合いの者たちに出会ったことや、息子の教師として外国から連れてきたデサール氏なる人物について語ったが、それがすむと再び二人の老人の間で続

23　改革者スペランスキーは官吏の昇進試験制度導入などで上流貴族の不興を買い、また右傾化しつつあったアレクサンドル一世からも疎んじられて、一八一二年三月ニジニ・ノヴゴロドに、のちウラルのペルミに追放された。追放当時、彼が祖国を裏切ってナポレオンに軍事機密を漏らしたという、ロストプチン（ラストプチン）筆とされる皇帝あての糾弾書簡が流布し、スペランスキーの追放は裏切りのためという説が広まった。

けられていたスペランスキーについての話に、熱烈な口調で割り込んで行った。

「もしも裏切りがあって、かの人物とナポレオンとの間の秘密交渉の証拠が見つかったとしたら、それは国民に公表されていたはずです」熱を帯びた急《せ》き込んだ口調で彼は語った。「僕は個人的にはスペランスキーが好きではありませんし、好きだったこともありませんが、ただし僕は正義を好むものですから」ピエールはこの時友人の内に、自分にとってあまりにもなじみの欲求が働いているのを感じ取った。すなわちあまりに苦しい胸の内の思いをかき消すために、熱くなって自分と関係のない問題を論じようとしているのだ。

メシチェールスキー公爵が辞去すると、アンドレイ公爵はピエールの腕をとって、自分に割り当てられた部屋に招き入れた。部屋の中には広げたベッドと開いたままのトランクや長持が見えた。アンドレイ公爵はトランクの一つに歩み寄ると、中から手文庫を取り出した。手文庫から紙にくるんだ書類束を取り出す。彼はすべてを黙ったまま、手早く行った。それから身を起こして咳払いをした。仏頂面で、唇はぎゅっと結ばれていた。

「答えにくいことを訊くようなら勘弁してほしいのだが……」アンドレイ公爵がナターシャのことを言おうとしているのを察すると、ピエールの大きな顔に痛ましさと思いやりの表情が浮かんだ。そのピエールの表情がアンドレイ公爵の癇に障《さわ》った。彼は断固とした、甲高い、感じの悪い声で先を続けた。「僕はロストフ家の令嬢から断り状をもらい、それから君の義兄が彼女に結婚を申し込んだとかいった噂が耳に入って来た。本当のことかね？」

「本当のところも本当でないところもあって」ピエールが答えかけると、アンドレイ公爵は彼を遮った。

「これが彼女の手紙だ」彼は言った。「それから肖像」彼はテーブルの上の紙束をつかんでピエールに渡した。

「伯爵令嬢に返してやってくれ……もし会うようなら」

「あの人は大変加減が悪いです」ピエールは言った。

「では、まだこちらにいるのか？」アンドレイ公爵が言った。「で、クラーギン公爵は？」彼は早口で訊ねた。

「とっくに立ち去りました。彼女の方は一時命も危ぶまれて……」

「彼女の病気のことは心から同情するよ」アンドレイ公爵は言った。そして父親と同じような、冷たい、意地悪な、不快な薄ら笑いを浮かべたのだった。

「ということは、あのクラーギン氏はロストフ伯爵令嬢に求婚しなかったんだね？」

アンドレイ公爵は何度かせせら笑うような鼻音を立てた。

「あの男は結婚などできないのです。すでに妻帯しているので」ピエールは言った。

アンドレイ公爵はまたもや父親を思わせるような、不愉快な薄笑いを浮かべた。

「それで今どこにいるんだね、君の義兄は。教えてくれないか？」彼は言った。

「行先はペテル……いや、僕は知りません」ピエールは答えた。

「いや、まあそんなことはどうでもいい」アンドレイ公爵は言った。「ロストフ伯爵の令嬢に伝えてくれたまえ――彼女は以前も今も完全に自由の身だと、それから僕が彼女のご多幸を祈っているとね」

ピエールは紙束を手に取った。アンドレイ公爵は、まだ何か相手に告げておくべきことがなかったかと記憶を手繰るように、そしてまたピエールが何か言いはしないかと待ち受けるように、じっと動かぬ目で相手を見つめていた。

「ところで、僕たちがペテルブルグでした議論を覚えていますか」ピエールは言った。「覚えていますか、あの……」

「覚えているよ」アンドレイ公爵は急いで答えた。「僕は言ったよ、堕落した女性は許してやるべきだとね。でも僕は自分が許すことができるとは言わなかった。僕にはできない」

「でもこれは話が別じゃないですか？……」ピエールが言うと、アンドレイ公爵が遮った。彼はきつい金切り声になっていた。

「というと、もう一度彼女にプロポーズして、心の広いところを見せろとか何とか言いたいんだね？……たしかに、それはとっても気高い態度かもしれないが、僕にはあの紳士のお古をいただくような真似はできないな。もしも僕の友達でいたいのなら、二度とあの女の話を僕の前でむしかえさんでくれ……これに関することは一切な。じゃあ、これで。伝えてくれるな？……」

ピエールは部屋を出ると、老公爵とマリヤのところへ行った。

老公爵は普段より元気に見えた。マリヤはいつも通りだったが、兄への同情のかげに、兄の結婚が破棄されたのを喜ぶ気配が見てとれた。二人がどれほどの軽蔑と憎しみをロストフ一家に抱いているかを察したピエールは、この二人の前では、いやしくもアンドレイ公爵たる者を、誰であれ他の男に見替えたような女性の名前を口に出すことさえ、はばかられるということを理解したのであった。

午餐の席の話題は戦争のことだった。戦争が差し迫っているのはすでに自明だったからである。アンドレイ公爵は父親相手に、あるいはスイス人家庭教師のデサール相手に、休むことなく喋りかつ議論して、普段よりも元気に見えた。それはまさにピエールがその精神的な理由をよくわきまえている元気さであった。

22章

同じ日の晩、ピエールは依頼されたことを実行するためにロストフ親子のもとに赴いた。ナターシャは病床に臥せっており、伯爵はクラブに行っていたので、ピエールは預かった手紙類をソーニャに託して、アフローシモフ夫人のところへ行った。夫人は、アンドレイ公爵がこの知らせをいかに受け止めたかを知りたがっていたからだ。十分もすると、ソーニャが夫人の部屋に入って来た。

「ナターシャがぜひベズーホフ伯爵にお目にかかりたいと申しております」彼女は言った。

「でもまさか、あの子の部屋へお通ししようというのかい？　あそこは散らかりっぱなしじゃないか」夫人が言った。

「いいえ、ナターシャは着替えて客間に出ていますから」ソーニャが答えた。

夫人はただ肩をすくめてみせただけだった。

「まったく、いつになったら母親が来てくれるのやら。私はもう精魂尽き果てたよ。

お前さん、気をつけな、あの子に何でもかんでも話すんじゃないよ」夫人はピエールに釘を刺した。「私はもうあの子に小言を言う気にもなれないよ、あまりにも不憫《ふびん》で、不憫でねえ！」

ナターシャはすっかりやつれはて、青ざめた厳しい顔をして部屋の真ん中に立っていた（ピエールが予期したような、恥じ入った様子は少しもなかった）。ピエールが戸口に姿を見せると、彼女は自分から歩み寄ったものか相手を待つべきか決めかねたらしく、あたふたとした様子を見せた。

ピエールは急いでナターシャに歩み寄った。いつものように向こうから手を差し出してくれるものと思っていたが、相手は間近まで来たところで立ち止まり、重い息をしながらだらりと両手を垂らしたままだった。ちょうど歌を歌うために広間の中央に歩み出てきた時のポーズと同じだったが、表情は全く異なっていた。

「ベズーホフさん」ナターシャは早口で切り出した。「ボルコンスキー公爵はあなたのお友達でしたね。いやお友達でいらっしゃいますね」彼女は言い直した（彼女にはすべてが過去のことであり、今は何もかもが変わってしまったという気がしていたのだ）。「あの人はあの時おっしゃいました、あなたにご相談しろと……」

ピエールは彼女を見つめながら黙って鼻をすすっていた。今まで胸の内で彼女を責め、憎もうと努めていたのだったが、いまや相手があまりにも可哀そうになって、もはや責める言葉は胸のどこにも見当たらないのだった。

「あの方はもう戻っていらしたのですね。お伝えください……許して……私を許してくださいと」彼女は言葉を止め、さっきよりもさらに呼吸を荒らげたが、泣き出しはしなかった。

「はい……彼に伝えます」ピエールは答えた。「でも……」彼は何と言っていいか分からなかった。

ナターシャはどうやら、ピエールが何を思いつきそうかを察して、その考えにはっとしたようだった。

「いいえ、承知しております、すべては終わったのです」彼女は急いで言った。「いいえ、そうしたことは絶対にありえません。私はただ自分があの方にひどい仕打ちをしたことを悔やんでいるだけです。ですからあの方にただお伝えください、どうか私のしたことをすべて許して、許して、許してくださいと……」彼女は全身をぶるぶると震わせて椅子に座り込んだ。

これまで一度も味わったことのないような憐憫《れんびん》の気持ちがピエールの胸にあふれた。

「僕は彼に伝えます、すべてをもう一度伝えます」ピエールは言った。「ただ……僕は一つだけ知りたいのですが……」

『何がお知りになりたいのですか？』ナターシャの目が訊ねていた。

「僕は知りたいのです、あなたは愛したのですか……」アナトールのことを何と呼べばいいのか分からぬまま、ピエールはその人物を思い浮かべただけで顔を赤くするのだった。「あなたは愛したのですか、あの悪党を？」

「あの人を悪党と呼ばないでください」ナターシャは言った。「でも私、何も、何も分からないのです……」彼女はまた泣き出した。

すると前にもまして憐憫と慈《いつく》しみと愛の感情がピエールを捉えた。眼鏡の奥で涙が滴《したた》るのを感じ、気づかれなければいいがと願った。

「これ以上話すのはよしましょう、ナターシャさん」ピエールは言った。

穏やかな、優しい、心のこもった彼の声を、ナターシャはふと、ひどく不思議なものに感じた。

「話すのはよしましょう、ナターシャさん。僕は彼にすべて伝えますよ。ただ一つだけお願いします――どうか僕をあなたの友と思ってください。そうして、もしもあなたが助けを、忠告を必要としたり、ただ誰かに胸の内を打ち明けたくなったりしたら――今じゃなくって、あなたの胸のもやもやが晴れた時にですが――どうか僕を思い出してください」彼は彼女の手を取って口づけした。「僕はうれしく思うでしょう、もしも自分が……」ピエールはどぎまぎしてしまった。

「そんなふうにおっしゃらないでください。私にはそんな値打ちはありませんから！」そう叫んでナターシャは部屋を出て行こうとしたが、ピエールは手を取って引き留めた。自分はまだ何か彼女に言うべきことがあると分かっていたのだ。しかしいざ口に出してみると、自分で自分の言葉に驚いてしまった。

「だめです、だめです、そんなことを言っては。あなたの人生はまだこれからなんですから」彼は彼女に言った。

「私の人生が？　いいえ！　私の人生はすべて終わったのです」恥じて卑屈になった口調で彼女は言った。

「すべて終わったですって？」ピエールは相手の言葉を繰り返した。「もしも僕がこんな男でなくて、世界一美男で賢くて優れた人間だったなら、そしてもしも自由な身であったなら、僕は即刻跪《ひざまず》いてあなたの御手と愛を乞うことでしょう」[24]

ナターシャは久しぶりに感謝と感動の涙を流した。そしてピエールをちらりと見て部屋を出て行った。

ピエールも後を追うようにして、喉にこみあげる感動と幸福の涙をこらえながら小走りに控え室に向かい、袖口に手を通すのももどかしく毛皮コートを着込むと、そのまま橇に乗り込んだ。

「次はどちらへやりましょう？」御者が訊ねる。

『どこへ行く？』ピエールは自問した。『こんな時にどこへ行くというんだ？　まさかクラブだのよその家だのに行けるか？』自分が味わっている感動と愛の感情に比べれば、そして彼女が最後に涙の目で自分をちらりと見た時の、あの和らいだ、感謝に満ちた眼差しに比べれば、彼にはすべての人間が実にみじめで、哀れな存在に思えるのだった。

「家へやってくれ」マイナス十度の寒さにもかかわらず、熊の毛皮コートの前をはだけてうれしさに息づく広い胸を開放しながら、ピエールはそう命じた。

キンと冷えて空は晴れ渡っていた。泥だらけの薄暗い通りと、黒っぽい家々の屋根の上に、暗い星空が広がっている。ただその空を見つめている間だけピエールは、自分の心が駆け上ったあの高みに比べれば、地上のものすべてが屈辱的なまでに卑小であることを、感じずにいられるのだった。アルバート広場に差し掛かると、暗い星空

24　「求婚する」の慣用表現。

の巨大な空間がピエールの目の前に開けた。その空のほぼ中央、プレチステンスキー並木通りの真上に、四方八方に散らばる星々に取り囲まれて、しかしどの星よりもはっきりと地球に近く、白い光を放ち長い尾を上に持ち上げた格好で、巨大な明るい一八一二年の彗星《すいせい》[25]が浮かんでいた。世の噂では、あらゆる災厄と世界の終わりの前触れだという、あの彗星だった。しかしピエールの内には、長い尾をしたその明るい彗星は、何の恐ろしい感情も掻き立てはしなかった。それどころか、あたかも計り知れぬほどの広大な空間を放物線状に飛び越えてきたあげく、急に、大地に刺さる矢のごとく自らが選んだ暗い空の一点にはまり込んだかのように止まり、力強く尾を振り上げて、無数のまたたく星々の真っただ中で白い光を放って戯れているその明るい星を、ピエールは涙に濡れる目でうれしそうに見つめていた。新しい人生に向けて花開いたばかりの、自分のしなやかな、奮い立つような心のうちにあるものと、その星がぴったりと呼応しているように、ピエールには思えたのである。

（第2部第5編終わり）

（つづく）

25　正しくは一八一一年の大彗星を指すと思われる。これは一八一一年三月二十五日から約二百六十日間肉眼で見えた彗星で、同年十月には見かけの明るさが約〇等級に達した。ナポレオンが吉兆とみてロシア遠征を決意したという逸話から「ナポレオンの彗星」とも呼ばれた。

読書ガイド

望月 哲男

物語の背景

第3巻の出来事の背後にある国際状況は複雑で、冒頭で言及される一八〇八年秋のエアフルト会見での蜜月ムードで始まった露仏の関係が、一八一〇年のナポレオンとフランツ一世の娘マリー＝ルイーズとの結婚による仏墺皇室の縁戚関係の成立、ロシアによる大陸封鎖令の侵犯、ロシア皇室と縁の深いオルデンブルク公国のフランスによる併合といった一連の事件を経て、次第に緊張の度を高める過程にあたります。

ただしそんな国際状況も、また同時期に進められていた内政改革も、物語のうっすらとした下地をなすだけで、9頁にあるとおり、語り手が注目するのはあくまでも様々な具体的関心事に染まった人々の実生活の方です。アンドレイ、ピエール、ナターシャ、ニコライといった数人の主人公とその周辺人物をこれまで以上に焦点化し、人生設計・結婚・家・財産・家族のあり方といった一連のテーマに絞り込みながら、作者はこの時代の貴族たちの人間ドラマを描き出しています。そしてそれが、以下の巻でロシア国民の共同体験としての祖国戦争像を描くための、大きな準備作業にもなっているように思えます。

出来事と場所

希望と幻滅をたっぷりと含んだ第3巻の物語の読み方にはいろいろあるでしょうが、ここでは出来事と場所の関係に注目しながら、あらすじを振り返ってみましょう。先回りして言えば、作中では地方の貴族領地、ペテルブルグ、モスクワという三つの場所が、極めて効果的に使い分けられているように見えます。

ペテルブルグの引力と斥力

前半部の第3編では、地方の貴族領地と首都ペテルブルグとの、経験の場としての差異が強調されています。

社会生活から孤絶した領地ボグチャロヴォに籠って農民生活の改善や軍の法典の改革に携わるという、鬱屈した暮らしをしていたアンドレイ公爵が、リャザンにある息子の領地に出かけたついでに、近在のロストフ伯爵の領地オトラードノエを訪れます。客好きの主人に促されて一泊した彼は、月夜の風景に感嘆しながら、上階にいたナターシャの生気あふれる声に青年のような感動を呼び起こされる。そして後に領地への帰路に見た楢の老木の蘇りの姿に、生涯の最良の瞬間の数々を想起させられ、「人生は三十一歳で終わったわけではない」（22頁）と、隠遁の哲学からの解放を覚えるのです。

　領地とそれを取り巻く自然は、生活の場であると同時に人間と世界とのダイナミックな関係を実感する場であり、生命の肯定のイメージを確かな感覚として蓄える場所だ――そんな作者の思想が聞こえてくるような場面です。砦・作業場的な色彩が強調された老ボルコンスキー公爵の禿山《ルィスィエ・ゴールィ》とは違い、いかにも旧時代の大人《たいじん》らしいロストフ伯爵の人柄を反映して楽園的に造形されたオトラードノエ（愉悦郷）の領地だからこそ、生真面目なアンドレイ公爵も世間離れした神秘的な体験ができたのかもしれません。[1]

この後アンドレイ公爵は「これまでの経験を実践に生かしてもう一度人生に積極的に取り組む」（22頁）ために、かつて将校として勤務した国政の中心地ペテルブルグへと戻り、内政改革に取り組むスペランスキーのもとで、法律制定委員会の一員として活躍しはじめます。

すると興味深いことに、貴族領地の世界が彼を追いかけてきます。家計が危機に瀕したロストフ伯爵が、官職の口を探して、一家で上京するのです。ちなみに、一般的な地主貴族の領地収入は限られたものなので、ロストフ伯爵のように世話好きもてなし好きの、金のかかる生活をよしとする者は、早晩借金まみれになって破産するのが目に見えています。十九世紀に多くの貴族がたどった運命ですが、[2]この地主貴族一般

1　禿山《ルイスィエ・ゴールイ》にもオトラードノエにも、それぞれトルストイ自身の愛した領地ヤースナヤ・ポリャーナの面影が投影されているが、オトラードノエはさらに、早逝したトルストイの長兄ニコライの所有地で後に作家のものとなったニコリスコエ＝ヴァーゼムスコエという領地の風景も映していて、問題の楡の老木も同所にある。

2　トルストイの祖父イリヤもまさにそうした形で破産し、カザンの県知事に就職して難を逃れようとした。父ニコライの家計もかなり逼迫していた。

の運命が、作品では多くの出会いを呼ぶ仕掛けにもなっています。かつてアンドレイ公爵が彼の領地を訪れたのは、気風《きっぷ》の良いこの人物が出費の多いリャザンの貴族会長を引き受けていたからであり、ペテルブルグで再会するのは、相手が逼迫して就職を必要としたからであり、後に一連の事件が起こるのも、屋敷を売りに出す必要が生じた伯爵が、娘を連れてモスクワを訪れたからです。

結果として、ペテルブルグの年越し祭りの舞踏会でナターシャと再会し、踊ったアンドレイ公爵は、再び生命の蘇りの感覚を経験します。するとそれまで彼を虜にしていた国政改革への情熱が、あっけなく冷めてしまいます。「果たしてこうしたすべてのことが、この俺をもっと幸せな、良い人間にしてくれるのだろうか?」(126〜127頁)そんな疑問を抱いてスペランスキーの内輪の集まりに参加した公爵は、この人物への期待のもとに過ごした四か月のペテルブルグ生活が、無意味と化すのを感じます。そもそも彼がペテルブルグに出たのは、かつて楢の木の蘇りを見て再度信じた「世のためになる可能性」「幸せや愛の実現性」を、国家活動に投影したからでしたが、結局それは勘違いで、生命も愛も幸福も、社交界慣れしない、間違ったフランス語を話す一人の若い女性との未来の内にしかない——トルストイの主人公らしい極端な結論ですが、これはペテルブルグ的世界と貴族領地的世界の間の二者択一の結果と見なしてもいいかもしれません。

「僕にとっては全世界が真っ二つに分かれてしまった。一つは彼女で、そこには幸福と希望と光が満ちている。あとの半分が、彼女を抜きにした残りのすべてで、そこには憂愁と闇しかない」（158頁）ピエールに打ち明けたこの由々しき判断を胸にアンドレイ公爵はナターシャに求婚しますが、ただし父親からの命令通り、結婚には一年の猶予期間を置く、その間にナターシャの選択の自由を認めるという条件を付け、ヨーロッパに保養の旅に出ます。壮大な決意とは裏腹の、理詰めで自己中心的でかつ八方美人的でさえあるこの申し出と、何よりも空白の一年の期間そのものが、ナターシャの不安と屈託を呼び寄せます。

いずれにせよアンドレイ公爵が政治の先端にいる者たちの誠意に対して覚えた疑念が、彼のペテルブルグでの経験の核だったといっていいでしょう。フリーメイソンの一員として自己完成を目指すピエール・ベズーホフも、ペテルブルグの上流貴族である結社の「兄弟」や、自らの妻やその家族の軽薄で不実な文化に、違和感を抱き続けます。文化と政治の先進地ペテルブルグは、二人のいずれにとっても、虚飾に満ちた偽りの世界だったようです。

貴族領地——魔法の国

第4編は全体がロストフ家の領地での生活を追っています。生活といっても、中心は狩猟や歌やクリスマスの仮装、橇でのドライブなどの遊びで、禿山《ルイスィエ・ゴールイ》＝ボグチャロヴォの世界の基調をなしていた学問、教育、経営、農民生活の改善といった話題は出てきません。主人夫婦の悩みのタネの財政問題はお手上げのままで、唯一の突破口は息子に資産家の嫁をとらせることですが、肝心の息子ニコライは従妹のソーニャに夢中で、言うことを聞こうとしません。ただしそうした難問とはかかわりなく、様々な遊びと考察と発見に満ちた人々の生活は続いていく。あたかもこの領地の世界は、現実原則とは別の法則で動いているかのようです。

ニコライの提案で行われる犬追い猟は、そうした非日常の世界の典型です。「まるで空が溶けて風もないままにすっと地上に降りてきたかのようだった」（205頁）という秋の早朝の情景の中に総計百三十頭ばかりの犬と二十名ばかりの騎馬の猟師が繰り出して、森と平原を舞台に子連れ狼や兎を狩るという、破産寸前の貴族の遊びとは思えぬほどの贅沢で壮大な営み。主人を叱り飛ばしながら場を仕切る半獣のような猟師ダニーロ、女名前の道化ナスターシヤ・イワーノヴナ、灰色の毛をした大物狼などの存在が、場面に神話的な彩りを与えていますし、近隣の村に暮らす素朴な「おじ」の飼い犬ルガイが、大地主たちの高価な猟犬を出し抜いて大物兎を捕まえるという経緯にも、何かしらの寓意が感じ取れます。

ナターシャもこの世界では、魔法民話の登場人物のような躍動ぶりをみせます。プラトークのかげで目を輝かせながら誰よりも大きな声をあげて劇的な場面に立ち会う彼女は、共感・感応力の権化のようで、近隣地主のイラーギンが彼女を美しき猟の女神ディアーナに喩えるのも頷けます。猟の後、隠れ家のようなおじの家で、アニシヤ・フョードロヴナの魔法のようなごちそうの供応を受けた後、彼女はおじのギター演奏に狂喜し、誘われてロシア式の踊りを披露します。

「渡り者のフランス女性に教育されたこの伯爵令嬢が、どこでどうしていつの間に、自分の呼吸するロシアの空気からこんな気合を吸収したのか、とっくの昔にフランス風のショール・ダンスに駆逐されてしまっていたはずのこんな仕草を、いったいどこで身に付けたのだろうか？　だがこの気合も仕草も、まさに真似もできなければ勉強

のしようもないロシア的なものそのものであり、まさにこれをおじはナターシャから引き出したかったのだった」（256頁）

オトラードノエの世界は、あたかも経済原理を超えて永遠に存続し、それゆえに自然とつながり民衆とつながり、そしてロシア的なものとつながっているかのようです。第4編の後半に登場するクリスマス週の仮装やドライブの場面を通じて、トルストイはこの貴族領地の世界の「魔法のような」性格を何度も強調しながら、そこに自らの幼年期の遊びや美的感動をはじめとした実体験の数々を描き込み、記憶や時間や神秘や来世などのテーマに関する奔放な考察を展開しています。そしてそうした感覚や志向に開かれた、あらゆることに感応する心を、ナターシャという人物の主調音として強調しています。

「実に多種多様な人生の印象をこれほどまで貪欲にとらえ、吸収していくこの子供のままの感受性に富んだ魂の中で、いったいどんなことが生じていたのだろうか？このすべてが彼女の中に、どのように収まっていくのだろうか？」（260頁）ナターシャはまさにロシア版の森の女神ディアーナであり、世界とのダイナミックな関係に向けて開かれた貴族領地的な場《トポス》の化身と呼べるでしょう。[3]

試練――二つのモスクワ

第5編では、外国で療養中のアンドレイ公爵を除いた主人公たちが古都モスクワに集合します。

ナターシャの婚約と師バズデーエフの死の後、鬱屈していたピエールは、妻とフリーメイソンの仲間のいるペテルブルグを去って馴染みのモスクワへ引っ込み、「ちょうど古い部屋着を着ているような」(320頁)気楽さで、早すぎる「余生」に埋没しようとします。

アンドレイの父ボルコンスキー公爵も、娘を連れてモスクワへ出てくると、老齢ながらモスクワの反政府勢力のオピニオンリーダーの地位に担ぎ上げられます。資産家の結婚相手を探すボリス・ドルベツコイも、同じ使命を父から課されたアナ

3　ナターシャはしばしば、トルストイ自身の憧れたコサック＝アマゾネスタイプの野性的な美女と、良妻賢母的女性の両面を併せ持つ理想形ととらえられている。たとえば佐藤雄亮後掲著書188〜189頁を参照。

トール・クラーギンも、その妹でピエールの妻のエレーヌも、ペテルブルグからモスクワへと移ってきます。

こうしてにわかに関連人物であふれたモスクワへ、ロストフ伯爵がナターシャたちを連れてやって来る――しかもナターシャの一番の忠告者たる母親を領地に残したまま――ここには、ヒロインの試練を準備する作者の周到な計算が働いているとみるべきでしょう。

ナターシャの前には、いわば二種類のモスクワが現出していたと言えます。一つは良き貴族社会の伝統を保つ古風なモスクワで、アフローシモフ夫人やピエールの周囲にある地区教会やイギリスクラブの世界です。そしてもう一つは、ペテルブルグから（あるいはペテルブルグ経由でパリから）引っ越してきたようなモスクワで、エレーヌが通うオペラ座のボックス席やドレスショップ、何よりも奔放な青年たちの前でフランス女優マドモワゼル・ジョルジュがラシーヌを朗読するような、彼女の客間に形成された世界です。モスクワはナポレオンの占領以前に、エレーヌ＝アナトール的な「フランス文化」に半ば占領されていたと言ってもいいかもしれません。婚約者の父と妹を訪問して冷たい対応を受けたナターシャは、対象を見失った感応力の発露をエレーヌたちの世界に見出し、充足と快楽を覚えます。そしてアナトールの誘惑に自ら応じていくのです。

ちなみに家族の同意を得られない恋人同士が愛を貫く（あるいはまず既成事実を作って後に家族の許しを得る）方便としての駆け落ち婚は、ロシア文学にも馴染みで、ロマンチックなケースの一つがプーシキンの「吹雪」（『ベールキン物語』）に、古儀式派集団でのケースがメーリニコフ＝ペチェールスキーの『森の中で』に見られます。ただしここで既に妻帯者であるアナトールが企んだのが、ロマンチックな駆け落ちの形をとった、強引な処女誘拐であったことは論をまちません。

彗星の謎

不幸なナターシャの姿を間近で目撃したピエールは、「あなたの人生はまだこれからなんですから」（492頁）と、全力で彼女を支えようとします。ロシアの森の女神たるナターシャの悲運の原因がピエールの妻や義兄のもたらした「フランス＝ペテルブルグ風」文化だとすれば、彼女を救うのは古きモスクワ文化を体現するピエール自身の役回りに他ならないというところでしょうか。

最後のシーンでピエールが仰ぐ天空の彗星は、おそらくこの後彼とロシアを見舞う大きな試練を指し示しています。ただしここにもある種魔法めいた謎があって、彼が立ち尽くしているこの場所が、書かれているとおり一八一二年のモスクワなのか、それとも一年前の一八一一年のモスクワなのか、判然としません。これ以前の出来事の進行時間をたどってみると、例えばアンドレイ公爵がナターシャにプロポーズをした後外国に出るのが、一八一〇年の冬、ロストフ父娘がモスクワに出てくるのが一八一一年の一月で、その後短期間にナターシャの悲劇が起こるので、どう見てもこのシーンは一八一一年の冬がふさわしいことになります。ただし、帰国したアンドレイをピエールが訪ねたシーンで話題となったスペランスキーの失脚・追放は、483頁に注記した通り一八一二年三月のことなので、マクロの歴史のレベルでは、確かに一年先の時間が流れています。いずれにせよ、語り手が一八一二年の彗星と呼んでいるものは、495頁の注に記した通り、史実としては一八一一年に世界で目撃された、いわゆる「ナポレオンの彗星」を指すのに違いないと思われます。ただしその場合にも、彗星が肉眼で見えたのは、一八一一年三月二十五日から約二百六十日間とされるので、一一年の出来事としてはピエールの経験は少し早すぎるようですし、また仮に一二年のことだとしたら、今度はすでに彗星を見るには遅すぎたということになりそうです。

いずれにせよトルストイは自らこれを見た世代ではなく、複数の歴史家の記録を参考に組み立てた話なので、意図的であるかないかは別にして、個人的な出来事と歴史的な出来事の間に時間のずれが生じているようですが、こうしたこともまた、いろんな時空間に向けて開けたロシアという世界の神秘の一面と言えるかもしれません。

『戦争と平和』の関連文献はたくさんありますが、とりわけ第3巻に描かれた地主貴族の経験世界の理解に有益な日本語の参考文献を後ろにあげておきます。

翻訳原典

Л. Н. Толстой. Война и мир. Собрание сочинений в двадцати двух томах. Т. 5. Москва: Художественная литература, 1980.

参考文献

本田秋五『トルストイ論集』武蔵野書房、一九八八年。

藤沼貴『トルストイ』第三文明社、二〇〇九年。

川端香男里『戦争と平和（NHKテレビテキスト100分de名著）』NHK出版、二〇一三年。

佐藤雄亮『トルストイと「女」 博愛主義の原点』早稲田大学出版部、二〇二〇年。

kobunsha classics
光文社古典新訳文庫

戦争《せんそう》と平和《へいわ》3

著者　トルストイ
訳者　望月哲男《もちづきてつお》

2020年9月20日　初版第1刷発行

発行者　田邉浩司
印刷　新藤慶昌堂
製本　ナショナル製本

発行所　株式会社光文社
〒112-8011東京都文京区音羽1-16-6
電話　03（5395）8162（編集部）
03（5395）8116（書籍販売部）
03（5395）8125（業務部）
www.kobunsha.com

ISBN978-4-334-75432-7 Printed in Japan

いま、息をしている言葉で、もういちど古典を

長い年月をかけて世界中で読み継がれてきたのが古典です。奥の深い味わいある作品ばかりがそろっており、この「古典の森」に分け入ることは人生のもっとも大きな喜びであることに異論のある人はいないはずです。しかしながら、こんなに豊饒で魅力に満ちた古典を、なぜわたしたちはこれほどまで疎んじてきたのでしょうか。

ひとつには古臭い教養主義からの逃走だったのかもしれません。真面目に文学や思想を論じることは、ある種の権威化であるという思いから、その呪縛から逃れるために、教養そのものを否定しすぎてしまったのではないでしょうか。

いま、時代は大きな転換期を迎えています。まれに見るスピードで歴史が動いていくのを多くの人々が実感していると思います。

こんな時わたしたちを支え、導いてくれるものが古典なのです。「いま、息をしている言葉で」――光文社の古典新訳文庫は、さまよえる現代人の心の奥底まで届くような言葉で、古典を現代に蘇らせることを意図して創刊されました。気取らず、自由に、心の赴くままに、気軽に手に取って楽しめる古典作品を、新訳という光のもとに読者に届けていくこと。それがこの文庫の使命だとわたしたちは考えています。